U0564178

本书由扬州市社科联重大课题资助出版项目、扬州市绿扬金凤计划、扬州市职业大学高水平专著培育项目资助出版

新文学通俗问题研究

1917—1927

方舟 著

江苏大学出版社
JIANGSU UNIVERSITY PRESS

镇 江

图书在版编目（CIP）数据

新文学通俗问题研究：1917—1927 / 方舟著.--
镇江：江苏大学出版社,2023.11
ISBN 978-7-5684-2022-8

Ⅰ.①新… Ⅱ.①方… Ⅲ.①中国文学－现代文学史
－文学史研究－1917-1927 Ⅳ.①I209.6

中国国家版本馆 CIP 数据核字（2023）第 160966 号

新文学通俗问题研究：1917—1927
Xinwenxue Tongsu Wenti Yanjiu：1917—1927

著　　者/方　舟
责任编辑/吴小娟
出版发行/江苏大学出版社
地　　址/江苏省镇江市京口区学府路 301 号（邮编：212013）
电　　话/0511-84446464（传真）
网　　址/http：//press. ujs. edu. cn
排　　版/镇江文苑制版印刷有限责任公司
印　　刷/南京玉河印刷厂
开　　本/710 mm×1 000 mm　1/16
印　　张/14.25
字　　数/260 千字
版　　次/2023 年 11 月第 1 版
印　　次/2023 年 11 月第 1 次印刷
书　　号/ISBN 978-7-5684-2022-8
定　　价/48.00 元

如有印装质量问题请与本社营销部联系（电话：0511-84440882）

序

陈亚平

在中国现代文学的传统视野中，通俗问题的研究对象主要是以"鸳鸯蝴蝶派"为主体的民国旧派文学，而新文学产生于知识精英群体，被认为在一定程度上脱离了大众，至于通俗自然是无从谈起的。近20年来，围绕通俗的相关研究呈现出由旧派文学向新文学渗透的延展趋势，新旧文学在对峙竞争之外的雅俗互动与交流也逐渐成为共识，这些新认识与新成果的出现正反映出客观事物的认识规律和人文社会科学研究的发展规律。然而也应该看到，在一些历史误解与时代局限性的影响下，专门聚焦新文学的通俗研究还迟迟未能出现。

方舟的《新文学通俗问题研究：1917—1927》正是在这方面所做的有益尝试。该书跳脱出旧派文学范畴，以理论研究、文本研究、场域研究相结合的立体化研究方式专门考察新文学内部的通俗形态与通俗机理，并给予较为全面的学术评价，这是当下学者较少涉足的领域，在具有一定开拓性的同时，也为其他关联性研究预留了空间。更为具体地说，以下三个方面颇值得肯定。

一是质疑的精神。正如明代学者陈献章所谓"学贵知疑，小疑则小进，大疑则大进"，该书的立论根基便是建立在对传统观念中新文学"非通俗"的质疑之上的。作者认为新文学范畴内的不同作家乃至相同作家的不同作品之间也存在着通俗程度的差异，其中并不缺乏能够与俗相通的作品，并在此基础上提出了"新文学内部的通俗文学"。这种观点虽说至今还未获得学界的普遍认同，但无疑是符合逻辑且直击要害的，反映出作者的敏锐思维与学术勇气。

二是思辨的能力。思辨是质疑的基础，否则便有盲目空想之嫌。该书将观点创新建立在对"通俗"一词语义、语用的梳理与辨析之上，不仅从文本中获得论据层面的有力支撑，而且从文学作品的发表流通、出版物定价、读者消费习惯、社会舆论导向等文本外的社会历史因素出发，对以往新文学"非通俗"刻板印象的形成给出了合理的解释。这种研究方式因层次严密、体系完整而较为科学，反映出作者思维的周密。

三是钻研的态度。该论题并非只是围绕某类作家、某个社团的局部研究，不仅对前期阅读储备的要求极高，而且工作任务繁重。除此以外，从新旧文学雅俗交融程度逐渐加深的发展态势来看，20世纪30年代以后的新文学作品无疑蕴含着更为丰裕的通俗元素，相关研究也更容易开展，然而该书选择难度更大的第一个十年为研究对象，意图证明通俗作品自新文学初期便一直存在，这正体现出作者迎难而上的求真钻研态度。

当然，该书还存在不尽如人意之处，有些观点还值得商榷或继续探讨。回想6年前，方舟出于对学术的追求而辞去中学稳定工作的那股韧劲与执着依旧令人印象深刻，如今看到他博士阶段研究成果的出版，作为老师的我也感到十分欣慰。感慨之余，也希望他能够坚守本心，在今后的学术道路上获得更大的精进。

目录

第一章　关于"通俗"的理论梳理

第三章　五四新文学内部的通俗元素

引 言

　　曾多次考虑过这样的问题：将一部分新文学作品混在通俗文学刊物上发表，并隐去作者的姓名，读者能不能辨认出来？即使能够辨认出来，这部分作品又是否会让读者生厌进而放弃阅读？想必谁都不敢打肯定的包票。既然存在这种情况，那就说明这部分新文学作品也能得到一般读者群体的喜爱，也能够与俗相通。然而值得深思的是，中国现代文学语境中所提及的"通俗文学"总会指向相对固定的某一类作品，这正说明现有对"通俗文学"的理解并不是单纯地以作品自身为依据，其中还夹杂了诸如作家、社团、流派、刊物等一些文本外因素，这种理解方式无疑在一定程度上强化了人们对新文学的"非通俗"印象，进而形成误解。

　　事实上，"通俗"问题在 20 世纪 80 年代以后便成为中国现代文学研究的热点，其中不乏争议，争议的焦点则在于何谓"通俗文学"，另有一些争议的次焦点诸如"通俗文学"有哪些美学特质，"通俗文学"有怎样的价值评判标准，等等。从逻辑层面看，所有衍生问题的解决都必须以第一个问题的解决为前提，这正如古希腊毕达哥拉斯学派的一个著名观点：要围绕某事物讨论问题就必须要以对该事物的清晰界定为前提，如果该前提无法满足，那么相关的讨论便效果有限。这就好比在讨论"椅子"的作用之前必须要先明确"椅子"的所指，这种共识之所以非常重要，是因为它能确保大家是在针对同一事物发表意见，从而规避同名不同实的情况。试想如果甲谈座椅，乙谈躺椅，丙谈按摩椅，那么他们的发言显然并不会在一个频道上。

海德格尔的"事实诠释学"认为任何理解活动都是建立在"前理解"之上的①，所以人们想要获得关于某事物的最本质的理解，就必须克服自己的前理解状态，而要使自己的解释能够被他人接受，还必须充实、调整自己的解释以帮助他人克服前理解状态。就本学科而言，对"通俗文学"的"前理解"起源于五四时期一批初入文学殿堂的思想激进的知识分子对于一部分非其族类的文学作品的想象，在此过程中他们区分彼此进而完成自身的定位，这种基于特定立场上的过于强烈的对立意识是由"施加在文学作品上的社会和政治重压"②导致的。所以在学科内部论及中国现代通俗文学作品时，跃入脑海中的十有八九便是那些曾经受到过五四时期知识分子贬斥的、主要由民国旧派文人所编辑的刊物上的作品，这种"前理解"的影响一直持续到当下。一方面，五四时期知识分子针对这部分作品的观点在学界得以延续，这种情形部分源于五四时期作家群体与批评家群体的高度重合，导致评价并未立足于一个足够客观的立场，并且在当时及往后的相当长时期内也未曾遇上有力的挑战，以致形成思维定式，诸如"娱乐""消遣""文丐""文娼"等评价便纷纷改头换面，以它种表述形式一再出现于相关的论述中；另一方面，学界的观点进一步形成舆论影响到后来的民众，让他们普遍怀有对"通俗"的偏见。正如叶兆言便曾不无愤慨地表示："小说的通俗仿佛是一个用来袭击作家的臭鸡蛋。如今的小说家，你说他的小说通俗，十有八九会以为你在骂他。"③

　　正如上文所述，横于眼前的是一个非常具有影响力的传统，要克服这种主观化的"前理解"状态，就必须借助某种极具客观性的工具来达成，因此对"通俗"的语义分析与相应的逻辑推理就很有必要。一方面，要准确理解"通俗文学"，就必须以"通俗"的客观语义为标准；另一方面，"通俗"是对事物特性的描述，如果要判定事物能否归于"通俗"，就必须以该事物的自身特性为依据，而不能以事物自身以外的其他因素为依据，这也是本研究一以贯之的逻辑信念。鉴于此，本书对于"通俗"的理解谨慎地排除了诸如作家、刊物、社团、流派、创作动机等一些外在因素

---

① 伽达默尔：《真理与方法》，洪汉鼎译，上海译文出版社，1999，第 2 页。
② 贺麦晓：《文体问题——现代中国的文学社团和文学杂志（1911—1937）》，陈太胜译，北京大学出版社，2016，第 202 页。
③ 叶兆言：《小说的通俗》，《小说月报》（微信公众号），2019 年 1 月 1 日。

的干扰，力求更多地从"通俗"语义出发对文本自身进行美学理解。一个显而易见的事实是，同一只母鸡生出的蛋不可能完全一样，同一个豆荚内的豆不可能完全相同，所以仅通过作家身份、社团流派等外在因素来划分"通俗文学"与"非通俗文学"是不够谨慎的做法。如果以"通俗"语义为标准去比照，就会发现先前一些对"通俗文学"的理解并没有立足于"通俗"语义，有的基于外在作用（如娱乐性、消遣性），有的则基于外在创作/欣赏动机（如为利写作、为消闲阅读），有的则基于表层现象（如模式化、情节性），这些理解在多数情况下都能够站得住脚，但细思之后又总有破绽。究其原因，一方面是由于其对"通俗"的某些理解"溢出"了"通俗"的语义界限，与"通俗"之间并无必然联系，在逻辑上属于"通俗"的既不充分也不必要条件（即无关条件），如从常为人诟病的"为利写作"中并不能推导出"通俗"，而"通俗文学"也并非都是以赚钱为目的的"为利写作"。鲁迅就曾毫无隐瞒地承认过自己的部分创作中存在"卖钱"的动机："除小说杂感之外，逐渐又有了长长短短的杂文十多篇。其间自然也有为卖钱而作的，这回就都混在一处。"① 这正说明了脱离"通俗"语义的对"通俗"的理解常常并不可靠。另一方面则恰恰相反，相比于前类理解方式中对"通俗"语义的"溢出"，此类理解方式呈现为对"通俗"语义的"内缩"，在逻辑层面属于"通俗"的充分不必要条件，正如情节性强的作品可能是"通俗"的，但"通俗"的并不一定是情节性强的，这种推导是不可逆的。因为要实现"通俗"，除了追求情节性以外还有其他若干途径，这些途径是多维度的。

　　排除"前理解"的偏见，使对"通俗文学"的理解回归到"通俗"的语义，让"通俗文学"真正等同于"通俗的文学"很有必要，而由第一个十年的新文学进入是一条有效的途径。② 本书建立在对"通俗"一词的精确理解之上，通过对该词的语义分析，提供较为可靠的解释，进而以此为标准进入新文学领域，完成对研究对象内部通俗脉络的梳理，并附带探究此脉络长期被压抑和忽视的原因，力求做到理论建构与文本印证的相

---

① 鲁迅：《写〈坟〉后面》，《鲁迅全集》第 1 卷，人民文学出版社，2005，第 298-299 页。
② 之所以选择"第一个十年"作为研究对象，是因为在此阶段内左联的文艺大众化运动和抗战背景下的通俗热潮都尚未兴起，所受到的"非通俗"非议也最多，因此只要证明新文学第一阶段中存在着通俗作品，在某种程度上也就意味着通俗作品在其他阶段中同样存在。

辅相成。这项工作不仅有助于深化对新文学的认识，淡化对新文学的刻板印象，而且可以彰显以文本为中心的通俗美学认知，甚至于在一定程度上纠正长期以来对通俗文学所抱有的偏见。在具体章节展开前，尚有以下4个方面需要说明：

在处理"通俗"概念问题时，本书立足于语义进行界定，立足于语用进行辨析。在语义分析中，以单个语素的多义性为基础，充分考虑语素之间所存在的合理组合方式，进而得出"通俗"的可靠解释。在语用分析中，提供历史语境下各家对于该词的不同使用方式，这其中的一部分属于"通俗"语义范围内各具侧重的理解，另一部分则超出了"通俗"语义。

在分析新文学内部的通俗脉络长期受到压抑的原因时，本书更多地考虑了一些文本外的阻碍，这其中包括市场销售、批评舆论、作者身份等因素所起到的消极作用。除此以外，本书对部分新文学作品中客观存在的通俗障碍加以阐释，不仅是为了与另一些作品中的通俗元素形成对照以增强论证的鲜明程度，也是为了表明前一类作品中的非通俗特质极有可能会在"以偏盖全"思维方式的作用下促使读者对后一类作品产生非通俗想象。

在析述新文学内部通俗作品的形态特征时，本书完全以作品自身的文本特性为依据。之所以存在一部分内容涉及文本以外的社会历史领域，是因为如果要证明特定时期内的作品能够满足读者群体的情感需求，就必须要充分阐释同时期内读者群体的普遍心理状态，这正从一个侧面揭示了通俗作品的时效性。对通俗面貌的呈现是本书的一项重要任务，所以势必要以"通俗"作为遴选样本的重要标准，这就无可避免地会将一些受到公认的早期新文学经典作品排除出论述的范围，转而去关注一些新文学领域内声名不显的作家或知名作家的名气较小的作品。

在处理新文学内部通俗作品的类型问题时，本书选择以创作动机作为标准进行分类，但这绝非表示创作动机是衡量作品通俗与否的标准，从逻辑时序上说，是先以"通俗"为标准选定样本后再以创作动机为标准进行分类，而并非反其道而行之。之所以选择创作动机为标准来处理类型问题，是因为诸多通俗元素在时间段内长期并存而不具有明显的阶段性特征，而这些通俗元素虽说也普遍出现于不同动机下的作品之中，但又各有侧重：启蒙本位作品侧重于满足意义层面的与俗相通，青年本位作品侧重于满足情感层面的与俗相通，故事本位作品侧重于满足趣味层面的与俗相通。

第一章
关于"通俗"的理论梳理

"通俗"一词的语义来自"通"与"俗"的字义，以及随之而来的符合逻辑的组合方式，考虑到"通"具有的不同层级，以及"俗"在"一般群体"义项下极为宽泛的指涉范围，"通俗"含义的丰富程度便可想而知。丰富的含义进一步为不同主体对词语的差异化理解与使用提供了方便，甚至于出现超出语义范围的理解与使用方式也毫不奇怪，因此关于"通俗"的理论梳理很有必要。

第一节　"俗"字义的变迁——基于先秦语例的考察

一、"人居于山中水边"

"俗"字在诞生之初的意义必定与其字形结构有着密不可分的联系。"俗"字左半边为象形字"人"，右半边为象形字"谷"。"谷，泉出通川为谷。从水半见，出于口。"① 谷表示水从山口流出。照此看来，整个"俗"字客观呈现了人居于山中水边的画面，似乎是在表示宜居的生存环境。周恭王（前1019—前936年）时所作卫鼎和永盂的铭文中已有"俗"字，两处都是用于人名（伯俗父/师俗父）。但据笔者推测，似乎不大可能

---

① 许慎：《说文解字》，中华书局，1963，第467页。

专为起名而造个字出来，更有可能的情况是，"俗"在当时另具与其字形密切相关的古老意义，并且其所蕴含的意义在当时是被认可、推崇的，否则也不会出现在西周官员的人名中。但限于文献数据的匮乏，以上基于字形的分析只是猜测，难以考证。

二、不具有阶层区分性的"欲"

由"俗"演变到"欲"，可能的解释是词义的扩大与抽象化：先民认可、向往的某种东西（名词，具体形象，如前述宜居的生存环境）→认可、向往（动词，词性变化，具有情感倾向，词义抽象化）→单纯的"欲"（动词，不具有情感倾向，词义扩大）。周宣王（前827—前782年）时代的毛公鼎铭文中两次出现"俗"字，分别为"俗我弗作先王忧"（让先王们不要为我操心）与"女母弗帅用先王作明刑，俗女弗以乃辟甾于囏"（你不能不以先王所树立的典型为表率，你不要让你的君主陷入困难境地），两处"俗"都表示人的意愿，作"欲"解。至于有人认为"俗"是"普通老百姓的意愿，民众的智慧，推动社会不断发展的原动力"[1]，这是一种非常现代的解释，从阶层角度来理解"俗"，显然不大可能开始于西周。《康熙字典》中对"俗"的解释也非其本义："俗，欲也，俗人所欲也。"[2] 实际上，毛公鼎铭文中的两处"俗"指向的均是周宣王的大臣毛公，整篇文章记述了周宣王对毛公的勉励与训教，表达的恰恰是统治阶级的意愿，而并非专指"俗人所欲"。更加可能的是，当时任何人表达意愿都可以用"俗"，无论其来自什么阶层，"俗"在此时都是不具有阶层区分性的动词用法。

三、"特定地域中通行的行为习惯"

在同时期的另一篇钟鼎文中"俗"字出现了"可疑"的用法。周宣王时期的《驹父盨盖铭》中同样出现了"俗"字："堇（谨）尸（夷）俗，遂不敢不敬畏王命。"驹父受西周王室派遣去淮夷地区征取服贡，临行前受到上级南仲的训诫，要求他"堇（认真地、郑重地去从事、对待，如'谨庠序之教'）夷（淮夷地区的）俗（？）"。此处"俗"作为

---

① 傅功振：《关于民俗与家乡民俗文化的理性思考》，《民办教育研究》2010年第2期，第16页。
② 张玉书、陈廷敬：《康熙字典》，中华书局，1958，第105页。

"谨"的对象，应该是名词无疑，现在普遍的看法是将此处的"俗"解释为特定地域中通行的行为习惯，即要求部下认真地遵守淮夷地区的行为习惯，以期能让他们服从周王室的管束。但此处将"俗"理解为"欲"的名词化用法同样也能说通，即要求部下认真地去处理淮夷地区人们的诉求（"欲"的对象）。这种理解可能更符合字义的逻辑发展："欲"（动词）→"欲"的对象（名词，词性变化，词义具象化）→特定地域中普遍所"欲"的对象（名词，词义缩小）→特定地域中通行的行为习惯（名词，词义扩大与抽象化，即对事物的喜好是行为习惯的一部分）。如果由"欲"直接发展到"特定地域中通行的行为习惯"，似乎跨度太大，因缺少字义演变的中间环节而显得突兀。考虑到西周时期遗留的文献资料很稀少，没有足够的关于"俗"的语例以互证，具体取哪一种说法便不可考了，所以仍然不能排除上文描述的字义变迁在先前的历史时期就已经完成。但是无论取哪一种说法，它们的共性便在于，"俗"字的使用开始与特定地域"夷"相关联，这就至少说明驹父时代的人已经能够认识到不同地域的人们所"欲"的对象是不同的，对"俗"的理解开始由个人之"欲"转向群体之"欲"，地域区分性用法出现。这一步非常关键，它标志着基于地域范畴的对"俗"的现代性理解已经呼之欲出，为后来的"民俗""风俗""习俗"等词语的形成打下了基础。

通过文献考证可以发现，虽然"俗"字在随后又发展出一些新的义项，但上述基于地域范畴的理解方式作为字义之一被稳定地保存了下来。春秋典籍中的"俗"字绝大多数皆为名词，据笔者所阅只出现了一次形容词用法，即"俗人昭昭，我独昏昏；俗人察察，我独闷闷"[1]，除此以外的其他用法皆与特定地域相关联："甘其食，美其服，安其居，乐其俗"[2]，指涉"小国"之"俗"；"今君封之，以利齐俗"[3]，指涉"齐"之"俗"；"此所谓便其习而义其俗者也"[4]。分别介绍了轵沐、炎（啖）人、仪渠三个地域中的食子、弃尸、剐尸、烧尸的行为习惯。在此需要特别指出的是，第三例中对"俗"的理解具备了群体区分意义，墨子对此现象的

---

① 饶尚宽译注：《老子》，中华书局，2015，第43页。
② 饶尚宽译注：《老子》，中华书局，2015，第172页。
③ 方勇译注：《墨子》，中华书局，2015，第321页。
④ 方勇译注：《墨子》，中华书局，2015，第209页。

解释是"上以为政，下以为俗"，说明他已经将"俗"理解为"下层群体"的行为习惯，是为政者引导、示范的结果。由此可见，群体区分性用法在春秋末期便已存在，只是在当时还未普遍使用。

地域区分性背后隐藏的是他者意识，在"特定地域中通行的行为习惯"层面考察"俗"的用法，大多数都是指向他者的案例，这就意味着对"俗"字的使用大多伴随着自我中心意识，是以话语发出者所属地域为中心去定义其他地域的一种尝试。先前有观点认为此义项层面的"俗"是中性词而"无所谓贬义"①，但仍需区分的是，单纯语法意义上的词汇感情色彩毕竟有别于特定社会中人们对于这个词的情感态度，其背后的文化内涵也是不容忽视的，这方面例子数不胜数，如猪、狼、纪念碑、十字架……它们在语法上都是中性词，但很难不承认这些词汇中确实附带有人们较为稳定的情感好恶。客观地说，《驹父盨盖铭》中的"俗"字便已经含有文化层面的贬义，它指向古淮夷地区，是从自居正统的周王室的立场出发去指涉所谓的"化外之地"，具有与周王室（即"雅"，与"夏"互通，周王室所处之地）相对抗的内涵，暗含轻视意味。照此说来，相较于部分观点所认为的雅俗对抗开始于春秋战国时期儒家思想的渗透，"俗"的"不正"（以周王室的中心地位来说）的意义根源便可以回溯到更远的西周时期，只不过这种对抗在当时还只是一种基于地域差异的对抗，而非现在大多数人意识中的基于群体差异的对抗。

如果带着这一层认识再去关照数百年后的文本，就会产生一些新的认识。"入境而问禁，入国而问俗"②，除了继续强调"俗"的地域区分性以外，也应该注意到"问俗"并不是出于心中对"俗"的尊重，而是为了在异地行事的方便，其出发点是自身利益，这与《驹父盨盖铭》中的"董（谨）尸（夷）俗"简直如出一辙。"移风易俗，天下皆宁"③，此句则应该从反面去理解："俗"不改变，天下就不得安宁。"无国而不有美俗，无国而不有恶俗"④，这句话通常被用作范例来证明"俗"之无褒贬，但对"美俗存于国"的强调恰恰凸显出此前这种认识的缺失。以上语例都

① 张赣生：《民国通俗小说论稿》，重庆出版社，1991，第5页。
② 胡平生、张萌译注：《礼记》，中华书局，2017，第51页。
③ 方勇、李波译注：《荀子》，中华书局，2015，第329页。
④ 方勇、李波译注：《荀子》，中华书局，2015，第178页。

能够说明，对于"俗"的评价始终都处在一个较低的水平。在此需要指出的是，到了战国时期，在"特定地域中通行的行为习惯"这一义项层面同样出现了一些淡化地域区分性的用法，转而开始向群体区分性偏移。

四、"一般群体"

考察战国时期的文献资料，"俗"的形容词用法开始大量出现，由名词演化出形容词的可能性更大，也更加符合由具象到抽象的逻辑规律：特定地域中通行的行为习惯（名词）→通行的行为习惯（名词，词义扩大）→能够符合/迎合/遵守通行的行为习惯的（形容词，词性变化，词义抽象化）→通行的、一般的（形容词，词义扩大）→一般群体（名词，词义具象化）。通过对"俗"词性/词义变迁的推演可以看出，前述名词性用法中的地域区分性逐渐淡化，群体区分性显现。简而言之，西周时的"俗"强调的是此地域与彼地域间的差异，往后的"俗"则更多地强调此类人与彼类人之间的差异。

首先需要考察"俗"的形容词用法。鉴于包括《诗》《书》《左传》《论语》等在内的春秋时期的儒家典籍中均未见"俗"字，因此具备群体区分性的形容词用法可能起源于道家思想中区分彼此的迫切要求。早在春秋时期，老子便曾不无自得地表示："俗人昭昭，我独昏昏；俗人察察，我独闷闷。"这是形容词用法的"俗"在春秋时期极为少见的案例，取前述义项中"能够符合/迎合/遵守通行的行为习惯的"或"一般的"之义，不仅突出了群体差异，而且是非常极端的用法，因为在老子眼中，他所处的群体只有他自己，体现出"独"字的效力。在战国时期的《庄子》中同样出现了与一般群体相对立的"俗"的形容词用法，《庄子》内篇中出现了两次"俗"字，皆为形容词，并与"世"搭配组成词语"世俗"，"世俗"即"社会上一般的"，这就揭示出道家思想是从"入世"（符合社会规范的）层面来理解"一般的"这一义项的。"故不终其天年而中道夭，自掊击于世俗者也。"① 有用之物正因其有用而耗损、消亡，无用之物方能长久存在，这是典型的"出世"思想。"彼又恶能愦愦然为世俗之礼，以观众人之耳目哉！"② 此句更是通过"临尸而歌"的事件明确阐述

---

① 孙通海译注：《庄子》，中华书局，2017，第89页。
② 孙通海译注：《庄子》，中华书局，2017，第144页。

了"方之外者"与"方之内者"之间的群体差异。总而言之，在"一般的"这一义项中，道家典籍中的"俗"是与"世"紧密关联的，而与"出世"群体相区分，这就有些类似于西方语境中的世俗与宗教的对立。

"俗"的形容词用法真正开始频繁出现是在战国时期的儒家典籍里，这与儒家思想观念对"俗"的渗透有着密切联系。相较于诸子百家中的其他流派，儒家思想因尊崇"天地君亲师"而等级观念较强，这也应该是"俗"的群体区分性得以凸显的重要原因。战国中期的《孟子》中出现了"俗"与"朝堂"相对立的用法。"王变乎色，曰：'寡人非能好先王之乐也，直好世俗之乐耳。'"① 此处"俗"也取形容词"一般的"之义，修饰后文的"乐"，但其内涵又有别于道家典籍。对"先王"的推崇是典型的儒家主张，正如孔子所言："礼之用，和为贵。先王之道，斯为美！"② 儒家经典中的"先王"特指周王室历史上诸如太王、王季、文王之类的贤君，同时"先王"还能代表"朝堂"，有别于占人口绝大多数的在野平头百姓。齐宣王因喜好"世俗之乐"而自感羞愧，可见此处之"俗"是作为"朝堂"的对立面而存在的，因而就具备了指涉有别于"朝堂"的其他群体的功能。除此之外还应注意到，仅就区别于社会观念的文字层面而言，此时的"俗"尚未与"雅"真正形成对立，虽然早在孔子时就有"恶郑声之乱雅乐也"③ 之说，但"郑声"是否就对应着"世俗之乐"还不好说，两者之间终归还隔着一层纸有待捅破。将"俗"与"雅"直接对立使用的案例出现于战国末期的儒家典籍中："故人主用俗人，则万乘之国亡；用俗儒，则万乘之国存；用雅儒，则千乘之国安；用大儒，则百里之地，久而后三年，天下为一，诸侯为臣；用万乘之国，则举错而定，一朝而伯。"④ 考察荀子的相关表述，追求财富、顺从显贵、不讲正义、不敬畏先王法度、不重视儒家典籍等行为被认为是"俗人"和"俗儒"所为，虽然这两者之间也存在着高下差别。据此可知，儒家对"俗"的理解也不仅仅局限于身居"朝堂"与在野的身份区分，道德修养与儒家思想的吻合程度同样也是区分"雅"和"俗"的标尺。

---

① 方勇译注：《孟子》，中华书局，2015，第21页。
② 张燕婴译注：《论语》，中华书局，2015，第5-6页。
③ 张燕婴译注：《论语》，中华书局，2015，第219页。
④ 方勇、李波译注：《荀子》，中华书局，2015，第107页。

总而言之，在春秋战国时期，不管是儒家还是道家系统中对于"俗"的形容词用法都体现出群体区分性，都是基于"俗"字在"通行的、一般的"这一义项层面所产生的不同理解，并且皆含贬义，考察先秦诸子书中的其他典籍也不出于此。正如道家系统将"俗"理解为"入世的"，儒家系统将"俗"理解为"在野的"或"不合道德标准的"，两者都认为自身是不"俗"的。从这一点来说，区别于儒家系统中对"俗"的认定倾向于身份指认和道德评判，道家系统中对"俗"的认定则更趋向于积极处世的价值观，因此儒家标准中的一些"不俗"的特质在道家那里恰恰被认为是"俗"的，儒道二家在"俗"的认定上的差异与矛盾正展示了该字作"一般群体"理解时的意义空间。

　　考察战国及稍后时期的典籍，可以发现形容词用法的群体区分性同样出现在"俗"字的名词用法中。第一种情况较容易理解，即由"通行的、一般的"义项自然过渡为"一般群体"，属于文言语法现象中的词类活用。如"同乎流俗，合乎污世"。[1] 这是从道德层面对"一般群体"做出区分。"天下尽殉也：彼其所殉仁义也，则俗谓之君子；其所殉货财也，则俗谓之小人。"[2] 庄子认为为义而死与为财而死之间没有任何差别，因为两者都是为外物而死，违背了自然天性，这就超越了"一般群体"的认知，是从处世态度层面对"一般群体"做出区分。总的说来，在此类用法中，诸子们对"俗"大多持否定态度，根据以《孟子》为样本进行的考察，仅存一处例外："世俗所谓不孝者五。"[3] 在孝道这一问题上，孟子对"一般群体"的观点表示了认同，相比于"出世"的道家，儒家思想对"俗"似乎更具有包容性。与此并行的另一种情况是，形容词用法的群体区分性渗透进了原先重在区分地域特征的"通行的行为习惯"这一义项之中。如"由今之道，无变今之俗，虽与之天下，不能一朝居也"[4]，"儒者在本朝则美政，在下位则美俗"[5]，"以俗教安，则民不愉"[6]，此三处"俗"都作"通行的行为习惯"讲，但强调的重点不在于行为习惯的地域

---

① 方勇译注：《孟子》，中华书局，2015，第303页。
② 金涛编：《老子庄子全注全译典藏本》，蓝天出版社，2016，第228页。
③ 方勇译注：《孟子》，中华书局，2015，第166页。
④ 方勇译注：《孟子》，中华书局，2015，第248页。
⑤ 方勇、李波译注：《荀子》，中华书局，2015，第92页。
⑥ 徐正英、常佩雨译注：《周礼》（上），中华书局，2014，第216页。

差异，而是从"朝堂"立场出发突出了居上位者与普通人在身份地位上的差异，群体区分性鲜明，地域区分性反倒淡化了。总而言之，群体区分性的名词用法自此之后便稳定、延续下来，并且超越了"一般群体"这一义项，开始向"俗"的其他义项渗透，并不断出现于之后的文献中。

从本质上说，"俗"的群体区分性用法体现出特定地域中占人口比例较小的某类人对其他群体的优越感，这从心理学角度可以得到解释，即认可某种"通行的"东西意味着从众，随大流的态度则体现出主体的平庸无能，所以当"俗"在"通行"层面的内涵被凸显出来以后，社会中对于该字的印象便注定会愈发走向负面。这就为现代意义上的"庸俗""凡俗""鄙俗""俗气""俗套"等一系列词语的出现奠定了基础。

综合本节所述，由西周至战国的漫长时段中，"俗"的字义呈现出一系列变化：① 先民认可、向往的某种东西（名词，具体形象，如宜居的生存环境）→② 认可、向往（动词，词性变化，具有情感倾向，词义抽象化）→③ 单纯的"欲"（动词，不具有情感倾向，词义扩大）→④ "欲"的对象（名词，词性变化，词义具象化）→⑤ 特定地域中普遍所"欲"的事物（名词，词义缩小）→⑥ 特定地域中通行的行为习惯（名词，词义扩大与抽象化，即对事物的喜好是行为习惯的一部分）→⑦ 通行的行为习惯（名词，词义扩大）→⑧ 能够符合/迎合/遵守通行的行为习惯的（形容词，词性变化）→⑨ 通行的、一般的（形容词，词义扩大与抽象化）→⑩ 一般群体（名词，词义具象化）。针对上述字义变迁过程尚有几点需要说明。第一，本节采用了"里程碑"式的研究方法，即密切关注"俗"字的某个新义项在文本中出现的历史时期，并以此为依据进行分析，反之，如果某历史时期中没有出现此新义项的文本案例，即视本时期内此新义项为不存在。这显然是一种有缺陷的保守的唯事实论，但考虑到早期文献资料的匮乏，便不得不去容忍它。第二，在某两个经由语例实证过的义项之间，可能存在着过渡义项，笔者的用意并不在于证明过渡义项在历史中的真实存在（虽然它们可能存在），而仅仅是为了呈现字义变迁中的逻辑过程。第三，虽说上述字义变迁的过程具有时间向度，但新义项的出现并不一定意味着原有义项的消失，字义越往后期发展便越繁复，不同义项的并存便更可能成为一种常态。

"俗"的字义到战国时期便已经趋于稳定，考察其后的典籍，对

"俗"字的使用在本质上都属于对前述诸义项中某一项的重复，而并未产生新的义项。与此同时也应当注意到，"俗"字在地域区分性与群体区分性这两个维度中的用法被延续下来，并越来越普及化，以至于使其他用法几乎可以忽略不计。在这两个维度下的不同义项中，具体情况又有所差别：就"通行的行为习惯"这一义项而言，它既可以指涉"特定地域"，又可以指涉"一般群体"，体现出跨维度的灵活性，但义项自身的意义空间并不宽阔；就"通行的、一般的"或"一般群体"而言则恰恰相反，虽说其仅能够指涉"一般"群体，但鉴于"一般"这个词语自身含义的模糊与复杂，对其理解也可以是多样化的。何谓"一般的"？何谓"一般群体"？不同时期、不同立场的人都可能做出不同的回答，这就又赋予"俗"字宽广的意义空间。

第二节 "通俗"词义的阐释——基于词语构成的分析

语素成词是汉语区别于印欧语系的显著特征，要在汉语中阐释词义就必须要从语言中最小的音义结合体——语素入手，充分考虑词语中各个语素之间可能存在的组合方式，进而形成合理的可靠解释。

一、"通"的使动用法

"通"用作使动用法"使……通"时，作"通晓、理解、知道、懂得"解。"通俗"就是"使俗通"，"俗"作为被"通"的对象，必定是名词，取第一节所述"一般群体"之义。虽然就何谓"一般群体"这一问题可能存在不同的回答，但"一般群体"居于"金字塔"的中下部，占总群体中的大多数总是无疑的，这就势必要求将难度控制在合理的范围之内并趋向于"简单"，而不至于给"一般群体"造成接受层面的绝对障碍。从这一点来说，能否"使一般群体理解"便是可以被用来判断某对象可否归于"通俗"范畴的一条基本尺度。

"通"用作使动用法的理解方式在许多方面都可以得到印证。从"通俗"所修饰的潜在对象来看，其多为人类精神成果，其中又以文艺类较为普遍。通过对通俗文学、绘画、音乐等艺术门类的考察，可以发现它们在各有差异的外在形式之下都存在着较为一致的"简单化"艺术取向。在语言文字类艺术中，叙事类作品大多内容集中、线索清晰，情节发展中存在合乎逻辑的关联与脉络，语体方面则要求使用通用的浅显文字，排斥作者个性，甚至千篇一律，这些都方便读者进行省力阅读。就听觉艺术而言，民歌与山歌、小调追求章节的回环复沓、声音的顺口押韵，甚至经常出现音调不变而仅仅更换其中唱词的情况，这些都方便了听众的欣赏、记忆与传唱。在以绘画为代表的视觉艺术方面，通俗绘画要么参与叙事，如连环画便常在图画框内辅以文字解说以便于读者理解，要么以夸张笔法描绘形象；如漫画中常常以寥寥几笔的简单线条构图，以便于将人物的鲜明特征明示于受众。

这种对夸饰的崇尚也并不单见于漫画中，在其他通俗艺术形式中也广泛存在，分析背后的原因，夸张是"简单化"艺术取向的必然结果。叙事类作品的人物设置大多注重形象的差异性，要么是侠骨搭配柔情，要么是正义对抗邪恶，要么是愚蠢反衬智慧……正反两方面差异巨大，并常常采用贴标签的方法直接向读者明示，总体上呈现扁平化特征，实际生活中却绝难找到如此分明之人物。在人物刻画中，往往也是通过诸如"力能扛鼎""身轻如燕"之类的夸大描写将人物形象加以突出。老舍便曾形象地介绍过这种写法："人物的描写要黑白分明，要简单有力的介绍出；形容得过火一点，比形容得恰到好处更有力。要记住，你的作品须能放在街头上去，在街头上只有'两个拳头粗又大，有如一对大铜锤'，才能不费力的抓住听众，教他们极快的接收打虎的武二郎。"① 在传统戏曲中，人物也是直白地以脸谱类型表明身份并辅以程序化的唱念做打，以此来知会观众。上述情况导致的后果便是不同作品所表现的内容大同小异，容不下太多的复杂性，所以通俗文艺也常常被论者诟病为缺乏个性的"模式化"创作。然而也应该看到，对夸饰的崇尚在客观上适应了作为"一般群体"之"俗"的相对贫弱的艺术感知力，"模式化"创作方式的意义则在于充分调动"一般群体"先前的审美经验，使他们能够在"似曾相识"的惯性作用下轻松地完成审美过程。

总而言之，从"使俗通"的角度看来，通俗的最大宗旨便是降低接受

---

① 老舍：《制作通俗文艺的苦痛》，《老舍全集》第17卷，人民文学出版社，2013，第159页。

难度，让一般群体能够在投入较少脑力的情况下获得较大的回报，换言之，收获/投入的比值越大，则越趋向于通俗。

二、"通俗"作为省略句+状语后置

伴随介词省略的状语后置是文言中的普遍现象，其中又以介词"于"的省略最为常见。如"将军战（于）河北，臣战（于）河南"[①]，"见二虫斗（于）草间"[②]。从这个角度理解，"通俗"便是"通（于）俗"，即"于俗通""与俗相通"。如康有为说："吾问上海点石者曰：何书宜售也？曰：书经不如八股，八股不如小说。宋开此体，通于俚俗，故天下读小说者最多也。"[③] 此处"俗"仍取群体区分层面的"一般群体"之义，"通"则表示"没有障碍"，"通俗"合起来解释为"与一般群体间没有障碍"。由于词语本身并未限定在何种层面没有障碍，所以至少可以有以下几种解释。

第一，"通（于）俗"承续先前所述，指在意义交流层面没有障碍，即"使一般群体能够理解"，这里不再复述。

第二，"通（于）俗"是指符合一般群体的趣味喜好，在此层面上不存在障碍。虽说趣味喜好各有差异，但不可否认的是，一般群体大多具有源于生物本能的大致趋同的审美趣味，总结出来不外乎以下几点。（1）基于追求刺激的本能：在语言文字类艺术中，主要表现为猎奇心理驱动下对新鲜事物的喜好，对情节性较强的富于冲突性与巧合性内容的偏爱，如奇闻逸事与鬼怪传说、紧张的破案过程等。在声音图像类艺术中，除了上述内容外更兼有对音调、韵律、色彩、线条、图形等视听元素的夸大运用。这些内容在客观上弥补了多数人现实生活平淡所造成的缺失。（2）基于繁殖本能：表现为对包含爱欲色彩的内容的偏爱，更乐于接受有关男女情爱的内容，如书本上大胆的两性描写、电影中涉及两性的镜头。（3）基于趋利本能：对能够为主体带来利益的内容的偏爱，更乐于接受对自身有益的事物。上述"利益"又分两种，其一为想象的利益，来源于审美过程中的"代入感"，这就能够解释一般群体倾向于接受诸如小人物发迹、抱得美人

---

① 司马迁：《史记·项羽本纪》。
② 沈复：《浮生六记·闲情记趣》。
③ 康有为：《日本书目志》卷十。

归、大团圆之类的内容。其二为实际利益，即审美活动客观上能够给自身带来人生其他方面的收益，诸如一些科普常识类的文章，又如晚清民初一批反映青楼、官场的小说在当时被部分读者认为提供了社会经验，作为行走社会的指南而流布。以上三点虽说有所重合，但又各有侧重，在此层面理解"通俗"，则为"通过符合基于人类本能的趣味喜好来引发一般群体的兴趣"，因而能与之趣味相通。这种"通"具有浅显直接的特点，因不深刻而常被人诟病为肤浅无聊，但此类评价大多基于批评者的自我审查机制，是立足于其他标准（如道德）所发出的高论，不能看作他们的"心声"。

趣味喜好层面的"通（于）俗"有时并不以理解层面的"通（于）俗"为前提，常常是依靠本能来激发兴趣，这在文字类艺术以外的门类中尤为常见：北京第一舞台的观众在观演俄国歌舞团男女演员接吻时肆意拍手[1]，画展上的门外汉们驻足在康定斯基色彩绚丽的抽象派作品面前交口称赞，市井乡间的百姓在归家的路上哼着脱离戏文的曲调而自得其乐[2]。他们中的大多数并不能充分理解所面对的审美对象，但审美对象中的某一个"点"却足以使其无比欢愉，这是因为基于本能的快感并不以理解为前提。就文字类艺术而言，上述情况要少见一些，因为文学审美必须要建立在对文字意义的理解之上，但即便是理解也有不同的深度，有的文学作品虽说具有深刻主题，但同样也可以被一般读者在较浅的层面上欣赏。鲁迅就曾经悲哀并且震惊于自己的译作《乐人扬珂》（显克微支）被冠以"滑稽小说"之名盗载在通俗杂志上[3]，韦恩·布斯也感慨于他的一位朋友将赫胥黎的作品当作"色情文学的来源"[4]，其实这正是同一部作品能够在不同层面被理解的例证，对于这部分艺术作品，我们无法否认其同样也可以做到趣味喜好层面的与俗相通。

第三，"通（于）俗"也可以指与一般群体在情感层面相通。[5] 相较于上述基于本能喜好的趣味相通而言，情感相通更加深刻也更难实现，通常需要建立在一般群体对审美对象具有相当程度理解的基础上方能达成。

---

① 鲁迅：《为"俄国歌舞团"》，《鲁迅全集》第1卷，人民文学出版社，2005，第403页。
② 朱自清：《论百读不厌》，《朱自清全集》第3卷，江苏教育出版社，1996，第228页。
③ 鲁迅：《域外小说集序》，《鲁迅全集》第10卷，人民文学出版社，2005，第178页。
④ 韦恩·布斯：《小说修辞学》，华明，等译，北京联合出版公司，2017，第361页。
⑤ 在此处对"情感"的使用为广义，不仅指对特定事物的某种具体感情，还包括态度与价值观层面。下同。

这就意味着实现此层面的"通俗"通常要以前两个层面的"通俗"为前提，既要使一般群体能够理解，又要让他们有去理解的意愿。相比于仅仅通过浅层次的若干"兴奋点"来引发兴趣的做法，这就显得更加困难、复杂。

托尔斯泰对此持类似的观点，他将艺术视为联系人类情感的精神工具，并进一步肯定能够"使人们趋向团结或者是把现在的人们团结在一起"的"普遍性"情感，而排斥"特殊的情感"①。托尔斯泰怀着宗教情结站在全人类立场上提倡"上帝儿女"之间的兄弟情谊，认为沙俄的大公和贵妇们与农奴间存在情感相通的可能，这种论调未免过于理想化，但其对目标达成的难度有着清醒的认识："写一首描述克娄巴特拉时代的诗歌，画一幅尼罗焚烧罗马的画，写一部具有勃拉姆斯和理查德·施特劳斯风格的交响曲，抑或写一部瓦格纳风格的歌剧，会很容易；可是要简单明了地讲述一个简单的故事，而且要表达出讲述者的内心感情，或用铅笔画一幅感动观众或使观众发笑的图画，或写四小节没有伴奏的、简单的旋律，这种旋律要表达一种情感能够使人过耳不忘，却是困难重重。"② 托尔斯泰立足于"全人类"的艺术信仰与追求也可以算作类似于"雅俗共赏"的更大范围的通俗，如武者小路实笃便认为包括《战争与和平》（托尔斯泰）、《米赛诺夫》（雨果）、《罪与罚》（陀思妥耶夫斯基）等伟大作家的作品可以归属于通俗小说，因为这些作品"与强烈的光强烈的热同其性质，皆想照耀一切的心及温暖一切是心"，只是大部分作家力有未逮，所以"没有实力而想写参透人心的作品，结果势必没有热力，不得要领，除去写出泡沫类的作品，别无他法"③。

区别于与"全人类"情感相通，"通（于）俗"仅仅要求与"一般群体"情感相通，但即便如此所看到的依然是失望。一部分怀着雄心壮志的艺术工作者无法寻得有效的手段将内心美好而高尚的情感以浅显而符合一般群体喜好的形式传达给他们，而另外一部分则干脆放弃这种理想。更多的情况是，一般群体在还未理解作为审美对象的艺术作品时，便因难度过高或缺乏兴趣等原因放弃了自身情感沟通的尝试。如果我们暂且抛开其他

---

① 列夫·托尔斯泰：《艺术论》，张昕畅，等译，中国人民大学出版社，2005，第171页。
② 列夫·托尔斯泰：《艺术论》，张昕畅，等译，中国人民大学出版社，2005，第170页。
③ 汤鹤逸：《通俗小说——译武者小路实笃的小品》，《京报副刊》1926年1月7日第377期，第1版。

因素不论而进一步去追问一般群体普遍认同的情感有哪些，恐怕仍然难以通过穷举的方式做出完整的回答。普通心理学认为情绪和情感都是人对客观事物所持的态度体验，只是情绪更倾向于个体基本需求欲望上的态度体验，而情感更倾向于社会需求欲望上的态度体验。[①] 从这一点来看，一般群体所认同的情感必定与他们过往的社会生活密切相关，诸如对亲情的普遍认同是因为多数人都不乏成长过程中的家族生活经历，对友情的普遍认同是因为多数人都不乏学习、工作中的协同合作经历（以及学习工作之余的娱乐经历），对爱情的普遍认同则更无须解释。就艺术作品而言，之所以其能够实现情感层面的与俗相通，是因为作品所引发的情感符合了一般群体的普遍认同，并引起了他们在先前社会生活中感受过的似曾相识的情感，换言之，即艺术家代替一般群体表达出了他们心中的情感。

　　最适合表情达意的无疑是以语言文字为媒介的艺术形式，除文学以外还可以包括诸如电影、戏剧、曲艺、歌舞、绘画、书法等门类中的语言文字部分，这是因为语言文字传达信息的明确与精密是其他媒介所无法比拟的。但也必须承认，这种明确与精密有时候恰恰会不利于情感层面的与俗相通，因为它限制了一般群体的联想与想象。反之，以音乐为代表的听觉艺术在排除歌词和创作背景等外在因素之后，虽说无法明确地表情达意，但其仍然可以凭借自身高昂低沉的音调和轻重缓急的节奏直接作用于官能，唤起基于本能的喜怒哀乐的情绪（区别于情感，见上一节）变化，欣赏者无疑将会由此情绪进一步深入，回忆起让各自悲伤或愉悦的社会生活经历，进而达成情感层面的相通。正如梅曾亮所言："今世之闻乐者，肃然穆然，其声动人心，非皆能辨其词也。"[②] 总而言之，音乐的表情达意含蓄而不够明确，它通过自身的音韵节奏来唤起情绪，再通过情绪来引发情感，由于情绪自身不含明确指向，才可以与欣赏者各不相同的悲喜经历相关联，从而引起多数人的情感共鸣。这里仍然有一点需要甄别，音乐与一般群体在情感层面相通，并不是音乐自身"表达"了一般群体普遍认同的某种情感，而是由于情绪起到了"诱导"作用，让欣赏者产生音乐"表达"主体内心情感的幻觉。

　　相比于音乐，以绘画为代表的视觉艺术在与一般群体沟通情感方面要

---

① 张积家：《普通心理学》，中国人民大学出版社，2015，第497页。
② 梅曾亮：《闲存诗草跋》，《近代文论选（上）》，人民文学出版社，1959，第23页。

更难。一方面，绘画作品凭借色彩、图形直接作用于官能进而唤起情绪的能力较音乐要弱得多。即便不同色彩的运用可以引起生理变化并唤起相应的情绪（如暖色令人亢奋，冷色令人沉静，亮色使人心情舒畅，暗色使人心情压抑），但色彩所引发的情绪并不如音乐那样强烈，也不大容易唤起基于欣赏者社会生活经历的情感，这是因为多数人欣赏画作时主要是从画面的内容层面进入，进而去体悟情感，内容的明确性会限制欣赏者的联想与想象，而单纯地以色彩途径进入无疑需要更多的专业训练，对一般群体而言难度太大，这就不难解释听音落泪的现象较观画落泪要普遍得多。另一方面，即便从内容层面来说，绘画与一般群体情感相通的情况也不乐观。尽管不断有论者强调情感是画作的必备要素，但就一般群体而言，当他们驻足在一些公认的杰作面前时，很难说能被引发什么情感。分析背后的原因，一部分在于欣赏者们对画作的背景信息缺乏足够的了解，所以在面对诸如《救世主》（达·芬奇）（图1）这样的静态肖像作品时，他们只知道画的是什么，画得好不好，至于画作表达的情感则不在感知的范围内，所以他们感受更多的是无法言明的美感而并非情感。① 还有一种情况是画作传达情感的方式过于隐晦，限制了自身情感层面的与俗相通，如《牡丹孔雀图》（朱耷）（图2）表达了遗民的心声，但作品较强的隐喻性使常人无法理解。② 最后也不能忽视一种糟糕的情况，即相当一部分画作可能仅仅是名家的练笔或应托之作，在客观上并无充分证据证明其具有传达情感的目的，在经由批评家的过度阐释之后被赋予了情感，这种牵强的认知方式显然难以被多数欣赏者接受。考虑到批评家大多认为自己是最懂艺术的群体，他们追求深度发掘而排斥一般理解，所以无法忽视这种可能性。"干草堆"系列（克劳德·莫奈）便得到这样主观化的评价："确实，在莫奈眼里它们都充斥着情感，有的庄重、威严；有的欢乐、愉悦；有的淡薄、沉静；有的孤寂、悲哀。不同光线下的干草堆通过绚烂的色彩讲述着不同情感语言，震撼着我们心灵的深处。"③ 显然，这位"行家"并未得到与莫奈当面交流的机会，因此更为严谨地表述应该为"在我眼里"。

---

① 从人物的面容和装束看，《救世主》中的耶稣形象基于文艺复兴时期的贵族，而并非头顶光环的受难者，表达的是对人的价值的肯定。要体会画作深意，必须要依托对创作背景的了解。

② 以孔雀的尾翎隐喻清朝的官帽，而它们站在光滑不稳的石头上，暗示清朝政权有可能随时垮台。

③ 《法国印象派绘画和印象派大师莫奈（一）》，http://blog.sina.com.cn/s/blog_416ab5da0100a72c.html。

更加接近真实的情况可能恰恰相反，印象派对光与影的兴趣更多是技法层面的实验，本质上是将科学的色彩理论运用于绘画，"干草堆"系列表现的恰恰是同一样东西在不同光线下的不同效果，莫奈的创作初衷也只是"开始时想画两幅油画，一幅表现阴天，一幅表现晴天，这样就可能在不同的光线下充分表现题材"[1]，而情感并非作者考虑的重点。客观地说，区别于音乐表情达意的模糊与多义，真正能够做到情感相通的恰恰是那些主题鲜明的画作，诸如《伏尔加河上的纤夫》（伊利亚·叶菲莫维奇·列宾）和《自由引导人民》（欧仁·德拉克洛瓦）之类的作品，它们内容明晰，表达的又是当时居于下层的多数人极具普遍性的情感类型，朴素而深刻，无疑称得上是通俗的典范。

图1　《救世主》

图2　《牡丹孔雀图》

文学沟通情感的能力介于音乐与绘画之间，它无法像音乐那般通过音调旋律直接作用于听觉，进而引发情绪"诱导"欣赏者的内心情感，但它又具备绘画艺术所缺乏的时间性，能够从容不迫地表情达意，再加之以文字为媒介，因此文学表达情感的明晰与丰富又是前两者所不具备的。与绘画的情况类似，文学要做到与一般群体情感相通同样也面临着诸多障碍。首先，相当一部分作品并不以传递情感为主要目的，而仅仅是满足了本能层面的趣味喜好（如本节第二点所论），是肤浅的艺术，所以就很难想象

---

① 约翰·雷华德：《印象画派史》，平野，等译，人民美术出版社，1983，第334页。

读者在接受一篇侦探或色情小说时能够被引发怎样的情感。其次，另有一部分作品虽说重在表情，但作品内容并非基于一般群体的社会生活经验，情感类型过于个人化与小众化，因而也无法引起多数人的共鸣，如周作人把玩苦趣的美文、王维参悟佛理的诗歌、萧衍描绘宫廷的乐府等。最后一种情况则令人惋惜，即作品虽说蕴含了具有普遍性的情感，但由于他种因素的干扰过强，反而弱化、掩盖了情感表达。如《阿Q正传》（鲁迅）的读者便极有可能因过于关注情节和人物的趣味性，而忽视作者在作品中倾注的情感，所以这部作品很难做到与一般群体情感相通。阿Q的例子证明了趣味性高的作品往往不易感人，这正如托尔斯泰所说，作品的趣味"在吸引读者、观众和听众的注意力的同时缺乏感染性"，因而"阻碍了艺术印象的形成"[1]。以上论述道出了文学作品在情感层面与俗相通的必要条件：情感类型具有普遍性；情感表达不能过多受到包括趣味性与难度在内的它种因素的干扰。以上述标准来衡量作品，《静夜思》（李白）可以称得上是典范。从情感类型看，《静夜思》基于一般群体羁旅夜宿、客居异乡生活经验的"游子思乡"显然极具普遍性；从情感表达的方式看，则处处体现出对诸种障碍的规避，诸如运用白话而不设典故以便于理解，篇幅短小而朗朗上口以便于记忆与传诵，等等。相比而言，《黄鹤楼》（崔颢）与《夜雨寄北》（李商隐）虽说也表达类似情感，但前者对古迹的缅怀属于典型的文人情怀，一般人较难体会，对思乡情感的传达造成了干扰，后者预想未来的抒情方式对于部分读者而言存在难度，而且剪烛夜话的文人生活范式也与一般群体的生活经验存在距离，这些都弱化了诗歌情感层面的与俗相通。

综合本节所述可以得到如下结论。第一，相比于使动用法的"通俗"，作为状语后置的"通俗"内涵更加丰富，并可以囊括前者的理解。第二，作为一个具有多层级语义的词语，"通俗"的衡量标准也应是多维度而非单一的。第三，在艺术领域，"通俗"的几个维度之间也存在着相互影响与牵制，并在几个主要艺术门类中各具特点。就音乐而言，它通过声音直接作用于官能引发情绪，因而能够跳过意义理解层面实现情感相通，但这绝非是说对意义的理解与情感之间无关联，只是意义的

---

①　列夫·托尔斯泰：《艺术论》，张昕畅，等译，中国人民大学出版社，2005，第100页。

产生是源于音乐所引发的情绪，而并非音乐自身。绘画又是完全不同的情况，它表情达意较音乐明确，但直接引发情绪的能力较弱，所以要实现绘画在趣味喜好与情感层面的与俗相通更多要依靠意义层面的理解。文学的情况则更为复杂，它是以语言文字为媒介的时间艺术，表情达意最为明确、丰富，因而即便是趣味喜好层面的相通也必须要以对字面意思的理解为前提，更遑论更深层次的情感相通。同时文学中还存在作品的外在趣味压抑内在情感的现象，这种情况同样也不同程度地存在于其他艺术类型中。

考察"通俗"术语在过往的使用情况，可以发现其常常是在某个单一层面上被理解，并且大多局限于上述三个层面中的前两个较浅的层面。随之而来的是"通俗"被用作文类的划分，并且这种划分常常是以诸如作家、刊物、社团、流派、创作动机等文本以外的因素为标准，因而偏离了"通俗"的本义。这些做法都不够审慎，因为即使是同一位作家的不同作品之间也可能存在理解难度和趣味程度的差异，余者亦然。退一步来说，即便以"通俗"的本义去衡量，在面对一部具体作品时，也很难抉择将其归于"通俗"或者"非通俗"间的某一类，这种"选择恐惧症"一方面是由于划分文类时缺乏一个公认的"临界点"，即"通俗"到何种程度才可以被归为"通俗"一类；另一方面是由于"通俗"语义的多层内涵使其自身的区分度不够高，所以与其将"通俗"视为一种"标准"，不如将其视为一种"趋势"来理解。正如本节所述，这种"趋势"可以用三种"参数"的合力来描述，以三维立体直角坐标系呈现，如图3：

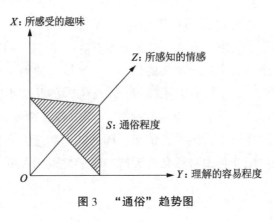

图3　"通俗"趋势图

第三节 "通俗"理解的变迁——基于历史语境中的词语使用案例

先前两节的理论工作揭示了两点：一方面，"俗"字在经过复杂的语义变迁之后衍生出具有群体区分性的"一般群体"义项，并且此义项本身也存在着多元理解的可能；另一方面，"通俗"之"通"也存在着不同层级的理解方式，这一切都造成了"通俗"语义的丰富与含混。本节将回归历史语境中的文学场，重点梳理特定时期内对"通俗"的诸种理解，考察与之密切关联的词语使用情况，呈现其中"通"的不同层级和作为"一般群体"之"俗"的类型差异。

一、语体化语境中的"通俗"

"通俗"最初被用于对语体的限定，言文分离时期的语用情况绝大多数都属语言范畴。在相当长时期内的文本中，只见"俗"而不见"通俗"，该词始现于东汉服虔所撰之《通俗文》而大量出现于明代，用于修饰话本小说，如《京本通俗小说》（宋·佚名）[1]、《三国志通俗演义》（元末明初·罗贯中）、《隋唐志传通俗演义》（明·林瀚）、《大宋中兴通俗演义》（明·熊大木）、《新刻全像三宝太监西洋记通俗演义》（明·罗懋登）等，这部分作品之所以被冠以"通俗"之名，是因为它们使用了古代白话，能够做到语言层面的浅显易懂。同时需要注意的是，明代被冠以"通俗"的作品都属于历史题材，这是因为史书皆以文言为工具，就有必要用白话加以再创作以规避正史"理微义奥""不通乎众人"[2]的缺点，从而能够使其作为"正史之补"[3]的"低配"版本让一般群体"是是非非，了然于心目之下"[4]。正如有论者认为："它的典型用法最初与历史演义一同出现，如'三国志通俗演义'，是因为不识字的世俗人等没法通经史，所以由演义的方式让其理解。"[5] 话本小说的作者在作品中便直接用

---

① 《京本通俗小说》作者不详，有人认为是宋元作品，也有人认为是明人伪托。
② 蒋大器：《三国志通俗演义·序》。
③ 林瀚：《隋唐志传通俗演义·序》。
④ 张尚德：《三国志通俗演义·引》。
⑤ 徐德明：《中国现代小说雅俗流变与整合》，社会科学文献出版社，2000，第225页。

"通俗"指涉语言："话须通俗方传远，语必关风始动人。"① 冯梦龙也曾说过："唐人选言，入于文心；宋人通俗，谐于里耳。"② 此处"选言"便是语言的选用，即措辞。总而言之，当时人侧重于在语言层面理解"通俗"，这种对词语的使用方式较为单调、狭隘，究其原因也毫不奇怪，因为在文言分离时代，一般群体在最基本的字面理解上都存在障碍，更遑论深层次的趣味、喜好、情感等其他层面，而关乎理解的主要矛盾就是语言。从这层意义上说，当时的作家和批评家理解"通俗"之"通"侧重于信息沟通层面，理解作为"一般群体"之"俗"则侧重于不通文言之人，这其中自然也包括只能听说而不会读写之人，因为通俗演义等在当时也通过说书的形式被传播，所谓"通俗"要"通"的对象便是这一类群体。

"通俗"一词侧重语言的理解方式在清代得到延续。一方面，该词继续修饰历史题材的话本小说，如《樵史通俗演义》（清·陆应旸）、《绣像绘图二十四史通俗演义》（清·吕抚）等。另一方面，该词也由原先修饰话本小说转而广泛出现于清代的小学著述中，如乾隆年间的《通俗编》（清·翟灏）便是采集一般人口中常说的词语并分门别类加以阐释与考辨，可以作为古代俗语、成语词典来使用。其他诸如《辨正通俗文字》（清·陆费墀）、《通俗字林辨证》（清·唐埙）、《说文通俗》（清·顾之义）等，也都是从语言层面理解"通俗"的。这种情况一直延续到晚清，曾任富阳县学训导的严大经便对著作标题里的"通俗"有过明确的解释："因用禾中土语委曲推衍，成此一编，不尚文言，名曰《通俗》。"③ 甚至到了20世纪初的清末，这种理解方式也依然具有影响力。狄宝贤便仅从语言层面讨论雅俗问题："请言雅俗。饮冰室主人常语余：俗语文体之流行，实文学进步之最大关键也。"④ 王国维也将本国学术语言的匮乏归因于"通俗"："抑我国人之特质，实际的也，通俗的也；西洋人之特质，思辨的也，科学的也，长于抽象而精于分类，对世界一切有形无形之事物，无往而不用综括及分析之二法，故言语之多，自然之理也。"⑤ 徐念慈则主

---

① 佚名：《京本通俗小说·冯玉梅团圆》。
② 冯梦龙：《古今小说·序》。
③ 严大经：《圣谕广训通俗·跋》。
④ 楚卿：《论文学上小说之位置》，《新小说》1903 年第 7 期。
⑤ 王国维：《论新学语之输入》，《教育世界》1905 年第 4 期（总第 96 期），第 1 页。

张专门为实业社会的商人著译小说："其文字，用通俗白话，先后以四五万字为率，加入回首之绣像。"①

纵观白话文运动时期的论述，绝大多数也都承续前一时期，视"通俗"为语言层面的浅显易懂。有人提倡以古代戏曲和小说为模板的"通俗行远之文字"②，有人支持"推倒迂晦的、艰涩的山林文学，建设明了的、通俗的社会文学"③，有人认为以京音、京字演唱的皮黄"通俗可取"而"昆剧自应退居于历史的艺术之地位"④，有人坚持"通俗的美术文（用于通俗教育者）与中国旧美术文可以并行"⑤，有人主张"用通俗的话做美术的诗"⑥，有人称敦煌考古中发现的部分"全用俗语""明浅易解"的作品为"通俗诗"和"通俗小说"⑦。对于上述诸例中的"通俗"，胡适有过明确而生动的阐释："什么叫做'雅'？什么叫做'俗'？《水浒》说，'你这与奴才做奴才的奴才！'请问这是雅是俗？《列子》说，'设令发于余窍，子亦将承之。'这一句字字高古，请问是雅是俗？……只有白话的文学是'雅俗共赏'的，文言的文学只可供'雅人'的赏玩，决不配给'他们'领会的。"⑧由于当时正处于解决文言分离矛盾的攻坚阶段，所以出现许多侧重语体的案例就毫不奇怪了。至于后白话文运动时期虽说情况趋向复杂，但此种理解在减少的同时并未完全消失，而是与他种理解多元并存。⑨

除上述情况之外，晚清部分学者对"通俗"的理解虽说依然侧重于语言层面但又有所变化。章太炎便不满于当时的文士大多不学古文而只"习通俗之文"，诸如曾国藩、张裕钊、姚鼐、吴敏树等人皆被其归为"通俗不学者"，在他眼中刘宋之后的文字都属于通俗之文，只有雅驯可诵的魏晋古文才能称得上"异于通俗"："乃夫文质相扶，辞气异于通俗，上法东汉，下亦旁皇晋、宋之间，而文士以为别裁异趣，如汪中、李兆洛之

---

① 觉我：《余之小说观》，《小说林》1908 年第 10 期。
② 胡适：《文学改良刍议》，《新青年》1917 年第 2 卷 5 期。
③ 陈独秀：《文学革命论》，《新青年》1917 年第 2 卷第 6 期。
④ 刘半农：《我之文学改良观》，《新青年》1917 年第 3 卷第 3 期。
⑤ 黄觉僧：《折衷的文学革新论》，《新青年》1918 年第 5 卷第 3 期。
⑥ 俞平伯：《白话诗的三大条件》，《新青年》1919 年第 6 卷第 3 期。
⑦ 王国维：《敦煌发见唐朝之通俗诗及通俗小说》，《东方杂志》1920 年第 17 卷第 8 期，第 95 页。
⑧ 胡适：《新文学问题之讨论》，《新青年》1918 年第 5 卷第 2 期。
⑨ 张恨水：《通俗文的一道铁关》，重庆《新民报》1942 年 12 月 9 日。

徒，亦可谓彬彬者矣。"① 可见章氏文中的"俗"并不专指那些仅知白话而不通文言之人，而是指仅能读写近世浅近文言而不通魏晋古文的这类群体。章氏用"俗"指涉学者文士中的一般群体，而前述严大经、徐念慈等人所指的则是中国社会上的一般群体，二者所取样本范围的不同造成了理解上的差异。实际上晚清部分学者所持的见解恰恰与章氏相异，如一些人便认为尊古即为"俗"。黄遵宪说："俗儒好尊古，日日故纸研。"② 陈澧也认为学者著述"宜洁净，宜平实，简而明，简而不漏，详而不支、不烦，学古而不赝古，有法而不囿于法"，而这些都是"俗人更不识"的。③ 正是因为他们看到当时读书人中的"一般群体"都尊古、赝古，追求语言的典雅工妙，所以视之为"俗"，简明平实的文字则"不俗"。相比上述三人两极化的观点，其他人则是在对尊古与趋时的双向否定中认识"俗"。何绍基便认为二者皆为"俗"："同流合污，胸无是非，或逐时好，或傍古人，是之谓俗。"④ 王闿运甚至认为趋时为"俗"，而尊古更是下而不及："所疑者时代区分，古今遂有雅俗也。帝曰'俞'，制曰'可'，旨作'知道了'，其用一也。今欲改'知道了'为'俞'，则愈增其丑；以'了'字入文，则必不可行。"⑤ 可见他既反对以古语入文，又反对以口语入文，那么他所指的"择其雅言"只能是当时的近体文言了。由此可知，晚清部分学者对"通俗"理解的变化植根于对作为"一般群体"之"俗"的差异性理解，他们的观点虽说并不相同，但又都是在知识群体内部讨论雅俗问题，所以他们所称之"俗"也仅仅是指知识群体内部的"一般群体"，而知识群体在整个社会阶层中恰恰属于占少数的特殊群体，多元化的理解正是以实证的方式展现出缺乏范围限定的"俗"字在"一般群体"义项下的宽广意义空间。

最后有必要补充的是，虽说侧重语言的理解方式在清代占据统治地位，但仍有极少数的例外。清初毛奇龄在解释《辨定祭礼通俗谱》一书标

---

① 章炳麟：《校文士》，《民报》1906 年第 10 期，第 79－80 页。
② 黄遵宪：《杂感》，《近代文论选（上）》，人民文学出版社，1959，第 172 页。
③ 陈澧：《与王峻之书五首》，《近代文论选（上）》，人民文学出版社，1959，第 141 页。
④ 何绍基：《使黔草自序》，《何绍基诗文集》，长沙岳麓书社，2006，第 764 页。
⑤ 王闿运：《论文体》，《近代文论选（上）》，人民文学出版社，1959，第 330 页。

题中的"通俗"时说："其说取古礼而酌以今制，故以通俗为名。"① 毛氏认为古代祭礼多为士礼而不切民用，且多有散佚，再加之部分礼节本身便有悖人情，因而祭礼便难以被遵循，所以他主张将古礼加以变通以利于今人的接受。通过以上分析可以得知，毛氏所谓"通俗"之"通"并不在同语言密切相关的信息沟通层面，而在"行为习惯"层面。正如本章第一节所述，"俗"字本身便有"行为习惯"之义项，这层语言上的暧昧②就足以解释民俗题材的文章对于"通俗"一词的吸引力，正是这种力的存在让清代极少部分的"通俗"从侧重语言的使用方式中脱离出来而出现在民俗范畴，为数不多的例子还有清初吕留良所著之《御儿吕氏昏礼通俗仪节》。

综上所述，在相当长的历史时期中，人们对"通俗"一词的使用大多停留在基于语言的信息沟通层面，虽说其间也出现过极少数脱离语言而关涉民俗的使用案例，但只能算是细枝末节而无法影响到事物的整体风貌。可以说，在特定时期内，"通俗"问题基本上就是语言层面的意义交流问题，即采用何种语言才能将信息传达给一般群体，这正说明在文言分离的矛盾未得到彻底解决之前，语言问题始终是"通俗"所要克服的首要困难。

二、市场化语境中的"通俗"

对"通俗"的理解想要真正摆脱语体层面的局限，就必须要以先前主要矛盾的解决为前提，而这正是"五四"白话文运动所完成的任务。一方面，相比于晚清维新运动仅仅将白话视为提供给普通民众的慈善文体，白话文运动真正推翻了文言根基，基本消弭了横亘在文学作品中的语体差异，为新理解的出现创造了条件。这正如朱自清所总结："胡适之先生和陈独秀先生主张白话是正宗的文学用语，大家该一律用白话作文，不该有士和民的分别。"③ 另一方面，在文学市场化语境中，新文学的倡导者与旧有群体之间的身份差异，以及随之而来的对"文学"理解的差异又造成

---

① 毛奇龄：《辨定祭礼通俗谱·提要》，载《景印文渊阁四库全书》第 142 册，台湾商务印书馆，1986，第 743 页。

② 如本章第一节所述，民俗、风俗、陋俗中的"俗"便取"行为习惯"义项，因而祭礼自身便是一种"俗"，但祭礼之"俗"又非标题中"通俗"之"俗"，民俗题材中的"通俗"实际上是"通俗（一般群体的）俗（行为习惯）"，而这层逻辑关系词语使用者往往不会刻意加以辨明。

③ 朱自清：《论通俗化》，《现代文摘（上海）》1947 年第 1 卷第 3 期，第 70 页。

了文学场中新矛盾的凸显。

考虑到白话普及的渐进过程，这种意义松动的开始还要更早一些，但仍没有超出一定的限度。所谓"松动"是指对"通俗"的使用已不再囿于限定语体，其他因素也被纳入考虑范围，具体表现为"俗"已经不再限于原先所指的不通文言的群体，而是泛指知识水平较低（而不限于语言文字水平）的群体；所谓"限度"则体现在对"通俗"的理解仍侧重于信息沟通中的浅显易懂，而不涉及趣味或情感层面。如章太炎、于右任等人发起成立的"通俗教育研究会"便旨在"以研究通俗教育设施方法，为普通人民灌输常识，培养公德，并启发有关社会教育之各事物"①。蔡元培在演讲中也认为"关于通俗教育，尚有一轻而易举之法，则电光影戏是也"②。张厚载也承认"音乐这一件事情，于通俗教育，最有关系"③。上述几人对"通俗"的使用并不专指语言，而是意在强调以合适的方式提供给"普通人民"一些能够为他们所理解的浅近而有用的信息以达成教育之目的，本质上仍属于信息沟通层面的与俗相通。类似的使用方式在当时并不鲜见且得到延续，如光绪末年设立于各地的通俗教育讲演所，民初设立于各地的通俗图书馆与通俗教育馆，以及贯穿整个民国时期的由不同出版机构印行的各类通俗教育类书籍。④ 这种用法延续至今，所以如今在看到一本《通俗天文学》时便能够领会，此书之所以取"通俗"为名并不是因为书中使用了白话，而是因其传达了易于理解的常识性天文知识。

真正跳出信息沟通层面对"通俗"的使用来源于白话文运动时期的一次"借用"。在1918年1月的一场关于小说的演讲中，刘半农解释"通俗小说"时借用了英语中的"popular story"，并承认这种译法"不确当"，为了避免误解他还特意强调了演讲中的"通俗"并非当时普遍理解中的"白话"。从刘氏所下的定义来看，"通俗"（popular）是指"合乎普通人民的，容易理解的，为普通人民所喜悦所承受的"。如果说"容易理解"尚属信息沟通层面对文本提出的要求，那么"为普通人民所喜悦所承受"

---

① 宋荐戈：《中华近世通鉴·教育专卷》，中国广播电视出版社，2000，第211页。
② 蔡元培：《通俗教育研究会演说词》（1916年12月27日），朱有瓛、戚名琇等编《中国近代教育史资料汇编》，上海教育出版社，1993，第379页。
③ 张厚载：《我的中国旧戏观》，《新青年》1918年第5卷第4期。
④ 如商务印书馆的《交际术》（1926）、《人间误解的生物》（1928）、《饮食防毒法》（1929），中华书局的《法制浅说》（1926）、《家政浅说》（1916）、《种树浅说》（1916），在这些书的封面上除标题外皆印有"通俗教育丛书"。还有的直接以"通俗"入题，如华新书局的《社会通俗最新尺牍大全》（1921）。

则无疑涉及了其他层面。就演讲的具体内容来看，刘氏视"通俗小说"为"上中下三等社会共有的小说"，但也并非包括所有的白话小说，如《花月痕》《水浒传》和《红楼梦》就由于"发牢骚卖本领"或"交换思想意志"等原因被他排除出"通俗小说"的范畴。① 周作人对刘半农的用法可能有所借鉴，在同年 7 月的一场介绍日本文学的演讲中，周作人第一次从语体/信息沟通以外的角度较为明确地谈及通俗的特征，并与"通俗小说"这一术语建立关联。这段文字虽说不够细致却较为全面："这八种都是通俗小说，流行于中等以下的社会。其中虽间有佳作，当得起文学的名称的东西，大多数都是迎合下层社会心理而作，所以千篇一律，少有特色。著作者的位置也狠低，仿佛同画工或是说书的一样；他们也自称戏作者；做书的目的不过是供娱乐，或当教训。"② 周氏从文本特质、作者身份、创作动机等方面对日本通俗小说的存在形态加以描述，其中部分观点能够切中通俗之义，如果说"千篇一律，少有特色"的模式化写作在客观上实现了阅读惯性作用下的省力阅读，尚且属于信息沟通中的浅显易懂，那么"迎合社会心理"则超出了原有理解而更加偏向于趣味层面的与俗相通，此两者都属于达成通俗的相关条件。至于创作动机和作者的身份地位则只能用于描述特定时空内的表面形态，与文本通俗与否并无必然联系。一方面，并非只有地位低的人才能创作出通俗作品，如抗战时期担任文艺家协会总务部主任的老舍创作的鼓词；另一方面，以娱乐或教育为动机的作品也并非一定通俗，前者如六朝的淫词艳赋与明朝文人游戏性质的《落花诗》，后者如韩愈的《师说》。

实际上，即便"迎合社会心理"的说法也并非周氏首创，早在 10 多年前的清末便已存在关于小说取材与民众心理之关系的论述，只是这些论述在当时并未直接与"通俗"一词相关联，被视为独立于"通俗"以外的其他问题。1906 年的《新世界小说社报发刊辞》便单辟"小说与世界心理之关系"一节专门阐述，文中认为"鬼神"为"中国数千年之恶俗"，而"男女"为"小说中普通之体例"，两者代表了"通常社会中民俗普通之心理"，所以能够"使观其书者，如天花之乱坠，而目为之迷，

① 刘半农：《通俗小说之积极教训与消极教训·一九一八年一月十八日在北京大学文科研究所小说科演讲》，《太平洋》1918 年第 1 卷第 10 期。
② 周作人：《日本近三十年小说之发达》，《新青年》1918 年第 5 卷第 1 期。

神为之炫"。① 相比于上述稍显愤激的批判性观点,在 1908 年的一篇文章中,徐念慈将"合于社会心理"视为改良小说的大方向:"小说今后之改良其道有五:一形式,二体裁,三文字,四旨趣,五价值;举要言之,务合于社会之心理而已。"② 除此之外,他还从学生社会、军人社会、实业社会、女子社会四个方面提出具体建议,表达出对梁启超所提倡的新小说缺乏民众读者的忧虑。

现在看来,清末出现关于"社会心理"的论述并非偶然,它说明文学已经具备了与社会大范围接触的客观条件,正是条件的成熟才使部分作者调整自身定位,在写作中考虑社会一般群体的接受,否则"社会心理"便缺少被"迎合"的可能和必要。这种情况无疑迥异于中国文学传统中意在藏之名山以俟后人观览的抒情言志类本我型创作,以及意在供文人群体内部小范围交流与赏鉴的酬唱之作。科技发展降低了印刷的成本,科举废除改变了文人的生存策略,清廷失势削弱了对舆论的控制,诸多因素促成出版业的繁荣,而对"社会心理"的关注正昭示了文学市场的生成,文学开始可能被视为一种商品用来在社会中"赚钱",作者们也承担了更大的遭受道德指责的风险,毕竟在传统观念中为利写作较为名写作还要更低一等。早在 1907 年就有人批判过书籍的写作与出版只顾"投时好"与"广登报章",而不问是否能够"惊醒国民""裨益社会",以致"不惜欺千人之耳目,以逞一己之私,为个人囊橐计,而误人岁月,费人金钱不顾矣"。③ 直至多年后的新文化运动期间,卖文现象的存在早已成为社会共识而受到批判,刘半农便认为"迎合社会心理"是作品畅销卖钱的手段:"'小说为社会教育之利器,有转移世道人心之能力。'此话已为今日各小说杂志发刊词中必不可少之套语。然问其内容,有能不用'迎合社会心理'的工夫,以遂其'孔方兄速来'之主义者乎。"④ 钱玄同更是将矛头对准上海的报刊文人,指责他们写作的目的仅仅是"筹划嫖赌吃着的费用"⑤。甚至在绘画、戏剧领域也存在类似的指摘,有人认为当时画作多属于"商家用为号召之仕女画",其本质在于"俗士骛利""以迎合庸众

① 《新世界小说社报发刊辞》,《新世界小说社报》1906 年第 1 期,第 4 - 5 页。
② 觉我:《余之小说观》,《小说林》1908 年第 10 期。
③ 天僇生:《论小说与改良社会之关系》,《月月小说》1907 年第 1 卷第 9 期,第 2 - 3 页。
④ 刘半农:《诗与小说精神上之革新》,《新青年》1917 年第 3 卷第 5 期。
⑤ 钱玄同:《今之所谓"剧评家"》,《新青年》1918 年第 5 卷第 2 期。

好色之心"①；有人认为当时的新剧搜罗诸如"吉吉庆庆，愈吉愈庆"之类的市语以"迎合社会的弱点""讨台下人的便宜"②。纵观上述言论可知，市场化进程中以"赚钱"为目的的"迎合社会心理"已经成为话语的焦点，但仍需注意的是，上述论者并没有像周作人那样在"迎合社会心理""娱乐""教训"等说法与"通俗文学/小说"这一术语之间建立直接关联，这正如先前所述，他们对"通俗"的理解仍停留在语体/信息沟通层面的浅显易懂。

周作人对"通俗小说"这一术语的理解和使用在当时及稍后时期都未获得足够呼应，原因也是显而易见的，在言文分离的矛盾未得到根本解决之前，周氏带有负面性的提法③始终显得不合时宜，更何况起初几部古代通俗小说在白话文运动的领袖那里正是被祈灵的对象，"通俗文学"无疑也是一个需要被维护和肯定的语词概念。在周氏发表其"通俗小说"观仅一个月后的一篇批判旧戏的文章中，便出现了对"通俗文学"的维护："中国的戏，本来算不得什么东西。我常说，这不过是《周礼》里'方相氏'的变相罢了，与文艺美术，不但是相去正远，简直是'南辕北辙'。若以此为我辈所谓'通俗文学'，则无异'指鹿为马'④。"⑤一切改变都有待于一场彻底性胜利的到来，从1919年民国教育部"国语统一筹备会"的成立到1922年白话全面进入"共和国教科书"⑥，行政力量干预下"白话作文"的实现终于使言文分离时代语体/信息沟通层面的"通俗"限定失去了部分存在的意义，也促使对"通俗"的理解和使用走向多元化。

相比于白话文运动中多数人在语体/信息沟通层面对"通俗"一词的中性/正面使用，多元化的大趋势是负面的，相较于"五四"阵营对古代通俗文学"白话作文"的一致推崇，这些作品的内容则极有可能被视为文

---

① 吕澂：《美术革命》，《新青年》1919年第6卷第1期。

② 陈公博：《新剧的讨论》，《新青年》1921年第9卷第2期。

③ 相比于同时代其他论者在白话文运动时期对古代通俗文学的提倡，周作人始终给予通俗文学较低的评价。如他曾对平民文学与通俗文学加以区分以划清界限："平民的文学决不单是通俗的文学。白话的平民文学比古文原是更为通俗，但并非单以通俗为唯一之目的。因为平民文学，不是专做给平民看的，乃是研究平民生活——人的生活——的文学。他的目的并非想将人类的思想、趣味，竭力按下，同平民一样，乃是想将平民的生活提高，得到一个适当的地位。"周作人：《平民文学》，《每周评论》1919年第5期。

④ 文中所谓"指鹿为马"者应是胡适，他在给张厚载的回信中称"缪子君以评戏见称于时，为研究通俗文学之一人"。张厚载：《新文学及中国旧剧》，《新青年》1918年第4卷第6期。

⑤ 钱玄同：《今之所谓"剧评家"》，《新青年》1918年第5卷第2期。

⑥ 陈建华：《紫罗兰的魅影》，上海文艺出版社，2019，第140页。

坛新兴变革的障碍而受到指责，对"通俗"的评价也因此进入下行的通道，这一切都迫使原先的论者提出诸如"民众文学"之类的新概念以完成对"通俗文学"的超越。在1922年1月由文学研究会发起的大范围的关于民众文学的讨论中，作为栏目主持人的郑振铎在按语里便定下了基调："他们的脑筋中，还充满着水浒，彭公案及征东征西等通俗小说的影响。要想从根本上把中国改造，似乎非先把这一班读通俗小说的最大多数的人的脑筋先改造过不可。"① 郑氏仍然视"通俗小说"为"水浒，彭公案及征东征西"之类的古代白话小说，但其所持的态度已然发生了扭转，因为他认为这些作品影响了读者的"脑筋"。俞平伯则认为"通俗与否，存乎质素"，因而他不但要求作品在语言层面"文从词顺"，而且要求内容上"做得过火一点，使他们高兴高兴"。② 由此可见，郑、俞二人对"通俗"的理解已经不再局限于语体/信息沟通层面的浅显易懂，转而更多地涉及了作品的思想内容。

　　理解多元化的同时也伴随着犹疑。1922年2月28日《小说月报》的一位名为王晋鑫的热心读者在写给茅盾的信中便请教了"通俗文学"与"民众文学"的区别，因为在他看来，两者的概念异常含混，只是"属性相同，着重点两样"，并且还制作了图（图4）用以说明③：

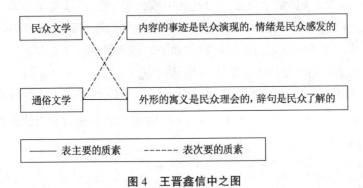

图4　王晋鑫信中之图

　　抛开"民众文学"不谈，表中观点鲜明地从"外形"与"内容"两方面理解"通俗文学"，即便其仅将"内容"视为次要质素，也显然已经

　　① 西谛：《民众文学的讨论》，《文学旬刊》1922年1月21日第26期，第1版。
　　② 俞平伯：《民众文学的讨论》，《文学旬刊》1922年1月21日第26期，第2版。
　　③ 王晋鑫：《语体文欧化问题和文学主义问题的讨论》，《小说月报》1922年第13卷第4期。

超出了原先的理解方式，而其中关于"事迹"与"情绪"的文字更是顾及了"通俗"的趣味与情感层面。对于这样的问题茅盾显然还无法应对，但在回信中他还是本能地对文学研究会新兴提出的"民众文学"加以维护，否定其与"通俗文学"的联系，并借用托尔斯泰和罗曼·罗兰的观点加以搪塞。[1] 值得注意的是，茅盾将"popular literature"等同于王晋鑫所谓之"通俗文学"很可能是受到了刘半农的影响，属于忽略中西语境的混用，"popular"意指"受欢迎的，流行的"，并非中文语境中的直译，而中文语境中的"通俗文学"实为"literature communicated with ordinary people"。综上所述可以得知，虽说王晋鑫和茅盾对"通俗"的理解都带有犹疑，但双方通信里的"跨元交流"已经可以充分说明，两人对"通俗"的理解都已经超出了语言/信息沟通层面而趋向多元化。

从多层面理解"通俗"势必会造成对特定作品不同方面的评价差异。在上述通信发表的当月，便出现了褒贬两用的情况。有一位论者在不满于"古典文学和通俗作品已狂振其暴威"并且"滥污作品仍层出不穷"之文坛现状的同时，仍然希望"中国文学底遣词，总以愈能通俗愈好，当排斥文辞艰深难解的作品"[2]。文中对于"通俗"在"遣词"层面的认可正从一个侧面说明该论者的理解还存在"振其暴威"的其他层面，而诸如《礼拜六》之类的上海报刊上的现代创作甚至够不上"通俗"，只被称为"滥污作品"。考察同时期的论述，也都是在指责上海报刊文学"供人娱乐"[3]"蛊惑青年""迎合社会一般人的浅薄的心理"[4]"游戏的消遣的金钱主义的文学观念"[5] 等弱点，而并没有将这些作品直接与"通俗"相联系，这正说明"五四"精英眼中的古代通俗作品虽然存在内容上的诸种缺陷却仍被认为具有历史价值与可取之处，上海市面上销行的新创作品则根本不值一提。

直接将现代作品与"通俗"关联起来的是胡愈之、茅盾和子严。胡愈

① 回信原文："民众文学和通俗文学应该有点分别，你以为'属性相同，注重点不同'，我却竟以为连性质也很不同。就我所知，好像托尔斯泰是做过些通俗文学（Popular literature）的，他主张借文学的形式来施行'教育'。但是罗兰却说民众文学不应寓有教训之意，这岂不是大相反了么？"雁冰：《语体文欧化问题和文学主义问题的讨论》，《小说月报》1922 年第 13 卷第 4 期。

② 之常：《支配社会底文学论》，《文学旬刊》1922 年 4 月 21 日第 35 期，第 1 版。

③ 西谛：《新文学观的建设》，《文学旬刊》1922 年 5 月 11 日第 38 期，第 1 版。

④ 仿吾：《歧路》，《创造季刊》1922 年第 1 卷第 3 期，第 44 页。

⑤ 沈雁冰：《自然主义与中国现代小说》，《小说月报》1922 年第 13 卷第 7 期。

之在 1922 年 9 月 21 日的《文学旬刊》里说："近来在上海发现一种小出版物，名称是叫《长青》，执笔的都是在近来的通俗出版物里做过小说的几个人。"① 在同年 10 月 1 日的《文学旬刊》里茅盾也说："有一位先生（在'长青'里）努力要从现代的中国小说里找出他所谓'有永久价值的短篇小说'；不幸又害了'近视'，只在'通俗小说家'的作品里找，结果如何，也就可想而知。"② 紧接着，第二天（10 月 2 日）发表于《晨报副刊》的一篇署名"子严"的文章中同样写道："'礼拜六派'（包括上海所有定期通俗刊物）的对于中国国民的毒害是趣味的恶化。"③ 现在看来，三篇文章在极短时间内的接连出世并非偶然，以"礼拜六派"为代表的作品和刊物被称为"通俗小说"与"通俗刊物"亦颇具巧合性，很可能为双方阵营论战的结果。实际上，引用对方之语加以嘲讽是新文学阵营在论战中的惯用策略，就在三天前（9 月 28 日）的一篇文章中，周作人还只是称"礼拜六派"作品为"我们的小说"，并强调这种称呼是"他们主张者自己所申明的"④。就这一点再来看茅盾文中的措辞，他给"通俗小说家"这一短语加上引号固然带有嘲讽的意味，但也极有可能是因为青社的某位作家在《长青》周报里先以"通俗"自居才招来非议，以至于让茅盾在 11 月初又重复了一遍先前的用法。⑤ 与此同时，在当月《小说月报》上的一篇呼应"子严"的文章里，茅盾也特地为"通俗"二字加上引号，以批判"《礼拜六》以下的出版物"的"污毁一切的玩世与纵欲的人生观"⑥。由于《长青》不易寻得，所以具体情况难以查证。⑦ 然而这种否定性引用很快也成为过去，在 11 月的一段论战文字里，茅盾自己也已经省

---

① 鲁：《杂谈》，《文学旬刊》1922 年 9 月 21 日第 50 期，第 3 版。

② 玄：《杂谈》，《文学旬刊》1922 年 10 月 1 日第 51 期，第 4 版。

③ 子严：《恶趣味的毒害》，《晨报副刊》1922 年 10 月 2 日，第 4 版。

④ 仲密：《复古的反动》，《晨报副刊》1922 年 9 月 28 日，第 3 版。

⑤ 具体表述为："攒集在'青社'这个名词之下的'通俗小说家'"。冰：《杂谈》，载 1922 年 11 月 1 日《文学旬刊》第 54 期，第 3 版。

⑥ 具体表述为："这一年来，上海出版的定期'通俗'刊物，非常的多"，而前述胡愈之与子严的文章里提及通俗刊物时并未加引号。雁冰：《真的有代表旧文化、旧文艺的作品么?》，《小说月报》1922 年第 13 卷第 11 期。

⑦ 范伯群说："我们多方查找也没有发现图书馆或藏家有这份报纸。从此也失却一份了解青社的重要文献。"范伯群：《中国现代通俗文学史》，北京大学出版社，2007，第 240 页。徐晓红则称"很幸运在上海偶然发现了这份《长青》全刊"，但作者并未将其公开。徐晓红：《青社同人刊物〈长青〉》，《新文学史料》2011年第 4 期，第 163 页。

去了引号，直接称对方的刊物为通俗刊物，凸显出"习惯成自然"的效力。① 在此后的历史时期里，茅盾对"通俗"的理解逐渐被接受和使用，有人视"通俗"为稍高于"市井式作品"的"低级趣味"②，有人视"通俗"为"调笑式的吊膀子、轧姘头"③，这些语例正可以说明随着市场化的到来，人们对"通俗"的理解已部分脱离语体/信息沟通层面，转而偏向于趣味喜好层面的与俗相通。

最后有必要补充的是，除了趣味喜好以外尚有情感层面作为支流而存在，这正表明人们对事物的认知常常无法做到绝对统一。如前述王晋鑫将"情绪是民众感发的"视为通俗文学的次要质素，又如1927年1月的一篇翻译文章介绍武者小路实笃视托尔斯泰、雨果等人的作品为通俗小说，因为他们的作品能够"接近全体人类的心之意气"④。正如第二节所述，上述理解并因未超出"通俗"的语义范围而具有一定的合理性，但由于同当时的主流观点存在着巨大差异而受到排斥，只能作为绝对少数案例而无法获得足够的呼应。

综上所述，相比于以往对"通俗"的理解大多局限于语言/信息沟通，刘半农在西语影响下较早于其他层面论及"通俗"问题，周作人则进一步将晚清文学市场化以来一直存在的"迎合社会心理"等消极话语纳入词语理解，茅盾等人更是在言文合一背景下的新旧阵营论战中第一次于现代白话作品内部做出区分，这些都导致对"通俗"之"通"的理解更多滞留在浅层次的趣味喜好方面，其间虽说也偶现侧重情感的合理理解方式，但仅属于非典型的小众理解而不被接受。

三、政治化语境中的"通俗"

随着革命文学和左联文艺大众化运动的相继到来，通俗文学也持续受到批判。一方面，对"通俗"的理解部分继承了市场化语境中对趣味喜好层面的侧重，如周作人便仍然坚持自己一贯的观点，视通俗文学的趣味不

---

① 具体表述为："凡是一种反动，必有一定的目标，近来的通俗刊物大都专迎合社会心理，没有一定的目标。凡是反动，一定处处要和敌对的一方相反，近来的通俗刊物却模仿新文学（虽然所得者只是皮毛）。"雁冰：《反动?》，载1922年11月《小说月报》第13卷第11期。

② 王独清：《编辑后》，《创造月刊》1927年第1卷第7期，第135页。

③ 段可情：《铁汁》，《创造月刊》1927年第1卷第9期，第52页。

④ 汤鹤逸：《通俗小说——译武者小路实笃的小品》，《京报副刊》1926年1月7日第377期，第1版。

外乎"才子佳人"和"侠义"①。甚至在 20 世纪 30 年代中期担任《新小说》编辑的郑伯奇以"新的通俗文学"为名征集稿件时，还有不少人误解其"在替鸳鸯蝴蝶派扩张地盘"，并寄来此类文章②。另一方面，在马克思主义阶级分析理论的影响下，相比于先前"迎合社会心理"之类的单纯地针对作品商品性、消费性的指责，批判的焦点也愈发政治化。随着 20 年代末"普罗（proletariat）大众"等提法的出现，作为"一般群体"之"俗"的语义空间被进一步压缩，包括工人、农民、士兵、无业人员在内的身处社会底层的"无产阶级"虽说占中国人口的绝大多数，却无法被归入"俗"的范畴，因而所"通"之"俗"就只能被限定在都会中的小资产阶级市民群体中，其他群体则另有"民间""大众"等词语来完成对他们的命名。这正如韩侍桁所强调，"通俗文学和大众文艺是不同的；因为他们根本上不是为劳动大众制作的东西。通俗文学的主要读者是一般小市民，以及一部分在思想上落后的资产阶级和小资产阶级"，所以通俗文学作为"新文艺对抗之目标的封建社会残余的文学系统"应该为时代所淘汰。③这种命名方式意图"将'真正'的'民间'文学和他预设的'腐败'城市作家作品两相划分"④，虽然说在概念上解决了"五四"精英在争取民众与厌斥"通俗"之间的矛盾，但是一旦涉及具体作品的分类时便基本无效，除了"封建性"难以说清以外，要想在"为劳动大众"还是"为小市民"之间完成清晰的界定基本不可能，因为绝大多数作品都处于一种"中间状态"，更何况"劳动大众"与"小市民"两者也并非没有重合部分。逻辑上的不严密必然会产生问题，有学者便质疑："然而为什么'小资产阶级''小市民'又是'封建'的？不管怎样，这一新的'封建'的定性后来一直跟着所谓的'鸳鸯蝴蝶派'。"⑤在"俗"与"大众"之间刻意做出区分的做法影响深远，正如胡志德（Theodore Huters）所说："即使 1942 年后官方的共产文学致力宣传革命文学，他们却仅仅允许

---

① 周作人讲、翟永坤记：《关于通俗文学》，《现代》1933 年第 2 卷第 6 期，第 796 页。
② 郑伯奇：《论新的通俗文学》，《东方文艺》1936 年第 1 卷第 2 期，第 53 页。
③ 侍桁：《通俗文学解剖》，《中山文化教育馆季刊》1934 年创刊号，第 294 页。
④ 谭帆：《中国雅俗文学思想论集》，中华书局，2006，第 16 页。
⑤ 陈建华：《紫罗兰的魅影》，上海文艺出版社，2019，第 144 页。

36 新文学通俗问题研究：1917—1927

'大众（文学）'一词，而极度不情愿承继'通俗'之衣钵。"①

然而这种窄化式理解的持续时间并不长久，对"通俗"的理解随着抗战危机的迫近与到来竟又剧烈扩张，具体表现为对"俗"的认知又脱离了上述市民阶层的理解方式而重新囊括了"劳动大众"，原先"小市民阶层"的用法反而极度淡化：有人视"俗"为"在田里踏车布秧的农夫""在工厂里工作的工人""整天奔走的人力车夫"②，有人视"俗"为"被少数优越分子当作牛马当作机械使用的大多数民众"③，还有人在"通俗"与"民间""大众"之间建立话语关联④，他们都视替以上群体创作的文学为"通俗文学"。这种颇具戏剧性的反转正体现出词语的灵活性，但关键问题还在于原本已经被树立起来的"大众"旗帜为何在一定程度上遭到弃置，而又容忍此前已被否定的"通俗"进来搅局？首先，最直接的原因是抗战背景下左联在文学场中的失势。1936年春，根据抗战形势下建立文艺界抗日民族统一战线的需要，左联被迫解散⑤，而"大众文学"作为颇具左联色彩的口号和主张显然无法被整个文艺界所接受，这就迫切需要一个不太激进的多方认可的新提法的出现。同理，在全民族大一统的抗战语境中，原先视"通俗文学"为封建、腐朽、落后的小资产阶级市民文学的观点就有碍于文艺界的团结，更何况各派作家们本身就是统一战线要联合的对象，鲁迅的观点便颇具代表性："只要他不是汉奸，愿意或赞成抗日，则不论叫哥哥妹妹，之乎者也，或鸳鸯蝴蝶都无妨。"⑥ 其次，这同样源于新文学中人长期以来对民间资源的浓厚兴趣，如五四时期北京大学的歌谣采集与新诗歌谣化尝试，左联时期的新歌谣运动，再加上许多人自身就是身兼教职的学者型作家，诸如戏曲、弹词、神话、传说这样的艺术

---

① 胡志德：《清末民初"纯"文学和"通俗"文学的大分歧》，赵家琦译，《东岳论丛》2014年第13卷第12期，第11页。

② 慧子：《通俗文学的重要》，《同人月刊》1936年第1卷第4期，第10页。

③ 郑伯奇：《新通俗文学论》，《光明》1937年第2卷第8期，第1267页。

④ 如曼流说："通俗化运动，其目的就是把人类文化遗产交给大众，'通俗文学'自然也是要将文学归还大众。"曼流：《关于"通俗文学"》，《创进》1937年第1卷第11期，第33页。又如李樸说："就通俗文学底意义来说，通俗文学是为的要写出来给大众看，并且叫大众可以和文学联系起来。"李樸：《通俗文学和拉丁化新文字》，《通俗文学》1937年第1卷第3期，第104页。再如郑振铎说："俗文学就是通俗的文学，就是民间的文学，也就是大众的文学。"郑振铎：《中国俗文学史》，商务印书馆，2005，第1页。

⑤ 左联的解散工作是在"文总"（中国左翼文化总同盟）的授意下进行的，但遭到鲁迅与茅盾的反对。鲁迅在赞成统一战线的同时认为左联应该继续"秘密存在"，在被告知解散的决定后，鲁迅在失望中认为左联不是解散，而是溃散。刘晓滇、刘小清：《左联解散真相》，《党史博览》2006年第8期，第16-17页。

⑥ 鲁迅：《答徐懋庸并关于抗日统一战线问题》，《解放》1936年第1卷第5期，第259页。

门类本来就是他们学术研究的对象，所以在"通俗文学"被重提时，新文学中人便将内容更多地指向了"民间"，正如1936年主编《大晚报·火炬通俗文学》周刊的阿英在年底总结当年通俗文学的成绩时更多涉及了弹词、鼓词、小调（五更调）、山歌（吴歌）、流行音乐、话本等文艺形式。① 当然，稍后时期关于"通俗"的论述又由上述文艺形式回归到以诗歌、小说、散文、戏剧为主的狭义文学领域，但对"俗"的理解已由小市民阶层转移到了普通民众总是不争的事实。最后，最本质的原因还在于左联所倡导的"文艺大众化"运动更多还是局限于理论层面而没有充分开展起来。原本的倡导者发现他们的创作并无法真正地获得想象中的"大众"，所以在"大众文学"经过20世纪30年代众多的理论阐述而沦为一种陈词滥调之后，"通俗文学"便具备了成为一个新热点的可能。于是，在左联解散不久的当年6月的报纸上便出现了一段文字："'文艺大众化'已经成为一切人所需要的课题了。但因为实践的艰难，至今未成为一个讨论的问题。同时，在过去和目前的通俗文学中，有许多东西，实在值得我们学习的。"② 这种表述分明宣告了话语热点在"文艺大众化"与"通俗文学"之间的交接转换。

当然，"通俗文学"作为一个语词概念在受到原先批判者肯定与维护的同时，也不可避免地将受到颇费周章的整顿与重塑，这是因为起源于五四新文化中的话语权并未发生变更，只有当"通俗文学"被视为"新兴文学的一个部门"③ 时才能够真正地名正言顺。具体说来，整顿与重塑的过程具有以下三方面特点。

第一，对"俗"理解的变化显然也影响到"通"，由于当时的民众群体相较于市民阶层在知识水平上普遍更低，接受能力更加有限，所以确保文学作品能够让他们理解、明白便成为一个突出的问题，这就使得对"通"的理解又开始像言文分离时期那样重新关注信息沟通，并且对作品简单化的要求更甚，以至于有人认为："不能把拉丁化新文字推广，真正的通俗文学也还是创造不出来。"④ 也就是说，只有让那些不识汉字（会

---

① 沈虹、关家铮：《阿英的一篇佚文：〈一九三六年中国通俗文学的发展〉》，《图书与情报》2007年第6期，第110页。

② 秋声：《通俗文学研究会成立》，《世界晨报》1936年6月28日，第2版。

③ 郑伯奇：《新通俗文学论》，《光明》1937年第2卷第8期，第1272页。

④ 李樸：《通俗文学和拉丁化新文字》，《通俗文学》1937年第1卷第3期，第104页。

读拼音）的人也能读懂的文学才能称得上是"真正的通俗文学"。虽然这只是要求作品简单化的极端案例，但仍有许多人持类似的理解。茅盾便曾说过："'通俗'云者，应当是形式则'妇孺能解'。"[①] 还有人阐明其"对于通俗文学的意念"为"浅显的手法""简要的概念""少用名词"及"避免艰深的方块字"，以便使读者"一目了然"[②]。老舍也认为抗战时期的通俗文艺"必须尽责宣传，而宣传之道，首在能懂"[③]，并且他将"能懂"的标准定得很高，诸如"军阀""帝国主义"之类的常用词汇也被视为交流上的障碍[④]，甚至连在五四白话文运动中一度被奉为通俗典范的《三国志通俗演义》也由于"之乎者也的乱转文"而被其认为"实在不俗"，是依靠着诸如戏曲、歌词、评书等"比它本身更通俗的许多有效的方法"才流传开的。[⑤] 当然，老舍的高标准也有其"时效性"[⑥]，文中就不再赘述。由此可知，抗战时期对"通俗"的一部分理解回归了信息沟通层面的浅显易懂，背后原因就在于对"俗"的认识由小市民阶层转向了以工人、农民、士兵为代表的接受能力极度有限的一般民众，这正如老舍所言："通俗文艺既是为民众写的，就比新兴的文艺更不能将就——它必须俗，俗到连不识字的人也能听懂的地步。"[⑦]

第二，相比于以往对文学作品反映"片段人生中的平凡琐事"的提倡和对"迎合大众心理"的阅读趣味的否定，在趣味喜好层面的与俗相通获得了有限度的认可。所谓"认可"是指作品的趣味性、娱乐性开始被视为获取民众的必要条件，有人认为通俗作品应以"脍炙人口的传说，轰动一

---

① 玄珠：《质的提高与通俗》，《文艺阵地》1938 年第 1 卷第 4 期，第 121 页。
② 乃知：《漫谈通俗文学》，《锻炼》1938 年第 1 期，第 10 页。
③ 老舍：《释"通俗"》，《老舍全集》第 17 卷，人民文学出版社，2013，第 146 页。原载《抗战画刊》1938 年第 17 期。
④ 老舍：《论通俗文艺》，《中国社会》1938 年第 5 卷第 1 期，第 21 页。
⑤ 老舍：《制作通俗文艺的苦痛》，《抗战文艺》1938 年第 2 卷第 6 期，第 90 页。
⑥ 具体表现为老舍在新中国成立以后的几篇文章中重新开始肯定包括《三国演义》在内的几部古代白话小说的通俗性，体现出语境变化在词理解中产生的效力。如"《水浒传》与《红楼梦》两大著作是大家念得懂，因而喜欢念的，以至百读不厌。我想也不会有人说这两大著作因语言通俗而吃了亏"。老舍：《请多注意通俗文艺》（原载《人民日报》1953 年 10 月 13 日），《老舍全集》第 17 卷，人民文学出版社，2013，第 639 页。又如"《红楼梦》《水浒》《三国演义》非常通俗，但为一般人民和学者共同喜爱，是不朽的经典的伟大著作。""要把我们的鼓词写成好的诗，把我们的小说写成像《红楼梦》一样通俗伟大才好"。老舍：《关于业余曲艺创作的几个问题》（原载《曲艺的创作和表演》，工人出版社，1956 年），《老舍全集》第 17 卷，人民文学出版社，2013，第 698－699 页。
⑦ 老舍：《通俗文艺的技巧》，《抗到底》1939 年第 25 期，第 3 页。

世的新闻，以及富有纠葛的故事"为题材①，有人认为可以通过"富有纠葛和刺激性的东西"来"引起读者的兴趣"②，还有人认为应以"辛辣的诙谐的词调"进行人物描写与情节叙述，从而"使读者感到惊奇，紧张"③。相比于 20 世纪 20 年代民众文学的讨论中仅视此类做法为"假粪主义"④，在创作中对阅读趣味的追求就具备了一定的正当性，因为它被视为"不单不伤害艺术，而且有哲学的心理学的根据"⑤。所谓"限度"则更多是从道德与思想层面对趣味性做出的规约，正如老舍认为通俗文艺并不需要都"俗到极点"⑥，诸如封建、迷信、色情等元素作为"俗至极点"的低级趣味一如既往地受到否定，"通俗"也因此被刻意地与"庸俗""媚俗""鄙俗"相区分⑦，后者则另外被冠以"旧读物""灰色读物""封建读物"等名称，而实际上通俗作品也可能包括（但不限于）上述"读物"，只不过它们属于其中不被认可的一类罢了。

第三，更加不容忽视的是，对"通俗文学"的整顿与重塑自身就包含了"非通俗"的危险，一些原本并不在"通俗"语义范围之内的要素一再渗透进对词语的理解之中，这其中又分两种情况。一方面，少数论述能够在"通俗文学"一词前加上一些定语（如"新""大众""民众"等），以表示超出语义的要素只是针对上述定语所进行的阐释，而并非通俗文学自身必备的要素。如有论者将"新型通俗文学"理解为"用通俗浅显的语汇，写出深刻的意旨，使一般民众接受，逐渐浸润其中，不知不觉地被纠正，被指导，被转变，变成真正的现代中华儿女"⑧。如果说"通俗浅显""民众接受"等话语尚且能够被用来指涉"通俗"，那么"深刻的意

---

① 郑伯奇：《新通俗文学论》，《光明》1937 年第 2 卷第 8 期，第 1270 页。

② 曼流：《关于"通俗文学"》，《创进》1937 年第 1 卷第 11 期，第 33 页。

③ 苏子涵：《新型通俗文学的创造》，《抗到底》1938 年第 15 期，第 7 页。

④ 许昂若：《民众文学的讨论》，《文学旬刊》1922 年 1 月 21 日第 26 期，第 3 版。

⑤ 郑伯奇：《论新的通俗文学》，《东方文艺》1936 年第 1 卷第 2 期，第 55 页。

⑥ 老舍：《谈通俗文艺》，《自由中国》1938 年第 2 期，第 131 页。

⑦ 如茅盾说："眼前摆着争执之点：要做到通俗，就会'降低标准'，要达到质的提高，就得牺牲通俗。但这个争执是把通俗误解为庸俗而来的。通俗并非庸俗。《水浒》在中国民间是通俗的读物，但何尝庸俗？反之，明清的才子佳人小说，庸俗已极，可是一点也不通俗。"玄珠：《质的提高与通俗》，《文艺阵地》1938 年第 1 卷第 4 期，第 121 页。又如郑伯奇说："通俗的作品只是作家把写作的态度低降到一般人所能理解的水准上。这一种也许是妥协的，而这种妥协是正当的。若抛弃了作家的天赋，只去迎合低级趣味，那就是媚俗了。"郑伯奇：《论新的通俗文学》，《东方文艺》1936 年第 1 卷第 2 期，第 54 页。再如曼流说："'通俗化'不应使它流入'鄙俗化'的泥沼中去。羽公，张恨水等就是流入这里面的代表者。因为他们给与大众的全是糖面的毒饼。"曼流：《关于"通俗文学"》，《创进》1937 年第 1 卷第 11 期，第 33 页。

⑧ 苏子涵：《新型通俗文学的创造》，《抗到底》1938 年第 15 期，第 7 页。

旨""被纠正，被指导，被转变"则显然与"通俗"无关，是针对"新型"一词所作的阐释。类似的论述看似逻辑严密，但无法否认的是，这些起到修饰限定作用的定语与"通俗"之间往往存在着紧张的关系，如上述既要通俗又要深刻、既要民众乐于接受又要维护自身作为启蒙者的威严的种种对立在事实上冲淡了"通俗"这一主题，干扰了人们对"通俗"的本质认识。另一方面，绝大部分文章则是堂而皇之、不加分辨地直接进行阐释，认为通俗文学应该具备"正确的观念"和"真挚的启示"[1]、"绝对的充实"和"民族意识与革命思想"[2]、"新的血液"和"大众的健康和力量"[3] 等要素，这些高调给通俗文学负载上自身难以承受的重担，其本意是想通过整顿来重塑通俗文学的形象，但实际上只能说是一种以"阉割"与"修补"为策略的偷换概念，属于对通俗文学的过度阐释。这种偷换概念的话语策略在抗战时期普遍存在，直到 1942 年以《万象》杂志为平台所展开的一场关于通俗文学的讨论中还在频繁地被使用，体现出政治化语境中对特定词语进行理解时的强烈建构性，所以 20 世纪 50 年代在"通俗"与"人民性"之间建立关联的做法便显得毫不奇怪。[4] 纵观抗战时期关于通俗文学的观点看法，虽说它们来源于各自独立的发言者，并且这些人的身份、地位、派别及文学观也不尽相同，但他们对通俗文学理解的大方向无疑具有趋同性，反映出民族危机下中华儿女的责任感与强劲有力的五四精神传统。

综合本节所述，通过在语体化、市场化、政治化的不同语境中对"通俗"理解所做的梳理，不难得出以下结论。早期言文分离时代的理解绝大多数属于语体/信息沟通层面的浅显易懂，其间虽说也存在极个别民俗范畴的用法，但只是支流而无法影响大局；20 世纪 20 年代随着文学市场化和言文合一的相继实现，对"通俗"的理解从语体/信息沟通层面逐渐转向趣味喜好层面，并与晚清以来一直存在的以"迎合社会心理"为代表的批评话语产生关联，以上海为中心的现代报刊文学也因此被冠以"通俗"

---

① 慧子：《通俗文学的重要》，《同人月刊》1936 年第 1 卷第 4 期，第 10 页。

② 鸣谷：《神怪剑侠小说与通俗文学》，《民众周报》1936 年第 1 卷第 6 期，第 37 页。

③ 曼流：《关于"通俗文学"》，《创进》1937 年第 1 卷第 11 期，第 33 页。

④ 如老舍说："他若不了解为人民服务的大道理，他就从心里不愿意放弃他原有的那一套，也就难怪他写不出通俗的东西来了。"老舍：《态度问题》（原载《北京文艺》1951 年第 2 卷第 5 期），《老舍全集》第 17 卷，人民文学出版社，2013，第 571 页。

之名，其间虽说也偶现情感层面的理解方式，但仅限于个例而缺少呼应；30 年代随着左联和抗战的相继到来，对"俗"的理解由左联时期的"封建小市民阶层"转向抗战时期的以工人、农民、士兵为主体的"大众"，对"通"的理解则在信息沟通与趣味喜好两个层面上同时展开，表现得更为复杂，特别是抗战时期出于形势需要而产生了许多超出语义范围的泛化理解，体现出更强的人为建构性。上述变迁已经可以充分证明，对"通俗"的多元理解源于"通"的不同层级和作为"一般群体"之"俗"的类型差异，所以不同时期、不同语境下持不同立场的主体都可以对"通俗"进行不同的理解，这正如佛、道、儒三家对"水"的不同理解①，众家都是从自身角度出发做出符合各自需要的阐释。

第四节　"通俗文学"界定的现状——基于当代学者的批评话语

正如海德格尔对"前理解"问题的相关论述，历史语境中存在的对于"通俗"的诸种理解方式势必会影响到后来学者对通俗文学的界定，这其中一部分能够符合通俗特性的客观要求，另一部分则有所溢出，这一特点正与前辈论者相同。一方面，"五四"范式中旧与新、中与西、消遣与严肃等多重对立的思维方式导致了界定标准的选择不当，造成了对事物内涵理解上的偏差；另一方面，部分论者立足于系统论、现代性、大众文化之类的西方理论，在界定中侧重外延而在一定程度上轻视内涵，这些都影响到了界定的明晰与准确。那么接下来的问题就是，当 20 世纪 80 年代通俗文学成为一个"合格"的研究对象与话语热点之后，当代学者对于通俗文学的认识又呈现出怎样的面貌？前述哪一种理解方式在当代更加具有影响力？其背后的原因又是什么？

一、标准的合适与统一问题：作为新文学对立面的"通俗文学"

在中国现代文学学科语境中将"通俗文学"与"新文学"相对照的传统是不争的事实。现在看来，这种传统与鸳鸯蝴蝶派（简称"鸳蝴派"）有着密切关联。通俗文学回归学科研究视野的事件是有其特殊历史背景的，20 世

---

① 释迦牟尼说："大海不容死尸。"南怀瑾：《老子他说》，复旦大学出版社，1996，第 161 页。老子曰："上善若水，水善利万物而不争。"见《道德经》第八章。孔子云："逝者如斯夫，不舍昼夜。"见《论语·子罕》。

纪 70 年代末，中国社会科学院文学研究所发起并主持了大型文学史资料丛书
"中国现代文学史资料汇编"（分甲、乙、丙三套）的编写，甲种丛书为"中
国现代文学运动·论争·社团资料丛书"，范伯群所在的江苏师范学院（1982
年复名苏州大学）负责了其中鸳蝴派的资料收集与整理，这项工作的直接成
果就是 1984 年出版的《鸳鸯蝴蝶派文学资料》。与书籍面世几乎同一时间开始
的是"七五"（1986—1990）国家社科基金重大项目的申报。时任苏州大学中
文系主任的范伯群与现当代文学教研室的徐斯年、朱栋霖等同人商议后，大家
一致认为应充分利用前一阶段所做的对鸳蝴派的积累工作，再加上苏州又是鸳
蝴派的重镇，所以在申报时应该抓住这些优势。据徐斯年回忆，会上讨论的重
心就是鸳蝴派，达成的三点共识中也有两点与其有直接关联：一方面，鸳蝴派
文学与新文学之间被认为存在着斗争关系，并且前者在斗争中"'退'而不
'败'"；另一方面，在场者都认为"鸳鸯蝴蝶派"这一名称不够准确，范伯
群老师则称之为"晚清、民国时期的通俗文学作品"。① 正是在此背景下，苏
州大学中文系以鸳蝴派为研究主体，以"中国近现代通俗文学史"为标题，
完成了项目的申报，并在随后引领了中国现代通俗文学研究的风尚。现在回过
头来看，范伯群老师称鸳蝴派作品为"通俗文学"实际上部分继承了 20 年代
新文学阵营对"礼拜六派"作品的命名方式，所不同的是先辈们基本上持嘲
讽式的否定态度，范老师则将其作为研究对象并肯定其价值。这种命名方式影
响深远，以至于学科内部对于通俗文学的认识多少都带有了些许鸳蝴派色彩，
究其原因也毫不奇怪，因为一旦立足于某个具体研究对象来认识相对抽象的文
类概念就难免会带有鲜明的研究对象的色彩。

　　除此之外也应该注意到，起源于五四时期旧与新、中与西、消遣与严肃
等对抗语境下的对鸳蝴派文学的认识在经由新中国成立直至"文革"时期的
强化之后，从 20 世纪 80 年代至今仍然有其影响力。相比于新中国成立后的一
段时期内鸳蝴派文学受到来自各方面的多样化的批评打压，新时期以来的学者
们对待它的态度已然发生了改变，但也仅限于此，许多学者都是立足于一些原

---

① 徐斯年说："大家初步达成以下共识：①1949 年后的《现代文学史》都是'新文学'的'史'，颇片面；②
它们又都是'斗争史'——都说鸳鸯蝴蝶派被彻底斗败了，其实却是'退'而不'败'，反倒大为发展，对此必须
正视；③'鸳鸯蝴蝶派'这个名目不准确，范先生特别强调：晚清、民国时期的通俗文学作品反映社会现状比新文
学作品更加全面、生动、深刻，它们继承传统而不断断传统，殆可视之为'中国学'，正如'二战'之后美国通俗文
学/文化被视为'美国学'。"徐斯年：《怀念范伯群先生——兼谈范伯群先生的中国通俗文学研究》，《苏州教育学院
学报》2018 年第 4 期，第 35 页。

先针对鸳蝴派的批判来为通俗文学进行辩护，并在有意无意中将新文学与鸳蝴派文学的对立等同为新文学与通俗文学的对立，正所谓"为之不知其义，被之空言而不敢辞"①。这种思维的背后隐藏着一种逻辑：对于特定作品而言，它要么归属于新文学，要么归属于通俗文学，因而新文学的内部就不可能存在通俗文学，这两种文类是相互排斥而绝无交叉重合的。而实际上这两种对立是完全不同的情况，新文学阵营与鸳蝴派的对立是历史上发生过的客观事实，新文学与通俗文学的对立则值得探究。

一方面，就命名方式而言，其本质差异在于"新"与"通俗"，二者并不属于同一层级的标准，因而无法构成绝对意义上的对立，虽说新文学的新思想与新技法可能会因为不符合以往的欣赏惯例与审美标准而给一般读者造成接受的障碍，但这也不是绝对的。杨义就曾表示："文学的创新，包括文学观念和文学手法上的创新，既为文学自身的发展探索了道路，也在读者的更新换代中争得了读者的市场。"② 从观念层面看，并非所有的新思想都无法与俗相通，正如有的启蒙思想（如自由恋爱之于一般青年群体，反帝、反封建、反强权之于一般民众）原本就存在于一般读者心中，只是先前由于诸种原因缺乏表达的途径，新文学所传达的也许正是他们的心声。从技法层面看，也并非所有艺术上的变革都无法被普通读者接受，相反新事物往往因为能够满足一般人的趋新本性而更易形成风尚，这正如闻一多所说："新是作时髦解的！"③ 陈平原在论及晚清"新小说"时也承认，西方传入的一些新技法（如侦探小说中的倒装叙述）往往能抓住读者，因而也更有吸引力。④ 托尔斯泰甚至指责颓废派诗人以不断变化的新形式来满足市场需求，这正与"波士顿纸牌游戏玩腻了，想出惠斯特纸牌游戏来玩，惠斯特玩够了，想出朴烈费兰斯纸牌来玩"一样。⑤

另一方面，就新文学作品的实际存在形态看，也并非所有作品都不能与俗相通。刘祥安便认为："由五四文学发展而来的现代小说内部也不是铁板一块，新文学并不都是雅文学、严肃文学、纯文学，它其实也有不同

---

① 司马迁：《太史公自序》。
② 杨义：《文化冲突与审美选择》，人民文学出版社，1988，第236页。
③ 佩弦：《新诗（上）》，《一般》1927年第2卷第2期。
④ 陈平原：《中国小说叙事模式的转变》，北京大学出版社，2010，第43页。
⑤ 列夫·托尔斯泰：《艺术论》，张昕畅，等译，中国人民大学出版社，2005，第80页。

层次。"① 范伯群也曾表示："如果一定要将文学研究会和创造社等等属于新文学的社团流派称为'雅文学'，似乎又不甚妥贴。他们作品的内容和语言也是明白易晓的，也不是不能与'俗众'相通的。"② 吴秀亮也认为新文学中接受了西方先锋派文学技法的作品要比新潮社等大学生作家纯粹描写青年恋爱的小说更为高雅。③ 这些就足以说明新文学内部也很有可能存在部分通俗作品，只不过这个事实在长期以来一直存在着的对照思维的影响下没有被充分认识或有意被回避。

客观上说，在对特定事物的概念进行界定时，以对照的方式区分本体与客体，呈现两者之间的特性差异，增强概念的清晰度，这在逻辑层面完全是可行的，但这种做法必须符合两个前提：第一，界定必须要在同一标准下展开；第二，对标准的选择必须要合理。正如在对"液体"这一概念进行界定时，就必须要以"物质的存在形态"为标准，因为"液"本身就是对"物质的存在形态"的描述，同时与非液体所进行的对照也必须要在同一标准下展开，如果用液体的"物质的存在形态"与其他物质的温度、密度进行对照就不具有说服力。同理，在对"通俗文学"进行界定时，也就应该以作品的"通俗"程度为标准，并且在与其他种类文学进行对照时也应该坚持这一标准。只有在上述两方面的基础上进行，这种对照方能有效，界定也才能更加明晰、合理，否则命名的方式就值得怀疑。中国现代文学语境中对通俗文学的界定便存在类似的问题。事实上部分学者也已经注意到了标准选择的合理性与一致性问题，这正如朱志荣所说，20世纪40年代至新中国成立后主要是以诸如"主题是否严肃，是否能启发民智、批判国民性"等意识形态为标准来界定通俗文学的，作品自身的通俗程度反而退居次要地位，因而"是一种片面的区分，带鲜明的政治色彩和功利性"。④ 但纵观各家言论，众人似乎也在一定程度上容忍、预设了这种情况。如前述朱志荣自己也承认："研究现代雅俗文学关系在一定程度上就是研究新文学与现代通俗文学之间的关系。"⑤ 孔庆东也认为五四

① 刘祥安：《雅俗尚待细思量——新文学小说与通俗小说研究断想》，《文汇报》2001年12月4日。
② 范伯群：《俗文学的内涵及雅俗文学之分界》，《江苏大学学报（社会科学版）》2002年第4期，第36页。
③ 吴秀亮：《中国现代小说雅俗新论》，人民出版社，2010，第70页。
④ 朱志荣：《中国现代通俗文学艺术论》，上海三联书店，2009，第124、127页。
⑤ 朱志荣：《中国现代通俗文学艺术论》上海三联书店，2009，第112页。

新文学的诞生结束了晚清以来雅俗混乱的局面，这是因为"雅俗对立在某种意义上转化为中西对立、新旧对立、传统与现代的对立"。① 可是如果将上述"新""西""现代"等修饰性词语与"通俗"并置，就会发现它们并不是属于同一层级的标准，虽说以前者为标准用以判断雅俗在通常情况下都没有问题，但仍然显得可疑。对于新文学范畴内存在的一部分通俗性较为明显的作品，学者则大多采取回避或重新命名的策略以自圆其说，这正与陈平原否认晚清一部分兼具思想性与通俗性的新小说为通俗文学相类似，因为"'利俗'是手段，'启蒙'才是目的。着意启蒙的文学不可能是真正的通俗文学"②。然而"利俗"又何尝不是以"通俗"为基础呢？只不过它属于通俗文学中较为特殊的一个门类罢了。

综上所述，对照思维影响下的对通俗文学的界定并没有选择一个足够合适的统一标准，并且在一定程度上将通俗文学等同于鸳蝴派文学，这些都影响到了界定的明确和清晰程度。这正如李欧梵在论及 20 世纪中国文化的多元性时所说的："认为有思想的东西、有社会心态的东西都是好的文学，那些娱乐的、消闲的都是坏的文学，这种雅俗之分是五四时候的人分的，不是我们作为学者所应该采取的态度。"③ 进入新世纪以来，范伯群老师立足于对以往研究工作的思考和总结，发文阐述了他心目中的现代文学史框架，在一定程度上体现出对意识形态标准的扬弃和对文学自身艺术标准的回归。在文章的摘要和总结部分，范老师规避了对"通俗文学"和"新文学"这组概念的使用，转而提出了"知识精英文学"与"市民大众文学"双翼展翅翱翔的"两个翅膀论"的中国现代文学史观。④ 这一提法较以往就更加精确、合理，因为该组对照不但在同一标准下展开，而且没有否认新文学内部也可能同时存在着面向知识精英或市民大众的不同类型的作品，这就为接下来的研究留下了广阔的空间：新文学作品是否全然不能与俗相通？鸳蝴派作品是否都是通俗的？它们各自的通俗策略又有何异同？这些都是值得深究的问题。

---

① 孔庆东：《超越雅俗》，重庆出版社，2008，第 15 页。
② 陈平原：《中国现代小说的起点——清末民初小说研究》，北京大学出版社，2010，第 100 页。
③ 李欧梵：《未完成的现代性》，北京大学出版社，2005，第 60 页。
④ 范伯群：《我心目中的中国现代文学史框架》，《深圳大学学报（人文社会科学版）》2004 年第 1 期，第 86 页。

二、概念的内涵与外延问题：作为系统的"通俗文学"

近代逻辑学认为事物的概念包括内涵与外延两方面，内涵是指一个概念所概括的思维对象本质特有的属性的总和，外延是指一个概念所概括的思维对象的数量或者范围，这两者之间并不一致，因而要对特定概念进行界定就必须要依据内涵，否则便不可靠。艾布拉姆斯的"四要素"说正是从内涵与外延两方面建构的艺术理论："每一件艺术品总要涉及四个要点，几乎所有力求周密的理论总会在大体上对这四个要素加以区辨，使人一目了然。第一个要素是作品，即艺术产品本身。由于作品是人为的产品，所以第二个共同要素便是生产者，即艺术家。第三，一般认为作品总得有一个直接或间接地导源于现实事物的主题——总会涉及、表现、反映某种客观状态或者与此有关的东西。这第三个要素便可以认为是由人物和行动、思想和情感、物质和事件或者超越感觉的本质所构成，常常用'自然'这个通用词来表示，我们却不妨换用一个含义更广的中性词——世界。最后一个要素是欣赏者，即听众、观众、读者。作品为他们而写，或至少会引起他们的关注。"[1] 如果以艺术品为中心考察艾布拉姆斯的表述，只有第一点属于内涵，后三点则分别涉及艺术品的生产者、生产背景和生产的服务对象，属于概念的外延。这种观点自身无疑是正确的，它的启发性在于提供了艺术研究的多个方向，而多向度的研究也必然会加深对特定对象的认识程度，但即便是真理也有其适用范围，如果以作为外延的后三点为标准来界定艺术品的类型就显得可疑，况且艾布拉姆斯在文中也并未提及"四要素"说可以被用于概念的界定。

纵观当代学者对通俗文学的论述，受到关注的重点常常属于作品以外的一些其他因素，体现出重视外延的特点，这也是研究得以深化的一种表现。第一，关注通俗文学的作者。这种关注通常是在与新文学作者的比较中展开的：在学历上，前者被视为接受传统教育的旧式文人才子或缺乏专业训练与过硬文凭的文学匠人，后者则属于锐意求新的具有高级文凭与海

——————————

① M. H. 艾布拉姆斯：《镜与灯：浪漫主义文论及批评传统》，童庆生，等译，北京大学出版社，1989，第5页。

外求学经历的知识精英①；在职业上，前者是以写作为生的职业作家，后者则往往任职于教学科研机构之类的政府部门；在创作方式上，前者被视为"写作机器"，以惊人的速度制作出许多质量存疑的作品，后者则被视为真正意义上的艺术家，以精耕细作的方式创作出数量有限而质量可靠的作品；在创作发表上，前者选择富于商业气息的一般刊物和小报，后者则选择态度严肃的受到本群体成员普遍认可的特定刊物②；在创作动机上，前者被认为是以读者为导向、以赚钱谋利为目的进行创作，后者则被认为能够坚守自身艺术追求，以启蒙为目的进行创作。③ 以上概括可能还很不全面，但其背后隐藏着这样的共同逻辑：特定类型的作者只能创作出特定类型的作品，作者类型的差异也势必会泾渭分明地造成作品类型的差异，这种脱离文本的判断是值得推敲的。第二，关注通俗文学的题材。对题材的选择在本质上反映了作家在创作中如何取舍认知范围以内的外界事物，而这正是艾布拉姆斯所称的"世界"。虽说作品通俗与否固然与其所选择的题材有着密切关联，但通俗还牵涉技巧问题也是不可否认的，单纯的选材并不能起到决定性作用，只有用合适的方式书写合适的题材方能确保作品的通俗，因而题材只能算是通俗文学的外延而非内涵。考察相关论述，通俗文学对"世界"的反映被限定在言情、历史、黑幕、武侠、神魔、科幻、侦探等相对固定的若干题材类型中。在此需要进一步思考的是，上述以题材为标准所进行的归类是否周全？特定作品不涉及上述内容是否就无法与俗相通？第三，关注通俗文学的读者。在读者群体的成分构成上，他们被认为随着时代变化而变化，由骈文小说时期的旧式文人逐渐过渡到由青年学生转变而来的"律师、医师、自由职业者、海上寓公、洋场才子、富家子弟等白领级以上阶层"④；在读者群体的文化水平上，他们被认为

---

① 如吴秀亮称后者为"具有深厚中西文化基础的大学教授、留学生及名牌大学学生"。吴秀亮：《中国现代小说雅俗新论》，人民出版社，2010，第47页。

② 如吴秀亮说："雅俗小说家彼此一般有各自的小说创作方向，两类作家很少直接联系沟通，既写雅小说又写俗小说的'两栖型'作家几乎没有；他们各有各的雅俗文学发表阵地。这些阵地（包括报纸和杂志等）一般只登雅俗小说中的一类，较少有'两栖型'的。"吴秀亮：《中国现代小说雅俗新论》，人民出版社，2010，第45页。

③ 如陈平原在论及晚清骈文小说时认为作者们以"著书都为稻粱谋"的动机去"迎合遗老遗少们的阅读口味"，所以此类小说是通俗文学无疑。陈平原：《中国现代小说的起点——清末民初小说研究》，北京大学出版社，2010，第110页。又如李欧梵说："柯南·道尔之写侦探小说，目的就是赚钱，换言之，他走的就是通俗路线。"李欧梵：《未完成的现代性》，北京大学出版社，2005，第181页。

④ 朱志荣：《中国现代通俗文学艺术论》，上海三联书店，2009，第94页。

主要是"城市中具有初步阅读能力的市民阶层"①；在读者群体的阅读动机上，他们被认为是为了"消遣、娱乐、休闲"而进行消费性阅读②；在读者群体的阅读反应上，他们对作品的欢迎程度（作品销售状况）被视为通俗与否的评判标准。综上所述，众学者立足于外延所展开的研究在客观上深化了对通俗文学的认识，但同时也应该指出，通俗文学的诸多外延在本质上是对其内涵的补充说明或辅助性阐释，对通俗文学的事实存在形态的描述还不足以完成对其自身的界定与区分，甚至还可能起到一些干扰作用。

如果说上述诸种观点只是以外延中的某个角度为切入口所开展的研究，那么同样可以见到一些将外延纳入概念界定的做法，更为具体地说，就是在通俗文学的界定中综合考虑"四要素"中的各个方面，通过对四个要素分别加以限定以完成对通俗文学的定义。这种思维的理论来源是系统论，而"四要素"说恰恰可以说是系统论在艺术领域的运用。依据词典上的解释，系统论是指"把研究对象作为一个具有一定组成、结构与性能的整体，从整体与部分之间、整体与外部环境之间的相互联系、相互制约、相互作用的关系中综合地考察研究对象，以达到最佳地处理问题的方法"。③ 由此可见，系统论的最终目标是在对研究对象的内部构成要素，以及外部关联要素的考察中寻求问题的最优解决策略，从本质上说属于方法论而非本体论，因而并不一定适用于特定对象的概念界定，将之运用于具体对象进行整体性研究则毫无问题，即"试图恢复作品与其他要素的所有联系，把文学作为一种有机的完整的社会文化活动来进行研究"④。但对文学的研究毕竟有别于对文学的界定，前者并不排斥外延研究，后者则应紧扣其内涵，所以通过"四要素"来界定通俗文学的做法便值得商榷。其中比较有代表性的观点是："我们必须首先确定一个较为合理的'通俗文学'的定义。因为，在世界、作品、艺术家、欣赏者这四个要素中，仅以一个要素为出发点对'通俗文学'进行界定都难免发生偏颇。"⑤ 随之而来的结果便是一些原本通俗的作品由于不符合"世界""艺术家""欣赏者"层面的限定而无法被归为通俗文学，只能被自圆其说地称作"传统

---

① 洪子诚：《中国当代文学史》，北京大学出版社，2007，第125页。
② 李勇：《通俗文学理论》，知识出版社，2004，第226页。
③ 刘延勃、张弓长、马乾乐，等：《哲学词典》，吉林人民出版社，1983，第344-345页。
④ 李勇：《通俗文学理论》，知识出版社，2004，第30页。
⑤ 李勇：《通俗文学理论》，知识出版社，2004，第28页。

的'娱乐文学'"或"古典世俗文学"。这种界定方式的建构性是明显的，它将文学以外的诸如生产、流通、创作动机、创作者身份等外延限定强加进通俗文学的内涵中，看似更加周全，实则使界定变得模糊。

综上所述，在面对通俗文学这个具体对象时，从包括内涵和外延在内的多个角度切入研究都是可行的，在具体界定中则应以内涵为基准，正如当我们面对奶油蛋糕这一客观事物时便无疑会承认，其之所以能被冠以"奶油蛋糕"之名，只是因为它是以鸡蛋、白糖、小麦粉为主要原料，以原料乳加工而成的乳制品为辅料，再经由特定工序制成的一种像海绵的点心。这种界定与制作动机、制作者身份、产品销量、食用效果等诸多因素并无必然的联系。更为具体地说，无论是供应市场还是供给自身（制作动机），是工厂生产还是家庭制作（制作者），是机器加工还是手工烘焙（制作方式），是有益健康还是无益健康（食用效果），等等，诸如此类的外延因素都无法改变它作为"奶油蛋糕"的客观事实，如果不承认这一点，那么就难以避免"白马非马"式的谬误了。

三、特征的描述与概括问题：作为文本的"通俗文学"

任何文学作品在本质上都属于特定的符号体系，因而要准确把握某种类型文学的内涵就必须要以文本为对象分析其特质，而这也正是通俗文学研究长期以来的一个重要向度，并已经形成了许多颇有洞见的成果。接下来的论述将有选择地引述一些具有代表性的成果，并在此基础上对这些层级不一、向度各异、错综复杂的观点进行展示、概括与归纳，进而以沟通层级为标准完成对它们的系统化工作。

目前得到公认的通俗文学最突出的特质是趣味性，而趣味性主要来源于情节，各种情节通过提供快节奏的具有冲突性的新发展、富于刺激性而又错综离奇的两性元素、善恶有报或有情人终成眷属的圆满结局以满足一般读者的浅层次的趋新、繁殖、趋利等本能要求。反之，如果文本缺乏趣味性，作者就很难以此谋利，读者也无法以此消遣娱乐。从这一点说，文本的趣味性正是前述创作动机、阅读动机、读者群体构成等部分外延性限定的存在条件。关于这方面的论述已有很多，有人提出"故事扩张和主题弱化"[①]，

---

① 李勇：《通俗文学理论》，知识出版社，2004，第209页。

有人提出"构思的奇巧,带有幽默韵味的叙述语言和情节"①,还有人更为具体地提出三角恋爱、慧女嫁痴汉、恶得恶报、浪子回头等"经过千锤百炼的有着无可挑剔的内部逻辑性的"经典模式。② 考虑到类似的观点已成为共识,在此就不作过多的论述。除此以外,还有一些论者持较具个性化的观点对通俗文学的文本特质加以阐释,不完全统计如下。

1. 可读说③

陈平原认为"可读"是通俗文学的一个重要特征,所谓"可读"并非指一般意义上的叙事曲折、情节紧张、娱乐色彩浓厚,而是指文本提供了一般读者熟悉的密码,容易被"不假思索"的读者认同。他以武侠小说为例说明"可读"根源于两点:(1)使用程序化的手法、规范化的语言,创造一个表面纷繁复杂而实则熟悉、明朗、清晰、单纯的文学世界(而不是像纯文学那样充满陌生变形和空白暧昧,召唤读者参与创造);(2)有明确的价值判断,接受善恶是非二元对立的大简化思路,体现现存的社会准则和为大众所接受的文化观念(而不是像纯文学那样充满怀疑精神及批判理性)。由此可见,论者对文本特征所做的限定在不同程度上涉及了信息沟通的容易程度与情感态度价值观的普及范围两个方面。一方面,所谓"熟悉、明朗、清晰、单纯、明确、简化"等词语无一不是对文本信息沟通层面的简单化要求,而简单化又具体体现在对情节的设计顺应常理且符合逻辑、对人物的设置极度类似或差异鲜明、对手法和语言的使用遵循特定范式等若干方面;另一方面,社会准则与文化观念上的要求则保证了与一般读者在情感态度价值观上的高度趋同,因而可以几乎不受任何障碍地被他们认同。除此以外,"可读"是一个包含若干子特征的整体特征,正是文本所具有的上述特质使读者在阅读过程中相当程度地避免了耗费脑力的理解与质疑,从而使阅读活动成为一种"不假思索"的接受过程。

2. 实用说④

台湾学者郑明娳认为通俗文学的本质特征在于文本的"准实用性质",即正文的表面结构就是作品的全部信息内容,这就有别于纯文学对深层结

---

① 洪子诚:《中国当代文学史》,北京大学出版社,1999,第 118 页。
② 朱志荣:《中国现代通俗文学艺术论》,上海三联书店,2009,第 84 页。
③ 陈平原:《千古文人侠客梦》,人民文学出版社,1992,第 197–198 页。
④ 郑明娳:《通俗文学与纯文学》,《通俗文学评论》1994 年第 1 期。

构、多密码、有影射、重象征的追求。换言之，通俗文学的正文既为阅读工具，也是阅读目的本身，故其表面结构往往能提供全部的阅读功能。究其原因，一方面是因为文本语言以直接的方式表达，语言符号与指称对象高度吻合，负载的信息简单明确而缺乏足够的歧义性，并不像纯文学那样强调符号本身在篇中的指涉意义；另一方面则是因为在表达方式上不重象征，多以写实近乎传真为本，只注重描述对象或者叙述各类故事情节，而不像纯文学那样注重描述本身及对故事的呈现方式。这些都造成了通俗文学所能提供的内容基本上仅有类型化的单层意义，而不像纯文学那样时常能够提供足堪再三玩索的多元理解。由此可见，上述郑明娳对通俗文学特征的阐释基本上是从文本的信息沟通层面展开的，她对通俗的理解侧重于文本向一般读者群体进行信息传达时的简易性与有效性，而这也正是"准实用性质"的内涵要求。

3. 需求层级说[①]

徐德明以美国社会心理学家马斯洛的需求层级理论为工具，以小说为论述对象，阐释了文本所反映的需求层级与作品雅俗之间的正向对应关系，即"随着反映需求层级的提高，小说的雅的意味越强；反映的需求层次越低，小说的内涵越俗"。马斯洛将人的需求分为包括生理需求、安全需求、社交需求、尊重需求、自我实现需求在内的五个由低到高的层级，并认为个体只有在低层级需求被满足的条件下才会更多地追求高层级需求，所以具有低层级需求的个体在数量上就必然会多于具有高层级需求的个体，这也正契合了作为"一般群体"之"俗"的语义。徐德明立足于文本人物与读者之间的"移情效应"对这五个层级与审美雅俗的关系进行阐释：在生理需求方面，雅俗文学皆有涉及，但通俗文学仅限于此，高雅文学则能够"由生命的整体意义上把握人物的基本需要"；在安全需求方面，于私密空间里进行消费性阅读显然是一种比外出寻乐更加安全惬意的休闲方式；在社交需求方面，通俗文学中人物之间单纯的异性吸引毕竟有别于高雅文学中融入价值追求的爱情；在尊重需求方面，由于其在不同类型的文学中都有所体现，因而难以凭此遽论雅俗属性；在自我实现需求方面，通俗文学中的人物因不是"独立的个人"而缺乏自我实现的"高峰体验"，而中国现代语境中高雅文学里的人物虽说大多因外界阻碍而无法

---

① 徐德明：《中国现代小说雅俗流变与整合》，社会科学文献出版社，2000，第240-249页。

实现自身价值，但为此而奋斗的形象不胜枚举。正如论者所说，在文学领域对马斯洛理论的运用"使小说雅俗的两极空间成为了一个阶次、接口相对清晰的易分辨的世界"。考察马斯洛关于需求层次理论的五个层级，前两点中的生理需求与安全需求都属于阅读活动中对本能层面趣味喜好的满足，后三点则由浅入深地涉及了情感态度价值观层面。

4. 转义说①

李勇认为通俗文学的转义具有简单浅显、明确固定、易于辨认、与读者现实生活状况和社会文化因素直接关联的特点。李勇受启发于罗兰·巴特运用符号学分析大众文化的做法，他将作品视为由文本（能指）、本义（所指）、转义（所指成为能指后所衍生出的新的所指）所构成的三层意义结构，由于通俗文本在用词范围、语词结构、文化代码等方面力求浅显易懂，所以其本义便呈现出故事扩张和主题弱化的特点。从主题方面说，因为它们为人熟知，所以读者会自动地按照约定俗成的方式进行理解，这就造成由本义所产生的转义（衍生义）具有较高的共识度与说服力，甚至难以产生临时性的转义。从故事方面说，通俗文本的故事因素具有开放性，可以与外界各种社会文化因素建立联系，这就使读者有可能将本义当成现实的事件或意义，从而产生立足于自身现实生活状况的转义。考察李勇的观点，通俗作品的转义之所以具有上述特征，一方面是因为作品的文本层面具有信息沟通上的趋易性，要求字词是"常见常用"的，词与词的组合关系要遵循"熟悉化"原则，情节之间要"相互联系"；另一方面则是因为作品的本义层面具有情感态度价值观上的趋同性，要求主题"既明显又平常"，符合读者的"早已承认、接受、拥有的观念"，同时故事也应该反映读者所处环境中的社会文化因素。

上述文字当然仅是对四位学者所持观点的不完全展示，这些观点在方法与内容上无疑都颇具创新性，但从中仍然可以发现些许重叠部分，因而就需要在纷纭的观点中概括出通俗文学的根本特质。客观上说，相较于其他种类的非通俗文学，通俗文学与它们最大的差异就在于其对"通"的明确要求，当然任何种类的文学作品在本质上都是作者与读者进行沟通的媒介，但不可否认的是，通俗文学对于沟通的要求无疑更加明确、强烈。美国学者桑德拉·黑贝尔斯认为沟通是人们分享信息、思想和情感的任何过

---

① 李勇：《通俗文学理论》，知识出版社，2004，第 193–213 页。

程。① 虽说黑贝尔斯所谈及的人与人之间的双向"分享"有别于多数文学作品中由作者至读者的单向度的"传达"，但他从信息、思想和情感三个层面对沟通层级的划分却具有启发性。

从信息分享上说，它的有效性建立在两个方面：一方面，信息的自身内容与信息的传达方式都应该处于接收者的接受能力范围以内；另一方面，在上述条件达成的基础上，还必须保证信息接收者具有足够的接受意愿。换言之，对于被分享的信息，接收者不但要具备足够的能力去理解，而且要愿意付出理解的努力，而这种努力来源于接收者被信息引发的兴趣或者信息自身提供了某种效用。就语言文字类信息来说，以"无用之用"为特征的绝大多数文学作品毕竟有别于说明书、教材、卷宗、调查报告之类的实用类文本，无法引发功利性阅读，因而要保证信息接收者的阅读意愿就必须要满足上述兴趣原则，而效用因素几乎可以忽略不计。

从思想和情感的分享上说，它们是建立在信息分享这一前提下的深层次沟通。就实际存在形态看，思想上的趋同往往伴随着情感上的认同，反之亦然。尤其是在文学领域里，绝少存在脱离情感的抽象化思想表达，情感总是作为思想、态度、价值观的外在表现而存在，即便是像韩愈、鲁迅这样高度理性化的作者也不例外，这就正如前者在阐释"师道"的同时伴随着对遵循"师道"者李氏子蟠的赞赏，后者在批判封建礼教的同时伴随着对礼教的憎恶一样，作者总是力求含蓄地将思想与情感以一种"浑融"的方式加以表达。通俗文本中同样如此，虽说一部分作品继承史传传统，存在作者或叙述人直接跳出抒发见解的情况，但考察其内容也绝非是抽象的思想阐释，而是在对具体问题的评述中包容进对特定人物或事件的情感态度。由于文学作品在上述方面的特殊性，将思想与情感作为沟通的同一个层级合并考察无疑是合适且必要的，除此之外需要说明的是，考虑到文学作品在情感方面的更为突出的表现，本书视情感为一个包括思想、态度、价值观在内的综合体系，而并非专指个体的某种具体感情。

通过以上对沟通层级的梳理便可以发现，学者们对通俗文本内涵特征的阐释都是立足于其中的某个或某几个层级所展开的，在具体层级中的阐释可能千变万化，但它们都属于对某个共同向度的不同演绎，反映出逻辑

---

① 桑德拉·黑贝尔斯、理查德·威沃尔二世：《有效沟通》，李业昆译，华夏出版社，2005，第6页。

上个与类的关系。在表1中笔者将更为广泛地摘录一些文字来说明具体阐释与沟通层级之间的对应关系。为了尽量避免主观性的干扰，笔者将摘录页码尾数为7或9的页面上的相关内容。

表1　具体阐释与沟通层级之间的对应关系

通俗		文本特征		
信息沟通	意义传达	浅显易懂①；容易辨识的表层模式②；常见常用的字词③；丰富完整的人物信息④；单纯明晰的二元对立大简化思路⑤	主题弱化与故事扩张⑰	与世俗沟通⑲；融入民间艺术的技巧与内容⑳
	趣味相通	娱乐性与趣味性⑥；娱乐消遣功能⑦；搜奇觅怪以慰人娱乐好奇之心⑧；生动离奇，将旧话题讲出新意⑨		
情感沟通	思想感情态度价值观	能够引发读者的情感共鸣⑩；符合日常生活观念⑪；具有让读者感到亲切的价值体系⑫；基于中国人的情感特点⑬；与传统价值体系保持一致⑭；具有超出正统伦理道德的先锋意识⑮；体现现存的社会准则和为大众所接受的文化观念⑯	满足马斯洛需求层次理论中的低层级⑱	

---

① 孔庆东：《超越雅俗》，重庆出版社，2008，第19页。
② 李勇：《通俗文学理论》，知识出版社，2004，第177页。
③ 李勇：《通俗文学理论》，知识出版社，2004，第187页。
④ 朱志荣：《中国现代通俗文学艺术论》，上海三联书店，2009，第79页。
⑤ 陈平原：《千古文人侠客梦》，人民文学出版社，1992，第197页。
⑥ 李勇：《通俗文学理论》，知识出版社，2004，第207页。
⑦ 孔庆东：《超越雅俗》，重庆出版社，2008，第19页。
⑧ 徐德明：《中国现代小说雅俗流变与整合》，社会科学文献出版社，2000，第237页。
⑨ 李勇：《通俗文学理论》，知识出版社，2004，第167页。
⑩ 孔庆东：《超越雅俗》，重庆出版社，2008，第19页。
⑪ 徐德明：《中国现代小说雅俗流变与整合》，社会科学文献出版社，2000，第227页。
⑫ 朱志荣：《中国现代通俗文学艺术论》，上海三联书店，2009，第77页。
⑬ 徐德明：《中国现代小说雅俗流变与整合》，社会科学文献出版社，2000，第249页。
⑭ 范伯群：《周瘦鹃论（代前言）》，《周瘦鹃文集（1）》，文汇出版社，2011，第17页。
⑮ 李勇：《通俗文学理论》，知识出版社，2004，第207页。
⑯ 徐德明：《中国现代小说雅俗流变与整合》，社会科学文献出版社，2000，第227页。
⑰ 徐德明：《中国现代小说雅俗流变与整合》，社会科学文献出版社，2000，第229页。
⑱ 徐德明：《中国现代小说雅俗流变与整合》，社会科学文献出版社，2000，第247页。
⑲ 朱志荣：《中国现代通俗文学艺术论》，上海三联书店，2009，第117页。
⑳ 陈平原：《千古文人侠客梦》，人民文学出版社，1992，第197页。

虽说表 1 对样本的选取带有随机性，但它至少具有以下几点优势：首先，它排除了包括意识形态、市场销售、作者身份、创作动机等诸多外在因素的干扰，将对通俗文学特征的描述建立在对艺术本体考察的基础之上；其次，它展示了文本通俗特征的层次与体系，并且具有一定程度的开放性，不同论者都可以在其中的某个或某些层级内进行更多的阐释或发表更新的见解；最后，它指明了通俗的总趋势，即文本在不同的沟通层级中应尽可能地通过各种方式去满足特定时期、特定范围内的多数人的阅读需求，而这也正是前述作为"一般群体"之"俗"的核心意义。

第五节　"通俗文学"界定的方法——基于对沟通层级标准的具体运用

如果以上述沟通层级为标准对文本的通俗与否进行界定，就会产生这样的问题：一部分作品并不能在每一个层级都具有良好的表现，而仅能满足其中的某一个或某两个方面的要求，那么它们到底算不算通俗文学？对于这个问题还应该具体情况具体分析。

第一种情况是，特定文本足够浅显，能够做到表层意义的无障碍传达，却不具有吸引一般读者的趣味性。考虑到不同文本篇幅容量之间的差异性，在此情况中还有两种亚情况需要被分而论之：一方面，就篇幅容量较大的文本来说，趣味性的缺乏使得持续性阅读活动由于缺乏足够的动力而无法开展，这就更不用考虑情感层面的沟通问题了，这方面的例子可以想到的是中小学生的粗浅的记叙文习作。另一方面，就篇幅短小的文本来说，更可能的结果是读者在还未充分意识到文本缺乏趣味之前就已经完成了阅读活动，所以就有必要将情感层面能否满足读者需求纳入考虑的范围。从文学作品的实际存在情况看，短小的篇幅难以提供充分而持续的趣味，更多是致力于情感的传达，否则便会因缺乏审美要素而无法被视为文学，其中极端的例子就如书籍版权页的信息，它是通俗的，但只是文本而非文学。除此之外，"短"本身就是通俗在信息沟通层级的一种要求，它意味着在阅读中耗费较少的时间与精力，也并不需要足够的趣味来支撑持续性阅读，所以就浅显易懂并且篇幅短小的作品而言，趣味性的缺乏并不会妨碍信息沟通的达成，因而它并不是通俗的必要条件。随之而来的结果是作品在情感层面的沟通跃居到了一个相对重要的位置，但同样也应该承认，情感层面沟通的情况并无碍于信息层面与俗相通的既成事实，因此只需要确保情感在文本中不能缺席以保证文本作为文学的合法地位即可。由此可知，就篇幅较长的文本而言，仅满足浅显易懂但不具趣味性并不属于通俗文学；就篇幅短小的文本而言，仅满足浅显易懂但不具趣味性就有可能属于通俗文学，这种可能性建立在文本的情感表达没有缺席的前提之下。

第二种情况是，特定文本的难度超出了一般读者的接受能力，但文本内容自身可能在趣味层面吸引一般读者或者在情感层面满足他们的需求。这种情况就相对要简单许多，因为后两者的达成必须要以文本在信息沟通层面的浅显易懂为基础，如果读者不能理解表层意义，那就必定无法更进一步体会其中的趣味和情感，即便文本满足了后两点要求，也只能说明文本自身内涵是"俗"的，却无法与一般读者进行沟通，所以不属于通俗文学。这就正如民初以《玉梨魂》为代表的一部分骈体文言小说，虽说它们叙述男女情事能够在趣味层面与俗相通，所蕴含的也是诸如情死、殉国之类的能被多数读者接受的符合传统价值观的社会准则与文化观念，但这些都仅能证明文本自身之俗而并非通俗。虽说已有学者为这部分作品的阅读难度进行了辩护，认为骈体小说的文字对于接受文言教育的读者来说属于"初等水平"[1]，但值得进一步思考的是，能够读懂骈体小说的接受文言教育的读者数量占到当时所有识字人口的比例又是多少？来自与徐枕亚（1889—1937）相隔年代更近的20世纪20年代初的抱怨似乎更加可靠："小说固然是意思要好，然而文笔辞句也不可不讲究，务须清爽明白，使人易解，但是那种骈四俪六的文字，读的时候，磔格不入，还要费许多光阴解释他的意思，却终脱不了'郎乎'、'吾之爱妻乎'几个刻板文章，只好骗骗那不懂看小说的。"[2] 由此可见，文言写作增加了一般群体理解文本内容的难度总是不争的事实。退一步说，如果一定要称此类文本为通俗文学，那么它所通之"俗"也仅仅限于接受文言教育的读书人内部的一般群体，这就正与前述章太炎称知识分子中只懂浅近文言而不懂魏晋古文的一般群体为俗人、鲁迅称知县中只知办公事而不知赏花的一般群体为俗

---

① 李勇：《通俗文学理论》，知识出版社，2004，第198页。
② 吴兴：《小说杂谈》，《星期》1922年第27期，第4页。

人一样①，从本质上说属于在何种范围内指涉一般群体的问题。

第三种情况是，特定文本足够浅显，能够做到表层意义的无障碍传达，也具有吸引一般读者的趣味性，但文本所反映的情感由于过于高深、隐晦或有悖于一般读者的价值认同而无法实现此层面的有效沟通。客观上说，趣味相通与情感沟通都属于通俗在特定层级的相应要求，但是仍需进一步考虑两者之间重要程度的差异。就实际情况而言，作为"俗"的一般读者阅读文学作品的目的就是"放松"，而绝非是寻求精神归宿、情感交流或价值认同，因此这种"放松"仅仅是来源于本能的"好玩"而几乎不具有任何深意，多数读者所要求的也只是不断出新的离奇变化的情节以满足追求刺激的本能或两性元素以满足生殖本能，这正如雷公劈死了蜈蚣精或闺女生下夜叉②，缺乏专业训练的一般读者的阅读能力与心态决定了通俗作品的沟通在相当程度上只能停留在信息层面，他们仅仅是在阅读中接收一些浅显有趣的信息罢了。当然也不能否认的是，的确也存在一些卓越的通俗作品在娱乐读者的同时也能够感动他们，使他们获得情感价值观的升华，但情感层面的沟通属于加分因素，所以只要作品满足了以浅显有趣为基础的信息沟通就已经毫无疑问地属于通俗文学了。这就好比孟子与梁惠王的沟通，虽说梁惠王可能并不认同孟子仁政王道的价值观，但孟子"以战喻"的述说内容无疑引发了梁惠王的极大兴趣，从而能够保证这场沟通的完成。③这正说明了内涵不俗的文学如果能够与一般读者沟通便属于通俗文学，反之则如上一节所述，内涵俗的文学如果无法与一般读者沟通则不属于通俗文学，文本内涵是否俗毕竟有别于文本自身是否通俗，具体界定归根结底还需落实到对文本与读者的沟通情况的考察。

综上所述，在对具体文本进行通俗界定时，可以尝试着将沟通层级标准的使用方式以表格的形式作如下说明（表2）：

---

① 鲁迅：《论俗人应避雅人》，《鲁迅全集》第6卷，人民文学出版社，2005，第212页。
② 鲁迅：《风波》，《鲁迅全集》第1卷，人民文学出版社，2005，第492页。
③ 方勇译注：《孟子》，中华书局，2015，第3页。

表 2　沟通层级标准的使用方式

信息沟通		情感沟通	篇幅	通俗文学
信息传达 是否通畅	阅读趣味 是否充足	情感态度价值观 是否具有普适性		
是	是	是/否	长文本	是
			短文本	是
是	否	是/否	长文本	否
			短文本	是
否	是/否	是/否	长文本	否
			短文本	否

小　结

本章围绕"通俗"这一概念做了以下理论工作：阐释"通俗"在词语构成上所具备的客观语义，梳理"通俗"在不同历史语境中各有侧重的主观理解，并在此基础上考察当代学者对"通俗文学"的界定方式，提出用于"通俗文学"界定的基于客观语义的沟通层级标准。上述略显繁复的工作其意义就在于使人们对"通俗文学"的认识回归到"通俗"的客观语义范围之内，从而能够在排除固有偏见与思维定式等干扰的同时尽可能地立足于"文学"自身进行美学理解。这正如福柯所说："文学分析不是将某一时代的精神或感觉作为单位，也不是'团体'、'流派'、'世代'或者'运动'，甚至不是在将作者的生活和他的'创作'结合起来的交换手法中作者所塑造的人物为单位，而是将一部作品、一本书、一篇文章的结构作为单位。"[①] 接下来的论述将在先前工作的基础上跨入通俗文学的"禁区"——五四新文学（1917—1927），探讨对其"非通俗"想象的形成原因，梳理特定时段内文学作品的通俗脉络，以期改变人们对新文学的固有印象。

---

① 米歇尔·福柯：《知识考古学》，谢强，等译，生活·读书·新知三联书店，2003，第4页。

第二章
被压抑的通俗性

本章所谓"通俗性"是指前述"通俗"内涵在特定时段（1917—1927）部分新文学作品中的文本表现，所谓"被压抑"是指尽管这些表现在事实上客观存在，但长期以来在多种因素的干扰下并未得到充分的承认、认识、整理，因而就有必要在呈现部分作品通俗障碍的基础之上，探究另一部分作品中"非通俗"倾向被夸大的原因，发掘新文学作家的通俗追求。

第一节　客观存在的通俗障碍

回顾历史，针对五四新文学（1917—1927）作品的一种典型评价便是它们在相当程度上脱离了作为"俗"的一般读者群体，因而无法与"俗"相"通"。考察此类批评话语的来源，有的来自当时的一般读者，有的来自新文学阵营以外的对立派别的作家，有的来自专职评论的当代学者，甚至还有的直接来自新文学作家的自认，等等，不一而足。如朱自清便认为五四新文学的作者与读者仅限于"那变了质的下降的士和那变了质的上升的农民和小市民混合成的知识阶级"，而一般群体是"不愿来或不能来参加的"。[①] 作为文学研究会代表人物的茅盾与作为政党领袖的瞿秋白所持

---

① 朱自清：《论百读不厌》，《文讯》1947年第7卷第5期，第230页。

的观点则更像是一种颇具权威的定性，前者认为新文学"并未走进群众中去"，缺乏"广大的群众基础"①，后者则更为激进地称新文学为一般读者没有福气吃的"鱼翅酒席"②。当代学者陈平原也认为五四新文学的变革侧重取法"诗骚"传统，不容易被"粗通文墨的工农大众"所接受，因而不属于"文学的通俗化过程"③。这些都能够证明相当部分的新文学作品在客观上确实存在着一些通俗障碍，但就具体情况而言这些障碍又各有差异。本着对事实的尊重及在对照中凸显差异的考虑，本节将结合作品呈现这些障碍，以便为之后的论述打下基础。

一、复杂句与反常规词汇

文学革命作为新文化运动的重要组成部分，其最显著的功绩便是对文学表达工具的变革：以白话文替代文言文。但也应该注意到，文学作品中的白话文毕竟有别于人们日常生活中所使用的口语白话，这是由文学与生活的差异性所决定的。排除人物对话之后的任何种类的文学语言，其根本目的都侧重于传达，从本质上说是一种"述说式"语言，它以具备可视性的文字为媒介，追求审美价值，供读者阅读和思考，这一切都有别于日常生活中侧重于交流的"问答式"语言。通过阅读那些得到公认的最通俗的作品依然可以发现，其语言要比生活中的口语白话来得复杂，这就表明即便文学革命反对文言、提倡白话，但其自身所使用的也只能是"白话文"而非"白话"，诸如"我手写我口"④ 之类的提法终归只是一种不切实际的"水中望月"。在白话文运动开始的一年后，就已经有人意识到白话内涵贫乏的问题，傅斯年便对新文化同人所提倡的白话进行了补充说明："以白话为本，而取文词所特有者，补苴罅漏，以成就统一之器，乃吾所谓用白话也。"⑤ 当时尚于美国留学的朱经农也认为"文学的国语"并非白话，亦非文言，须吸收文字之精华，弃却白话之糟粕，另成一种"雅俗共赏"的"活文学"，而且他进一步质疑了陈独秀、钱玄同等人作品中的

---

① 茅盾：《从牯岭到东京》，《小说月报》1928 年第 19 卷第 10 期。
② 宋阳：《大众文艺的问题》，《文学月报》1932 年第 1 卷第 1 期。
③ 陈平原：《中国小说叙事模式的转变》，北京大学出版社，2010，第 231 页。
④ 黄遵宪：《杂感》，《近代文论选（上）》，人民文学出版社，1959，第 172 页。
⑤ 傅斯年：《文言合一草议》，《新青年》1918 年第 4 卷第 2 期。

文白夹杂。① 更加真实的情况是，胡适对新文学语言工具的要求在最初就显得颇具分寸，所谓"不避俗字俗语"② 也并非"必用俗字俗语"，作品在条件允许的情况下必须使用"白话"，而当白话不足以表情达意时则可以使用"白话文"，这一点是需要详加分辨的。胡适在 1923 年的一封讨论白话文欧化倾向的信中就曾明确表示，在"非自然的语言所能达"的情况下可以使用"他种较不自然之语句"③，这正是对"不避"二字的反向阐释。

1. 复杂句

白话文区别于口语白话的一个显著特征就是对复杂句的运用，一方面，其直观表现为单个句子字数的增多；另一方面则表现为句子自身结构的复杂化。就字数增多而言，这主要是因为文学语言通常附着于可视性载体，读者可以从容不迫地对较长的句子进行可回溯性的阅读和思考，无形之中增强了读者对语句理解的"耐受性"，所以要探究书面语与口语之间的差异与相互影响就不能忽视媒介在其中所起到的关键作用。就句子结构复杂化而言，通过对白话文作品的阅读可以清晰地发现，作者们越来越多地试图将多种信息整合进一个完整的语句中加以表达，这就不可避免地造成了白话文与口语白话的分离，前者的句型趋于多样化，句子成分为了适应表达的需要也常常在一定程度上颠倒与置换。除此以外也应该注意到，无论是五四新文学还是传统意义上的现代通俗文学都存在着上述特征，但在通常观念中二者之间具有程度上的差异，前者偏向于"文"而后者偏向于"话"。当作品语句的复杂程度超出一般读者的"耐受"限度时，五四新文学内部的通俗障碍便产生了。

第一，相比于白话的简易与文言的精炼，一部分"五四"作家倾向于运用长句进行表达。陈炜谟在评价庐隐的作品时便曾说过："庐隐这几篇小说我都喜欢，不过她的文字有一种缺点，就是长句太多。在《一个快乐的村庄》的首段，竟有一句长到二百四十余字！"④ 句子长度扩张的背后可能有以下一些原因：首先，白话文较少像文言那样单字成词，而是较多

---

① 朱经农：《新文学问题之讨论》，《新青年》1918 年第 5 卷第 2 期。
② 胡适：《文学改良刍议》，《新青年》1917 年第 2 卷第 5 期。
③ 胡适：《致顾颉刚》，《小说月报》1923 年第 14 卷第 4 期。
④ 陈炜谟：《读〈小说汇刊〉》，《小说月报》1922 年第 13 卷第 12 期。

地使用多音节词语，句子变长与字数增多正是其必然结果；其次，部分作家的高学历与长期所处的西语环境在一定程度上塑造了他们的语言面貌，使得他们习惯性地使用学术化的长句；最后，基于本能的"落笔三思"效应，文字在落纸之前总要经历颇具修养的"五四"作家们的谨慎推敲以求得周全的表达。从上述三点来看，将句子的扩张简单归因于西语的影响则属于并不全面的观点，这是因为日常生活中的西语对话也仍然是简短浅显的，而那种冗长的西语表达对于国外的普通读者而言也仍然是理解的障碍，所以即便"五四"作家接受了西语的某些影响，这种接受也仅仅是一种有选择性的接受，所接受的也只是西语中符合作家主体认同与需要的那一种类型。因此可以认定，即便缺乏西语资源，白话文内部仍然会产生本土化的长句表达，这样的断言并不为过。语言是思维的外化，句子扩张从本质上说是"五四"作家意图在作品中进行精密化表达的结果，精密化表达的背后必然离不开精密化思维方式的支撑，而精密化的思维方式进一步表明作家在作品中关照外部／内心世界时的创作／审美追求与以往相比都发生了变化。一方面，精密化表达是"五四"作家在"影响的焦虑"下困中求变的结果。考察"五四"同人对传统文学的想象，抒情感不过"取悦人君"与"自发哀怨"[1]，论功能不超载道与娱乐消遣[2]，叙风景不过"夕阳芳草"，用字面不过"月露风云"[3]，写人物不过忠奸善恶，诸如此类，一切都表现为一种大而化之的模式化与浮泛化，所以精微细密的个性化表达便成为一条有效的超越途径。另一方面，语言工具的变革也为精密化表达创造了客观条件。周作人说过："我们反对古文，大半原为他晦涩难解，养成国民笼统的心思。"[4] 这正说明了一个显在的事实，即传统文学的模式化、浮泛化倾向绝不仅仅是源于前代作者自身思想的狭窄与固化，更在于他们所使用的具有先天缺陷的语言工具难以传达过于精密的信息，这还没有考虑到部分文体的格律押韵所起到的阻碍作用，也正因如此，较少存在于文言作品中的精密内容往往也只能隐藏于极简的字面背后而有待于读者去体悟，进而促生了"微言大义"的审美标准。当"五四"

---

① 方孝岳：《我之改良文学观》，《新青年》1917 年第 3 卷第 2 期。
② 沈雁冰：《自然主义与中国现代小说》，《小说月报》1922 年第 13 卷第 7 期。
③ 张厚载：《新文学及中国旧戏》，《新青年》1918 年第 4 卷第 6 期。
④ 仲密：《思想革命》，《新青年》1919 年第 6 卷第 4 期。

作家获得一个合法的在表情达意上更具优势的工具时所被激发出来的精密表达欲望，对此他们自身也不乏充分的认识："今文学之伟大精神，即在篇篇有明确之思想，句句有明确之意蕴，字字有明确之概念。"① 此类例证在作品中比比皆是：

> 这前后，同幽灵似的附在我的身边，深更半夜，上德胜门里北衙门桥上买几瓶啤酒来喝，喝干之后，再往什刹后海的南岸北岸，乱跑乱跳乱叫，或白天去天坛坐一天，将晚四五点钟，上馆子小喝，进戏院听到一两点钟，出来再喝再讲话再走到天明的是四川的陈逸生。②

句子自身结构并不复杂，其句型来源于西语中由先行词 who 引导的定语从句（The man who…is ChenYisheng），其长度得益于被引导内容的精密表达，作者详细周密地交代了叙述对象分别开始于夜晚（喝—跳/叫）与日间（坐—喝—听—喝/讲/走）的两种行为模式，并将其整合进一句之中。

> 你应当还记得那青而微带焦黄的秋草遍地的秋天，在一个绝早的秋晨，那时候约略只有六点钟，天上虽然已射出阳光，但凉风拂面；已深含秋气，我同你鼓着兴，往公园那条路去。③

此句型来源于由先行词 that 引导的宾语从句（You should remember that…），其长度同样得益于被引导内容的精密表达，作者在一句话中不但交代了核心事件（漫步），而且交代了环境中包括时间、地点、季节、天气、景物在内的诸多因素，而这一切都是由"记得"一词所领起的。当然，在一些精密化表达的背后依然能够看到来自传统的影响：

> 今夜的林中，决不宜于将军夜猎——那从骑杂沓，传叫风生，会踏毁了这平整匀纤的雪地；朵朵的火燎，和生寒的铁甲，会缭乱了静冷的月光。
>
> 今夜的林中，也不宜于燃枝野餐——火光中的喧哗欢笑，杯盘狼藉，会惊起树上稳栖的禽鸟；踏月归去，数里相和的歌声，会叫破了这如怨如慕的诗的世界。

---

① 傅斯年：《文学革新申议》，《新青年》1918 年第 4 卷第 1 期。
② 郁达夫：《街灯》，《创造月刊》1926 年第 1 卷第 1 期。
③ 庐隐：《胜利以后》，《小说月报》1925 年第 16 卷第 6 期。

今夜的林中，也不宜于爱友话别，叮咛细语——凄意已足，语音已微；而抑郁缠绵，作茧自缚的情绪，总是太"人间的"了，对不上这晶莹的雪月，空阔的山林。

今夜的林中，也不宜于高士徘徊，美人掩映——纵使林中月下，有佳句可寻，有佳音可赏，而一片光雾凄迷之中，只容意念回旋，不容人物点缀。[①]

作者从4个方面精密阐述了"今夜的林中"不宜人类涉足的原因，其中针对事物的反复书写在某种程度上受到古典文学中赋的思维方式的影响，这就与《七发》通过6件事详尽阐述生活之乐；《上林赋》通过对多类景物的夸饰详尽说明园林之盛颇为类似。同样需要注意的是，出于表达的需要，作者在后两组文本中弃用了前两组中"会踏毁""会缭乱""会惊起""会叫破"的固定句式，而采用了更易书写的纯散句，这就说明相比于文言韵文表达的艰难，以散体白话文表达精密内容要容易许多，明确的语言为精密化表达奠定了必不可缺的基础。但同时也应该认识到，过于精密的内容也必然会逼迫读者在阅读中保持高度的注意力，进而耗费更多的精力，这无疑会增加接受的难度，通俗障碍便由此而产生。

第二，精密丰富的内容也迫使作者在原有语序的基础上辗转腾挪，随之而来的语序错乱同样有可能增加通俗的障碍。这种语序错乱通常被认为是西语影响的结果，当时一位读者的来信便很能说明问题："我是常看新闻，并学过一些英文的，看这种文字并不觉扞格，但是昔日的同学，便常来信说：我们用看他种文字的方法，来看西洋式的中国文，全乎不可。他的文法，任意颠倒，差不多一篇文字除非看——仔细看——三个过，不易得个概括的观念。"[②] 正如接下来的一段文字：

她是宝师傅买来的，——一个尼姑，我朋友姐姐的房东。他们住在前后进：后进是庵，前进给人家住家。今年六岁，四岁才来。她是宝师傅的徒孙，阿纯，——一个十三岁的小尼姑——的徒弟。这些规矩，都是跟四小姐学来的。——一个富室的小姐，

① 冰心：《往事（其二）》，《小说月报》1924年第15卷第7期。
② 梁绳祎：《语体文欧化问题》，《小说月报》1922年第13卷第1期。

庵里最肯舍与的施主。①

破折号的大量使用意在以补充说明的方式尽可能周全地交代人物的背景信息，但所交代的信息普遍滞后于人物的出场，有悖于读者思维的逻辑顺序，并且语句自身还存在着指代不明②，这些都构成阅读的障碍。又如：

"他是什么人?"一个同事问我，眼看着放书学归去的学生们。③

作者将主语和谓语动词后置于发问内容之后，又将限定修饰主语动作的状语置于主语和谓语动词之后，而更易于让人接受的语序应为：眼看着放书学归去的学生们，一个同事问我："他是什么人?"考虑到多数"五四"作家所具有的西语背景及他们所从事的译介工作，这些的确都有可能对文本的语言运用造成影响。但同时需要指出的是，这种语序的错乱似乎也不应该排除传统的影响，部分古典文言作品常常会出于可读可诵的考虑或囿于文言语法规范而突破常规语序，进而增加理解的难度，诗歌便常常为了符合音韵格律而改变语序，散文作品中也充斥着大量符合西语语法形态而与白话口语表达习惯相斥的主语/定语/状语的后置与宾语的前置，前者如"爪牙之利，筋骨之强"（荀子：《劝学》）实为"利之爪牙，强之筋骨"，后者如"寂寞小桥和梦过"（陈与义：《早行》）实为"寂寞和梦过小桥"。由此可见，语序错乱在客观上是中西语境所共有的，正如叶圣陶的作品中同样存在着些许打破常规语序的表达：

女孩的诞生到今足有七个月了。她已能极清楚地发出"妈"这声音，当她感到什么不满足的时候。她又能独自……④

前一句中被后置的状语在不够细心的读者那里便极有可能被误认作后一句的前置状语，考虑到作者本人西语背景的缺乏及其所接受的晚清文言教育，就很难断定他的表述方式究竟来自哪一种语言资源，这正说明传统的影响力不能因为"五四"作家与先前时代的决裂态度而被忽视。

---

① 柳建：《一夕》，《小说月报》1923年第14卷第3期。
② 如"一个尼姑，我朋友姐姐的房东"既可指"她"又可指"宝师傅"，需要依靠下文详加辨明。
③ 任叔：《侄儿》，《小说月报》1923年14卷12期。
④ 叶绍钧：《火灾》，《小说月报》1923年14卷第1期。

2. 反常规词汇

除了复杂句以外，部分"五四"作家在语言的用词方面也出现了某种程度的反常规倾向，这首先表现为文本中对西语词汇的直接借用。一方面，一部分借用缺少必要的解释，其中有些尚能让不通西语的一般读者凭借上下文去推测词意，其余则不知所云，这无疑会造成通俗障碍。如：

> 他们讲的是英国话，声气很幽，有一种梅兰刻烈（melancholy）的余韵……①

> 除非只有等到筋疲力倦，knall und fall wie ein alter soldat 的时候，是不休止的！②

考察这类作者的身份，他们大多有着留学经历并且相对年轻，一部分人甚至还在校或刚走出校园，这其中尤以创造社成员为甚，并且他们对西语词汇的使用方式也引发了许多青年作者的效仿。相比而言，如果对使用的西语词汇加以解释则更容易让人接受，这正如鲁迅在使用"海乙那"一词的同时也并未忘记对这种生物的相貌、习性做出生动、详尽的描述。③ 另一方面，考察作家们所使用的西语词汇，很大一部分并非无法在白话文中找到相对应的替代词语，因而给人一种"有意强为之"的感觉：

> 她也何苦来，她仿佛还不自觉到自己不过是我的一种 caprice 的试验品……④

> 市外电车里的 Muff 夫人这样想，在电车 cushion 上摇动的她的眼前映着执电车皮条的夫君的粗短的颈部。⑤

前句中的"caprice"指"任性"，此词早在东汉时期就已经出现⑥，在后世更成为一个常见词语；后句中的"cushion"则指"坐垫"，无疑属于生活中的常见用品，两处文本中的西语使用都缺乏足够的必要性。总而言之，许多作家对西语词汇的使用并不具备过多的审美功能，反而在一定程

① 郁达夫：《南迁》。Melancholy：忧郁，笔者注。
② 赵伯颜：《畸人》，《创造月刊》1926 年第 1 卷第 3 期，第 78 页。knall und fall wie ein alter soldat（德语）：像一个被枪击倒的老战士，笔者注。
③ 鲁迅：《狂人日记》，《新青年》1918 年第 4 卷 5 期。
④ 郁达夫：《祈愿》，《良友》1927 年第 18 期，第 14 页。
⑤ 陶晶孙：《音乐会小曲》，《创造月刊》1927 年第 1 卷第 7 期，第 9 页。
⑥ 如"涿郡卢植、北海郑元，皆其徒也，善鼓瑟，好吹笛，达生任性，不拘儒者之节。"见班固，等：《东观汉记·马融传》。

度上削弱了文本的审美价值。当然，也并非是说白话文作品中就绝对不能运用西语词汇，前提是这种运用能够对作品有所增益，这就正如鲁迅对"阿尔特肤尔"①（old fool）的词意按而不表，完全是出于推进小说情节与增强作品讽刺效果的考虑。

除了借用西语词汇以外，用词的反常规倾向还表现为文本对传统文言词汇的继承式使用。如果说前者大多属于初登文坛的青年作家将自身的语言优势转化为象征资本所进行的炫耀与展示，那么后者的原因则更为复杂，现象也更为普遍。鲁迅便因自己的白话文创作受旧书中"古老的灵魂"的影响而时常感到"使人气闷的沉重"②；姚鹏图甚至认为以白话为工具起草开会演说、编写启蒙讲义，其"下笔之难，百倍于文话"③。考察此类现象，一方面是因为文本内容的极大丰富使得思维涨破了初期白话文的表达限度，让他们不得不重新回到文言中找寻合适的替代。白话文运动之初就有相关讨论涉及了此类表达的艰难："自从欧美文化输入以来，演说讲演的风气，异常发达，俗语的势力也渐渐增加，与从前果然大不相同。但是日子太短，言语上的变化，功效尚未大著，讲演的时候，大都借文言来辅助俗语的不足，遇着略为艰深的意思，文言俗语夹在一起，依然说者是说一个不清，听者是苦于了解。"④ 正是在此困境中，部分理性的学者认识到了继承传统的必要性："想做好白话文，读若干上品的文言文或且十分必要。现在白话文作者当推胡适之、吴稚晖、周作人、鲁迅诸先生，而这几位先生的白话文都有得力于古文的处所（他们自己也许不承认）。"⑤ 朱光潜所说的"古文的处所"显然也包括词汇在内，然而当这种借鉴超出一般读者的理解限度时，便很难不产生通俗的障碍。另一方面，横跨晚清与民国的文人学士在长期旧学教育下所形成的书写习惯与审美标准也促使他们在文本中运用文言词汇，进而造成通俗的障碍：

> 是（这）嗦（因冷而哆嗦，此处为使动用法）人的春夜耀

---

① 鲁迅：《肥皂》，《晨报副刊》1924 年 3 月 28 日，第 2 版。
② 鲁迅：《写在〈坟〉后面》，《鲁迅全集》第 1 卷，人民文学出版社，2005，第 301 页。
③ 姚鹏图：《论白话小说》，陈平原、夏晓虹编《二十世纪中国小说理论资料》，北京大学出版社，1989，第 135 页。姚鹏图，字柳坪，号古凤，江苏镇洋（今太仓）人，光绪辛卯（1891）举人，20 世纪 30 年代末去世。
④ 蓝志先：《蓝志先答胡适书》，《新青年》1918 年第 6 卷第 4 期。
⑤ 明石（朱光潜）：《雨天的书》，《一般》1926 年第 1 卷第 3 期。

（闪耀着）星之天，墙上袅（柔软，柔弱）垂着的萝藤，不住它们织（此处指天空布满繁星如密织的布）盈（满）的摇（摇晃，此处指星光闪耀带给人的主观感受）舞，白的巨大的花朵阴阴的炫（光貌）映（衬托使显现）着月明，惠（仁慈，此处引申为柔和）风挟着薄（逼近）峭（苛刻，严酷）的气驰（驱驰）荡（游荡）着天空，流辉溢（多而满）射着窗槦（短柱）和叶底。①

文本的词汇呈现出鲜明的文言特质，作者不但选用了诸如"是""薄""峭""槦"之类的文言词语，而且似乎有意识地去遵循文言文单字成词的行文习惯。同时需要注意的是，文本的部分用词并非无法在白话文中找到替代性词语，并且接下来的语段恢复了趋于白话的语言面貌，因而就有理由相信作者是在刻意追求词汇的典雅化。相比于前述不得已而为之的情况，这一点正说明新文学作家与传统的决裂只是表象，其中一部分人对于传统语言的审美标准也仍然怀有某种认同，所以周作人在散文中对古籍的大量引用与李金发在新诗中对文言的大胆尝试便毫不奇怪。

综上所述，五四新文学（1917—1927）语言面貌的形成有其自身的复杂性，它以白话为基础，却又受到欧化西语与古典文言的双重影响，是在三者的夹缠中逐渐成形并艰难发展的。然而无论是复杂句还是反常规词汇，当它们超出一般读者的理解限度时便无疑会造成文本信息沟通层面的障碍，从而无法与俗相通。

二、平淡叙事与看/思/谈的行文方式

梁启超在分析国民嗜读小说的原因时说："小说者，常导人游于他境界，而变换其常触常受之空气者也。"② 夏曾佑对此则有更加简明的表述："盖人心之所乐者有二：甲曰不费心思，乙曰时刻变换。"③ 梁、夏二人对"变换"的强调正说明小说之所以"可惊可愕可悲可感"，相当程度上是因其提供了相对单调的日常生活经验以外的内容信息，从本质上说是在不断"变换"中对读者趋新本能的满足。如果进一步考察"变换"的主体，

---

① 严敦易：《春风》，《小说月报》1925 年第 16 卷第 6 期。
② 梁启超：《论小说与群治之关系》，《新小说》1902 年第 1 卷第 1 期。
③ 别士：《小说原理》，《绣像小说》1903 年第 3 期。

对于小说而言毫无疑问便是情节，这也正是文本趣味性的主要来源，其他叙事类作品中的情况也是如此。然而这种"变换"正与五四新文学所主导的审美倾向相反。茅盾便认为以"人生断片"为题材的作品虽说平淡，但若做得好也无碍其成为艺术品。[①] 新文学作家心目中的理想作品就是在平常生活中选取"常人所注意不到底材料"，再经由艺术手段"至情至理"地加以表现，虽说这种写法"最容易平淡，容易没有精彩"，但也只有这种小说方能"尽情尽理，村妪都懂，而又耐人寻味"。[②] 由此可见，相比于传统小说对"变换"的追求，五四新文学的主潮则倾向于"平淡"叙事，而这两者的分歧点主要就在情节。

探究这种风气形成的原因应该有以下几点。首先，其直接来源于新文学作家对西方/日本文学的关注。随着五四时期大量作品的译介，以及作家大多具有的海外求学背景，他们越来越意识到小说并非传统意义上的"戏剧说明书"，在以往"无奇不传"的创作路数之外尚别有洞天可供开掘与实验。早在 1918 年周作人便介绍了坪内逍遥（1859—1935）的《小说神髓》，并重点在 novel 与 romance 之间做出区分，在其看来重在写实的前者要优于具有传奇性的后者，被归为"人生的艺术派"。除此以外，他还推崇以砚友社作家尾崎红叶、山田美妙为代表的"艺术的艺术派"，称其作品"不重在真，只重在美，所以观察不甚彻透，文章却极优美"。[③] 然而无论是求真还是重美，都迥异于以尚奇为特征的传统路数。其次，"五四"作家对外来资源的接受也并非毫无选择，平淡叙事在本质上是主体需要的表现。事实上，即便是西方小说对情节的关注也存在程度上的差异："美国文学家做短篇小说，大都注重在结构（plot）；俄国文学家却注重在用意（cause）。"[④] 从"五四"作家的译介情况看，俄国式的侧重表现平常人生的写实作品显然更受偏爱，这与新文学"为人生"的宗旨是相符的。作为传统对立面登场的新文学追求以严肃的创作态度反映人生问题，旨在思想启蒙，曲折离奇的情节便极有可能干扰读者对文本背后启蒙意义的追寻，更何况情节在部分学院派作家那里向来被认为是最浅层次的

① 雁冰：《批评创作的三封信》，《小说月报》1922 年 13 卷第 6 期。
② 王世瑛：《怎样去创作》，《小说月报》1921 年第 12 卷第 7 期。
③ 周作人：《日本近三十年小说之发达》，《新青年》1918 年第 5 卷第 1 期。
④ 雁冰：《俄国近代文学杂谈下》，《小说月报》1920 年第 11 卷第 2 期。

末流小技而受到轻视，而于平淡叙事中凸显深度方见真章。由此可见，情节淡化的深层原因还在于将"人生"作为表现对象，而"五四"中人眼中的"人生"就是平淡无奇的："太平淡了，难得出色；太离奇了，又往往不切人生。"① 兼顾"人生"与情节的趣味性似乎便成为一个无法实现的目标。② 最后，同样不能忽视作家叙事能力不足所造成的影响。考察"五四"作家，绝大多数出生于1895年以后，属于不必为科举考试而学习的第一代知识分子，对此有学者以文学研究会为样本做了这样的概括："大多数会员有着相类似的履历，即起步于一所中国大学（作为一个学生），再到中国中学（作为教师），再到出版社（作为编辑和译者），最后，回到中国大学（作为教授）。那些毕业于外国大学的人通常可以跳过其中的第二步。"③ 从中可以预见的是，狭窄的交际圈及相对趋同的人生经历限制了部分初登文坛的青年作家对复杂社会生活的参与，人生阅历的匮乏又在一定程度上制约了其作品的选材范围，再加之长期所受作文训练（而非小说或编剧训练）的影响，这一切都使其作品中呈现出书生气与学生腔，情节淡化便难以避免。事实上曲折的情节有时与真实的人生并不相悖，正如毕倚虹（春明逐客）《十年回首》中的官场叙事虽说不乏传奇性，但作品的趣味性便直接来源于作家人生阅历的丰富："他家是簪缨世族，他十六岁就到部里当差去做官的。他写的为了身体矮小，特定制了一双厚底靴子，在家里演习：'引见'时的排班背履历；到部谒见堂官等等，都是未经人道过。那时北京的相公堂子，还未消灭，他也跟着人逛胡同。可惜这书未写下去，那要比李伯元所写的《官场现形记》高明得多咧。因为李所写的，只不过是道听途说，而他却是身历其境呀。"④ 综上所述，无论是来自西方/日本的影响，还是出于书写真实人生的主动选择，抑或受叙事能力所限不得已而为之，平淡叙事的存在总是不争的事实。实有之事常平淡，诳设之事常浓艳，人心去平淡而即浓艳，亦其公理。⑤ 部分五四新文学作品情节淡化所导致的趣味性缺失无疑便成了一重通俗的障碍。

---

① 超常：《评叶绍钧的〈祖母的心〉》，《小说月报》1922年第13卷第11期。
② 陈平原：《中国小说叙事模式的转变》，北京大学出版社，2010，第111页。
③ 贺麦晓：《文体问题——现代中国的文学社团和文学杂志（1911—1937）》，陈太胜译，北京大学出版社，2016，第79页。
④ 包天笑：《编辑小说杂志》，《钏影楼回忆录》，三联书店，2014，第358页。
⑤ 别士：《小说原理》，《绣像小说》1903年第3期。

客观上说，以情节为核心展开行文要容易许多，这得益于情节的衍生性，只要作者愿意便可以无限编织下去，"五四"中人却对这种做法不以为然。胡适认为凡可以拉长作章回小说的短篇都不够"经济"，不是真正的短篇小说，只能算是情节堆积起来的"烂调"①；瞿世英也认为类似《西游记》之类的小说是"许多不相连接的事情合成的"，因而"可以随笔做下去"②，这正印合了鲁迅对《儒林外史》的评价："虽云长篇，颇同短制。"③ 然而令人颇感诧异的是，趋于平淡的"五四"作品虽说不以情节取胜，然而文本篇幅并不短小，仅就短篇小说而言，多数作品的字数要多于同期的通俗文学作品，其中一部分甚至达到上万字，这就表明其能够依靠独特的行文方式来填补由情节稀疏所造成的大片文本空白，从中便不难想象第一代作家在毅然决然地放弃情节这一篇幅支撑要素之后在行文时的真诚与艰难。总的来说，作品主要是以看/思/谈的方式展开行文，进而支撑篇幅的。

　　单从"看"的角度说，传统叙事中并不乏此类内容，例如《红楼梦》中林黛玉初进贾府时对府中人物与内部环境的审视，目的在于通过其眼中所见为之后的叙事布局，本质上是为情节开展而服务的。又如周瘦鹃在《对邻的小楼》中虽说以第一人称视角展开观察，但在本质上是通过主人公所见交代关于四对男女的完整事件。然而，新文学作品无论是"看"的内容还是"看"在文本中所起到的作用都迥异于传统作品中对人物、环境、事件的观摩。在"看"的内容方面，"五四"作家热衷于"观景"，对此他们也有自己的解释："自然是小说的极重要的背景。近百余年来，在西洋小说里，风景成为极重要的元素。自卢骚的'New Heloise'出现后，便引进一种新势力来。山川湖沼均成为小说中主要部分。目此以后许多作家便极端承认自然对于人们的感情与思想的影响。"④ 客观上说，"风景元素"并不"新"，对自然与感情/思想之间内在关联的"极端承认"也绝非是"自此以后"，而更加符合实际的情况是，融入感情/思想的自然风景元素在传统的文人创作中比比皆是，因此有理由这么说，"五四"作

---

① 胡适：《论短篇小说》，《新青年》1918年第4卷第5期。
② 瞿世英：《小说的研究》，《小说月报》1922年第13卷第8期。
③ 鲁迅：《中国小说史略》，《鲁迅全集》第9卷，人民文学出版社，2005，第229页。
④ 瞿世英：《小说的研究》，《小说月报》1922年第13卷第8期。

家对卢骚、屠格涅夫等人的借鉴并非是学习了某种新的创作方法，更多还是意图通过西方作品的译介来为原本见于诗歌、游记等传统文体中的风景元素在小说中的大量存在寻求某种支撑与佐证。在"看"的作用方面，"五四"作家笔下的风景大多不具有太强的叙事功能，也不过多地参与情节建构，其存在意义一部分在于营造情调与氛围，另一部分则在于引发人物间的交谈，有时候也能触发心理活动。如以下文字：

> 我很想呼吸一点纯洁的空气，我顾不得医生给我的避风的教训了，我把窗户打开，天井里面已经积了一两寸厚的雪。窗前的小柏树儿像扑了面粉一样，一丛一丛的枝叶上都是食盐似的结了晶。窗沿上的一盆水仙，和我不知道名字的一盆草本花，早萎谢了。我想：何不使他们也去受一受雪的濡染，使他们得一点浸润？不对，他们根基浅薄，恐怕当不住罢？我仍然未动他们。
>
> 我凭着窗沿望那天上一片一片的雪越发下得大越发来得密了，我忽然记得不知在那一本书上（？）有"雪花儿落一阵紧"的句子，我便细细去领略这"雪紧"的风味；并且看她几时才松，又看一看松的风味到底怎样？
>
> 呆看了一阵，我便坐在案前，铺一张纸，想做一首雪的诗。可是我刚提起笔，心的使命却又叫我放下来，不做也罢！我顺便躺在一张软椅上。忽然头又晕起来了，胃里的药也翻起来了，我只好闭目静神的躺一会。我原打算暂时学学"绝圣弃智"的出世派，权且在很短的时期内去洗净六根，一空色声香味嗅觉诸相，可是办不到，我把眼阖上不到两分钟，心中千头万绪像潮一般的思想，一时都涌起来。[①]

对雪景的观察引发了人物对水仙能否经受"雪的濡染"的思考，又让他想起书中相关的语句，然而如果将上述文字摘去就会发现，小说的完整性并未因此受到影响，这正说明大段的风景描写并没有参与情节建构，对于情节链来说是无足轻重的，而其真正的作用就在于以雪景之冷来衬托下文中人物与巡警交谈后所被引发的悲观与失望。相较而言，传统小说中的风景则常常对情节发展起着关键作用，如《水浒传》第十回"林教头风雪山

---

① 李开先：《雪后》，《小说月报》1922年第13卷第8期。

神庙"中对雪景的描绘便不可或缺，正是因为下雪身寒林冲才会外出酤酒买肉，正是因为外出酤酒买肉才能躲过被大雪压塌的仓廒与随之而来的纵火，进而在山神庙手刃仇人，如果摘去对下雪的交代情节便无法开展，这正如文中所说，是"天理昭然，佑护善人义士"①。以上对照说明"五四"小说中所"看"之景已不再只是传统小说中情节的附属物而具备了更加独立的审美价值，它通过情调与氛围的营造直接服务于人物内心与作品主旨，而情调与氛围相比于浅显有趣的情节显然更难被多数人所欣赏，这正如茅盾所说："中国一般人看小说的目的，一向是在看点'情节'，到现在还是如此：'情调'和'风格'，一向被群众忽视，现在仍被大多数人忽视，这是极不好的现象。"②

正如上节引文所示，"看"的同时常常伴随着"思"，但有时"思"又会脱离"看"而以其他途径生发，但无论以何种方式出现，新文学作品中的"思"都与传统小说有着本质差异。考察传统小说的人物之"思"大多简短，且具有符合读者期待视野的无可辩驳的外在叙事逻辑。如洪太尉登山宣请虚靖天师禳灾，途中便有一段心理描写：

> 约莫走过了数个山头，三二里多路，看看脚酸腿软，正走不动，口里不说，肚里踌躇，心中想道："我是朝廷贵官公子，在京师时，重裀而卧，列鼎而食，尚兀自倦怠。何曾穿草鞋走这般山路！知他天师在那里，却教下官受这般苦！"③

洪太尉内心的抱怨源于走山路的事实，且符合一般读者对高官不能吃苦的预设，同时又为下文情节中受到猛虎毒蛇惊吓等更大的"苦"做了衬托与铺垫。同样如诸侯联军讨伐董卓时的一段文字：

> 众诸侯内有济北相鲍信，寻思孙坚既为前部，怕他夺了头功，暗拨其弟鲍忠，先将马步军三千，径抄小路，直到关下搦战。④

鲍信的心理活动源于孙坚担任前部的事实，因而由"思"而"怕"，由

---

① 施耐庵：《水浒传》，三秦出版社，2002，第94页。
② 玄：《评〈小说汇刊〉》，《文学旬刊》1922年7月11日第43期。
③ 施耐庵：《水浒传》，三秦出版社，2002，第5页。
④ 罗贯中：《三国演义》，人民文学出版社，1979，第42页。

"怕"而"拨"，才有后来鲍忠被华雄斩杀的情节，鲍信之"思"不但说明了联军内部心不齐，而且衬托了后文中关羽之勇。由此可见，传统小说中所写的人物之"思"通常触发于某个情节事实，并且大多一带而过，其本质上服务于人物形象塑造或情节发展的需要。相比于传统小说中人物之"思"依托于外在叙事逻辑，"五四"小说中的"思"则更多地受到主观随意的内在心理逻辑的牵制。正如下段由风景引发的思考：

> 婧娟正在午梦沉酣的时候，忽被窗前树上的麻雀噪醒。她张开惺忪的睡眼，一壁理着覆额的卷发，一壁翻身坐起。这时窗外的柳叶儿，被暖风吹拂着，东飘西舞，桃花腥红的，正映着半斜的阳光，含苞的丁香，似乎已透着微微的芬芳。至于蔚蓝的云天，也似乎含着不可言喻的春的欢欣。但是婧娟对着如斯美景，只微微地叹了一声，便不踌躇的离开这目前的一切，走到外面的书房，坐在案前，拿着一枝秃笔，低头默想。不久，她心灵深处的幽弦，竟发出凄楚的哀音，萦绕于笔端，只见她拿起一张纸写道："时序——可怕的时序呵！你悄悄的奔驰，从不为人们稍稍停驻。多少青年人白了双鬓，多少孩子们失却天真，更有多少壮年人消磨尽志气。你一时把大地妆点得冷落荒凉，一时又把世界打扮得繁华璀璨。只在你悄悄的奔驰中，不知酝酿成人间多少的悲哀。……"①

人物的时序之"思"是由夕阳春景引发的，但二者间的叙事逻辑是缺乏必然性而经不起推敲的，这是由于不同主体面对风景时的内心所思显然有所差异，况且文中由乐景引发的哀情本身便属于一种极具个性化的体悟，有悖于一般读者的心理预期。除此以外，文中透露出的更多是来自传统诗文的影响，正如《赤壁赋》中的苏轼由月下泛舟之乐景所被引发的人生苦短之悲思。当此类倾向发展到极致时，部分作品中的"思"甚至能够完全脱离文本所给定的依托，而达到一种极端随意的"心随我动"的境界，这正如由小女孩的憨皮想到憨皮的稚琴，由稚琴的爱照镜子想到爱照镜子的德福，由德福的肥胖嗜睡想到肥胖嗜睡的姚先生，由姚先生因肥胖嗜睡差点摔得头破血流想到嗜血的野狗，由野狗的嗜血想到被野狗吞食的难民阿

---

① 庐隐：《幽弦》，《小说月报》1925 年第 16 卷第 5 期。

三，由惨死的阿三想到希望帮助他却又有心无力的乡民……①综上所述，考察"五四"小说之"思"，其中一部分趋近于传统抒情言志类的本我型创作，另有一小部分则更具自由度而呈现出意识流色彩，但其共性在于，无论是上述哪一种都在一定程度上摆脱了传统叙事逻辑的束缚，转而更多地服从于内心情绪的调遣。

纵观"五四"小说中的人物之"谈"，有很大一部分都迥异于传统，而呈现出零碎化、玄理化的特征。传统小说中并不乏对人物相聚而谈的描写，例如晁盖、吴用、阮氏兄弟等人在晁家庄商议智取生辰纲的计策，王子服、马腾、种辑等人在董承家中谋划起兵反曹以回应"衣带诏"，贾政、宝玉及众清客在大观园内讨论匾额的题字，等等。诸如此类的交谈有其共同点：第一，从交谈的起因来说，它们都是缘事而发，属于情节发展至某阶段时人物在下一步必然要做出的应对；第二，从交谈的内容来说，谈话内容大多较为具体，通常表现为围绕某个特定事件交换意见或商议对策；第三，从交谈的作用来说，谈话大多能够丰富人物形象或推动情节发展。总的说来，传统小说中的人物交谈基本是为叙事服务的。

对于一部分"五四"小说来说，"谈"是"思"的外在表现，是人物表达内心所思的途径之一，因而区别于传统文本而并不具备过强的叙事功能。

首先，考察"谈"的发生，"五四"小说有时并不需要借助合乎叙事逻辑的外在触发因素，而是常常由风景或情绪直接引出人物间的交谈。如星月下的大连夜景便引发了淡如和漱玉关于谁打的比方更逼真的争论，引发了大家关于当日具体日期的争论，又引发了众人关于"是我们多情欢迎明月还是明月多情欢迎我们"的争论。②又如夜晚的天河勾起了畅想，进而引发了"我"与一起乘凉的弟弟们"彻底的谈一谈海"，直至"词锋所止""联想所极"。③当上述倾向发展至极致时甚至会出现"无事之谈"：

> 你明天来的时候，请你把昨天我叫人送给你看的那封心印的
> 信带了来，她那边有一个问题，——"名利的代价是什么？"④

---

① 庐隐：《思潮》，《小说月报》1921年第12卷第12期。
② 庐隐：《月下的回忆》，《小说月报》1922年第13卷第10期。
③ 冰心：《往事》，《小说月报》1922年第13卷第10期。
④ 庐隐：《或人的悲哀》，《小说月报》1922年第13卷第12期。

相比于前两例中尚且由风景、情绪触发交谈，此例作者直接以简单粗暴的方式抛出问题，生硬地操控人物交谈，人物在某种程度上成了作者的传声筒，这正如茅盾所说："在作品中间装进一套新思想的议论是那时的流行风气。"[1] 在此基础上也就不难理解五四时期书信体小说大量出现的原因，它是作家为了在文中毫无障碍地开展"无事之谈"所做出的选择。收信与回信营造了天然的谈话情境，也在最大限度上规避了来自叙事逻辑的制约，使文本内容的零碎、散乱具备了合法性，这些对于部分缺乏叙事天赋的"五四"作家而言正是得天独厚的优势。当时便有人看清了这一点："这一种书信体裁，固然有始终讨论一件事情的，但大多数还是容纳着许多问题，并且有的还容纳着无数的小杂感。所以要想讨论许多的问题，要想把许多零星的杂感收容起来，顶好是用这一类的体裁。自然我说的不能是漫无章法随便乱填，那样便不成文章了。但如果能于作文时把定一个线索，无论纳进多少问题去都可以的。"[2] 在后文中该论者指出《遗书》是以"病情发展"为线索的，但必须要指出的是，"病情发展"在叙事层面也只是伪线索，因为病情的发展与作者所述的内容之间并无必然联系，并不参与情节的建构。

其次，考察"谈"的主体，部分"五四"小说中的人物常常是只因交谈而存在，并且不断变换。老舍说过："一开头写张三，而忽然张三失踪，来了个李四；李四又忽然不见，再出来个王五，一定不是好办法。"[3] 这正印合了李渔所说："凡是此剧中有名之人，关涉之事，与前此后此所说之话，节节俱要想到。宁使想到而不用，勿使有用而忽之。"[4] 交谈人物的相对固定，可以使情节集中、脉络清晰，更易于为一般读者接受。反观部分"五四"小说，人物在出场发言之前常常缺少必要的交代，有的甚至只在文中出现一次，话说完后便被弃置，前不着村后不着店。这种情况在书信体小说中出现得尤其频繁，不但回信者时常变换，而且在一封信中常常提及其他人物，甚至以"信中信"的形式引述他人的信件，这样便不可避免地增加了一般读者的阅读难度。

---

① 茅盾：《中国新文学大系·小说一集·导言》，《茅盾全集》第 20 卷，人民文学出版社，1990，第 468 页。

② 斫厓：《评冰心女士的〈遗书〉》，《小说月报》1922 年第 13 卷第 9 期。

③ 老舍：《形式·内容·文字》，《老舍全集》第 17 卷，人民文学出版社，2013，第 341 页。

④ 李渔：《闲情偶寄》，中国社会出版社，2005，第 336 页。

最后，考察"谈"的内容，区别于传统小说中的谈事件、谈生活、谈对策，"五四"小说中人物所谈的往往是包括思想、主义在内的虚无缥缈的人生问题，在某种程度上更像是一种谈玄述异。如在森林中争辩"自然"的善与恶①，在会场中讨论人生的乐与悲②，在租屋中探讨将爱托付于神灵的对与错③，在火车中争论国体与政党的是与非④……这些内容大多远离生活而切近人生，属于对某种终极价值的追问，对于一般读者而言显得过于深奥，不但无趣而且难懂，更不用考虑情感态度层面的认同了。难怪在当时便有读者质疑："只看了花花绿绿的'主义'及其附产物，而看不见生活的实在，感不出生活的真苦痛！"⑤

综上所述，看/思/谈的行文方式在"五四"小说中普遍存在，它们不但迥异于传统作品，而且在文本中相互交织，共同填补了由于叙事平淡、情节稀疏所形成的大量文本空间。同时也应该承认，平淡叙事造成了以情节为基础的趣味性的缺失，而情绪化、零碎化的内容又增加了一般读者理解的难度，这些都构成了通俗的障碍。

三、情感类型与情感传达

情感不是情绪，它区别于基于本能的短暂易变的情绪，而具有更强的稳定性。情感是和人的社会需要相联系的体验，它附着于具体事物，通常具有明确的指向性，所以对之进行描述的完全形态应为"对××（某事物）的××（某情感）"。由此可见，在讨论情感时就很难抛却其背后的其他因素，情感作为对特定对象主观态度的外在表现，就必然会涉及主体的思想与价值观层面，多种因素通常相互夹缠，表现为一种浑融状态，这是显而易见的。就"五四"文学作品而言，其与一般读者的情感沟通障碍至少有两点：

第一，在情感类型层面，部分作品所蕴含的情感无法获得作为"俗"的一般读者的认同。

一方面，情感自身过于小众化，有悖于普通人的价值观念，因而无法

---

① 王统照：《自然》，《小说月报》1922 年第 13 卷第 8 期。
② 俍工：《几篇不重要的演说辞》，《小说月报》1922 年第 13 卷第 10 期。
③ 兰烂生：《爱与憎》，《小说月报》1923 年第 14 卷第 4 期。
④ 王统照：《车中》，《小说月报》1926 年第 17 卷第 11 期。
⑤ 汪敬熙：《为什么中国今日没有好小说出现?》，《小说月报》1922 年第 13 卷第 3 期。

引发多数读者的共鸣。当然，在作品中追求个性化的情感表达无可厚非，正如庐隐认为艺术的结晶就是"主观个性的情感"①，但前提是这种"个性"不能超出合适的限度。俞平伯就曾批评过作品中的"异常的神秘的心理"，认为它们的感染性过于薄弱，不应该被当作文艺的主要部分。② 纵观新文学作品，也多有此类表现：《丽石的日记》③ 中"我"与沅青的同性之爱在当时毫无疑问属于异类；《往事》④ 中的"我"视看守灯塔这件苦差事为"一种最伟大，最高尚，而又最有诗意的生活"，对旅途中海上的巨浪感到"快乐充溢"甚至期盼"去水宫赴宴"，而多数人对此的反应应为孤独与恐惧；《寒宵》⑤ 中的"我"在已达住所门口的情况下突然变更心意，让车夫冒着夜晚的大雪将自己重新送回妓院云集的韩家潭，这种个性化的"心随我动"颇似"王子猷雪夜仿戴"中极度追求内心自由的放浪形骸，有别于多数人畏冷惧迟的正常心理；《枪声》⑥ 中的主人公在听到军阀攻城的枪声时感到新鲜有趣而仅仅是模仿起恐怖的样子，《火灾》⑦ 中的村民听说强盗来犯时感到的不是恐惧而是兴奋，丰子恺甚至视兵灾中的逃难为一次难得的"坐汽车，游览，参观"的全家出游的机会⑧……此类小众化情感大多具有这样的特质，即在多数人眼中的困苦或灾难，在身为作家的知识分子那里却可能引发某种兴味，反之，在多数人眼中无关紧要的事情，却常常会引发他们激烈的情感反应，诸如此类的"情感失调"就难免会让读者感到矫情而无法获得亲切的感受。当时便出现了批评与质疑："这些作者全是智识界中的人物，为什么他们感不出现在智识界的生活之空虚伪假？如感的出，为什么不去描写，为什么不去暴露此种真相，而终日写些不亲切的东西？"⑨ 造成上述现象的主要原因是知识分子与一般读者在生活经验上的差异，而生活经验的差异进一步造成对具体事物的情感、态度、思维方式等方面的差异，就如冰心如果有过看

① 庐隐：《创作的我见》，《小说月报》1921 年第 12 卷第 7 期。
② 俞平伯：《与佩弦讨论"民众文学"》，《文学旬刊》1921 年 11 月 12 日第 19 期。
③ 庐隐：《丽石的日记》，《小说月报》1923 年第 14 卷第 6 期。
④ 冰心：《往事（其二）》，《小说月报》1924 年第 15 卷第 7 期。
⑤ 郁达夫：《寒宵》，《创造月刊》1926 年第 1 卷第 1 期，第 125 页。
⑥ 赵景深：《枪声》，《小说月报》1924 年第 15 卷第 7 期。
⑦ 叶绍钧：《火灾》，《小说月报》1923 年第 14 卷第 1 期。
⑧ 子恺：《从孩子得到的启示》，《小说月报》1927 年第 18 卷第 7 期。
⑨ 汪敬熙：《致沈雁冰》，《小说月报》1922 年第 13 卷第 7 期。

守灯塔的生活经验就不大可能会认为类似的苦差事具有诗意，郁达夫如果有过日间辛苦劳作的贫苦生活经验，也就不大可能让笔下的人物不顾劳累并冒着夜晚的大雪坐汽车重回妓院。郑伯奇曾经提及中国文人与国民在生活经验上的隔膜："国民意识未经唤醒，国民感情未经燃着的新文学家，对于一般国民的生活依然不起研究的兴味。"① 其后果便是生活经验异于一般群体的作家们"在自己的华屋里做梦，过优游的生活；藉美的论调，说出陶冶性情的放恣话"。②

另一方面，部分作品的情感内容过于高深，脱离日常生活而进入形而上的哲思层面，使一般读者难于理解。茅盾对此便曾有针对性地要求作家确保作品中的情感能够被"世界之人"理解。③ 俞平伯也反对文学的贵族化，认为作诗不是卖弄学问，诗人不应僭拟哲学家来传达不易为一般人理解的形而上的哲学化思想。④ 反观"五四"文学，部分作品的情感存在着此类高深化、哲理化倾向。《空山灵雨》⑤ 便是如此：银翎和翠翼两只信鸽被作为一对男女的传情工具，翠翼被误放而带去了错误的信号，银翎被派去更正这一信息而在途中遇到不测，其漂在河面的尸体被"我"与黄先生捞到，读完信后决定去周围的村里一探究竟（《银翎底使命》）；宗之将随手采摘的酴醾送给师松，却勾起师松的胡思乱想而最后得病（《酴醾》）；光因传遍世界，窥见一切"能思维能造作的灵体"却没有一句能回报母亲的话而安息（《光底死》）；历尽沧桑、半生未见的两个老人再聚首，讨论饼的馅料与人生之间的关联（《再会》）……此类情感远离生活而指向人生，其背后深奥的哲理性因素较难让一般读者体悟，因而在当时就受到质疑："落华生的《银翎底使命》一篇究竟是什么用意。你能给我一个详细的解释么？"⑥ 类似的情况同样不同程度地出现于当时的其他作品中，如《白瓷大士像》⑦ 中通过寻找瓷像的安置之所来隐喻对人生埋想价值的追索，《剪网》⑧ 中通过剪断事物本质以外的干扰因素以求得人

---

① 郑伯奇：《国民文学论（中）》，《创造周报》1923 年 12 月 30 日，第 5 页。
② 咏琼：《致郑振铎》，《小说月报》1923 年第 14 卷第 3 期。
③ 沈雁冰：《创作的前途》，《小说月报》1921 年第 12 卷第 7 期。
④ 俞平伯：《与佩弦讨论"民众文学"》，《文学旬刊》1921 年第 19 期。
⑤ 落华生：《空山灵雨》，《小说月报》1922 年第 13 卷第 6 期。
⑥ 程代新：《创作质疑》，《小说月报》1922 年第 13 卷第 8 期。
⑦ 白采：《白瓷大士像》，《小说月报》1924 年第 15 卷第 2 期。
⑧ 丰子恺：《剪网》，《一般》1928 年第 4 卷第 1 期。

生的"大欢喜",《洛绮思的问题》①中通过呈现爱情与事业的冲突来说明人生应该有所取舍,但又并不否认存在多者兼顾的可能性……总而言之,无论是作品情感类型的小众化还是哲理化,它们要么难以获得一般读者认同,要么难以被其理解,这些无疑都会造成情感沟通层面的通俗障碍。

第二,在情感传达层面,部分新文学作品传达情感的方式阻碍了作为"俗"的一般读者的接受。

一方面,情感的发生过于突兀,不符合读者的心理逻辑。考察传统文本中的做法,通常是将情感的传达依托于具体的人物、事件之中,范进因中举而狂喜,张生因相思而生愁,武松因受骗而发怒,即便是黛玉葬花中传达的哀情也是建立在作者先前所述黛玉的身世、经历等铺垫基础之上的,因而读者可以毫无障碍地意会到"哀花"实为"哀己",类似的表情方式在民国哀情小说中也普遍存在。部分新文学作品中的情况则恰恰相反,此类文本大多传达哀情,其难以被接受的原因并不在于情感自身,而在于抒情之前缺少足够的铺垫,因而难以做到让读者感同身受。茅盾对此曾举过精辟的例证:"譬如描写入一公园,看见了一棵树,一只鸟,一条堤,自己登在一间小小的书室中,便说是大自然欺我了。"②这种情况的广泛存在固然是由于作家们受到了从西方传入的以情感约束、代替理性的感伤主义(主情主义)的影响,但同样也不能忽视传统的力量,毕竟景情关联的表现手法是中国诗文的拿手好戏,而由景直接引出情也正是中国文人的惯有思维。然而无论如何,相比借景抒情而言,即事抒怀无疑是更容易让人接受的传情方式,但即便仅考察后一类文本,依然可以发现一些所抒之"怀"与所即之"事"之间存在割裂,其中一部分可能源于前述生活经验隔阂所造成"情感失调",或是源于感伤主义资源与作家阴柔个性相结合所造成的多愁善感,另一部分原因还在于时代施加于文学的社会责任重压时常会促使作家出于对文本思想正确的考虑而发声。这种情、思冲突形成的"情感障碍"正是以载道著称的中国文学的一大传统,周敦颐对此便有过完美的总结:"文辞,艺也;道德,实也。"③作家们总是倾向于对文本事实所提供的多元理解加以限制以保证思想价值层面的正确性,

---

① 陈衡哲:《洛绮思的问题》,《小说月报》1924 年第 15 卷第 10 期。
② 沈雁冰:《什么是文学——我对于现文坛的感想》,松江《学术演讲录》1924 年第 2 期。
③ 周敦颐:《通书·文辞第二十八》。

这正如安敏成在中西诗学背景下进行的对照，柏拉图因惧怕多元情感的破坏性而将诗人逐出理想国，中国诗人则将自己的作品加以整顿与净化。① 然而也必须注意到，当对情感的限制违背了读者对事实的普遍认知时，情感层面的通俗障碍便产生了。例如元稹《会真记》中张生与崔莺莺相爱又将其遗弃的故事所引发的自然情感是指责前者而同情后者，作者却美化张生，为他的薄幸行为辩护，称之为"善补过者"，"事"与"情"的割裂便难以让人接受，这才有了《西厢记》中的改编。在五四新文学中同样能够见到类似的情形：贫苦鞋匠白眉阿大受到富人家庭的鄙视与排斥，但在孤死家中时仍带着平和的笑，情感与事实的割裂源于对五四时期泛爱哲学的迁就②；"我"在计算星星与地球的距离时进入梦境神游太空，醒来后感悟到应把握当下，情感与事实的割裂源于对积极生活态度的迁就③；T君听D君讲述老同学"江北学究"颇为曲折有趣的传奇故事，随后却产生了时光流逝的伤感，情感与事实的割裂源于对崇尚严肃的人生观/创作观的迁就④……当然"五四"作品中最著名的一次割裂还属《沉沦》，对于缺乏必要"前结构"的多数读者来说，就很难理解作者是如何能在自渎、窥浴、野合、宿妓等事件与结尾的爱国情感之间建立起联系的。

另一方面，除了情感发生过于突兀之外，情感传达层面的通俗障碍还表现为传递方式过于艰深。俞平伯曾指责以艰深的方法表现并不艰深的情感为"装幌子，以艰深文其浅陋，是文学上底大蠹贼"。⑤ 客观上说，用非常规的方式传达情感有时候恰恰是文本审美追求的体现，否则都是即事抒怀式的直抒胸臆，文学又何来多样性可言？然而"非常规"便常常意味着难以理解，正如《震动的一环》⑥ 里经历双重死亡的"鬼的化身"以尼采式的"狂言乱语"表达内心的愤世嫉俗，又如《疯人笔记》⑦ 中由"乱丝""白的他""黑的他"等非理性元素所构成的叙述迷宫，其中蕴含的情感思想让身为专业评论家的茅盾也无法领悟⑧，就更不用说一般读者了。

---

① 安敏成：《现实主义的限制：革命时代的中国小说》，姜涛译，江苏人民出版社，2001，第20页。
② 负生：《和平的死》，《小说月报》1921年第12卷第12期。
③ 丰子恺：《天的文学》，《小说月报》1927年第18卷第7期。
④ 滕固：《龙华道上》，《小说月报》1926年第17卷第8期。
⑤ 俞平伯：《与佩弦讨论"民众文学"》，《文学旬刊》1921年11月12日第19期。
⑥ 长虹：《震动的一环》，《小说月报》1926年第17卷第8期。
⑦ 冰心：《疯人笔记》，《小说月报》1922年第13卷第4期。
⑧ 雁冰：《致啸云》，《小说月报》1922年第13卷第7期。

相比于上述作品受到西方现代派文学影响而呈现出神秘化、荒谬化的非理性特征，来自中国文学传统中的情感含蓄化倾向也不容忽视，"托物连类以形之、借物引怀以抒之"① 的诗学思维在部分新文学作品中也留有明显的印迹，作家们往往会将复杂的情感寄托于具体事物之上，体现出极简又极繁的特点。《河上柳》② 中的陈老爹让木匠砍倒了屋前的柳树并因此而动情，看似单一的情感背后实则蕴含了复杂的内容，既包含对植树的亡妻的思念，又包含了对失去柳树后丧失物质依靠的忧虑，更包含了对以往温暖平静的古朴生活一去不返的伤感。由此可见，柳树是多种情感的寄托，但作者在看似客观的平淡叙述中并未明说，这种含蓄化表达就颇类似于归有光在《项脊轩志》末尾对枇杷树的使用方式。莱辛说过："作品不是让人一看了事，还要让人玩索，而且长期地反复玩索。"③ 然而不得不承认"玩"是"索"的动力，对于多数读者而言，如果作品无法提供充分而持续的趣味以支撑"玩"，那么"索"也显然无法达成，情感层面的通俗障碍也因此而产生。

综上所述，造成"五四"文学情感层面通俗障碍的原因是多元化的，其中既包括情感类型层面的小众化与哲理化，又涉及情感传达方式层面的突兀与艰深，它们在本质上是作家个体经验、社会时代环境，以及中西方文学资源等多种因素共同作用所产生的结果。然而也必须注意到，情感层面通俗与否对特定文本的通俗面貌并不起决定作用，而许多"五四"作品的情感传达也并非是一般读者不能认同或无法理解的，毕竟引发共鸣正是新文学意图完成的一个伟大目标，无论是"全人类共有的真情感"④ 还是"通人类的感情之邮"⑤ 都正可以说明这一点。范伯群在分析周瘦鹃的哀情小说备受当时人欢迎时认为，原因就在于其作品情感投合了民初读者"从辛亥革命的振奋与冲击中回到原来的生活正常状态中来时的失望与沮丧"，作者所唱响的"生命的哀歌"和读者的心声保持了一致。⑥ 新文学创作中所反映的情感又何尝不是如此，但对于部分"五四"作品而言，最

---

① 叶燮、沈德潜：《原诗·说诗晬语》，凤凰出版社，2010，第 81 页。
② 冯文炳：《河上柳》，《莽原》1925 年第 3 期。
③ 莱辛：《拉奥孔》，朱光潜译，人民文学出版社，1979，第 18 页。
④ 沈雁冰：《什么是文学——我对于现文坛的感想》，松江《学术演讲录》1924 年第 2 期。
⑤ 西谛：《新文学观的建设》，《文学旬刊》1922 年 5 月 11 日第 37 期。
⑥ 范伯群：《周瘦鹃论（代前言）》，《周瘦鹃文集（1）》，文汇出版社，2011，第 18－19 页。

大的问题还在于缺乏支撑持续性阅读的趣味性，以至于让许多读者在完成阅读活动之前便中止了审美进程，从而放弃了获取情感共鸣的努力。总而言之，对于占据绝大多数的以娱乐消遣为目的的读者而言，要想达成情感沟通就必须先提供趣味（主要由情节性内容提供），反之，在趣味得到满足时情感便时常退居次要的地位，正如那些包含暴力、凶杀、色情等元素的有悖道德人伦的作品更有可能勾起一般读者的阅读兴趣一样，其背后的生发机制也是令人深思的。

第二节　被夸大的非通俗倾向

　　前一节已经对五四新文学（1917—1927）中客观存在的通俗障碍进行了分门别类的展示，然而还需要追问的是，上述通俗障碍是否无一遗漏地普遍存在于新文学的诸多作品中，除此以外，即便障碍存在，又是否具有程度上的轻重差异之分。如果按照长期以来形成的固有看法，新文学就不可能是通俗文学，两者之间并无交集，而此类论断的依据为两类作品的作家身份差异，以及随之而来的作家所属阵营流派的差异。如果保守地继承这种看法，将"中国现代通俗文学"单纯地视为一个历史范畴的社团流派问题，那么针对"通俗"的相关研究将丧失大部分复杂性，评论家只需找出作品背后所对应的作者姓名并按图索骥式地加以归类便能够解决绝大多数问题，对五四新文学内部通俗脉络的考察也就显得毫无必要。当然，以"两翼说"为代表的关于"中国现代通俗文学"的历史认定具有重大意义，其价值就在于能够以通俗程度为标准，将以鸳鸯蝴蝶派为主体的文学作品与新文学作品划分开来，这种切割的基本正确性不容否定，然而也存在瑕疵：鸳鸯蝴蝶派作品是否都是通俗的？新文学作品又是否都无法与俗相通？这些都是值得探究的问题。鲁迅曾经说过："文学团体不是豆荚，包含在里面的，始终都是豆。"[①] 其用意在于强调同一团体内部不同作家的作品之间存在差异，这一点已经相当能够说明问题。然而对此还可以做进一步的演绎：即便是同一位作家所创作的不同作品之间同样也存在着差

---

① 　鲁迅：《中国新文学大系·小说二集·序》，《鲁迅全集》第 6 卷，人民文学出版社，2005，第 264 页。

异，这就正如同一位厨师能够做出味道各异的不同菜品，甚至于正如同一位母亲能够生出相貌各异的孩子，更何况是充满创造性的文学作品呢？由此可见，基于文学的通俗研究终归是文学/文本研究而非历史研究或流派研究，而仅凭后者所做出的划分便仍然具有提高严谨度的空间。

　　本节将力求呈现一些可能对新文学文本产生误解的原因。所谓"夸大"是指一些文本外因素潜在干扰了人们对文本特性的认知，而对"非通俗"（而非"高雅"或"雅化"）一词需要进一步辨析：通俗并非高雅的完美对立面，前者属于对接受效果的描述，后者则是一种价值判断。雅，正也，先秦时与"夏"构成同音假借。荀子云："越人安越，楚人安楚，君子安雅。"① 又云："居楚而楚，居越而越，居夏而夏。"② 此例便足以为证，"雅"由此具有了"合乎正统规范"这一引申义。然而合乎正统规范的事物似乎也并非全然无法被一般人接受，无法被一般人接受的事物也并不就意味着合乎正统规范，这就正如极为原始的部落语言在不通俗的同时也绝难被认作高雅，本节对"非通俗"一词的使用正是建立于上述认识的基础之上。五四新文学内部的通俗脉络长期被遮蔽，其背后的复杂因素不容忽视。从历史层面说，正如第一章所述，1922 年 9 月至 11 月间胡愈之、茅盾、子严三人对以《礼拜六》为代表之上海出版物中的作家/作品进行了"通俗"命名，当命名之初的讽刺意味消退之后，"通俗"作为一个被"污染"的词在某种程度上便成为一种禁忌。从逻辑层面说，诞生于笔战之中的"通俗"命名在被使用之初便缺少客观精密的学理化思考，对立思维下的意气之辞使得对"通俗"的理解被局限于新文学阵营对鸳蝴派的批评话语之内，这就导致评论者不大再会将"通俗"一词运用于新文学作品的评介之中，所以文学革命之初的"明瞭的通俗的社会文学"③ 的表述方式在此后针对新文学作品的赏析品鉴中便无可避免地受到替换或回避。当然，本节的工作并非是意图将论述重点聚焦于对某一具体术语的使用范畴之内，而是力求呈现一些可能会促生五四新文学"非通俗"想象这一感知误区的文本外因素。

---

① 方勇、李波译注：《荀子》，中华书局，2015，第 44 页。
② 方勇、李波译注：《荀子》，中华书局，2015，第 111 页。
③ 陈独秀：《文学革命论》，《新青年》1917 年第 2 卷第 6 期。

一、市场因素：消费惯性、销售渠道、地域交通、出版物定价

提起新文学尤其是前期新文学的读者，在多数人的印象中他们主要是由以知识精英阶层为主的人群所构成，这一群体有理想、有文化、有抱负，但占社会人口总数的比例较低，新文学作品也因此受到了脱离民众的批评，"通俗"更是无从谈起。前期新文学读者群的体量较小固然是事实，但需要细加分辨的是，这种情况是单纯由作品自身的沟通障碍所造成，还是兼有其他一些外部因素造成了阻碍？历史已经足以说明，仅通过一些文本外表征所得到的对文本自身特性的想象往往并不可靠，即便是"读者数量"这一与文本密切相关的外部指标也是如此，这正如令托尔斯泰感到疑惑的情况：马拉美与梅特林克等象征主义诗人的作品即便是那样的"无法理解"或"冥思苦想还无法全部理解"，却仍然能够销售"没有百万册，也有几十万册（有些书是售出时几万册一抢而空）"。[①] 因此就有理由产生这样的设想：以往对于新文学作品的"非通俗"想象是否并不应该全然归咎于文本自身的缺陷，是否在一定程度上受到了些许市场因素的干扰？

1. 消费惯性因素

一个不容否定的事实是，在新文学登上历史舞台之前已经存在着一个被社会中的大多数所熟悉与接受的成熟的文学市场，这个场域的"自足性"使得任何新进的文学样式（无论是新文学还是可能存在的他种文学）都会受到排斥，尽管这种"排斥"可能并非都是在场域中主体有意识的行为下产生的。以 1912—1917 年的文学场为例，围绕"自足性"的考察可以从几个方面得到印证：从作者方面说，包天笑、周瘦鹃、徐枕亚等人在当时已广为人知，在文坛上颇具威望；从作品方面说，林纾译作影响下的《玉梨魂》《孽冤镜》等哀情小说，以及稍后出现的黑幕小说足以基本满足社会阅读需求；从读者方面说，作为被动的接受者，读者完全可以从当时现行的作品类型中满足自身的情感需求与猎奇心理，而缺乏足够的动机去做另寻他途的努力；从出版物与出版机构方面说，《礼拜六》《小说林》等杂志，以及《申报》《新闻报》等大报的副刊作为"代理人"，不但保证了作家/作品与读者之间沟通渠道的畅通，而且在以提供稿酬的方式保

---

① 托尔斯泰：《艺术论》，张昕畅，等译，中国人民大学出版社，2005，第85页。

证作品生产动力的同时使自身获利。综上所述，这种"自足性"的本质就在于各主体在场域中相互配合、各司其职、各取所需，进而能够保持一种相对静止的稳定状态而不会轻易改变。当然必须要承认，在其中起到决定作用的还是"作品"，一切都有赖于作品自身内容能够被读者接受，或至少不能与之犯冲。但必须要注意的是，在充分估计既存作品的"被接受度"在形成上述局面中所起到的积极作用的同时，同样不能忽视另一种可能性的存在，即他种类型的文本同样具有被接受的潜在可能，只不过它们没有被提供出来，因而错过了时机。考虑到前述"自足性"绝非是抽象意义上的，而是由一些具体的作者、作品、出版物、出版机构的"名称"所构成的"饱和"的想象空间，诸多因素共同形成了一种可以被称为"惯性"的东西无时无刻地维护、支撑着既存场域，那么上述设想无疑就是合理的。正如麦当劳在当下中国所面临的处境，作为一个在全球范围内影响力远胜肯德基的快餐连锁企业，其 2700 家有余（截至 2018 年 5 月）的门店数量仅约占后者数量的一半[1]，考虑到二者的口味相近但后者进入中国市场较晚，促成这种结果的大部分原因还在于上述"惯性"在顾客消费时发挥了导向作用，新文学的困境在某种程度上也正与此相似。

2. 销售渠道因素

五四新文学登上历史舞台在某种程度上就是一个与诸多为人熟知、认可的"名称"做斗争的过程，即便对于新文学内部与俗相通的部分作品也是如此。文学革命发生以前，很多有影响力的杂志都掌握在旧派作家手中，甚至于许多销量甚高的著名报纸都聘请他们担任副刊的主编，实力雄厚的传媒资本无疑为其搭建了与外界沟通的客观渠道，保障了他们的作品能够以较高的曝光率出现在读者面前。区别于旧派文学所掌控的成熟网络体系，当时及稍后的新文学便缺乏这种便利。以《新青年》为例，这份刊物在诞生之前甚至几近于胎死腹中，最后还是依靠着陈独秀个人的人脉关系，经小型出版社亚东书局的老板汪孟邹介绍给当时实力更弱的群益书社，方才得以顺利面世，而创刊之初"销售甚少，赠送交换在内，期印一千份"[2] 的尴尬事实更是颇能说明问题。如果说 1917 年以后的《新青年》尚且能够凭借陈独秀北京大学文科学长的影响力立稳根基，由亚东书局代

---

① 赵隽杨：《13 个全球品牌的中国成绩单》，《21 世纪商业评论》2018 年第 7 期，第 79 页。

② 张静庐编：《中国近代出版史料》第二编，中华书局，1959，第 316 页。

为售卖，那么许多新文学刊物在销售渠道方面则存在着更大的困境。如汉口学生联合会发行的《学生日刊》便是由该会会员"将日刊沿途售卖，正至大智门附近，忽有苦力多人，争相购取"。① 甚至到了1924年类似的情况仍然存在，新文学同人自办的《语丝》在创刊之初同样面临着如何与社会读者见面的问题，以至于让编辑者与撰稿人亲自上阵叫卖竟然成为杂志销售的一种方式，其中的低效是可想而知的。当然走上街头的不会是刘半农与周氏兄弟这样老师辈的文坛老将，更多还是其中的年轻人，川岛的回忆便颇为生动："（孙伏园、李小峰和川岛）曾于《语丝》头几期刚出版时，于星期日一早，从住处赶到真光电影院门前以及东安市场一带去兜售。三个人都穿着西装，伏园那时已经留了胡子。大家手上虽拿着报纸在兜售，但既不象兜售圣经的救世军女教士那么样沉静、安详，也没有一般卖报者连喊带跑那么样的伶俐活泼，只是不声不响地手上托着一大叠《语丝》，装着笑嘻嘻的脸，走近去请他或她买一份，头一声招呼当然就是喂喂，有人乍遇到这副神情，是要莫名其妙地吃一惊的。"② 销售渠道的不畅不但在宏观层面抑制了新文学的传播范围，而且在微观层面限制了一般读者与新文学作品见面的机会，给一些有兴趣的人造成了客观障碍，以至于让他们不得不采取借阅、交换、从私人手中征集购买等更加困难的方式获取作品。许钦文便曾对此有过刻骨铭心的回忆："报刊、书籍，已经翻阅得破破碎碎了，还是邮寄来，邮寄去。凡有新的好书，如果不寄给朋友看，好像是对不起朋友似的。"③ 这也正从一个侧面说明新文学作品的销售渠道存在欠缺，类似的情况直到新文学占领一些报纸的副刊后才逐步得到改善。

3. 地域交通因素

除了销售渠道之外，还有一些其他层面也应该被纳入考虑的范围，比如说地域交通障碍。从自然条件看，部分地域由于偏远蔽塞，较难与以北京、上海为中心的五四新文学发生交流，正如有论者指出"在新文化及五四运动后的多年间，西部新文学的萌动与发生极其困难，进程极度缓慢"，这种情况直到1937年抗战全面爆发，部分新文学作家在抗日救亡宣传号

① 螺隐：《众苦力争买学生报》，《小时报》1919年7月24日。
② 川岛：《忆鲁迅先生和语丝》，《鲁迅回忆录》，上海文艺出版社，1978。
③ 钦文：《五四时期的学生生活》，《五四运动回忆录》（下），中国社会科学出版社，1979，第984页。

召下奔赴西部以创刊办报的方式从事新文学传播时才有所改善。① 在当时便有来自云南普池山区的读者来信抱怨："山居离城太远，所有订购的书报很不容易收到！在我归国一年中，耳目的蔽塞到无以弗加。据我的调查，《小说月报》的势力在我们这一方几乎全等于零。这或是新文学前途的不幸罢！"② 除此以外，交通运输障碍有时候还掺杂进人为的因素，考虑到民国时期的派系林立与军阀混战，这种情况便毫不奇怪："南昌的《小说月报》起初本是按月到的，自赣南之役，就迟一个月了。在有战事的时候，那到不讲。怎样平安的时候，也还要停一个月呢？"③ 由此可见，即便是像《小说月报》这样颇具规模和财力的刊物也会遭此困境，更何况是其他新文学报刊呢？鲁迅在期刊、书籍的收寄中便曾遇到过迟到甚至丢失的状况。④ 类似的情形在 1925 年《京报副刊》面向全国征求"青年爱读书十部"的问卷调查中同样可以见其端倪，在所发出的 20 余万张选票中仅回收了令人尴尬的 306 张，其中又以江苏（37）、直隶（28）、山东（25）为最多，而吉林、绥远等偏远省份都只回收 1 票⑤，并且这还是在充分考虑到地域、战事所带来的交通不便而延长统计截止期限之后所得到的结果。⑥ 正所谓"酒香也怕巷子深"，由此所做的推测也应该是合理的：部分原本能够受到一般读者青睐的创作由于地域偏远或交通不畅而无法走进人们的阅读视野，进而增强了后人对新文学作品的"非通俗"想象。

4. 出版物定价因素

布迪厄曾将艺术领域的游戏规则总结为"胜者为负"，艺术家的名誉、威望作为一种象征资本首先并不被承认，既而得到承认并合法化，最后变成了真正的经济资本。⑦ 由此可见，如果违背游戏规则，跳过上述第一步而直接获得经济资本，就往往意味着象征资本的丧失，因此艺术家一般都会有意识地回避创作与金钱之间的关系，新文学作家显然也认同这一规

---

① 程小强、马永强：《西部新文学思潮论略》，《兰州学刊》2018 年第 1 期，第 83－84 页。
② 允明：《致雁冰》，《小说月报》1922 年第 13 卷第 10 期。
③ CMC：《致雁冰》，《小说月报》1922 年第 13 卷第 12 期。
④ 鲁迅，许广平：《两地书》第 50、55、56 页，《鲁迅全集》第 11 卷，人民文学出版社，2005，第 142、157、159 页。
⑤ 记者：《统计的结果》，《京报副刊·"青年爱读书"特刊（三）》1925 年，第 7 版。
⑥ 孙伏园在"启事"中说："'青年爱读书'投票已于 1 月 25 日截止，外埠因受战事影响，寄递迟缓者，在 2 月 10 日以前一律收受，发表期改在 2 月 10 日以后。"《京报副刊》1925 年 1 月 29 日，第 8 版。
⑦ 布迪厄：《艺术的法则：文学场的生成和结构》，中央编译出版社，2001，第 175 页。

则。正如李金发所说："大凡物质生活增加富足，精神生活一定减少。"①
王鲁彦甚至在小说中讲述了一位投稿者的困境：编辑自从知道他是为了稿
费而创作便对他冷漠了，读者也不愿再看他的小说了，而这一切仅仅是因
为"好的文学作品应该是自然流露出来的产物，为了钱而创作，有点近于
榨取"。② 考察同时期公开发表的各类文字，也极少见到涉及钱的内容。
极具反讽意味的是，在为数不多的例外之中，对于"钱"的关照恰恰是
"穷"的表征，从而增加了自身的象征资本。在一部颇具自叙传色彩的小
说里，主人公在羞愧中预支了 10 元稿费去妓院消费，却屈辱地受到妓女
的轻视③，另一部小说的主人公则详细解释了自己之所以索取 14 元稿费只
是因为当天上午他将仅有的 14 元财产施与了穷人④。当然，20 世纪 20 年
代关于稿费的最广为人知的一次叙述还属鲁迅，方玄绰因遭遇欠薪而陷于
困境，却也依然拒绝了妻子卖文救急的提议，并继续读起了《尝试集》。⑤
然而对事实的回避并非意味着事实不存在，这正如有学者认为文学研究会
作为一个机构通过抽取名下丛书的版税而赚钱⑥，因而通过售卖作品获利
则更是顺理成章的事。相比于新文学阵营长期以来对旧派作家只顾"为利
写作"而违背游戏规则的指责，一些源于相近时期数据的比较可能更加具
有说服力，对数据的考察可以从刊物和著作两方面展开。刊物方面（表
3）的情况如下：⑦

　　通过计算可以得知，表格内所列新文学刊物的平均价格为 0.186 分/
页，而民国旧派文学刊物的平均价格为 0.157 分/页。同时还需要进一
步指出的是，《小说月报》的低价（0.133 分/页）拉低了前者的均价，
《紫罗兰》的高价（0.250 分/页）则抬高了后者的均价。如果抛却这两
种刊物重新测算，前者均价（0.222 分/页）竟是后者（0.140 分/页）的
近 1.6 倍。然而实际上的差距可能还要大得多，因为在测算中既没有考
虑那些登载于随报赠送的副刊上的旧派文学作品，也没有排除充斥于新

---

① 李金发：《几段无系统的思想》，《小说月报》1927 年第 18 卷第 1 期。
② 鲁彦：《毒药》，《小说月报》1927 年第 18 卷第 9 期。
③ 王以仁：《还乡》，《小说月报》1926 年第 17 卷第 3 期。
④ 黎锦明：《一个索稿费者的口供》，《一般》1928 年第 4 卷第 1 期。
⑤ 鲁迅：《端午节》，《小说月报》1922 年第 13 卷第 9 期。
⑥ 贺麦晓：《文体问题——现代中国的文学社团和文学杂志（1911—1937）》，陈太胜译，北京大学出版
社，2016，第 72 页。
⑦ 定价数据来源于表中所列刊物的版权页。

文学刊物中的大量理论、评介性文章，而后者的存在对于那些只对创作感兴趣的一般读者来说显然会增加他们的阅读成本。

表3　新旧文学刊物定价

	刊物名称	每期页（版）数	每期定价（分）
部分新文学刊物	文学周报	8	2
	莽原	约40	6
	语丝（改版前）	8	4
	语丝（改版后）	约20	6
	创造月刊	约140	30
	小说月报	约150	20
部分民国旧派文学刊物	红杂志	约100	10
	礼拜六	约80	8
	侦探世界	约160	30
	红玫瑰	约100	10
	半月	约190	30
	紫罗兰	约120	30

著作方面也存在相同的情况，正如一些新文学单行本的定价（表4、表5）：

表4　新文学著作定价（1）①

作者	著作名称	定价（角）
鲁迅	彷徨	8
朋其	荆棘	4
孙福熙	归航	8（布面），5（纸面）
叶绍钧	城中	5
郭沫若	落叶	3.5
张资平	飞絮	4.5

---

① 《一般》1926年第1卷第1期，广告页。

表5　新文学著作定价（2）①

作者	著作名称	定价（角）
郁达夫	寒灰集	6.5
张资平	苔莉	4（平装），5.5（精装）
穆木天	旅心	3.5
王独清	圣母像前	4
蒋光慈	野祭	4
成仿吾	流浪	6

　　而民国旧派作品的单行本数据正可以形成对照，如周瘦鹃主编的侦探小说丛书的定价（表6）如下：②

表6　旧派文学著作定价

作者	著作名称	定价（角）
程小青	五福船	2
程小青	窗外人	2
程小青	铁轨上	2
周瘦鹃	空房人语（两册）	4
周瘦鹃	留声机上（两册）	4
周瘦鹃	金窟（两册）	4
周瘦鹃	大泽秘密	3
周瘦鹃	催眠术	2
成舍我	尸变	2
徐卓呆	第三手	2

　　通过以上数据可以发现，以上民国旧派作品的单行本每册最多不超过3角，而新文学书籍中最便宜的也要3.5角。更令人惊讶的是，读者如果全套购买侦探丛书就能够免费获得装书的锦匣，还可以享受六折优惠。在上述基础上就不难理解即便像《上海春秋》那类多达四大本的鸿篇巨制在

---

① 《创造月刊》1926年第1卷第7、9期，广告页。
② 《紫罗兰》1925年第1卷第2期，广告页。

当时也仅定价 2 元 4 角了。① 以上表格中的数据虽说很不全面，但已经足以说明一个事实：对于读者而言，新文学作家的字更贵。如果考虑进广告收费等因素，旧派文学刊物的利润空间并不一定小于新文学刊物，但在著作方面，后者的利润空间便极有可能大于前者，然而无论如何，区别于旧派文学作品的低价多销，新文学刊物与著作的定价更高是显而易见的。

价格偏高的问题在新文学诞生之后一直存在，却在相当长的时期内没有得到充分重视，即便是在 1922 年的那场"民众文学的讨论"中也仅仅是从侧面一带而过。② 极具讽刺意味的是，20 世纪 20 年代新文学阵营中为数不多的涉及价格问题的讨论都是指向他者的，在一篇对日本艺术理论的翻译中，"书籍底廉价贩卖"被视为与读者接近的条件③，而另一篇文章极具侮辱性地嘲讽了康有为《诸天讲》10 元的定价与"上等窑子同价"。④ 新文学出版物定价偏高的问题得到正视还是在抗战前后，严峻的形势迫切要求文艺与民众沟通，因而人们开始更多地关注外在价格因素所造成的客观障碍，以至有人认为部分新文学刊物定价过高，廉价的民众读物也不应该放在令人望而却步的新书店里售卖⑤，有人指责著作人的版税抽头致使书价过高，虽然"心里馋得很"，但是摸摸钱囊之后只好"叹一口气了事"。⑥ 事实上，价格作为一种文本外因素与文本接受之间的反比关系并不是一个秘密，早在 1907 年徐念慈就对此有所认识，"定价之多寡，与销售之迟速，最有密切关系。吾愿业此者，大贬其价值，以诱起社会之欲望"⑦，而《生活》周刊在 20 世纪 30 年代每期 15 万的发行量也正是得益于其两分半的定价⑧。早期新文学中人对上述浅显的道理显然不可能不明白，因而在某种程度上可以说，正是艺术领域"胜者为负"的规则使他们有意无意地回避了对自身价格因素的讨论。

---

① 《半月》1925 年第 4 卷第 3 期，广告页。
② 具体表述为："所以凡是识几个字的人，识了破体也好，识了小写也好，身边摸得出一个两个铜元，就有与这种小册子接触的机会。"叶圣陶：《民众文学的讨论（三）》，《文学旬刊》1922 年 1 月 21 日第 26 期，第 3 版。
③ 平林初之辅：《民众艺术底理论和实际》，海晶译，《小说月报》1921 年第 12 卷第 11 期。
④ 长虹：《鬼说话·康有为的诸天讲》，《幻洲》1926 年第 1 卷第 3 期，第 103 页。
⑤ 苏子涵：《新型通俗文学的创造》，《抗到底》1938 年第 15 期。
⑥ 冷峯：《关于书的定价》，《三通月报》1940 年 2 月 5 日第 4 期，第 2 版。
⑦ 觉我：《小说之定价》，《小说林》1907 年第 1 期。
⑧ 师永涛：《每期发行 15 万册，〈生活〉周刊创下了民国杂志新纪录》，《北京晚报》2016 年 12 月 23 日。

当然，新文学历史上对价格最深刻的记忆还是关乎鲁迅的，在 1936 年 10 月的一篇散文中，一个青年工人生动回忆了鲁迅对他的关照：以近乎三折的优惠卖给了他两本译作。[①] 然而并不是每个读者都拥有好运，一个必须得到正视的事实是，阅读行为的发生必须要以"获得"文本为基础，而"获得"的最主要途径就是购买，因而较高的定价往往会让读者在阅读行为发生之前就接受"严格"的筛选与过滤，也正是这一点使得一部分本能够与俗相通的新文学作品失去了与读者见面的机会。

综上所述，市场惯性、销售渠道、地域交通、出版物定价这 4 个方面的不利因素共同造成了五四新文学作品与一般读者沟通时的客观障碍，这些因素在抑制新文学传播的同时，也促生了对新文学的"非通俗"想象。同时也需要说明的是，受限于笔者自身精力、阅历及客观上的史料难寻，视野的狭隘不可避免地会造成思维的欠缺，对上述部分内容也未能给出充足、翔实的例证，但其更大的意义还在于突破了传统定式思维，充分估计了问题的复杂性，并为五四新文学"非通俗"想象的成因提供了可做进一步探讨的空间。

二、外界评价："类"的批评实践

批评是人类的一种思维活动，而所谓"类"的批评涉及两种思维方式：第一种是立足于归纳思维所进行的概括，即将不同样本以某标准进行区分，进而划分出不同类别；第二种是立足于演绎思维所进行的推理，即先行存在以特定标准为依据所分出的不同类别，但认为归属于此类别的某些样本所具有的特征为此类别中其他样本所共有，从而使此类别中的样本受到误解。柯匹认为演绎的基本形式是三段论式．大前提——已知的一般原理或一般性假设；小前提——关于所研究的特殊场合或个别事实的判断；结论——从前提推导出的新判断。[②] 在多数情况下，通过对前提条件的演绎无法得出可靠结论是因为前提不够充分。正如对鱼、蛙、蛇、龟、马、牛、羊、猪所做的批评，可以轻易地以繁殖方式为标准将之划分为卵生与胎生两类，但不能因牛、羊长角便认为"长角"为胎生动物的共有特征。然而在五四及之后相当长时期内的文学批评中，后一种思维方式颇有

---

① 阿累:《一面》,《中流》1936 年第 1 卷第 5 期, 第 297 - 299 页。
② 柯匹、科恩:《逻辑学导论》, 张建军, 等译, 中国人民大学出版社, 2007, 第 253 页。

市场，并作为一种常规策略被运用于文学场中各主体间意气用事的相互指责中，批评者可以"毫无障碍"地将某一人或某一篇的风格用于修饰某一类型的全体，在本质上是在用片面的观点看待整体问题。当然，启蒙语境下的宗派主义是以偏概全的内在原因，众人都是站在某一立场上发表观点，这就导致演绎式批评的根本目的在于以辩论的方式驳倒对方，而不在于阐明客观事实，这也正是本部分论述的逻辑起点。

一方面，"类"的批评方式被广泛运用于新文学阵营对民国旧派文学的具有层次性的批评实践之中。在人格层面，旧派作家被视为"文丐""文娼"，只知"捞钱"与"应酬交际"，为了"拉客"不惜相互设计中伤。① 平心而论，如果说"捞钱"的罪状尚且成立，那么"设计中伤"的罪状即便存在也不至于是普遍情况。在作品层面，旧派作家的创作也被认为无一例外地具有腐败堕落的"恶趣味"。② 事实上，至迟在1922年已经有部分旧派作家意识到要持较严正的态度以确保作品质量，尽管他们的出发点仍有所不同，有的是小说本位③，有的则是经济效益本位④，而后者恰恰是长久以来被新文学阵营所怀疑和诟病的。这种指责显然无法使旧派作家心服，来自新文学阵营的批评被视为充斥着成见与宗派色彩的"谬想"与"乱骂"⑤，更加公允的态度则是"只要作品有进步，无论这作品是何人做的，都应该提倡，不必把新旧的界限放在心里，不必把人我的界限放在心里"⑥。除此之外，旧派作家还认为类似的评价并未建立在批评者"细读"作品的基础之上，以至于发出抗议："我们费尽了心血，或自信也许有人赞许于文艺上有价值的作品，他们也决不肯一看。等到要作批评小说的文字，便闭着眼睛，瞎说一句：'他是礼拜六派，是一篇卑鄙的黑幕小说。'"⑦ 然而必须要承认的是，即便是缺乏经验的读者也可以轻

① C. S.：《杂谈》，《文学旬刊》1922年9月11日第49期，第4版。
② 子严：《恶趣味的毒害》，《晨报副刊》1922年10月2日，第4版。
③ 如批判"计字论价的恶习惯"，认为写作时"一定不肯苟且"。张碧梧：《小说衰败的真因》，《最小》1923年第13期，第3页。
④ 如："现代卖文的生活甚是清苦，小说更不值钱，但是我们小说出卖的人倘若肯大大的努力将小说的价值抬高，教国人知道这是一种重要的文学，人生都应该有这种东西来安慰，到那时发生重大的需要，小说的卖价自然也会高起来了。"求幸福斋主人：《卖小说的话》，《半月》1922年第1卷第10期。
⑤ 张舍我：《批评小说》，《最小》1922年第1卷第5期，第1页。
⑥ 胡寄尘：《一封被拒绝发表的信》，芮和师、范伯群编《鸳鸯蝴蝶派文学资料》（上），知识出版社，2010，第171–172页。
⑦ 张舍我：《什么叫做"礼拜六派"》，《最小》1923年第1卷第13期，第3页。

易地在一本《礼拜六》上找出一些不符于上述评价的反例，更不用说新文学阵营中的那些专家学者了。胡适在新文学早期的一番话正可以解释这种情况，他认为革新家的评判态度应"只认得一个是与不是，一个好与不好，一个适与不适，不认得什么古今中外的调和"。[1] 而在 1927 年的一场演讲中，鲁迅则进一步以"拆屋"与"开窗"的设喻为此进行辩解。[2] 然而无论如何，绝对化的简单思维所带来的后果便是将涉及"是与非"的客观讨论引入对"胜与负"的主观争执之中，偏见也由此而产生。

与此同时，另一方面却常常被忽视，新文学自身也受到以"礼拜六派"为主体的民国旧派作家同样方式的回击。相比于针对旧派作品"恶趣味"的指责，旧派群体在反击时对于立足之"点"的选择就显得尤其重要，如果同样从涉及内容的道德层面展开还击就不太具有可操作性，虽然郁达夫的部分作品曾受到过类似的指摘[3]，但问题在于郁氏在当时就是一个异类，并且在新文学内部也已经先行出现过不同的声音[4]，如果继续这么做不但缺乏说服力，而且缺少新意。在此基础之上，考虑到新文学阵营对旧派作家肤浅无聊的"记账式"写法同样颇有微词，后者将攻击的重点放在"难懂"上也就不难理解，这一点就类似于解构主义的批评策略：从边缘性问题着手对文本进行批判而不是分析其主要思想，以此来规避对文本正面进攻的困难。[5] 相比于郁达夫，冰心在群体内部无疑是更受认可的作家。1922 年 4 月的《小说月报》刊载了冰心的小说《疯人笔记》，极度晦涩的文本引起了较大反响，王统照就认为作品的奇异性与象征色彩不但"在文艺鉴赏贫薄的中国的现状之下不易得一般人了解"，而且在文学相对发达的西洋恐怕也难免"曲高和寡"，甚至连作者自己也未必能"明明白白地指出所象征者为何"。[6] 小说发表之后很快便有沮丧的读者来信向编辑索解，而茅盾也无法给出答案并对此进行辩解："我极惭愧，竟不能回

---

① 胡适：《"新思潮"的意义》，《新青年》1919 年第 7 卷第 1 期。

② 鲁迅：《无声的中国》，《鲁迅全集》第 4 卷，人民文学出版社，2005，第 14 页。

③ 如指责《沉沦》中的"兽性主义"与"鸡奸"。张舍我：《谁做黑幕小说》，《最小》1923 年第 1 卷第 14 期。

④ 如有所保留地承认《沉沦》会给青年带来"恶影响"。损：《"创造"给我的印象》，《文学旬刊》1922 年 6 月 1 日第 39 期，第 3 版。又如认为新文学家的性欲描写会给作品带来"洗扫不掉的污点"。CP：《丑恶描写》，《文学旬刊》1922 年 5 月 21 日第 38 期，第 4 版。

⑤ 杰姆逊：《后现代主义与文化理论》，唐小兵译，陕西师范大学出版社，1987，第 102 页。

⑥ 剑三：《论冰心的超人与疯人笔记》，《小说月报》1922 年第 13 卷第 9 期。

答您的问。《疯人笔记》是神秘而且带点象征的作品；这样的作品本来不容易领悟，而且不是人人尽能领悟，我自知我的性情就不是能领悟神秘象征派的。不但读者，即使创作者自身，下笔时有这'灵感'写了出来，究竟何所指，自己也不可明说；因为如果确乎可以指说，便不是神秘，读者只觉得'其中有物'便是了。"① 茅盾的辩解很快便受到旧派作家的注意，并以此为一个"点"开展了演绎式批评："（一）沈雁冰是一个不能领悟者、其程度与'啸云'一样、因为他们俩、全不懂疯人日记、（二）沈雁冰发刊这篇疯人日记、原始的是不叫人领悟的、（三）沈雁冰主持小说月报、发刊作品、是要取'自己不领悟、和人人不易领悟'的主义、换一句说、他自己领悟或人人容易领悟的作品、他绝对排斥、唉！沈先生他已经自认'惭愧'了、我也不和他说话、可是那和我有十二年感情的老友《小说月报》、怎么会给一个不领悟的人支配了呢、老友啊！我深替你不幸！"② 而上述推论的逻辑漏洞是明显的，如果说第一点（两人都不懂《疯人笔记》）尚且站得住脚，那么第二点（刊载《疯人笔记》的初衷就是想让人看不懂）则属于无中生有式的主观臆测，所得出的结论（《小说月报》刊登的其他作品与《疯人笔记》一样使人看不懂）则完美地诠释了"以偏概全"。客观地说，要通过个案分析实现对整体特征的把握就必须选择居于"中位"的合适案例，而选择《疯人笔记》这样缺乏代表性的极端样本进行批评显然不具备说服力，这也正从一个侧面反证出多数新文学作品的可理解性。

现在看来，旧派中人以"难懂"为立足点所进行的回击极有可能是受到了文学研究会内部所开展的一场讨论的启发。在 1921 年 7 月《文学旬刊》刊登的"语体文欧化"专题讨论中，欧化被认为是白话文改良的一个重要方向，而"欧化的语体文非一般人所能懂"③ 这一论调在当时也得到了足够的关注。这一论题起源于"五四"同人所从事的针对外国文学及理论的汉化工作，对于欧化文理解障碍的考虑则直接来源于他们对自身翻译成果的感性认识。考察同时代的译作，也确实有一部分遵循"硬译"原则而令人费解，其中尤以理论类翻译为甚，译者对原文中的从句与修饰词

---

① 雁冰：《致啸云》，《小说月报》1922 年第 13 卷第 7 期。
② 西湖人：《不领悟的沈雁冰先生》，《晶报》1922 年 7 月 24 日，第 2 版。
③ 雁冰：《语体文欧化之我观（一）》，《文学旬刊》1921 年 7 月 10 日第 7 期，第 1 版。

的排列缺乏必要的处理，并以此为忠实于原文的一种方式。周作人便主张"移译弗失文情"："最好是逐字译，不得已也应逐句译，宁可'中不像中，西不像西'，不必改头换面。"① 稍后如梁思成在《世界史纲》中将"grind the faces of the poor"（剥削穷人）译为"磨贫人之面"②，赵景深在《万卡》中将"milky way"（银河）译为"牛奶路"③，逐字翻译造成了客观上的理解障碍，而这种弊病在当初便受到多方批评。周瘦鹃曾说过："今人尚直译，良有以也。然中西文法不同，按字直译，终有钩辀格磔之弊。"④ 冰心也认为"直截的译法"过于生拙，必须聚精凝神的阅读才能读懂文本，所以离"民众化"太远。⑤ 还有人观点更加激烈，甚至质疑提倡欧化翻译的目的仅仅在于"省事"，以致造成恶果："一字一字的勉强写出，一句和一句，像连又不连，像断又不断，假是不念原文，看去也就似懂又不懂。"⑥ 由此可见，语体文欧化及其理解障碍在某种程度上更多是指向翻译类文字而非创作，这正如来自读者的公允评价："民众之不满意，不明白于新文学作品的，不在创作，而在译作。"⑦

然而事与愿违的是，旨在学术探讨的"语体文欧化"问题很快便背离了初衷并成为一把"火"烧向了新文学自身，而在此过程中演绎思维下"类"的批评方式同样发挥了效力：大前提——"五四"作家兼有创作与译作；小前提——"五四"作家的译作因欧化而难懂；结论——"五四"作家的创作与译作一样难懂。尽管最初的部分讨论者已经颇有预见地限定了"欧化"的程度，如郑振铎认为前提是"非中国人所看不懂"⑧，茅盾则主张"不离一般人能懂的程度太远"⑨，但就结果而言还是引发了事实上的负面效果，因为他们无法有效阻止那些原本仅针对译作的评价向创作方面迁移。造成这种情况的原因是复杂的，首先可以得到确定的一点便是"用力过猛"：中国的语言文字在讨论中受到过度的指责，而其中的过激者

---

① 周作人：《空大鼓序》，《翻译论集》，商务印书馆，2009，第441页。
② 史荑：《磨贫人之面》，《一般》1927年第3卷第4期。
③ 鲁迅：《教授杂咏·其二》，《鲁迅全集》第7卷，人民文学出版社，2005，第459页。
④ 鹃：《"自由谈"之自由谈》，《申报》1921年3月20日，第14版。
⑤ 冰心：《遗书》，《小说月报》1922年第13卷第6期。
⑥ 梁绳祎：《语体文欧化问题（续）》，《小说月报》1922年第13卷第1期。
⑦ 关芷萍：《致雁冰》，《小说月报》1922年第13卷第11期。
⑧ 振铎：《语体文欧化之我观（二）》，《文学旬刊》1921年7月10日第7期，第1版。
⑨ 雁冰：《语体文欧化之我观（一）》，《文学旬刊》1921年7月10日第7期，第1版。

甚至认为"尽量作欧化的文字是研究文学之人不可不担负的责任"。① 此后不久茅盾也认识到"高调"所造成的危害，进而对先前的命名方式表示了懊悔，在他看来"欧化"只是"研究改良"，即在语体文的基础上参用一点西洋文法，由于"造名词"极难而不得已使用"欧化"一词，因而引起了误解。② 除此以外，这场讨论在开始之初就未能厘清所涉及的概念，由于参与者大多身兼译者与作家的双重身份，所以对于欧化语体文的讨论从始至终便涉及了译作与创作这两种语境，这一区别在发言人自身也许尚能辨明，但多数不明就里之人就难免感到模糊甚至将二者混为一谈。实际上译作与创作这两种类型的欧化之间无论是在性质还是程度上都存在巨大差异，如果说前者中存在理解障碍是既成的客观事实，那么后者则近乎一种对未来趋势的主观想象。③ 最后，同样不能忽视一些人因对新文学持有偏见而别有用心地借题发挥。"语体文欧化"的讨论开始之后，对于新文学作品难懂的评价便有所增多，茅盾对此曾敏锐地指出：有些人并不是真的看不懂"新式白话文"，而是排斥"新式白话文"中的思想内容。④ 事实也正是如此，就在《文学旬刊》刊登"语体文欧化"讨论的当月，旧派中人就以此为依据将原本大多存在于译作中的理解障碍扩大至新文学作家的创作之中："若是象现在那一般妄徒，拿外国的文法，做中国的小说，还要加上外国的圈点，用外国的款式，什么的呀、底呀、地呀、她呀、闹得乌烟瘴气，一句通顺的句子也没有。人家一句话，他总要啰啰嗦嗦，弄成一大篇，说他是中国文呢，他那种疙里疙瘩，实在不像；说他是外国文呢，他又分明写的中国字……"⑤ 袁氏的偏见是显然的，即便外国文法可能会造成阅读的不适，但相比于旧派刊物中令人眼花缭乱的"密圈"，简明清晰的西式标点无疑更能够辅助阅读，而绝不至于像鲁迅所讽刺的那样让反对者"若丧考妣"乃至"食肉寝皮"⑥，汪元放对《花月痕》等一批

---

① 剑三：《语体文欧化的商榷》，《文学旬刊》1921 年 7 月 10 日第 7 期，第 1 版。

② 记者：《语体文欧化讨论（五）·致王砥之》，《小说月报》1921 年第 12 卷第 12 期。

③ 根据赵婧所找出的五四时期欧化翻译文字的翔实例句，以及对其特征的总结可以推知，于母语创作中大量采用翻译文体不但在事实上并未发生，而且并无必要，甚至不具有可操作性。赵婧：《论五四时期文学翻译文体欧化的动因》，硕士学位论文，上海外国语大学，2012 年，第 9－23 页。

④ 沈雁冰：《致周作人》（1921 年 9 月 21 日），《鲁迅研究动态》1981 年第 3 期，第 6 页。

⑤ 寒云：《辟创作》，《晶报》1921 年 7 月 30 日，第 2 版。

⑥ 鲁迅：《忆刘半农君》，《青年界》1934 年第 6 卷第 3 期。

小说的标点再印便是明证。① 更加真实的情况是，最初的讨论者在鼓吹欧化时也并不知道欧化后的语言面貌是怎样的，而在此后的文学创作中多数作者也绝无可能在主观上刻意地将欧化作为自身语言实践的一个方向，这正说明仅凭某个团体的有限力量就意图改变现存的语言传统无异于蚍蜉撼树，正如周作人稍后对此所作的评价：只有先由作家各人"独立开拓"并"经过试验"得出标准，讨论才具有意义，而不知此中甘苦便随意赞成或反对欧化是"无一是处"的。② 周氏的话正从一个侧面证明了大范围的欧化在创作中并未发生。

令人颇感意外的是，五四新文学在 20 世纪 30 年代又受到包括原先"五四"作家在内的一些左联批评家们更加严厉的二次批判，其欧化语言被视为民众无法看懂的无可救药的"新文言"。③ 为了支撑这一观点，批评者再次开展了"类"的批评实践，个别极端案例中所存在的弊病被运用于对作为"类"的现存及以往文学作品的描述。④ 尽管这种情况在当时便受到有识之士的质疑，认为"挑取最极端的'文言'以骂倒全体"并不足以说明问题⑤，然而众口铄金，少数人的言论在狂热的政治化语境中便显得微不足道。

综上所述，由于翻译文中诸种问题的存在，"欧化"在创作中的威胁被想象性地夸大了，以至于使这个帽子长期以来一直被扣在五四新文学头上。一个最直接的证据便是，无论是 20 世纪 20 年代的旧派中人，还是 30 年代的左翼论者，甚至是"五四"作家自己，他们在对"欧化"所造成的理解障碍进行指责或自认时始终无法提供具有说服力的居于"中位"的样本与案例，而仅仅是以并不严谨的演绎思维为基础进行"类"的批评实践，其根本原因就在于众人都是站在某种立场上说话，从而使批评缺少了应有的客观性。鲁迅曾经说过："读书人常常看轻别人，以为较新，较难的字句，自己能懂，大众却不能懂，所以为大众计，是必须澈（彻）底扫荡的；说话作文，越俗，就越好。"⑥ 正如其所言，知识分子的优越感常

---

① 风声（鲁迅）：《望勿"纠正"》，《晨报副刊》1924 年 1 月 28 日，第 4 版。
② 周作人：《国语改造的意见》，《国语月刊》1922 年第 1 卷第 10 期。
③ 宋阳：《大众文艺的问题》，《文学月报》1932 年创刊号。
④ 如茅盾在《几种纯文艺的刊物》一文中所举之例，《文学》1933 年第 1 卷第 3 期。
⑤ 止敬：《问题中的大众文艺》，《文学月报》1932 年第 1 卷第 2 期。
⑥ 华圉：《门外文谈》，《太白》1934 年第 1 卷第 2 期，第 118 页。

常使他们过于低估一般读者的接受能力，这也进一步从语言层面增强了对五四新文学的"非通俗"想象。老舍在 40 年代写下的一段文字可以说是为数不多的对新文学"欧化"倾向的公允评价："从第一次世界大战末到第二次大战初，中国现代作家已开始在他们的小说里使用定语从句和修饰副词，也开始使用欧化文法。他们想用这种办法使思想的表达更加连贯，文字更加流畅。"[①] 对"连贯""流畅"等词语的使用正为重新评估五四新文学创作中的"语体文欧化"问题提供了进一步思考的空间。

三、同行评议："一元化"的批评实践

对于文学批评来说，最尴尬的情况便在于无法真正地做到"全民参与"，只有那些具备专业资质的论者才会有意识地对一篇作品或一部著作表达见解，进而形成文字公开发表，绝大多数普通读者对于文学的批评则大都以零散化的日常交谈形式存在，或者作为阅读感受永存于心。这种情况在某种程度上使得知识分子的话语过于凸显，其他群体则基本处于事实上的沉默状态，而导致群体内部批评的趋同性。当然并不否认，某些时期的文学批评可能会相对多元化，但这通常以相应的条件为前提，即存在不容忽视的批评力量以确保交流与交锋，或存在相对宽松的发言情境以确保不同论者能够以独立的姿态发表见解。"五四"文坛显然并不具备上述条件：一方面，新与旧的对峙并不能改变旧派作家批评力量薄弱的事实，他们或者受理论知识所限而无法有效开展针对新派作品的文学批评，或者根本就无意于此而仅仅是在自己的地盘中专心创作；另一方面，救亡与启蒙的时代背景也使得新文学内部的个人与派别倾向于从相对单一的角度评价自身作品，其他角度则受到遮蔽。由此可见，前期的新文学批评具有鲜明的"同行评议"特征，类似于生产厂家所提供的说明书，针对作品的批评也大多是由作者所属群体内部成员及一些追随者提供，身份的高度重合在无形中促生了"一元化"的批评实践，从而规避了那些无法获得群体认可的理解方式，这就如朱熹所说："楚词不甚怨君，今被诸家解得都成怨君，不成模样。"[②] 士大夫阶层对楚辞的"一元化"解读正说明了论者在地位、

---

① 老舍：《中国现代小说》，《老舍全集》第 17 卷，人民文学出版社，2013，第 480 页。原载纽约《学术建国丛刊》1946 年第 7 卷第 1 期。

② 黎靖德编：《朱子语类》卷第一百三十九·论文上。

环境、思想上的趋同对文学批评可能造成的消极影响。

　　鲁迅在评价《红楼梦》时说："经学家看见《易》，道学家看见淫，才子看见缠绵，革命家看见排满，流言家看见宫闱秘事……"① 这正从一个侧面说明了身份差异在文学批评多元化中所起到的作用。如果循此追问，那么接下来的问题便是，"新文学家"究竟能够"看见"什么？早期《新青年》专栏"灵霞馆笔记"中的一篇文章可以提供一些线索。刘半农在文中介绍了19世纪的英国诗人托马斯·胡德（Thomas Hood）并翻译了他的人道主义作品《缝衣曲》（*Song of the Shirt*）。富有意味的是，托马斯·胡德虽说写过一些严肃题材的诗歌，但更多是以作品中的幽默元素闻名于世，而刘氏在译介中仅突出相对次要的前一点，却对占更大比重的后一方面只字未提，这就很可能引发质疑。刘氏对此显然也心知肚明，因而有了一段近乎辩解的文字："评虎特者恒谓'虎特'虽以滑稽家若'幻想与怪想的'著作家见称于世，然终不能仅仅以一滑稽家目之。观其著述大都含有至恳切之情感，即在小品文字中亦有一种爱护正义与人道的温柔之精神贯澈之。"② 从中不难看出批评的鲜明导向性，存在于作品中的"滑稽""幻想""怪想"等可能勾起普通读者阅读欲望的内容元素被认为不具有太多价值，"情感"与"精神"层面则得到彰显。由此可见，作为"新文学家"的刘半农绝非仅能够"看见"作品的某一个面向，只是他对作品的其他方面"视而不言"。刘氏的态度在当时是极具代表性的，群体内部成员在评价彼此作品时也大多像他那样，将批评限定在某个立足于精英立场的受到共识的范围以内，其他超出范围的部分则受到压抑，这就使得诸多批评话语仿佛是受到墨镜"过滤"后的单色世界，这也进一步增强了对五四新文学的"非通俗"印象。

　　一个必须要面对的问题是，并非所有作品都能够严格符合新文学中人在批评时预设的标准，也并非每个作家在创作时都会有意识地遵循这些标准，他们对此也有相应的认识。俞平伯认为当时在文艺界流行的标准都是"应批评底需要而起"，因而"与创作文艺毫无干涉"。③ 郁达夫则更为激进，他认为批评家所定下的"用于测量的规矩"在"天才"的文艺创造

---

① 鲁迅：《〈绛洞花主〉小引》，《鲁迅全集》第8卷，人民文学出版社，2005，第179页。
② 刘半农：《灵霞馆笔记·缝衣曲》，《新青年》1917年第3卷第4期。
③ 俞平伯：《文艺杂论》，《小说月报》1923年第14卷第4期。

者们眼中"未必能有什么意思"。① 当然实际情况也绝非完全如他们所说，批评对于创作的约束作用多少是存在的，但其力量有限却是不争的事实，因此，当批评者在不得不处理文本中的那些超出标准限定的元素时，便显得格外谨慎：一方面，新文学阵营用于评价旧派文学特征的一些话语遭到弃置；另一方面，被视为"相互吹捧"的旧派群体内部的批评话语体系则更加成为一种禁忌。就前一点说，新文学批评家根本不屑于关照旧派文学中的具体作品，因而大多呈现为浮泛的整体性评价。如有人指责旧派作品总是"以事件为重"，叙述的多为令读者受到极强刺激的"奇异万状世上决难遇着的"人物与事实②；有人认为旧派作品大多借"情节"来增强趣味、取悦读者③；更多人则质疑旧派作品的创作态度不够严肃，在内容上仅供消遣。如果说新文学对旧派的批评由于较少涉及具体作品而不至于过度限制到同行评议时的话语使用，那么旧派内部的同行评议则大多针对具体创作，因而造成的禁忌就更多。如《红指模》（孙玉声）和《怨海波》（程小青）被认为"布局缜密事迹离奇""情节曲折结构细致"，《母亲之秘密》（徐卓呆）和《囊中物》（赵苕狂）被认为"好笑"与"有趣"④，《将来之人类》（范烟桥）和《新的神怪小说》（胡寄尘）被认为含有"滑稽"意味⑤。由此可见，旧派作家评价彼此作品的用语相对单一，并且侧重于两点：在接受层面承诺提供趣味，在情节层面则宣言堪称佳构。前者是目的，正如旧派作家眼中的小说"无论怎么样，非有趣不可"⑥，而后者是手段，只有不断提供未知的"线索事迹"才能够让趣味有所保障，从而"令读者急欲知其究竟不忍释卷"。⑦ 综上所述，新旧双方虽然所持态度迥异，但又大多是立足于情节与趣味这两个方面对旧派作品开展批评，这就不可避免地造成一种结果，即那些曾经被新旧双方运用于评价旧派作品的表述方式，在新文学论者评价自身作品时便很有可能受到禁用，诸如有趣、好笑、曲折、奇异、滑稽、消遣、编造等评价也就基本不

---

① 郁达夫：《达夫的艺文私见》，《创造月刊》1926年第1卷第2期，第81页。
② 知非：《近代文学上戏剧之位置》，《新青年》1918年第6卷第1期。
③ 雁冰：《致汤逸庐》，《小说月报》1922年第13卷第10期。
④ 陆澹盦：《辑余赘墨》，《侦探世界》1923年第1期。
⑤ 苕狂：《编余琐话》，《游戏世界》1922年第19期。
⑥ 卓呆：《小说观赏上应注意之要点》，《游戏世界》1923年第21期。
⑦ 无虚：《小说杂谈》，《星期》1922年第22期。

可能存在于新文学批评中，而这一点本身就是令人难以置信的。更加真实的情况是，此类批评的缺失并非是因为类似的文本元素不存在，而是论者在具体操作时对相应的评价性话语进行了加工，从而在确保诚实批评的同时不至于使不合标准的文本元素过于显眼，因此文学批评在某种程度上便成为一种得到圈内人士默认的"技术性"批评。鉴于以上所述，接下来的考察重点将转移到具体的微观操作层面，即群体内的批评家是采用何种策略来维护自身作品的"纯洁性"，进而支撑起其"一元化"的批评实践的。

1. 基于替代性表述的模糊化

正如语言中的"避讳"，生活中需要表述一些触犯忌讳的内容时，人们常常动用修辞手段将不该直说的事物以其他委婉的形式加以替代性表述，类似的策略在新文学的同行评议中也被广泛运用。其最初被运用于针对译作的评价，以文学研究会成员为主的译者们因无法回避部分外国作品中带有色情意味的两性描写而为之讳，如茅盾就曾将《沙宁》中的色情元素委婉地表述为"肉的唯我主义"①。此后，随着新文学作品数量增多所带来的多样性凸显，在对自身创作进行批评时进行替代性表述就显得更有必要。如《毕业后》②叙述了缺钱继续深造的师范学堂学生周信在乡绅势力控制下的雪燕桥小学任职时的种种见闻：校长邹绍基为应付学务委员的检查去邻校借学生充数，牌桌上对乡董翻脸后又写信赔罪，过后又在不知情的状况下将气撒在了第一天上学的省议员的儿子身上，最后竟由周信自己阴差阳错地接任了校长一职。小说编造的痕迹过重，情节过于巧合，结尾更是出乎意料，当然也正是上述元素能够引发普通读者的阅读欲望。这篇作品得到的评价如下："只可惜后半篇有点不对，描写虽灵活，却似了是一篇雪燕桥学校的报告书——自他写给王文的信起——这未免有点重宾轻主了。"③ 作品中极强的情节性被替代为可作多种理解的"灵活的描写"，"重宾轻主"则暗含论者的改进意见，即作者应将重点放在前半部分因缺钱导致的理想失落上，而不应对学校中有趣的闹剧下太多笔墨。类似的情形在当时并不鲜见，正如对《玉君》的批评，这篇情节性极强的恋

---

① 雁冰：《翻译文学书的讨论》，《小说月报》1921 年第 12 卷第 2 期。
② 孙梦雷：《毕业后》，《小说月报》1923 年第 14 卷第 4 期。
③ 余虞廷：《孙梦雷君的〈毕业后〉》，《小说月报》1923 年第 14 卷第 7 期。

爱小说在最初发表时便因"真实"问题而颇受争议，对此早有准备的作者在序言中辩解："若有人问玉君是真的，我的回答是没有一个小说家说实话的。"① 纵观当时的评价，论者也大多克制地将批评用语控制在合适的限度以内：在肯定性意见中，类似于旧派作品的一波三折、环环相扣的情节模式被认为"处处自然，处处近情"，进而被概括为"结构谨严，一丝不漏"或"慎而不漏，周而不松"②；在否定性意见中，作品被认为缺乏"根本价值"，但"文字细腻"，因而"适用于中国的中流读者"③，而较为严厉的批评也只是称其在情节上"谨严得过火"或"梦想不到"④，未能做到以"理想与意志"弥补想象的缺陷⑤。除此之外，这种出于"避讳"的替代性表述同样也得到新文学追随者们的遵守，如当时的一位读者虽说不满于部分小说因缺乏情节而平淡无趣，但在所提的建议中却也仅含蓄地希望能够读到"最富色彩"的"写实"的小说。⑥ 甚至在某些时候，追随者还会反向监督新文学场域内的话语使用，如《小说月报》刊登的一则广告就受到一位读者的强烈质疑："我在今岁贵报第一号读了他广告中所说：'新年中消遣的妙品，莫如敝馆各种小说，而最有趣味的又莫如《小说月报》'的一段话，极为遗憾。"⑦

综上所述，新文学的同行评议规避了一些被用于旧派作品的包括"曲折""离奇""编造""趣味"等在内的语义更加明晰的评价性话语，转而以替代性表述的策略进行批评实践：一方面，在外观上其表现为以意义相关的评价话语取代原始的直接评价；另一方面，在效果上则不惜牺牲一部分语言精准度以实现表述上的模糊与暧昧，进而确保自身与旧派作品之间的区分。

2. 基于辩解性说明的崇高化

五四时期对《沙宁》的译介是具有象征意义的，对它的评价则充分揭示了批评者在"净化"一些因不合标准而颇具争议的作品时所展现出的辩解能力。对《沙宁》的争议来源于作品极富刺激性的情节与直露的性爱描

---

① 杨振声：《〈玉君〉自序》，《玉君》，广东花城出版社，2013 年。
② 培尧：《读〈玉君〉后》，《京报副刊》1925 年 3 月 20 日第 92 期。
③ 黎锦明：《我的批评》，《北新》1926 年第 3 期。
④ 王以仁：《〈玉君〉的小评》，《鉴赏周刊》1925 年第 3 期。
⑤ 阎庄：《读〈玉君〉后》，《京报副刊》1925 年 3 月 20 日第 93 期。
⑥ 陈友荀：《批评创作的三封信》，《小说月报》1922 年第 13 卷第 6 期。
⑦ 王强男：《致雁冰》，《小说月报》1922 年第 13 卷第 4 期。

写，这也直接造成其被翻译成多国文字风靡于欧洲市场，并与那些"淫秽的讲同性爱的"作品一同受到指责。正是在这样的背景下，《沙宁》来到中国，并在批评者的辩解性说明中得以崇高化。实际上，对《沙宁》的辩解开始于其被译入之前，早在1920年的一篇文章中鲁迅便提及此作，并认为作品虽说"每每带着肉的气息"，但并非"主张和煽动"，仅仅是"如实描出现代生活"。① 在4年之后的《沙宁》译序中，郑振铎于开头便引用英国学者菲尔甫斯（W. L. Phelps）的评价以奠定基调："阿志巴绥夫的《沙宁》虽不是最伟大的，却是最'刺激的'。虽然在《沙宁》中，有两个男人自杀了，两个女子被毁坏了，然而它的刺激，却不在于事实方面，而在于它的思想。"而对于那些充斥于小说中且能够引发一般读者阅读欲望的非常态的"残虐恐怖的影像"与"兽的方面的丑恶"，郑氏则进一步做出辩解：作品以"坦白的态度"与"精炼的艺术"弥补了缺陷，丝毫不会使读者感到"牵强与不真实"，因而小说是一篇"纯客观"且具有"深刻写实精神"的作品。② 鉴于"平淡的人生断片"正是以郑振铎为代表的多数"五四"作家的美学追求，那么对《沙宁》的评价便极其代表性，因为其充分展现了"五四"论者在处理那些曲折有趣、新奇诱人的作品时所动用的两种辩解策略：指认真实性与转移话题。

就第一点而言，客观真实是当时多数作家的共同追求，真实的就是合理合法的，所以即使文本中蕴含有悖于"平淡"标准的非真实元素，只要在批评中指认其真实便能够得到容忍与谅解。茅盾便曾以真实为名为自然主义作品中极端化的丑恶描写进行辩护，他认为世界上的丑恶现象即使小说家不写别人也能够见到，因而"专怪自然主义者泄漏恶消息是不对的"。③ 在"五四"同人对自身创作的同行评议中，对真实的强调也常常成为一些内容奇异的作品的辩解性说明，如《超人》与《疯人笔记》中的人物都是极端化且当世难寻的，虚构的痕迹明显，但批评者在承认其特异性的同时却为之辩护："我这里所说的特异，绝不是因为事实的不常见，便是特异。如何彬的为人，如《疯人笔记》中之主人翁，固然不是普通人

① 鲁迅：《〈幸福〉译者附记》，《鲁迅全集》第10卷，人民文学出版社，2005，第187-188页。
② 西谛：《阿志巴绥夫与〈沙宁〉——〈沙宁〉的译序》，《小说月报》1924年第15卷第5期。
③ 沈雁冰：《自然主义与中国现代小说》，《小说月报》1922年第13卷第7期。

能有的，然而真正聪明的人，也常有此等变化的现相。"① 又如有论者在称赞《祖母的心》"写得杀机四伏，大有一触即发之势"的同时，却又强调文中所述内容为"常见的事体"。② 当然，在评价一些具有鲜明风格的作家作品时，辩解性说明往往就更有必要，比如许地山，批评者在处理他的普遍具有异域情调与旧派传奇色彩的文本时，也都不约而同地强调内容的真实感。有人认为《商人妇》和《缀网劳蛛》中所述之事"都很真实而且很普通"，荫乔、可望、惜官、尚洁等人物也都是"曾在眼中阅历过似的"③；有人强调《命命鸟》中的离奇事迹是作者在缅甸读书时"亲见的一段故事"④；有人认为《换巢鸾凤》初读"似乎好像旧式章回小说"，但叙述的内容符合古代官僚家庭的真实情况，这便足以证明其"客观的态度"而无需避讳⑤；还有人甚至直接认定小说极具情节性的内容为"广东一个县的实在的事情"，使人一看便觉得"真"，而并非如上海旧派文人那般"臆造"⑥。据此便不难发现，"五四"论者往往将对作品的"真实"评价运用于那些极有可能被质疑为不真实的文本之中，此类做法的辩解性是显然的，其根本目的就在于确保使群体内部创作与那些受到批判的"面壁虚构"的旧派作品之间保持足够的距离，以达成自身的崇高化。

就第二点而言，对于新文学中一部分有悖于"平淡"标准而具备较强刺激性的作品，"五四"同人在评价时则极力淡化内容层面，转而强调文本在其他方面的可取之处，这同样是一种辩解策略。1923年的《文学旬刊》上介绍了徐志摩的译作《水妖记》（*Uadine*），这篇由德国作家莫特·福凯（M. Fougue，1777—1843）创作的神话小说显然并不符合标准，论者在承认"事极奇幻""情节荒唐"的同时却强调其"身分却是很高"⑦，而在译介另一篇同样充斥着"肉的享乐"的作品《工人绥惠略夫》时，论者则强调作品传达了对"新理想之坚信"，并且能够赚取读者的"无量眼泪"⑧，这就颇似瞿世英对小说中两性元素的辩解性说明："引起人的同

---

① 剑三：《论冰心的超人与疯人笔记》，《小说月报》1922年第13卷第9期。
② 超常：《评叶绍钧的〈祖母的心〉》，《小说月报》1922年第13卷第11期。
③ 方兴：《商人妇缀网劳蛛的批评》，《小说月报》1922年第13卷第9期。
④ 铎：《〈命命鸟〉附注》，《小说月报》1921年第12卷第1期。
⑤ 吴守中：《批评落华生的三篇创作》，《小说月报》1922年第13卷第5期。
⑥ 慕之：《落华生小说〈换巢鸾凤〉附注》，《小说月报》1921年第12卷第5期。
⑦ 剑：《文坛消息》，《文学旬刊》1923年8月21日第9期，第4版。
⑧ 见《小说月报》1921年第12卷第6期的"最后一页"。

情心，感动我们最高贵纯洁的感情——爱。"① 由此可知，类似的批评策略正是意图将对情节内容的关注引向其他方面，而这一策略在群体内部对创作的相互评价中同样得到广泛运用。正如在对《玉君》的批评中，有人对情节的"接续与刺激"做出辩护，认为不如此便无法"从容不迫地将人生的各种问题与方式在里面消融得下，表现得出"②；有人在承认"滑稽口吻的描摹"充斥于全篇的同时，也不忘强调自身"疏然"与"沉痛"的阅读感受，因为作品"骂尽了冷酷社会上的一切"③；还有人则强调作品曾先后经过三次修改，所以是"用心作的"而绝非"只图赚钱的作品"④，这种立足于态度的辩解就颇类似于周作人的观点：如果持严肃的创作姿态，那么即便叙写"人间兽欲"与"娼妓生活"也无愧于"人的文学"⑤。综上所述可以得知，辩解性说明的大致方向包括作品的情感精神、艺术技法、社会意义、创作态度等方面，其最终目标在于将对文本的理解从肤浅的情节内容层面"解救"出来，转而在更高层面加以升华以实现崇高化。

当然，在五四时期的同行评议中，对崇高化策略最著名的一次运用还属对《阿Q正传》的批评。这篇最初刊载于《晨报附刊》"开心话"栏目中的小说在诞生之后便因曲折有趣的情节、夸大过火的漫画式人物形象，以及类似旧派章回小说的连载发表方式而受到关注，这些明显不合于"真实"与"平淡"的文本元素在受到一般读者喜爱的同时，也在无形之中与作者享有的巨大威望构成张力，进而引发了争议。最初的反对意见来自新文学读者，在一篇信件中《阿Q正传》被认为"锋芒毕露""讽刺过分"，因而"易流入矫揉造作令人起不真实之感"。⑥ 甚至在群体内部也存在些许不同的声音。有人批评作者将多种弱点戏剧化地集中于一人身上，因此"太急于再现他的典型"而没有兼顾到真实⑦；有人含蓄地质疑了内容的编造，认为阿Q成为革命党的情节缺乏作者的精密构思，"大团圆"

---

① 瞿世英：《小说的研究》，《小说月报》1922年第13卷第7期。
② TC：《对于〈玉君〉的我见》，《晨报副刊·文学旬刊》1925年3月25日第65期，第1版。
③ 培尧：《读〈玉君〉后》，《京报副刊》1925年3月20日第92期。
④ 围莊：《读〈玉君〉后》，《京报副刊》1925年3月20日第93期。
⑤ 周作人：《人的文学》，《新青年》1918年第5卷第6期。
⑥ 谭国棠：《文学作品有主义与无主义的讨论》，《小说月报》1922年第13卷第6期。
⑦ 成仿吾：《〈呐喊〉的评论》，《创造季刊》1924年第2卷第2期。

的结局则过于随意①；还有人认为小说胜在诙谐与讽刺，但在使读者发笑的同时"减却了不少对人生的认识"②。然而也必须看到，新文学阵营对此所做的辩护则更加不遗余力，其具体表现为由文学研究会的权威人物出场发声，在指认内容真实的同时突出作品在其他方面的巨大价值。一方面，针对那些涉及小说情节与人物真实性的批评，辩护人往往采取积极进攻的姿态，这也体现出真实性在他们眼中是评价特定作品优劣的重要标准。茅盾便曾就这一点反向对批评者加以质疑，认为他们缺乏充分理解作品的必要人生经历，以至于产生不真实的错觉："谁曾亲身在县里遇到这大事的，一定觉得《阿Q正传》里的描写是写实的。"③另一方面，辩解者则有意识地转移话题，如郑振铎强调阿Q形象中隐伏着"中华民族骨髓里的不长进的性质"④，茅盾则称阿Q是"中国人品性的结晶"⑤，并且二人都不约而同地借用俄国文学资源为小说中的过火处理进行辩护，其根本目的就在于将对内容层面真实性的关注引向道德层面，即如果文本具有不容忽视的社会价值，那么就算损失一部分真实度也是值得的。事实上至迟在1926年的一篇文章中鲁迅就已经对小说创作中的一些问题做了坦诚的说明，诸如为了切"开心话"栏目而加进一些"不相称且不必有的滑稽"，为了应付连载而硬着头皮"一周一周挨下去"，甚至借孙伏园回乡之机给了阿Q"大团圆"。⑥作者本人的自供足以说明先前的部分质疑具有一定的合理性，也正是这些受到质疑的元素使作品能够在大众中间广为流传，然而这一事实在此后长时期内一直未得到正视，即便是在"讲话"精神主导的20世纪40年代，"大众文学"也仍然被视为一个有损作品崇高性的"不恰当的头衔"。⑦

综上所述，对于不合标准的新文学作品，群体成员在同行评议中要么强调其真实性，要么以转移话题的方式突出文本在其他方面的价值，其共

---

① 西谛：《闲谈〈呐喊〉》，《文学周报》1926年第251期。

② 从予：《介绍与批评·〈彷徨〉》，《一般》1926年第1卷第3期。

③ 雁冰：《读〈呐喊〉》，《文学周报》1923年第91期。

④ 西谛：《闲谈〈呐喊〉》，《文学周报》1926年第251期。

⑤ 雁冰：《文学作品有主义与无主义的讨论》，《小说月报》1922年第13卷第6期。

⑥ 鲁迅：《〈阿Q正传〉的成因》，《北新》1926年第18期。

⑦ 冯雪峰称《阿Q正传》是"典型的大众文艺"，茅盾在承认作品大众性的同时也质疑："《阿Q正传》的头衔是愈多愈好的。一个不大恰当的头衔不足以增加《阿Q正传》的声价，或许反觉得不甚得体。"茅盾：《也是漫谈而已》，《文联》1946年第1卷第4期，第5页。

性就在于极力淡化那些可能引发一般读者阅读欲望的文本元素，进而对事实存在于作品中的具有娱乐消遣作用的情节性与刺激性构成压抑。随之而来的结果是，针对新文学作品的辩解性说明在确保其具有区别于旧派文学的崇高性的同时，也在舆论作用下增加了自身与民众之间的隔阂。

3. 公开指责或无视

一个意料之中的事实是，并非所有新文学作家都能够享有"五四"老将那般待遇，也并非所有超出限度的作品都能够获得同行的容忍并为之辩护。当然，这绝非是说针对威望较高的作家的质疑不存在，只不过此类质疑往往伴随着声势更大的辩解——比如对《阿Q正传》的批评。除此以外，质疑有时还会以某种特殊的方式加以传达，比如未发表的文字。在1921年的一封信中郑振铎便质疑了叶圣陶的讥讽风格与冰心的矫揉造作①，郑氏能够更加诚实地表达看法，是因为他相信通信的私密性可以确保自己的言论不会造成任何不良的舆论影响。然而更多的情况是，当作者资历尚浅且知名度较低，或者从属于新文学阵营中的某个"亚群体"时，其作品就有更大的可能受到群体成员的公开质疑甚至无视。

就第一种情况来说，如果某位作者在群体中年龄较小（在1919年前后尚未进入北京的一所大学），又缺乏过硬的学历（缺乏留学经历且未能就读于一所名校），那么公开质疑其作品中超出限度的元素便是可以接受的。这是因为作为"学生辈"的青年作者难免"犯错"，而接受包括"老师辈"在内的同行们的批评与指正正是天经地义的事情，此举非但不会损害群体形象，反而是维护新文学崇高性的一种方式，类似的情况正如对黎锦明的批评实践。这位1926年毕业于北京师范大学而后又担任中学教员的作者，其学生时期发表于报纸副刊中的一些富有情节性与幽默感的两性小说很快便引起了群体内部的反响。如钟敬文认为《烈火集》中的小说都取材于男女"社交问题"，并且在描写中也有"过火而流于滑稽之处"②；赵景深认为《乡旅夜话》中涉及两性的情节"有百灵机③的功效"，结尾的反转使人意想不到④；"五四"元老钱玄同甚至当面讽刺其作品"真是

---

① 郑振铎：《致周作人》（1921年9月3日），《中国现代文艺资料丛刊·"左联"成立五十周年纪念特辑》第5辑，上海文艺出版社，1980。

② 钟敬文：《读完了〈烈火〉》，《一般》1927年第3卷3期。

③ "百灵机"即"百龄机"，开胃药。《好朋友》1927年8月31日，第4版。

④ 赵景深：《黎锦明的〈電〉》，《文学周报（第326—350期合订本）》1929年第7卷，第572页。

文学家的笔墨，真看不懂"，虽然钱氏在此后又专门发文进行解释，但他对这位青年作者缺乏敬意是不争的事实①。黎锦明本人也曾将不同论者对其作品的评语进行集中展示，其中不乏虚浮、单调、幼稚、不自然等评价。② 诸如此类的同行评议话语施加于作者的影响是显然的，以至于使他在不同场合一再地以悔过态度自认作品中的"缺陷"：如声明自己将先前写出的"Satire 式的文字"结集出版并不是因为看重它们，而是为了与过去决裂，甚至"黎锦明"这个署名也因"刺眼"而必须要更换③；如后悔自己"把那些矫揉造作模仿别人的文字很高兴的往报馆里投送"④；又如承认自己在副刊上发表的作品基本上都是"胡乱写的无丝毫价值的东西"而"实在不值一笑"⑤。此外还需注意的是，作者似乎因自己学历上的欠缺感到自卑，并过于简单化地将创作上的"缺陷"归因于此。⑥ 由此可见，新文学同行评议中极具导向性的批评话语在一定程度上影响到个体的审美追求乃至自我认知，体现出显著的规训效果，而作者本人在将作品结集出版时有意识地舍弃情节性、刺激性更强的一部分创作便是明证。⑦ 对于黎锦明的批评实践无疑是具有代表性的，包括尚钺、许钦文等与之情况相似的其他一些作家同样在不同程度上受到点名批评或进行自我反省。除此以外另一种可能性也不容忽视，即更多作品由于不符合群体内部的审美/批评标准而在长时期内一直遭到无视，而作者对真实身份的隐藏（如在发表时更换署名）更是增加了发掘此类作品的难度⑧，因此在某种程度上说，黎锦明等人反而是幸运的。

就第二种情况来说，如果特定作品出自群体内部的某个团体，那么就

---

① 疑古玄同：《给黎锦明先生的信》，《京报副刊》1925 年 11 月 23 日第 337 期，第 2−3 版。

② 黎锦明：《写在〈烈火〉后面》，《语丝》1927 年第 125 期。

③ 黎锦明：《烈火集序》，《京报副刊》1925 年 10 月 4 日第 288 期，第 7 版。

④ 黎锦明：《答疑古玄同先生》，《京报副刊》1925 年 11 月 27 日第 341 期，第 6 版。

⑤ 黎锦明：《我的批评（四）》，《北新》1926 年第 9 期。

⑥ 如"人家（如大学教授之类）的作品拿出来都是灿烂堂皇，我们还是在知识阶级以下的人们，总觉得比不上——有些惶悚。"黎锦明：《烈火集序》，《京报副刊》1925 年 10 月 4 日第 288 期，第 7 版。又如"我时常感到自己的学识太空乏，进不到好学堂虽然觉得自己是受了莫大的耻辱，然而这也是我失掉了求学的一种机会。"黎锦明：《答疑古玄同先生》，《京报副刊》1925 年 11 月 27 日第 341 期，第 7 版。

⑦ 《烈火集》中舍弃了诸如《社交问题》（《晨报副刊》1924 年 12 月 26 日）、《一个月夜》（《晨报副刊》1925 年 4 月 12 日）、《旱魃》（《晨报副刊：文学旬刊》1925 年 5 月 5 日）、《喝白水》（《京报副刊》1925 年 9 月 3 日）等作品。

⑧ 如鲁迅在副刊上发表《阿 Q 正传》时署名"巴人"，取"下里巴人"的意思，而在此后这一笔名便被弃用。鲁迅：《〈阿 Q 正传〉的成因》，《北新》1926 年第 18 期。这在当时应该不是孤立的现象。

更有可能因文本中超出限度的内容元素而受到此团体以外的其他新文学成员的公开质疑。在 1921 年的一篇通信中，郑振铎将创造社的作品与"礼拜六派"并举："青年之倾倒于礼拜六的烂污文言，较崇拜他们（创造社——笔者注）的作品尤多数十倍。"① 虽说信件在当时并未公开发表，但郑氏无疑敏锐地感受到创造社小说与受到批判的旧派作品之间存在着某种共性，即都是意图以某种方式去博得读者的"倾倒"或"崇拜"，正如茅盾在 20 世纪 20 年代末所评价的："以资产阶级的玩意企图在人海中拱出一个角儿。"② 除此之外，郁达夫还曾认为茅盾在《自然主义与中国现代小说》中的一段对于记账式写法的批评是在针对自己③，郁氏的自认正从一个侧面说明其作品具有某种超出容忍限度的"缺陷"。而在事实上文学研究会成员对创造社作品的指责常常是不留情面的：一方面，其译作被认为缺乏选择性，以至于将英国通俗杂志上那些"带着铜臭"且"迎合读者心理"的作品"乱译"进来，空费读者的时间与脑力④；另一方面，部分创造社成员的创作也受到类似的批判，正如郁达夫的小说被认为含有"江湖气"⑤，而其中的"肉欲描写"则被拿来与"文丐"及"黑幕作者"的作品相提并论⑥。以上指责的严重性就在于文学研究会成员在批评中并没有回避使用那些原本仅针对旧派作品的评价话语，而这正与他们对《阿Q正传》，以及那些更具"肉欲"色彩的俄国小说做出的维护形成鲜明对比，使人很难不质疑双重标准的存在，这就难怪郭沫若在 30 年代仍然对"《文学旬刊》上的嘲骂"耿耿于怀⑦。当然这种情况并非仅存于以上两个团体之间，郭沫若对于作品无法得到公正对待的介怀显然也正是一些青年作家们的共同感受，只不过这一次的"受害者"由创造社变成了他们，以至于使其发出诘难：群体成员能够在郁达夫成名后包容甚至赞赏他的"嫖窑子的作品"，也能够坚决维护那些充斥着"野蛮醉汉"与"杀人强奸"

　　① 郑振铎：《致周作人》(1921 年 11 月 3 日)，《中国现代文艺资料丛刊·"左联"成立五十周年纪念特辑》第 5 辑，上海文艺出版社，1980。

　　② 茅盾：《读〈倪焕之〉》，《文学周报》1929 年第 8 卷第 20 期。

　　③ 馥泉说："沈雁冰兄在《小说月报》上发表的《自然主义与中国的小说》(？)据我看来，这全部是讲那些'礼拜六'式的小说的，郁达夫兄却说明明在骂他，举出'穿上袜，披上衣，洗脸……'"馥泉：《"中国文学史研究会"底提议》，《文学旬刊》1922 年 11 月 11 日第 55 期，第 3 版。

　　④ 西谛：《盲目的翻译家》，《文学旬刊》1921 年 6 月 30 日第 6 期，第 2 版。

　　⑤ 雁冰：《文学作品有主义与无主义的讨论》，《小说月报》1922 年第 13 卷第 6 期。

　　⑥ CP：《丑恶描写》，《文学旬刊》1922 年 5 月 21 日第 38 期，第 4 版。

　　⑦ 郭沫若：《创造十年》，《郭沫若全集》第 12 卷，人民文学出版社，1992，第 139 页。

的外国译作，却又为何极力地"限制"刺激性相对较弱的新进作家的"柔弱的闺阁式的红楼梦式的恋爱的小说"①？

综上所述，新文学阵营在同行评议中使用了替代性表述与辩解性说明的双重策略，并以此确保了群体内部创作/译作中有悖于平淡、真实等价值标准的内容元素得以模糊化与崇高化。除此以外，同行评议中基于群体内部身份差异的公开指责或无视也不容忽视：作为场域中不同主体间张力作用的外在表现，其更大的意义还在于，在确保批评话语大致上趋于"一元化"的同时，通过对少部分作家声望的"牺牲"以实现更高层面的自我净化，进而维护新文学的整体形象。然而也必须要指出，同行评议对于新文学的许多面向都构成遮蔽，其中就包括一些被广受批判的民国旧派作家们所看重的东西，这正说明新文学与通常意义上的通俗文学之间并非是泾渭分明的。更加真实的情况是，只有那些存在于部分旧派作品中的诸如封建迷信、轻视女性等明显有悖于道德标准的内容元素才会彻底地被新文学作者所排斥，而包括情节性、刺激性等消遣娱乐因素实为二者所共有，这正如有论者所做出的极具洞察力的敏锐判断："凡是注意文笔思想的，不过属于文学研究的一部分学者，否则《天方夜谭》为什么风靡全球，直到十八世纪（？）有了文学批评等，才把小说不看成'戏剧说明书'。可以断言，一定还有许多人，在那里欣赏新小说的情节。"②

四、身份维护：宣言、文凭、学术类文字、自然科学知识

中国文学中一个极著名的观点便是"文如其人"，其影响力得益于盛行在历史中的针对古典文本的大量道德关照，而文本的道德因素被认为与作者在人格层面具有同一性。早在春秋时期，孔子便提供了这一观点的原始版本："有德者必有言。"③ 而在此后对"文如其人"的理解似乎愈发泛化，以至于对"文"与"人"的关联限定超出了原先的道德/人格层面，在考察作品内容风格与作家个性、气质、经历等方面的联系时同样适用，如苏轼对苏辙的评价："其为人深不愿人知之，其文如其为人，故汪洋澹

---

① 黎锦明：《我的批评（四）》，《北新》1926 年第 9 期。
② 说话人：《说话》，《珊瑚》1933 年第 3 卷第 7 期。
③ 张燕婴译注：《论语》，中华书局，2015，第 163 页。

泊，有一唱三叹之声。"① 类似观点在学理层面的缺陷是显然的，因为它们无法经受住实践的检验，以至于任何具备粗浅文学常识的人都能够轻易地找出反例，这正如潘岳、冯延巳、宋之问、严嵩、阮大铖乃至康有为等人所受到的非议一样。然而"文如其人"在学理层面以外却有其不容置疑的正确性：一方面，读者对作者本人的了解作为一种"先天性认知"通常伴随着阅读进程的开展，进而成为一种阅读的附带性体验施加影响，正如有学者对中国文学的评价："诗并不是其作者的'客体'；它就是作者，是内在之外在显现"②；另一方面，此类"先天性认知"往往在阅读行为发生之前便已经产生效力，并在一定程度上决定了读者对作品的态度。这正如一些拙劣的批评家所做的工作：吃完鸡蛋后看看母鸡，再评价鸡蛋好不好吃；而一般读者倾向于另一种方式：先看看母鸡，如果对母鸡不感兴趣就不大愿意吃它的蛋。此类现象正印证了一条心理学常识：如果想让对方接受自己的意见，那么最有效的途径就是先让对方接受自己这个"人"。③ 虽然一些睿智的读者尚且能够努力辨明"文"与"人"的差别，正如布斯的善意提醒："这位隐含作者总是不同于那个'现实'的人——不管我们把他当作什么人——他创造了一个更高的自我。——'第二个自我'，如同他创造了他的作品。"④ 然而对于多数持"散文思维"阅读各类作品的读者而言，"文如其人"则更像是一种信仰，他们乐于将作者本人的现实存在状况当作解读作品的依据，把对作者本人的印象融入对作品的印象之中，进而限制作品意蕴的多种可能性，并最终导致偏见的产生。

"文如其人"的鉴赏习性在读者对五四新文学的接受中不应被忽视，郁达夫在 20 世纪 30 年代还对此表示认同："在能够评量那一册著作之先，必须要熟悉那作者的'人'才行。"⑤ 除此以外，也有当代学者认为"人"与"文"在中国现代文学的研究中必须被视为"同一审美经验中两个值得尊重和对等的成分"⑥。由此可见，维护个人形象在某种程度上就是维护

① 苏轼：《答张文潜书》，《苏文忠公全集》第 30 卷。
② 宇文所安：《中国文论：英译与评论》，王柏华，等译，上海社会科学院出版社，2003，第 27 页。
③ 威尔伯·施拉姆、威廉·波特：《传播学概论》，陈亮，等译，新华出版社，1984，第 227 页。
④ 韦恩·布斯：《小说修辞学》，付礼军译，广西人民出版社，1987，第 252 页。
⑤ 郁达夫：《现代散文导论（下）》，《中国新文学大系导论集》，良友复兴图书印刷公司，1940，第 206 页。
⑥ 贺麦晓：《文体问题——现代中国的文学社团和文学杂志（1911—1937）》，陈太胜译，北京大学出版社，2016，第 31 页。

作品形象，因而新文学中人对自身身份的看重也就变得不难理解。一个颇为生动的例证来自钱玄同，他对于一篇刊载于小报《笑里刀》上的盗用其署名的文章（《淮南鸿烈集解胡序考》）表达了极度的愤慨，并在登报声明时强调："弟酷爱此名，今后尚将大用特用，有时或写其同音字作'夷吾'，或写注音字母作'ㄐㄍㄨ'，或暂用 wade 式之中国罗马字拼作 Yiku。总之弟决不废弃此名也。"① 另一例中的主角张爱玲则被认为因少不更事或出名心切而不听劝告地"到处发表作品"，以致自己的声名受到损失，并让以郑振铎为代表的新文学中人为之惋惜②，这就从反向证明了身份维护的重要性。那么接下来的问题便是，新文学作家采取了哪些策略来进行身份维护？这些策略起到了怎样的维护效果，进而对其作品接受产生了怎样的影响？

1. 宣言

区别于前现代时期作者与读者之间相对遥远的距离，印刷与传媒的发展使得现代作者获得了更多的机会走上前台，而"五四"中人尤其乐于将自己置于风口浪尖，使人无法不注意到他们的存在，这其中就包括以各种形式出现的宣言。当然，此处"宣言"并非仅指狭义上伴随重大事件所产生的表态，它也包括那些公开发表于各类媒介中的以庄严姿态所唱出的"高调"。纵观此类言论，大多具有如下特点：一方面，表现为对民国时期的各个方面进行不遗余力的指责，如"陈腐朽败"与"窒息绝望"指向社会现状③，"淫荡奢诈衰靡"④ 与"自相斫杀，冥顽，偷隋"⑤ 指向道德人心，"装饰品"与"消遣品"则直接指向文学创作⑥；另一方面，诸多弊病在招来指责的同时也促生了纠正它们的必要，"五四"论者所提供的"药方"则大多局限于精神、思想等形而上层面，如以"高尚之理"求得"精神上之援助"⑦，以"独立的主义"与"科学的律令"提供"纯粹新思想"⑧，以"不囿于传统思想之创造精神"使民众"仰其真理"⑨，以

---

① 钱玄同：《予亦名"疑古"》，《京报副刊》1925 年 3 月 13 日第 87 期，第 7－8 版。
② 陈子善：《私语张爱玲》，浙江文艺出版社，1995，第 17－18 页。
③ 陈独秀：《敬告青年》，《青年杂志》1915 年第 1 卷第 1 期。
④ 苏熊瑞：《新剧的讨论》，《新青年》1921 年第 9 卷第 2 期。
⑤ 沫若：《创世工程之第七日》（《创造周报》发刊词），《创造周报》1923 年第 1 期，第 2 页。
⑥ 沈雁冰：《文学和人的关系及中国古来对于文学者身份的误认》，《小说月报》1921 年第 12 卷第 1 期。
⑦ 陈独秀：《社告》，《青年杂志》1915 年第 1 卷第 2 期。
⑧ 《北京大学之〈新潮〉》，《北京大学月刊》1919 年第 1 卷第 1 期，广告页。
⑨ 《改革宣言》，《小说月报》1921 年第 12 卷第 1 期。

"摆脱一切旧势力的压迫与束缚"来确保"一无顾忌地自由发表思想"①，以"严格的审查"与"郑重的考虑"使出版的书籍能够"在教育和文化上有点贡献"②。以上所示显然只是现存诸多宣言中的冰山一角，然而这也足以说明身份维护给一般读者造成的印象：他们是一群以拯救者自居的愤世嫉俗而又热衷于谈玄述异的好为人师者，这正类似郭沫若诗作中的那个孤高、苦恼、开辟洪荒的大我形象。③

相较而言，民国旧派作家的宣言则要平易近人许多。一方面，其中一部分虽说也不乏关于世道人心的牢骚，然而相比于自居指导者地位的新文学群体，旧派作家则更多地站在一般人的立场上表达对黑暗现实的不满。如《游戏世界》发刊词在对"风雨如晦"且"虚实、真假难辨"的时局表露不平之后随即话锋一转，从"无权无势"者的立场出发规劝人们"从本业上做起"，而该杂志的宗旨也仅仅是"希望稍稍弥补社会的缺陷"。④ 这种放低身段的说辞显然能够为普通读者带来"归属感"，而对应刊物上的作品也就更易于获得他们的青睐。另一方面，多数旧派作家在宣言中突出自身的"陪伴"作用。如《眉语》中的一段文字便是以谦卑的姿态告知读者该刊仅仅登载一些"荒唐演述"的"游戏文章"，并承诺做读者的"花前月下之良伴"。⑤ "陪伴"的意义更多还在于使读者感到舒心，正如周瘦鹃所说："至于做一个寻常的人，不用说是不快活的了，在这百不快活之中，我们就得感谢快活的主人，做出一本快活杂志来，给大家快活快活，忘却那许多不快活的事。"⑥ 由此可见，相比于新文学刊物大多从宗旨、目标、理想等方面展开理性阐述，旧派出版物中的相应文字无疑要感性许多，并且常常围绕一般读者感兴趣的话题展开，甚至于干脆直接列出那些为人所熟知的约稿作家的姓名以达成名人效应。⑦

通过新旧双方的宣言可以得知，新文学群体与民国旧派作家有着不同的价值追求，前者俨然为师而后者乐于为友，此种情况无疑也在事实上起

---

① 《本刊编辑部启事》，《幻洲》1926年第1卷第1期。
② 《新月书店启事》，《申报》1927年6月27日，第2版。
③ 郭沫若：《创造者》，《创造》1922年第1卷第1期。
④ 《游戏世界的发刊词》，《游戏世界》1921年第1期。
⑤ 《〈眉语〉宣言》，《眉语》1914年第1卷第1期。
⑥ 周瘦鹃：《祝词》，《快活》1922年第1期。
⑦ 如《晶报》出版预告（《民国日报》1919年2月18日）与《星期》出版预告（《游戏世界》1922年第15期）中的相应内容。

到了相异的身份维护效果。因此必须承认，对于一般读者来说，当他们在面对"抗颜而为师"①的前者与表现得更加和善的后者时，所做出的选择就可想而知了，这正与他们宁可去读一些蹩脚作家的滥作也不愿去读韩愈的富有趣味的《鳄鱼文》如出一辙。

2. 文凭与学术类文字

正如前文所述，缺乏过硬学历的作家更易成为群体内部自我净化时的牺牲品，因为在多数身兼学者身份的成员眼中，一个过硬的文凭往往是作品质量的有力保障，这种源于职业习性的偏见间接解释了新文学中人重视文凭的原因，而旧派出身的刘半农先后赴英、法留学的事实正为此提供了有力的注脚。除此之外，文凭的重要性也绝非仅关乎对作品的评价，其至少还影响着成员在群体内部的生存处境。根据黄药眠对创造社的生动回忆，毕业于东京帝国大学的骨干成员时常轻视郑伯奇、穆木天等京都帝国大学的毕业生，而毕业于国内大学的成员只能被他们视为"小孩子"，鉴于此也就不难理解倪贻德为何只能与负责打包、邮寄的工人同住在出版社用于堆书的三楼并且愤慨、迫切地希望与许幸之同去日本留学镀金了。②对文凭的重视显然起到了身份维护的作用，在 20 世纪 20 年代的各类出版物中，读者们一再地被告知新文学成员出国留学的消息，并且此类消息中往往夹杂着一些细节性内容而充满令人想象的画面感：如张闻天"八月二十日乘南京号邮船赴美"并暂由康白情转交其信件③，如沈雁冰、郑振铎、朱自清、叶圣陶等 19 人于"一品香"饭店"欢送俞平伯赴美"④，又如《红烛》的作者闻一多正于美国"研究文学"⑤。考虑到这些消息大都未能提供明确的通信地址，在群体内部起到的相互知会作用实在有限，因而它们更多是一种针对外界的身份宣示，正如在 1923 年的一则关于许地山、李之常、柯一岑出洋留学的消息中，报导者在详细介绍了三人的交通工具分别为"约凯孙总统"号、"奥国皇后"号、"Paucal"号之后，却又无一例外地告知读者"通讯处未定"。⑥

---

① 柳宗元：《答韦中立书》，《河东先生集》第 43 卷。
② 黄药眠口述、蔡彻撰写：《黄药眠口述自传》，中国社会科学出版社，2003，第 66 页。
③ 《少年中国学会消息》，《少年中国》1922 年第 3 卷第 10 期，第 84 页。
④ 《文学研究会记事》，《文学旬刊》1922 年 7 月 11 日第 43 期，第 4 版。
⑤ 慎夫：《艺术界消息》，《时报》1923 年 10 月 2 日，第 13 版。
⑥ 《文学研究会会员消息》，《文学旬刊》1923 年 9 月 3 日第 86 期，第 4 版。

与文凭密切关联的是作家的学术类文字。大量存在于各类出版物中的书籍广告是一般读者了解它们的途径之一，这些书籍往往又附属于某种丛书进而以整体面貌示人，从而增强了身份维护的效果。如 1919 年的一则"北京大学丛书"的广告中，周作人的《欧洲文学史》被置于另外一些研究哲学、心理学、人类学的理论著作之间。① 从文学的立场而言，这显然不是一个明智的做法，因为广告的阅读者很可能轻易地将对后者的高深、枯燥印象转移到对前者其人其文的想象之中。类似的情况在当时普遍存在，新文学作家也乐于将其文学创作与学术著作以并置的方式推向社会，这正与他们对文凭的宣示如出一辙。在这一点上文学研究会提供了一个常规案例，在一则公开发表的对丛书编例的说明中，会员的文学创作被明确地与他们所著/译的"文学原理与批评文学之书""文学史与文学概论"归为"甲种丛书"一类。② 而在稍后时期，创造社则提供了另一个相对特殊的案例，即在特定情况下展示学术著作可以对作者身份起到某种"中和"作用。为了尽量还原视觉效果所造成的阅读感受，以《创造月刊》广告页上关于《飞絮》的宣传（图 5）为例进行分析③：

图 5　《创造月刊》广告页

① 《广告：北京大学丛书》，《新潮》1919 年第 1 卷第 5 期。
② 《文学研究会丛书编例》，《民国日报》1921 年 5 月 26 日，第 3 版。
③ 《创造月刊》1926 年第 1 卷第 4 期，广告页。

广告页左上角中对于《飞絮》的夸大渲染显然是出于书籍销售的考虑，而诸如"性的苦闷""三角恋爱"乃至"四角恋爱"的过火描述则无疑将损害张资平的声望。然而富有意味的是，在与《飞絮》方位相对的右下角方框内赫然登载着这位作者所著之《文艺史概要》的广告。互文性阅读所带来的身份维护效果是显然的，因为后者对于"各种主义"的列举在某种程度上正可以消解前者中存在的刺激性元素，从而使作者在读者心目中的形象得到"中和"①，这也似乎正是张氏乃至创造社能够以"走钢丝"的姿态在特定时期内获得新文学共同体身份认可的原因之一。

当然，除了广告之外，新文学成员的发表习性很可能在身份维护中起到了更大的作用，这固然是因为有许多人立足于思想、学术层面在各类刊物中发表理论文章，但更加"致命"的一点是，他们习惯于将自身的文学创作夹杂在大量理论文章中间共同发表，从而使作品的感性层面受到压抑并给人以高不可攀的错觉，正如后来被转载于旧派刊物《广益杂志》的小说《新婚前后七日记》在《新潮》上初发表时便受到了许多讨论道德、心理、基督教义的理论文章的"围攻"。② 这种情况在早期新文学场域内普遍存在，一个有力的证据便是长时期内新文学阵营一直缺乏一份专门登载作品的刊物，无论是文学研究会还是创造社的刊物都是将文艺创作夹杂在大量的理论性文字中进行"捆绑销售"。

正可以形成对照的是，上海的旧派作家显然感受到了这种旨在身份维护的以文凭和社会地位为基础的集团主义所造成的压迫，他们所采取的应对策略则是"放低姿态"，其在本质上可以理解为身份维护的另一种方向。这正如胡怀琛以辩解为目的对郑板桥《道情》的仿作："自家文丐头衔好，旧曲翻新调，不爱嘉禾章，不羡博士帽，俺唱这道情儿归家去了。"③并且在后文中他还不无讽刺地称那些文凭持有者们为"戴博士帽的外国老爷"。除此以外，对文凭压迫表示抗拒的第二种力量却常常遭到忽视，此力量主要来自新文学群体内部的青年作家与特定时期内的文凭缺失者，他们所采取的策略较旧派作家而言则更加隐晦，即通过塑造一些有缺陷的留

---

① 《文艺史概要》下方的《别宴》同样也起到"中和"作用，但相比于前者，效果较弱。

② 任钧的《新婚前后七日记》初发表于《新潮》1919 年第 1 卷第 5 期，被转载于《广益杂志》1920 年第 28 期，该刊物同时也登载包天笑、周瘦鹃等人的作品。

③ 寄尘：《我之新年趣事·文丐之自豪》，《红杂志》1922 年第 28 期。

学者形象以完成对文凭崇高性的消解，正如滕固叙述了一则留日学生在玩弄宿馆女仆的感情致其自杀后遭遇鬼魂复仇的故事①，黎锦明则塑造了一个教美国人打麻将并在办公室大谈"麻将心理学"的留学生形象②。他们所做的工作与向恺然的《留东外史》之间似乎存在着某种呼应关系。

综上所述，围绕文凭与学术问题，20世纪20年代的文学场中存在着不同主体之间的观点对抗，然而无法否认的是，其中抗拒的声音在新文学阵营所占有的大量文凭与学术文字面前显得微不足道，更无法撼动新文学作家呈现于公众面前的整体形象，所以当一般读者需要在自居"文丐"者与那些"戴博士帽的老爷"之间做出取舍时，便更倾向于选择前者的作品。

3. 自然科学知识

近代以来，自然科学与文学发生密切关系开始于晚清的小说界革命，以往的小说被认为"借荒唐之事，显幽怪之情"③ 而导致国民"惑堪舆，惑相命，惑卜筮，惑祈禳"④，而包括"格致学""警察学""生理学"在内的科学知识也被认为是读懂"新小说"所必须具备的前提条件。⑤鲁迅在1903年则提出另一种见解，即科学知识是小说阅读的目的而并非前提条件，必须"假小说之能力，被优孟之衣冠"方能使那些为常人所厌倦的科学知识"浸淫脑筋、不生厌倦"⑥，这也正印证了夏曾佑所说："看画最乐，看小说其次，读史又次，读科学书更次，读古奥之经文最苦。"⑦

晚清新小说中人对科学知识的重视在五四时期得到延续，相比于民国旧派作家在文凭问题中的主动"放低姿态"，他们与新文学作家都宣示自身了解科学，但两者侧重点仍有所不同：一方面，旧派作家常常通过文学创作或科普文章直接提供此类知识的浅近版本（虽然有时候并不正确），并且这些常识往往有助于读者的阅读甚至生活，如程小青在1924年的《侦探世界》中分三期介绍了足印、指印、头发、灰尘等线索在破案中可

---

① 滕固：《古董的自杀》，《小说月报》1925年第16卷第1期。
② 黎锦明：《上衙门》，《京报副刊》1926年1月25日第395期，第8版。
③ 《论科学之发达可以辟旧小说之荒谬思想》，《新世界小说社报》1906年第2期。
④ 梁启超：《论小说与群治之关系》，《新小说》1902年第1卷第1期。
⑤ 《读新小说法（续）》，《新世界小说社报》1906年第7期。
⑥ 鲁迅：《月界旅行·辨言》，《鲁迅全集》第10卷，人民文学出版社，2005，第164页。
⑦ 别士：《小说原理》，《绣像小说》1903年第3期。

能起到的作用①；另一方面，新文学群体中除去极少数文理兼通的作者所发表的高深科学论文之外②，他们并不能向公众提供浅显有效的科学知识，这就难怪有人嘲讽其作品只是"自居为新"而根本"说不到科学同理想"。③ 相比于旧派作家，新文学中人在科学知识方面更多是扮演了纠正者的角色，他们眼中的旧派作家与其读者都应该受到批判，因为二者的脑袋里缺乏"科学常识"，只剩下"祖宗传下来的几句《三字经》"，而相应的作品便"可想而知是什么一种东西了"。④

纠正旧派作品科学知识谬误的一个典型案例关乎"输血"，对象则为周瘦鹃。在一篇对《父子》的批判性文章中，郑振铎指责小说中一段涉及输血的情节有悖于科学常识，并意图在此"错误"与"孝道"之间建立关联，以便增强思想性与讽刺效果："我虽没有医学知识，却没有听见过流血过多，可以用他人的血来补足他的。照他这样说，做孝子的可要危险了。小心你父亲受伤；他受伤了，你的总血管可要危险了。"⑤ 然而令郑氏完全没有想到的是，仅在 4 天之后，毕业于北京铁路管理学校的自己也因医学知识的匮乏而与周瘦鹃一同成为被"二次纠正"的对象。在一封公开发表的信件中，郭沫若不但明确告知郑氏"流血过多可以用他人的血来补足"是近代医学上久经实验的事实，而且通过对医学术语的使用详细指出周氏小说中的科学谬误在于对"总血管"一词的理解不当：所谓"总血管"是指"藏在胸腹腔中的大动脉 Aorta 和大静脉 Vena cava tubetsup"，而医用采血只需要穿刺手臂上的静脉而根本无须"开胸割腹"。⑥ 除此以外，郭氏在对新文学阵营攻击旧派文人时"自示破绽"表示遗憾的同时，也顺带提及了自己与医学界朋友钱君胥的亲密关系，这也是值得注意的。

郭沫若对郑振铎的否定正说明了一点，作为身份维护的一种有效方式，对科学谬误的纠正有时候也可能发生在新文学内部的不同主体之间，而五四运动高潮期尚处日本的郭沫若正是以此方式在一定程度上弥补了先

---

① 小青：《科学的侦探术》，《侦探世界》1924 年第 18、19、20 期。

② 如张资平的《地球剖面图上之倾斜角及层厚之计算》，《学艺》1921 年第 3 卷第 5 期。又如顾毓琇的《三次方程中之电学》，《科学》1926 年第 11 卷第 9 期。

③ 寒云：《辟创作》，《晶报》1921 年 7 月 30 日，第 2 版。

④ 玄：《杂谈》，《文学旬刊》1922 年 10 月 1 日第 51 期，第 4 版。

⑤ 西谛：《思想的反流》，《文学旬刊》1921 年 6 月 10 日第 4 期，第 2 版。

⑥ 郭沫若：《致西谛》（1921 年 6 月 14 日），《文学旬刊》1921 年 6 月 30 日第 6 期，第 4 版。

前所损失的象征资本。事实上，部分创造社作家在不同场合下对医学知识的展示的确起到了身份维护效果，尽管这些基于社团成员医学背景的内容大多仅以只言片语示人，但其中的特异性是显然的。如在编辑余言中宣称自己的身体正"被 Hyperrophia Cortis 病症苦害着"而只能"勉为其难"地编辑刊物①；或者在某部作品里直接使用诸如 Megalomania、Hypochondria 之类的极具专业性的医学术语②；甚至于在文论中介绍一些文学概念的生理学见解，将"心脏的鼓动"与"肺脏的呼吸"作为诗歌节奏起源的一种假说③。

综上所述，新文学群体呈现于公众面前的宣言、文凭与学术类文字、自然科学知识在客观上起到了身份维护效果，尤其是创造社作家在不同语境中对医学名词的使用使他们能够以类似于"百科全书式"学者的形象示人。然而也应该承认，当新文学作家在公众面前呈现其愤世孤高、学识渊博、文理兼通的高大形象的同时，却也使读者在一定程度上将他们的庄严身份与旧派刊物中那些更加亲切、熟悉的名字两相区分，这些都极有可能造成对前者作品的非通俗想象。当然，起到身份维护效果的事实性依据绝不仅止于以上所述，诸如出版物的版面设置、封面设计、美工插图乃至作品的标题等文本外因素同样有可能起到消极的误导作用，这些也都应该被纳入思考的范围。

第三节　"沉默螺旋"中的通俗话语

纵然五四新文学作品中不乏与俗相通的内容元素，然而正如前文所述，以"血与泪"为口号的对于严肃的凸显与消遣的排斥无疑是主流话语特征，但这绝非意味着主流之外的反向度声音完全缺失，它们只是处于被压抑状态。一方面，大部分作家可能为了顾全大局而尽量保持与主流一致的姿态，从而放弃对内心声音更加真实的表达，这就使后人失去探究真相

---

① 王独清：《编辑后》，《创造月刊》1927 年第 1 卷第 7 期，第 134 页。Hyperrophia cortis：皮质增生。
② 郁达夫：《沉沦》，原载小说集《沉沦》，上海泰东图书局 1921 年 10 月初版。Megalomania：自大狂症；Hypochondria：疑病症。
③ 郭沫若：《论节奏》，《创造月刊》1926 年第 1 卷第 1 期，第 13 页。

的机会而留下永远的遗憾；另一方面，在另一些作家那里，此类声音往往以零散、微弱的形态而存在，然而也正因如此才弥足珍贵，对它们的发掘也就显得更有必要。本节以朱自清为例，以其个人著述为立足点，从通俗化的信念与通俗化的主张两方面，较为系统地梳理、整合他的通俗化思想，并力求以此在一定程度上消解主流话语所造成的压抑状态，克服以"优势意见占明显主导地位，其他意见从公共图景中完全消失"为特征的"沉默的螺旋"。①

一、通俗化的信念

对于新文学作品能否真正做到与俗相通，许多人都持不乐观的态度。鲁迅便清醒地认识到新文学力量的有限性，并认为仅靠文学自身"一条腿走路"想要收获大范围的成功只是"文人的聊以自慰"，行政力量的帮助也不可或缺。② 另一部分作家的观点则更为激进，他们轻视读者，甚至认为优秀作品只是"少数人的专利品"，因此多数人注定"与文学无缘"③，这样就直接否定了新文学与一般群体相通的可能性。相较而言，朱自清对此则报以肯定、乐观的态度，他坚定相信文艺具有沟通人心与冲破隔阂的力量，也就势必能够达到不同层次读者共同欣赏的境界，这是他的文学理想，更是他的文学信念。早在 1924 年 1 月所写的《文艺之力》中他便坚信包括文学在内的文艺具有"解放与扩大的力量"，能够消除"人与人之间重重的障壁"，从而使人们"联合起来"。④ 这种信念至少来源于以下几方面：

第一，新文学与俗相通的信念来源于朱自清早年教学/创作中的对象意识。1921 年 1 月 1 日，浙江省立第一师范学校《十日刊》新年号上刊载了朱自清的《新年底故事》，这篇作品以小学生为视角，叙事生动有趣，充满了过年的喜庆，其中某些情节在成人读者看来甚至可以说是幼稚的。⑤

---

① 伊丽莎白·诺尔—诺依曼：《沉默的螺旋：舆论——我们的社会皮肤》，董璐译，北京大学出版社，2013，第 5 页。

② 鲁迅：《文艺的大众化》，《大众文艺》1930 年第 2 卷第 3 期，第 12 页。

③ 梁实秋：《文学是有阶级性的吗?》，《新月》1929 年第 2 卷第 6—7 期合刊，第 6 页。

④ 朱自清：《文艺之力》，《朱自清全集》第 4 卷，江苏教育出版社，1996，第 107 页。

⑤ 如"我"在自家厨房里偷肉包子和风糖糕被家中的狗发现，最终被姐姐黑吃黑"截赃"夺走。又如与亲戚家的两个孩子争抢玩具。见朱自清：《新年底故事》，《朱自清全集》第 4 卷，江苏教育出版社，1996，第 10—14 页。

浙江省立第一师范学校是 20 世纪 20 年代著名的中等师范学校，其办学目标是培养小学教师，在校学生年龄普遍不大。朱自清写出这样的作品，其目的非常明显：一是为了让中师的学生爱读；二是为了提供典型的小学作文模板，以便为毕业后将要走进小学讲堂的在校学生增加写作教学的经验。由此可见，朱自清在创作时有着非常明确的对象意识，他知道写给学生看的作品不但要浅显有趣，而且要有用。这就从一个侧面证明了朱自清作为作家、学者并不是高高在上的，在面对特定读者时，他也会降低身段，投其所好。除此之外，朱自清还赞成创作过程中的读者参与和反馈，在 20 年代初的民众文学讨论中他便提议用托尔斯泰的方法进行创作，即在作品写好后先给读者群体中素养较高的人看，再经由他们复述之后以成文。[1] 这种策略要求知识群体在创作时从普通读者那里寻求说明，形成作品后再反馈给他们，以形成互动互补，相较于当时多数论者一味从自身经验出发去揣摩读者心理，这种做法就更加具有可操作性。朱自清在创作中的读者意识很可能源于其早年在江苏、浙江各中学执教的人生经历。众所周知，中学阶段的学生身心不够健全，无论是与之交流还是对其指导都需要采取他们可以接受的方式，只有处理好教师的主导性与学生的主体性关系方能达到预想效果，而中学从教期间因材施教的经验也极有可能影响其创作中"作者—读者"的交流方式，甚至于介入他"知识分子—民众"的沟通方式。

第二，新文学与俗相通的信念来源于朱自清对俗情的深刻了解。一方面，他对作为一般群体之"俗"的复杂性有着清醒认识，进而将普通读者清晰地划分为乡村的农民与城市的平民，并且对这两类人的成分构成进行细致的罗列，这其中包括乡间的农夫、村妇，城市里的工人、店伙、佣仆、妇女、士兵、学生、公司和机关里的低级职员等。[2] 另一方面，一般读者群体内部虽说也存在职业、性别、教育程度上的诸种差别，但他认为这部分人的"知与情底深广之度大致相同"，所以他们仍然具有"相对齐一"的审美趣味。[3] 朱自清的这一观点非常重要，因为它在本质上论证了通俗化的可行性，说明新文学可以通过有限度地改变自身以满足不同类型

---

① 朱自清：《民众文学底讨论（续）》，《文学旬刊》1922 年 2 月 1 日第 27 期，第 3 版。
② 朱自清：《民众文学的讨论》，《文学旬刊》1922 年 1 月 21 日第 26 期，第 4 版。
③ 朱自清：《民众文学的讨论》，《文学旬刊》1922 年 1 月 21 日第 26 期，第 4 版。

读者的"相对齐一"的审美要求，而不至于过分受阻于"众口难调"的情况。综合以上两方面，朱自清对于读者情形的熟谙，可以确保其通俗化的目标明确、有的放矢，这也是其文学通俗化信念的一个重要支撑。

第三，新文学与俗相通的信念来源于朱自清与知识阶层以外的普通读者平等相待的人生观。这里需要特别指出的是，五四时期的一些新文学作家、学者也不乏关爱民众的言论，但这些言论大多植根于人道主义立场，含有一种高居上位的慈善、施舍意味，甚至是直接产生于某场文学/政治运动之中，而朱自清的平等观念无疑是发自内心的真实声音。早在世纪20年代初他就意识到新文学贵族化倾向的危机，认为"建设为民众的文学"是当务之急，而"拥护所谓优美的文学"则应该从缓。① 更加令人钦佩的是，他并没有将民众简单视为被启蒙的对象，而是将包括自己在内的知识分子也归入其中，认为两者之间只是种类不同，没有尊卑的差异，因而所谓"为民众"只是"为朋友帮忙"的意思而绝非施舍。② 此番言论如果诞生于20年代末30年代初的普罗文学语境中也许并不算什么，因为那可能是作家在过多政治力量介入下所做出的选择。要知道在五四时期许多知识分子都是高高在上、自视为知识精英与民众启蒙者的，如当时的诸多论者仅将普通读者视为"等待救济的知识上的穷人"③，将为他们写作视为"入地狱"或"制造假粪"④，甚至到了30年代"文艺大众化"运动伊始，也还有作家自视甚高，如郭沫若就曾表示："你要去教导大众，老实不客气的教导大众，教导他怎样去履行未来社会的主人的使命……你是先生，你是导师，这个责任你要认清!"⑤ 如此说来，反观朱自清在20年代初视民众为"同等的朋友"，就更突显出这种思想的难能可贵。在此需要指出的是，自6岁离开出生地东海县到考入北京大学预科这10多年间（1903—1916），朱自清一直跟随担任下层官员的父亲朱鸿钧在高邮、扬州等地居住，衣食住行条件有限，过的是与当地百姓无异的平民生活。⑥ 可以这么说，这一段人生经历使朱自清从传统的书香门第中走出，有机会接

---

① 朱自清：《民众文学的讨论》，《文学旬刊》1922年1月21日第26期，第4版。
② 朱自清：《民众文学的讨论》，《文学旬刊》1922年1月21日第26期，第4版。
③ 俞平伯：《民众文学的讨论》，《文学旬刊》1922年1月21日第26期，第1版。
④ 许昂诺：《民众文学的讨论》，《文学旬刊》1922年1月21日第26期，第3版。
⑤ 郭沫若：《新兴大众文艺的认识》，《大众文艺》1930年第2卷第3期，第4-5页。
⑥ 姜建、王庆华：《朱自清图传》，湖北人民出版社，2006，第5-14页。

触到更加广阔的社会，不但拓宽了他的视野，而且让他亲身体会到普通百姓生活的不易，进而培养起对他们的感情，构建起自身的"民众身份"认同，这无疑也是其本人能够与普通读者平等相待的根源之一。

综上所述，朱自清不但熟悉普通读者群体的内部情况，具有愿意为他们写作的对象意识，而且在内心深处能够与他们平等相待，这些都共同支撑起他的通俗化信念。

二、通俗化的主张

如果说通俗化是朱自清的理想与信念，那么他对于文学创作活动的通俗化还有更加具体的指导与建议。为了论证的清晰，以下将从 4 个方面对此加以阐释，内容也会兼顾到小说与诗歌。

1. 引发共鸣："非个人的风格"与"乡土风"

共鸣本是一个物理学词汇，指物体因共振而发声的现象，例如两个频率相同的音叉靠近，其中一个振动发声时，另一个也会发声。就文学上的共鸣而言，是指由作品的某种情绪引起读者类似的情绪，这种情绪的"共振"往往是以读者和作者的相同或相似的经历、处境为基础的。众所周知，"五四"是强调个性解放的时代，许多作家登上文坛开始了自己的文学生命，其中绝大部分作者来源于知识阶级的旧家庭，他们在文本中不乏真情实感的流露，要么反映旧家庭的黑暗，要么倾诉内心的苦闷，要么憧憬理想与未来，形成了淡化情节的向内转的个人化写作风格。这些作品虽说不乏深刻，很能够感染部分身处相似境遇的人，但是由于知识阶层的人生经验与普通读者确实相差太远，难以引起他们的共鸣，再加上一些西方创作技法的介入，更造成了沟通的隔膜。如 1922 年便有读者在改版后的《小说月报》上来信抱怨"不能了解意思"的"痛苦"，甚至将矛头直接对准冰心的《疯人日记》，指责其使人"头晕目眩，不能卒读"。[①] 在同年开展的民众文学的讨论中，朱自清在部分肯定个人风格的基础上，提倡"非个人的风格"，可以说正是对上述情况的一种反驳，他认为只有"非个人的风格"才能引起"普遍的趣味"，所以"凡是流行的民众读物，必具有这种风格"。[②]

---

① 禹平：《创作质疑》，《小说月报》1922 年第 13 卷第 8 期。

② 朱自清：《民众文学底讨论（续）》，《文学旬刊》1922 年 2 月 1 日第 27 期，第 3 版。

对于"非个人的风格"的要意，朱自清认为关键还在一个"懂"字，因为文学作品只有先让读者理解表层的内容，才能引发共鸣，进而促发更深层次的思考，朱自清曾经多次表达过类似的观点。早在 1921 年他就表露过对白居易诗歌风格的赞赏，这不单是因为其作品歌咏民生疾苦，更是因为它们浅显易懂，能够做到"老妪都解"。① 除了欣赏偏爱之外，他还直接建议作家在创作时要顾及读者的鉴赏水平，作品必须做到"简单、明了、匀整"。② 直到 20 世纪 40 年代，朱自清还专门从语言角度对"懂"字加以强调。在谈及禅宗及道家讲学多用语录体（当时的口语）时，朱自清认为这是为了"求真"，因为用口语与听众交流，显然能降低沟通的难度。对于"真"的内涵他也有清晰的阐释："'真'又是自然的意思，自然才亲切，才让人容易懂，也就是更能收到化俗的功效，更能获得广大的群众。"③ 综上所述，朱自清明确意识到文学要想与俗相通，最基本的要求就在于让读者能懂，尽量避免意义交流上的接受障碍，而这也是他提倡"非个人的风格"的用意之一。

如果说对"非个人的风格"的提倡是针对包括市民与农民在内的普通读者群体所提出的建议，那么对"乡土风"的提倡则是以乡村读者为目标的有的放矢，这正如朱自清所强调的："民众文学里又有一个特色，是'乡土风'，有些创作里必须保存这个，才有生命。"④ 五四时期的小说与散文，就题材而言，多数反映的是都市和城镇，就人物而言，即便是底层角色也多是城里的流民或劳动者，所以后来才促生"乡土文学"的提法。中国历来是个农业国家，农民在人口上占压倒性比例，所以新文学要想真正做到通俗化，农村读者始终是一个不容忽视的群体。朱自清提倡"乡土风"，一方面固然是希望小说、散文等叙事类文体在内容上多表现农村的生活，以便引起农民的共鸣；另一方面也是寄希望于新文学作者能够借用非文本的民间艺术形式来扩大文学的普及面。朱自清认为演戏、说书、唱曲等艺术形式的影响并不小于文学读物，所以他提醒作家们不能只满足于创作仅供阅读的文本文学，还应该能够创作出"能演、能说、能唱"的文

---

① 朱自清：《民众文学谈》，《时事新报·文学旬刊》（双十增刊）1921 年 10 月 10 日。
② 朱自清：《民众文学谈》，《时事新报·文学旬刊》（双十增刊）1921 年 10 月 10 日。
③ 朱自清：《论雅俗共赏》，《朱自清全集》第 3 卷，江苏教育出版社，1996，第 224 页。
④ 朱自清：《民众文学底讨论（续）》，《文学旬刊》1922 年 2 月 1 日第 27 期，第 3 版。

学，只有这样方能使文学深入一般群体。① 鉴于 20 世纪 20 年代中国国民受教育程度普遍低下，不识字人口占绝大多数②，朱自清对文学工作者借助非文字艺术形式来跨越文字鸿沟的提倡，不可谓不是一种远见卓识。

2. 肯定消遣：小说的通俗化

平心而论，除少部分将文学作为研究对象的专业工作者之外，大部分读者阅读文学作品的动机都是消遣。就多数读者而言，他们在辛劳工作之余、茶余饭后，通过阅读行为来放松身心与消磨时光，这本应是一种常态。所以一部作品要能真正地做到与俗相通，以趣味性为基础的消遣功能是一个必不可少的要素。而五四新文学在诞生之初，由于特殊的时代背景及所肩负的启蒙使命，致使部分作品过于追求纯正、严肃而排斥娱乐、消遣，因而很难被普通读者喜爱与接受，启蒙效用更是难以实现。在当时朱自清便对趣味性与文学启蒙的关系有自己的思考，他以自身的阅读经验为依据断定不存在"板着脸教导的文学"，所以要使读者在阅读中获得教益就必须先让他们"感受趣味"③，这在新文学群体内部无疑是"非主流"的观点。此后朱自清也一直在关注这个问题。一方面，他肯定文学趣味性的存在价值，正视"享乐"的合理性。例如，他在论及宋人笔记小说在当时能够盛行并且流传的原因时，便认为其根源在于"记述有趣味的杂事"且选材"范围很宽"。④ 由此可见，在其文学观中，趣味性是实现文学启蒙效用的一个重要前提，是架构文学接受桥梁的必不可少的一环。另一方面，他还不乏远见地意识到文学内容过于严肃可能会对读者造成一些不良的影响，甚至于导致他们阅读品位与欣赏能力的倒退。在评价抗战胜利后的文坛现状时，他就不无隐忧地担心文学作品如果只顾人民性，不管艺术性，一味地紧缩"严肃"的尺度，反而会让读者们躲进当时的黄色与粉色刊物里去。⑤

根据常识来看，普通读者工作之余的日常读物通常是一些诸如小说之

---

① 朱自清：《民众文学底讨论（续）》，《文学旬刊》1922 年 2 月 1 日第 27 期，第 3 版。
② 根据 1926 年的统计，中国总人口中受过教育的不过 3%，上海某纱厂目不识丁的女工占 85%，男工占 86%。许志英、邹恬：《中国现代文学主潮》，南京大学出版社，2008，第 436 页。由此可知，上海纱厂的识字情形尚且如此，农村是更不及的。
③ 朱自清：《民众文学底讨论（续）》，《文学旬刊》1922 年 2 月 1 日第 27 期，第 3 版。
④ 朱自清：《论雅俗共赏》，《朱自清全集》第 3 卷，江苏教育出版社，1996，第 221 页。
⑤ 朱自清：《论严肃》，1947 年《中国作家》第 1 卷第 1 期，第 7 页。

类的叙事性较强的作品，这应该是不争的事实。那么如何保证这一类作品的趣味性，以便争取更多读者呢？朱自清认为关键在于故事情节。早在20世纪20年代他便对读者偏爱的题材内容做过详尽的分类与罗列，并认为新文学作品也应该"酌量采用这些种题材"。① 这种观点在当时无疑是非常超前的，也正说明了朱自清能够有意识地揣摩普通读者的心理，他清醒地认识到新文学要能做到与俗相通，就必须在创作中酌量采用旧派作品中的一些读者感兴趣的内容，有限度地去迁就他们的审美趣味。一方面，朱自清承认情节与趣味性的紧密关联，他在分析长篇小说更受欢迎的原因时便认为"篇幅长，故事就长，情节就多，趣味也就丰富了"。② 同时，他还以自己的阅读经验为例说明由情节带来的趣味性可以增加文学作品的力量。如他在谈及《阿Q正传》和《蚀》三部曲的阅读感受时，就毫无隐晦地承认这些作品之所以令他百读不厌，并不是因为其中蕴含的意义与使命，而是因为前者的"幽默"和后者所"铸造的几个女性"。③ 相比于前述茅盾等人立足于"五四"主潮对《阿Q正传》的辩解性维护，朱自清的态度无疑更加坦诚而难能可贵。总而言之，朱自清的阅读经验足以表明：作品中打动人的要素也许并不是其中包含的思想、意义，而往往是那些有趣的情节。另一方面，在掌握一般读者阅读口味的基础之上，朱自清更进一步肯定情节之"奇"所产生的通俗效果。他认为小说主要依靠奇特的情节来吸引读者，只有具备"奇怪的故事"和"复杂的情节"才能使读者"百读不厌"，在这一点上儿童与成人之间并无二致。④ 在论及旧小说以"奇"取胜时他就以"三言二拍"为例说明作品只有"先得使人们惊奇，才能收到'劝俗'的效果"。⑤ 除了小说以外，朱自清甚至认为情节性先天贫弱的诗歌体裁同样也可以通过融入一些"奇"的元素来增强趣味，吸引读者。对于五四时期的短诗不能引起读者的阅读兴趣，他认为其原因就在于"感伤的情调和柔靡的风格"与古代诗词、散曲相雷同，所以

---

① 这些题材包括："第一类、超自然的奇迹，有现实意味的幻想，语逆而理顺的机智，单纯而真挚的恋爱等。第二类、肉欲的恋爱，侠义的强盗底事迹，由穷而达底威风，鬼神底事迹，中下层社会生活实况等。第三类、才子佳人式的恋爱，礼教，黑幕，侦探案，不合理的生活等"。朱自清：《民众文学底讨论（续）》，《文学旬刊》1922年2月1日第27期，第2版。

② 朱自清：《论百读不厌》，《文讯》1947年第7卷第5期，第230页。

③ 朱自清：《论百读不厌》，《文讯》1947年第7卷第5期，第230页。

④ 朱自清：《论百读不厌》，《文讯》1947年第7卷第5期，第229页。

⑤ 朱自清：《论严肃》，《中国作家》1947年第1卷第1期，第5页。

无法引起"十分新鲜的兴味"。① 他还曾经以梁启超的读诗经验为例对此加以反向说明：李商隐的许多诗歌虽说读不懂其中的意思，但仍然很有趣味，原因就在于其作品中选取了许多平常人不容易接触到的诸如"七宝楼台"之类的"珍奇华丽的景物"，因而能够引起读者的"奇丽的感觉"。② 仅就这点而言，小说的情节之"奇"与诗歌的物象之"奇"都能够增强作品的趣味性，这应该归功于艺术的"陌生化"效果，因为越是不常见的陌生的事物，就越能够引发读者的好奇心，吸引他们去阅读。

最后不得不提的是，由于阅读活动中的娱乐消遣主要源自作品的情节性，所以轻视情节便成为"五四"以来新文学阵营中许多作家的共同特征。一方面，现实主义创作方法是新文学的主流，这种方法追求文学的真实性，认为文学只有表现平淡无奇的普通人的生活才能显得真实；另一方面，在西方文论和个性解放思潮的影响下，许多作家忽视了对外部生活事件的叙写而追求内转，甚至于不惜"牺牲了动作的描写而移注意于人物心理变化的描写"。③ 这正如有论者对"五四""抒情诗小说"所做的概括："小说可以有各种各样的做法，不一定要讲故事，不一定要有头有尾，不一定要有高潮和结局，不一定要布局曲折动人。一句话，不一定要以情节为结构中心。"④ 朱自清曾经对这种现象表示过不满："小说也不注重故事或情节了，它的使命比诗更见分明。它可以不靠描写，只靠对话，说出所要说的。"⑤ 除此之外，小说的情节性由于其附带的趣味消遣特质，长期被视为一种"原罪"。纵观"五四"以来新文学阵营内的批评话语，也大多有意识地忽略情节或直接对之加以指责，这正如刘半农讽刺以往小说总是以情节来"迎合社会心理"："起初一个闷葫芦，深藏密闭，直到临了才打破，方为上乘。"⑥ 如果立足于这样的语境再来反观朱自清的文学通俗化主张，便可知其观点正是对部分新文学作品轻视、淡化情节的纠偏，也更能体会到它的难能可贵。

---

① 佩弦：《短诗与长诗》，《诗》1922年第1卷第4期，第47页。
② 朱自清：《论百读不厌》，《文讯》1947年第7卷第5期，第229页。
③ 沈雁冰：《人物的研究》，《小说月报》1925年第16卷第3期。
④ 陈平原：《中国小说叙事模式的转变》，北京大学出版社，2010，第96页。
⑤ 朱自清：《论百读不厌》，《文讯》1947年第7卷第5期，第230页。
⑥ 刘半农：《诗与小说精神上之革新》，《新青年》1917年第3卷第5期。

3. 注重音韵：诗歌的通俗化

中国古代诗歌由于长期受到格律、押韵等形式上诸多因素的限制，难以融入过于丰富的社会生活，逐渐形成了轻叙事而重感兴的传统，虽说其间也出现过诸如《陌上桑》《孔雀东南飞》《木兰诗》等叙事诗杰作，但毕竟只占极少数而并非主流，况且与西方叙事长诗相比篇幅较短，难免显出内容上的贫弱。这些都使得诗歌作品的情节性较弱，趣味性较低，崇尚深沉含蓄，只能为少部分艺术修养较高者所欣赏。朱自清对此现象也有自己的思考，他认为诗歌毕竟有别于小说，要能够实现与俗相通就必须要借助音韵，对此他曾明确表示"诗文主要是靠了声调，小说主要是靠了情节"①。朱自清显然意识到诗歌自身的抒情传统过于强大，文本特性也并非以叙事见长，如果强作要求反而会失去文体自身的特质，因此他希望借助"声调"来弥补因情节先天性贫弱所失去的一部分趣味性。

朱自清很早便开始关注新诗的音乐化实践，肯定其中的通俗价值。在20世纪20年代初他曾极力赞成给新诗配乐，并密切关注到赵元任在《国语留声机片课本》（1922）中为郑振铎的《我是少年》一诗谱曲。他曾先后多次前往现场听赵氏演唱新诗，其中不乏印象深刻的回忆："这回他在一个近千人的会场里，唱了两首新诗；弹琴的是另一个人。这或因他不用分心弹琴之故，或因乐曲之故，或因原诗之故：他唱的确乎是与往日不同。他唱的是刘半农先生的《教我如何不想他?》和徐志摩先生的《海韵》……因了赵先生一唱，在我们心里增加了某种价值，是无疑的。"②这种"增加的价值"虽未明说，但可以肯定其中必然包括音乐性的融入所带来的新诗普及的价值。如果不是赵元任的谱曲与演唱，怎能收到"近千人"同场欣赏新诗的效果？更何况到场的"近千人"中除去知识阶层以外，应该也不乏参与进来的普通人！难怪朱自清会希望出现更多这样的配乐诗，用他自己的话来说："这种新乐曲即使暂时不能像皮黄一般普及于民众，但普及于新生社会和知识阶级，是并不难的。那时新诗便有了音乐的基础；它的价值也便可渐渐确定。"③

在此后的时期里，朱自清对音乐入诗的通俗机理又做了进一步的思考

---

① 朱自清：《论百读不厌》，《文讯》1947 年第 7 卷第 5 期，第 229 页。
② 佩弦：《唱新诗等等》，《语丝》1927 年第 154 期，第 3 - 4 页。
③ 佩弦：《唱新诗等等》，《语丝》1927 年第 154 期，第 4 页。

与阐述。一方面，他认为音乐相较于文字更具优势，欣赏音乐甚至不需要达到识字的教育程度，音乐带给人的享受是更直接的本能享受。正如朱光潜所说："音乐直接打动感官，引起生理的反应，所以感人最普及而深入。"① 朱自清和朱光潜的观点不谋而合，他认为小调和吟诵由于"直接诉诸听觉"，所以能够"唤起普遍的趣味和快感"②，因此读者在欣赏诗歌时"一向以音乐性为主，所以对韵文的要求大"③。除此以外，他还认识到多数读者对作品音乐性的需求能够压倒其中的文字内容，以至于在吟诵时主要是"从那吟诵的声调或吟诵的音乐得到趣味或快感"，即便不理解词句的意义也无碍。④ 另一方面，朱自清还对诗、词、曲由雅而俗的历史发展过程进行推演，以此证明音乐在其中所起的决定性作用。他认为诗歌的雅化就在于其脱离了音乐，而词能够做到"雅俗共赏"正在于它的"音乐性太重"，所以文人雅士们始终无法将之彻底雅化，至于曲则"一直配合着音乐"，所以"雅化更难，地位也就更低，还低于词一等"⑤。在他看来，正是词和曲自身的音乐元素使它们能够避免被文人雅化的命运，从而比诗更易于接受，也就更加通俗，至于其中的文辞在一般读者那里反而是无关轻重的。在此基础之上再来考察柳永、关汉卿等人的作品，其中虽说不乏一些并不通俗的段落，但仍然能够流行于当时的市民社会，这不能不说有音乐的一份功劳。

4. 坚守底线："纯正、博大的趣味"与"俗不伤雅"

成仿吾曾经对民众艺术加以批评，认为其只是"近于原始时代的东西"，只注重"浅薄的娱乐与低级的教化"，因而够不上艺术的标准。⑥ 这种论断虽说有些武断，但仍然客观地反映出一部分问题。就形式而言，它们虽说简单、质朴，易于被人们理解，但难免也会因为过于原始而流于粗鄙、疏漏；就内容而言，它们虽说新鲜、活泼，易于被人们喜爱，但难免也会因为过于注重娱乐消遣而流于单纯的油滑、享乐，甚至低级趣味。由此可见，如果仅仅是为了迎合、取悦普通读者，一味地从事诸如"某生

---

① 朱光潜：《音乐与教育》，《读书选刊》1943年第2集中册，第239页。
② 朱自清：《论百读不厌》，《文讯》1947年第7卷第5期，第229页。
③ 朱自清：《论通俗化》，《现代文摘》1947年第1卷第3期，第71页。
④ 朱自清：《论百读不厌》，《文讯》1947年第7卷第5期，第229页。
⑤ 朱自清：《论雅俗共赏》，《朱自清全集》第3卷，江苏教育出版社，1996，第223页。
⑥ 成仿吾：《民众艺术》，《创造周报》1924年第47期，第2页。

体"或"才子佳人"式的"非个人风格"的模式化写作，单一地追求叙事类作品的趣味与情节，过度地注重诗歌音乐性所带来的感官享受，便会丧失文学的品格与作家的底线，从而偏离文学通俗化的正当路径，转而走向低层次的通俗："迎俗"甚至"媚俗"。针对这种可能发生的情况，朱自清在 20 世纪 20 年代便提出"以纯正的、博大的趣味，替代旧有读物、戏剧等底不洁的、偏狭的趣味"。① 在提倡新文学作家对原有民间文艺进行搜辑、改编、再创作的同时，他曾经从多个方面提出指导意见：从改编的宗旨来说，应兼顾趣味与理性，以期通过对原有作品的改造"使它们变为纯净，便都很再有传播底价值"②；从改编的态度来说，要以"郑重不苟的态度"将旧材料"依新方法排列"，绝不容许受到低俗内容的影响而"带一毫游戏底意味"③；从改编的限度来说，幅度不能过大，对内容的修改应做到"只比原作进一步、两步"，形式上则"以少加变动为是"，否则"人家就不请教了"。④ 这些都能够说明朱自清在注重文学作品娱乐消遣功能的同时并没有忘记文学自身的严肃性与肩负的启蒙使命，而它们也正是"纯正、博大趣味"的具体表现。

进入 20 世纪 40 年代以后，朱自清在"纯正、博大的趣味"的基础上提出了"俗不伤雅"的美学原则，这正是其早期文学思想逐步发展的结果。朱自清认为："在雅方得降低一些，在俗方也得提高一些，要'俗不伤雅'才成；雅方看来太俗，以至于'俗不可耐'的，是不能'共赏'的。"⑤ 显而易见，文学作品在通俗的基础上必须融入雅的元素才能提升自身的质量而不显得庸俗，进而被雅的一方所接受，而这雅的元素正指向"纯正的、博大的趣味"。朱自清曾对"纯正"有过进一步阐释，他认为"纯"就是在写作和阅读时都不杂有功利性的实际目的，只取"无关心"的态度，"正"就是正经、认真或严肃，并且严肃和"真的幽默"并不冲突。⑥ 众所周知，旧读物中往往含有色情、油滑的内容，它们大多是作者出于讨好读者而刻意"塞"入其中的游戏笔墨，"纯正"的趣味正是针对

---

① 朱自清：《民众文学底讨论（续）》，《文学旬刊》1922 年 2 月 1 日第 27 期，第 3 版。
② 朱自清：《民众文学的讨论》，《文学旬刊》1922 年 1 月 21 日第 26 期，第 4 版。
③ 朱自清：《民众文学底讨论（续）》，《文学旬刊》1922 年 2 月 1 日第 27 期，第 2 版。
④ 朱自清：《民众文学底讨论（续）》，《文学旬刊》1922 年 2 月 1 日第 27 期，第 2 版。
⑤ 朱自清：《论雅俗共赏》，《朱自清全集》第 3 卷，江苏教育出版社，1996，第 224 页。
⑥ 朱自清：《低级趣味》，《朱自清全集》第 3 卷，江苏教育出版社，1996，第 169－170 页。

这一点提出的。就"博大"而言，朱自清本人虽未有过直接的阐释，但就词义来说，它强调的是作家在创作中应该向读者提供多样化的趣味，而不应该仅仅局限于某一种趣味。朱光潜说过："涉猎愈广博，偏见愈减少，趣味亦愈纯正。"① 就这一点看来，"博大的趣味"能够帮助读者克服精神上的狭隘与短视，可以说正是"纯正的趣味"的形成因素之一。

那么如何让"纯正、博大的趣味"融入作品，进而实现"俗不伤雅"呢？朱自清认为作家在创作中应该在情节性、趣味性的基础上融入含有进步性的思想内容，使普通读者既能够获得消遣，又能够受到潜移默化的教育。除此之外，作家还应该尽量选取那些能够引起读者共鸣的题材内容，以便引发他们对严肃问题的思考。朱自清认为《西厢记》与《水浒传》是雅俗共赏的典范，因为作品在顾及"趣味"与"快感"的同时保持了思想的正确，说出了不同层次读者心中"想说而不敢说的"。② 《西厢记》表现的是"人之大欲"，在古时被视为淫书；《水浒传》叙述的是落草的梁山泊英雄与官府之间的故事，情节紧张而激烈，这些元素都能够让读者感到趣味，获得消遣。除此之外，《西厢记》表达了青年男女冲破传统礼教的愿望，《水浒传》更是道出了普通百姓"官逼民反"的心声，这两部作品的内容无疑也能够引发身处封建社会且饱受礼教与专制压迫的读者们的共鸣。这些都是作品中随俗的部分，但并不妨害二者所包含的反封建、反礼教、反强权的思想内容，相反还会促进此类思想在读者中的传播与接受，正体现了雅与俗的融合。了解这一点，便不难洞察二者在封建社会长期被列为禁书的根本原因了。总而言之，朱自清在注重文学作品娱乐消遣功能的同时追求"纯正、博大的趣味"，从而达到"俗不伤雅"的境界。

纵观朱自清的著作可以发现，其文学通俗化思想中的一部分虽说阐发于 20 世纪 40 年代，但它们的根脉又都孕育于早年的人生经历，生发于"五四"文坛。从 20 年代的《民众文学谈》《民众文学的讨论》《文艺之力》到 40 年代的《论严肃》《论通俗化》《论雅俗共赏》，这位学者型作家始终保持着对新文学通俗化问题的思考。这种思考甚至是全方位的，以至于超出文本范畴而进入书籍印刷、销售层面。在 20 年代初，为了让新文学争取更多的旧文学读者，他还建议按照当时"下等"小说的格式去印

---

① 朱光潜：《谈趣味》，《朱光潜全集》第 3 卷，安徽教育出版社，1987，第 348 页。
② 朱自清：《论雅俗共赏》，《朱自清全集》第 3 卷，江苏教育出版社，1996，第 225 页。

刷新文学作品，甚至提议让新文学中人主动联系发行"下等"小说的书局和销售"下等"小说的书贩，托他们代卖作品，以便让旧文学读者看了"不疑"。① 对于新文学的通俗化来说，这些建议都是非常可行的。除了全方位的思考外，朱自清的文学通俗化思想还具有起步早、注重自身修为、强调辩证思维和可操作性强等特点，在那个大谈理论与主义的时期，朱自清能够立足社会现状，降低身段，提出"接地气"而不乏可操作性的做法，就更显得难能可贵。

小　结

综合本章所述，纵然部分五四新文学作品存在文本层面的通俗障碍，然而对于另一部分作品而言，关于它们的"非通俗"想象则极有可能被夸大了，其背后的原因是异常复杂的：一方面，前者的文本特性有可能引发人们对后者的"非通俗"想象；另一方面，一些文本外因素同样也可能起到误导作用，这其中就包括市场惯性、销售渠道、地域交通、出版物定价等外在原因所造成的沟通障碍，新、旧派别对立的历史遗留问题所带来的感知误区，新文学内部同行评议与身份维护对文本接受所产生的消极影响等，这些都无疑会对通俗性构成压抑。除此之外更加不容忽视的是，在新文学群体内部极具影响力的主流话语面前，多数个体都会有意识地选择赞同与附和以避免由于单独持有某些信念或态度而受到孤立，也正是鉴于此，包括朱自清在内的一部分成员以零散、微弱的话语形态代其他成员说出了心中认可却不便表明的观点。然而对于多数作家而言，观点层面的沉默状态也并非能够完全反映事实情况，这是因为他们所赞同与附和的主流审美/创作标准有时候并不能完全统摄其创作风貌，从而体现出舆论导向力量在文学创作中的有限性。五四新文学作品是否有可能降低些许接受的门槛，缩短一定的审美距离，减小一些阅读的难度，增加一点限度范围内的趣味性，从而做到与俗相通呢？这正是下文要探讨的问题。

---

① 朱自清：《民众文学谈》，《时事新报·文学旬刊》（双十增刊）1921 年 10 月 10 日。

第三章
五四新文学内部的通俗元素

关于五四新文学的一个传统看法是它们超凡卓绝且充满了个性化特质，这得益于"'五四'时期是提倡个性解放，鼓励个性发展的年代，自然为创作的多方面个性化自由发展提供了肥沃的土壤"。① 然而本章所要讨论的问题却关乎"共性"，这不仅仅是因为当区别于传统的个性化成为一种普遍的时代追求时便暗含丧失个性的危险，更是因为绝大多数作品的个性化都"犹有所待"② 而并非彻底的"自由发展"。正如萨特认为写作是为了召唤读者并"向读者吁求"③，辛克莱尔甚至宣称一切艺术都是"普遍而不可避免的宣传"④，他们的观点虽未必完全正确，却也道出了大部分作品的共有特质——功利性。虽然新文学理论家也曾明确维护文学的独立价值以反对这种基于读者本位的功利性，认为理想的文学不应以"传道"和"娱乐"为目的，而应"把自己的观察，的感觉，的情绪自然的写了出来"⑤，但是一旦涉及创作层面，这种约束便难以产生效力，处于特定时代背景中的五四文学更是如此：一方面，其被认为是一种可以用作唤醒读者进而改良社会的工具；另一方面，作为既存场域的挑战者，新文学也迫切需要采取某些策略来争取读者。具体来说，以"为人生"为宗旨

① 钱理群，等：《中国现代文学三十年》，北京大学出版社，1998，第40页。
② 孙通海译注：《庄子》，中华书局，2017，第9页。
③ 萨特：《为何写作》，伍蠡甫，等编《西方文艺理论名著选编（下卷）》，北京大学出版社，1987，第99页。
④ 辛克莱尔：《拜金艺术（艺术之经济学的研究）》，冯乃超译，《文化批判》1928年第2期，第87页。
⑤ 西谛：《新文学观的建设》，《文学旬刊》1922年5月11日第37期，第1版。

的前者立足于"改变"读者，因而带有鲜明的启蒙意图，这正如周作人对启蒙功利性压抑创作个性的敏锐判断：作者如果过度追求社会价值便会"抹杀自己"，只有将心中所想自然地加以表达才是"一切文艺存在的根据"①；相较而言，后者"为艺术"的提法则近乎一种"吸引"读者的高调，本质上是功利性创作的另一个方向，而"为艺术而艺术"这一极具诱惑力的口号背后所蕴含的媚俗危险却极易为人所忽视。周作人在早期便颇有预见地注意到创作中的这两种功利化倾向，他通过对二者的双向否定以提出自己的"以艺术的方法表达对人生的情思"的"人生的艺术派"的文学观，并因此而获得声名。② 综上所述，虽说群体中的一部分声音表现出对创作功利性的排斥，但"为"了某个目标而创作仍然是更加普遍的情况，无论是文学研究会"为人生"的文学还是创造社"为艺术"的文学，都没有达到前述之"自然"境界。

功利写作现象的客观存在也间接决定了本章的写作思路与行文框架，即以创作动机为标准对新文学作品进行类型区分，进而指认、分析不同类型中文本的通俗元素，力求脉络化地呈现其背后的通俗机制。当然，这种基于动机差异与类型区分的通俗性研究也有其复杂性：一方面，部分作品的创作动机往往含混而不够清晰；另一方面，某些表现出相同或相似通俗面貌的文本也有可能是由完全相异的动机所主导，甚至于其本身就是作者个性气质所促生的创作/审美追求的自然表达，这些也都应该被纳入论述的范围。

第一节　启蒙本位的简单化追求

历史已经一再证明，当一个民族国家处于内外交困的不利环境时，底层的力量便会愈发受到重视，因此民粹主义常常与民族主义结伴而行。正如晚清革命作家以多种民间文学样式所进行的创作实践，包括《逐满歌》（章炳麟）、《精卫石》（秋瑾）、《新山歌》（敖嘉熊）、《猛回头》（陈天

---

① 周作人：《自己的园地序》，《晨报副刊·文学旬刊》1923年8月1日第7期，第4版。
② 周作人：《新文学的要求（1920年1月6日在北平少年学会讲演）》，《晨报》1920年1月8日。

华）在内的一系列文本都带有宣传、鼓动民众的强烈意图。① "五四" 文学则提供了 "内外交困" 的另一个典型范本，相较于激进的晚清作品，新文学将启蒙作为一种相对间接、含蓄的救亡手段也就变得不难理解。鲁迅的动机便颇具代表性，在谈及创作小说的原因时他就明确表示 "不过想利用他的力量来改良社会"②，而随之所产生的功利性写作也就无法避免。

正如第一章所述，简单化是通俗文本在信息沟通层面不可或缺的前提，而这也正是启蒙话语能够发挥效力的必要条件。在启蒙者看来，启蒙话语必须简单明确，这是因为知识精英眼中的启蒙对象往往心智低下，必须通过对话语难度的控制方能获得成效，这正如康德认为启蒙的实质在于启迪蒙昧，即将那些处于 "未成熟状态" 的人们从迷信与偏见中解救出来。③ 而笛卡儿之所以备受 17 世纪启蒙主义者的推崇，其原因也正在于他所持 "理性主义" 对于思维明晰性的强调符合了启蒙话语的简单要求：获取知识的原则就在于 "非常清楚"，对于知识的推演应该做到 "没有一个环节不十分明显"。④ 除此以外，晚清学者也认为取 "童稚可通" 的 "浅显易能之词" 为实现 "初级之开明" 的前提条件。⑤ 以上所示便足以说明启蒙话语的原则之一在于追求明白与清晰，排斥模糊与含混，其本质上是一种对简单化的要求。"五四" 中人对此显然也表示认同，鲁迅便立足于启蒙者层面，认为要实现启蒙，首先就必须做到让一般大众 "能懂"⑥，俞平伯则立足于接受层面在诗歌中生动揣摩了启蒙对象的心理，认为他们无法理解高深的内容，以至于 "哲学底话使我笑，文学底话使我怕，科学底话使我厌"，因而 "谁底话我听得懂，谁底话我爱听，谁就是我底友"⑦。二者对 "懂" 的强调正是简单化的外在表现，即便这极有可能建立在牺牲事物原有部分复杂性的基础之上。由此可以推知，作为五四时期启蒙话语的一个重要类型，新文学作品中的一部分必然会表现出 "明白清

---

① 钟敬文：《民间文艺学及其历史》，山东教育出版社，1998，第 315－342 页。
② 鲁迅：《我怎么做起小说来》，《鲁迅全集》第 4 卷，人民文学出版社，2005，第 525 页。
③ 康德：《对这个问题的一个回答：什么是启蒙?》，詹姆斯·施密特编《启蒙运动与现代性——18 世纪与 20 世纪的对话》，徐向东，等译，上海人民出版社，2005，第 61 页。
④ 笛卡儿：《附录一·笔者写给本书译者的信，可以放在书前当序用》，《谈谈方法》，王太庆译，商务印书馆，2000，第 62 页。
⑤ 高尚缙：《万国演义序》，《近代文论选（上）》，人民文学出版社，1959，第 254 页。
⑥ 鲁迅：《连环图画琐谈》，《鲁迅全集》第 6 卷，人民文学出版社，2005，第 28 页。
⑦ 俞平伯：《呓语》，《小说月报》1923 年第 14 卷第 2 期。

楚"的简单化特质，而这也正满足了通俗文本在信息沟通层面的内在要求。更为具体地说，立足于启蒙的简单追求在文本中至少体现在以下一些方面。

一、以理造事与以事明理

正如茅盾对"作者对于文学所抱态度"的强调①，"五四"作家明确否定传统的"载道"文学，但部分人的思维方式并没有改变，文学被认为要为人生提供有益的指导，而这在本质上便是另一种"载道"。郭沫若在回顾文学革命时认为，五四文学只是以近代资本主义社会天赋人权的自由平等之道代替传统封建社会中的纲常伦教、忠孝节义之道，是另一种"载道"的文学。② 一方面，对于"道"的重视使得部分作者追求思想价值的灌输，倾向于从某种有益的理念出发来进行材料的选择与内容的构思，从而在创作方法层面表现出较为明显的以主题先行为特征的启蒙功利性。鲁迅便曾坦言在创作中通过对事迹的"改造"与"生发"，以便能够"完全发表我的意思"。③ 除此以外，茅盾在 20 世纪 40 年代对《春蚕》构思过程的说明也充分印证了这一点，他承认作品的主题来自对"帝国主义的经济侵略以及国内政治的混乱"所造成的农村破产的认识，是在主题确定之后才"处理人物，构造故事"的，并且这种做法虽说"有利亦有弊"却一直存在。④ 主题先行的构思方式无疑接近于传统，周德清说："未造其语，先立其意，语、意俱高为上。"⑤ 主张"作文一篇定有一篇之主脑"的李渔也认为"心之所至，笔亦至焉"，而一些绝妙文章虽说看似浑然天成，却实有"鬼物主持其间"。⑥ 另一方面，创作方法中的主题先行也进一步在文本层面施加影响，具体表现为部分作品的主题异常鲜明，内容则规避模糊与含混，并倾向于通过事实的呈现来传达思想理念，随之而来的是便于让读者领会重点与意图的有计划且结构分明的叙事方式，而这同样也是通俗特质的体现。总而言之，植根于启蒙的"载道"思维使得部分新

---

① 沈雁冰：《自然主义与中国现代小说》，《小说月报》1922 年第 13 卷第 7 期。
② 郭沫若：《文学革命之回顾》，《郭沫若全集》第 16 卷，人民文学出版社，1989，第 86 页。
③ 鲁迅：《我怎么做起小说来》，《鲁迅全集》第 4 卷，人民文学出版社，2005，第 527 页。
④ 茅盾：《我怎样写春蚕》，《茅盾全集》第 23 卷，人民文学出版社，1996，第 210 页。
⑤ 周德清：《中原音韵·作词十法》。
⑥ 李渔：《闲情偶寄》，中国社会出版社，2005，第 409 页。

文学作品表现出创作方法上"以理造事"与创作内容上"以事明理"的双重特征，其中所包含的简单化倾向也让作为"俗"的一般读者群体更易于接受。

最适合通过"事实"说明道理的文体无疑是小说，因此"问题小说"作为新文学小说创作的第一个高潮便不难理解。在此需要加以区分的是，尽管一部分作品以前述"看、思、谈"的方式展开行文，"五四"问题小说中同样存在许多作品从某个问题出发选择、组织材料，进而以具体情节的叙述表明作者的观点与态度。两者的根本差异在于，前者侧重于通过人物的交谈与思考直接呈现问题，后者则依靠事件对问题加以演绎，从而构成了问题小说的另一脉络。问题小说的起源可以直接追溯到《狂人日记》，尽管作品自身由于"表现的深切和格式的特别"①而通常并不处于问题小说的讨论范畴之内，然而其问题意识是显然的，正如作者本人所说："原意其实只不过想将这示给读者，提出一些问题而已，并不是为了当时的文学家之所谓艺术。"②正因如此，作者也绝不会容许文本中"淡淡的象征主义色彩"③压抑其传达启蒙思想时的明晰度，并进而以近乎直露的方式展示狂人的"研究"成果："仁义道德"与"吃人"④，而基于事件分析的心理描写也因清晰的内在逻辑并不会令人难以接受。除此以外，狂人"困兽犹斗"的情节模式与对真相的执着探寻，以及文本营造的诡异而充满危机感的氛围无疑能够吸引读者的阅读兴趣，其中的悬念设置与一些侦探小说相比也不落下风，正如有学者认为逐步解开秘密的叙述方法对"五四"作家同样具有颇大的吸引力。⑤然而也必须要承认，区别于《狂人日记》所提供的深层解读与多元探索的可能性，部分问题小说虽说在"以理造事"中避免了阅读过程的枯燥乏味，却也大多存在着简单化倾向。对此茅盾曾有过中肯的评价："过于认定小说是宣传某种思想的工具，凭空想象出一些人事来迁就他的本意，目的只是把胸中的话畅畅快快吐出来便了；结果思想上虽或可说是成功，艺术上实无可取。"⑥

---

① 鲁迅：《中国新文学大系·小说二集·序》，《鲁迅全集》第6卷，人民文学出版社，2005，第246页。
② 鲁迅：《英译本〈短篇小说选集〉自序》，《鲁迅全集》第7卷，人民文学出版社，2005，第411—412页。
③ 雁冰：《读〈呐喊〉》，《文学旬刊》1923年10月8日第91期，第2版。
④ 鲁迅：《狂人日记》，《鲁迅全集》第1卷，人民文学出版社，2005，第447页。
⑤ 陈平原：《中国小说叙事模式的转变》，北京大学出版社，2010，第50页。
⑥ 沈雁冰：《自然主义与中国现代小说》，《小说月报》1922年第13卷第7期。

在反映社会问题方面，作家往往立足于社会某方面的缺陷进行材料的搜罗、想象、编织，从而导致作品的主题异常鲜明且教谕色彩浓厚，却丧失了情感的真切动人。除此以外，部分作者由于要迁就主题而不得不放弃阅历所长，转而去选择书写自身并不熟悉的题材，这便导致叙述的事实仅停留在表象层面而无法深入，难怪部分作品得到"千篇一律""平凡、浅薄、无余味"① 或"采取的材料非常随便""专描事情的外相而不能表现出内在的真际"等评价。② 茅盾甚至断言："想描写社会黑暗方面的人，很执着的只在'社会黑暗'四个字上做文章，一定不会做出好文章来的。"③ 在反映人生方面，部分作家将诸种人生问题以事例的方式加以铺陈，尽管较为明晰地传达了思想理念，但这种观念本位式写法的最大弊病就在于过度注重理式而无法写出人物的厚度与复杂性，从而使文本在一定程度上表现出重事件叙述而轻人物塑造的倾向。老舍在谈及小说创作中人与事的相互关系时曾认为，如果以事实主导，就必须让人心在事实中得到体现，只有如此才能实现"心灵与事实的循环运动"。④ 然而反观五四时期反映人生的问题小说，对事实的运用则大多服务于"问题"而忽略了"人生"，从而致使作品虚假而不够亲切。这就难怪有人指责当时的部分作家执着于各种问题与主义而"被蒙蔽了眼睛"，自以为是先觉者却"觉不出生活的真相"。⑤

问题小说作者对事实的偏爱是显然的，这不仅是因为"以事明理"作为启蒙手段的直接与高效，也是因为其作为一种创作模式对于多数初出茅庐的作者而言更加容易掌握与实施，所以可以看到部分缺乏技巧的作品直接明示读者所述为他人之事，以便最大限度地为情节的虚构扫除障碍：

> 他说，"这话说来狠长，只怕你不爱听。"我说我最爱听。他叹了一口气，点着一根纸烟，慢慢的说。以下都是他的话。⑥
> 这篇所述的是我一个朋友一生的事。⑦

---

① 郑振铎：《平凡与纤巧》，《小说月报》1921 年第 12 卷第 7 期。
② 叶绍钧：《创作的要素》，《小说月报》1921 年第 12 卷第 7 期。
③ 沈雁冰：《自然主义与中国现代小说》，《小说月报》1922 年第 13 卷第 7 期。
④ 老舍：《事实的运用》，《老舍全集》第 16 卷，人民文学出版社，2013，第 222 页。
⑤ 汪敬熙：《致沈雁冰》，《小说月报》1922 年第 13 卷第 7 期。
⑥ 适：《一个问题》，《每周评论》1919 年 7 月 27 日第 32 期，第 2 版。
⑦ 汪敬熙：《谁使为之》，《新潮》1919 年第 1 卷第 1 期。

作家在小说中异常直露地营造了叙述故事的情境，其根本目的还在于操控情节，以便用最明晰的方式演绎问题与灌输思想，正如在《一个问题》中胡适通过对学生时期"很有豪气"的朱子平在步入社会后经历谋职、娶妻、生子、养家并逐渐平庸的叙述引发读者对社会与人生的思考："人生在世，究竟是为什么的？"《谁使为之》同样如此，汪敬熙通过叙述一个做小官的朋友在烦琐的日常工作与家庭事务中逐渐消沉并最终抑郁病死的悲剧将读者引向对"究竟是谁使他的一生的精力都白用"这一问题的思考。《这也是个人》① 则紧扣"悲惨"做文章，从"伊"自幼被家人嫌弃到出嫁后丧子与遭婆家虐待，再到出逃做佣妇，最后因丧夫回到婆家被转卖，处处都围绕"惨"字展开构思，引导读者关注穷困生活中的妇女地位问题。上述文本的共性就在于仅在作者所要传达的某一点上集中用力，正如鲁迅在 20 世纪 30 年代所评价的："技术是幼稚的，往往留存着旧小说上的写法和情调；而且平铺直叙，一泻无余；或者过于巧合，在一刹时中，在一个人上，会聚集了一切难堪的不幸。"② 当然，"以事明理"的缺陷还不仅于此，部分作者为了宣传思想与灌输理念甚至违背惯有逻辑，致使所造之事欠缺真实与自然。《超人》③ 中的何彬是一个信奉"爱和怜悯都是恶"的尼采哲学的追随者，却仅因禄儿的呻吟而想到了母亲，并最终被撬动了心房，目光也变得"充满了爱"。人物思想前后的巨大反差源于对何彬"冷心肠"形象的极度渲染，作者对所宣传的母爱之力的过度自信则致使何彬的转变缺少足够的铺垫，这些都体现出理念对情节的操控力量，文本在确保作品主题简单明确的同时却也让读者感到不够真实。类似的情况还存在于《微笑》④ 中，"手段最辣心里最厉害"的许姓女子因先后谋害胡二及其原配而被判无期徒刑，却因在狱中得到教会女医生的救治而被感化，成为一个向"所有的人，与一切的云霞，树木，花草，以及枝头的小鸟"微笑的"最聪明最彻底与能看破一切"的妇人，而她的一次微笑竟然能够让桀骜不驯、仇视一切的盗窃犯阿根在出狱后成为"有些知识的工人"。作者为了突出"微笑"背后的爱与美之力，有意识地将人物

---

① 叶绍钧：《这也是个人》，《新潮》1919 年第 1 卷第 3 期。
② 鲁迅：《中国新文学大系·小说二集·序》，《鲁迅全集》第 6 卷，人民文学出版社，2005，第 247 页。
③ 冰心：《超人》，《小说月报》1921 年第 12 卷第 4 期。
④ 王统照：《微笑》，《小说月报》1922 年第 13 卷第 9 期。

设置为其对立面——罪犯，并详细交代犯人之丑——罪行，两名犯人前后的巨大转变使得叙事中的主观想象超出了客观写实的界限，理念的纯净在确保主题鲜明的同时也造成了文本真实性的欠缺。总而言之，在"以理造事"时注重"明理"而较少顾及叙事逻辑的现象在问题小说中并不鲜见。

作为现代小说早期的一种潮流，问题小说持续的时间并不长，但问题思维作为一种烙印在之后的作品中得到延续。可以推知的是，作品反映问题的意图越迫切，其简单化的倾向就越明显。虽然新文学理论家一再对问题本位的创作方式加以纠偏，但他们所从事的文学活动有时候仍会起到反向的推波助澜作用，郑振铎便在一次有组织的创作"号召"中违背了自己的"新文学观"。为了纪念始于1914年7月的第一次世界大战结束10周年，郑氏在《小说月报》中发起"非战文学"的征文①，并计划发行"非战文学专号"，主要刊载于1924年7、8月《小说月报》上的战争题材作品便是征文的产物。征文这种形式无疑是值得注意的，在改版后的一段时期，茅盾曾弃置了原先仅存于旧版《小说月报》中的主题定向的征文方式，因为这种征集方式的产物被认为包含着编造、游戏为文的危险，也极有可能妨碍作家内心的自然表达，据此甚至很容易令人联想到"赛文会"这种古老的游戏作文形式。事实上茅盾在接手编辑刊物后的第五个月也曾以"风雨之下"为题征集过短篇小说与诗歌②，但由于"风雨"的意蕴极度宽泛，能够容许不同作者结合自身经验写出各自人生中的"风雨"，因此并不含有过强的写作功利性与启蒙暗示。相较而言，以"非战"为主题的征文则无疑将题材的选择范围限定得过于窄小，考虑到创作构思、稿件邮寄、编辑审稿、刊物编排等诸多因素，征文所给予的创作时间并不宽裕，并且作家大多缺乏战场经历，因此征文本身就蕴含着极强的"以理造事"的暗示性，即通过情节的编造来说明"非战"的道理，而这正与民国旧派刊物中的"夺标小说"与"二十四孝"故事之类的主题极度鲜明却虚构痕迹极度明显的文本相类似。《梅岭上的云烟》③表现出极强的编

---

① 具体表述为："明年的本志，拟出两个专号，一为拜伦（Byron）的百年纪念号，在四月出版，一为'非战文学号'，在六七月左右出版。"见《小说月报》1923年第14卷第12期的"最后一页"。又如："七月出版的'非战文学号'极希望读者诸君能够多赐些稿件来。创作尤为欢迎。"见《小说月报》1924年第15卷第2期的"最后一页"。

② 《本刊第一次特别征文》，《小说月报》1921年第12卷第5期。

③ 蒋用宏：《梅岭上的云烟》，《小说月报》1924年第15卷第8期。

故事倾向，小说以在部队做连长的"我"的所见所为竭力说明兵士的残酷与荒唐，从战前抢劫、杀人、强奸、抓丁到战时同一阵营中的人为报私仇而趁乱互相射杀，兵士们仿佛无恶不作，从中可以很明显地感到作者是在以问题为中心虚构情节；除此之外，文本的教谕色彩则在三封信中得到强化，作者缺乏技巧地操控人物两次从死伤士兵那里获取家人的信件，甚至在结尾安排其阅读自己的家信而得知弟弟战死、家宅被毁、妻儿失踪的消息，极度的巧合性正是作者为了理念灌输而进行主观强制叙事的产物。《途中》① 则设法创造交谈情境，让放假归家的学生兄弟俩在旅途的野店里巧遇两个同乡的败兵，通过野店主妇对兵士的畏惧，以及败兵对残杀老幼与受伤残疾等经历的自供来说明战争的罪恶；行文的编造痕迹同样存在，采取避实就虚的"倾听"叙述策略是为了规避对战场的正面书写以掩盖作者战争经验的匮乏，对败兵手、脚受伤的交代则是为了剥夺他们继续作恶的能力，同乡身份的设置则是为了达成结尾的劝谕效果：兵士托学生带口信给家人以示其悔过态度。"以理造事"的情况在"五四""非战文学"中普遍存在，诸如《一个农夫的话》②《谁哭》③《逃亡者》④ 等作品也都是通过设置"转述"或"亲历"的情境以"实例"的方式明确劝导民众不要去参军打仗。

除此以外，部分作家甚至不惜利用受到批判的"果报"观念以达成理念的灌输，这不仅仅是由于由因及果的思维方式广受信奉，更是因其简单明确，易于为一般读者所理解。赵苕狂曾认为世道险恶而民众的知识水平普遍不高，通过教育培养道德"不是一时三刻所能办到的事"，因而借"旧日因果之说"以"治标"并非"打倒车"⑤，"五四"作家的出发点正与此类似。《一个逃兵》⑥ 叙述了吴得胜在随部队逃窜的过程中血洗南市镇，却因所抢物品太多而独自掉队，最终阴差阳错地落入村民手中接受审判并被活埋的故事；为了说明"因"对于"果"的生发作用，作者着力突出人物的恶行而并未顾及真实性，正如将被害者的残肢与套于其上的金

① 静农：《途中》，《小说月报》1924 年第 15 卷第 8 期。
② 叶伯和：《一个农夫的话》，《小说月报》1924 年第 15 卷第 7 期。
③ 渺世：《谁哭》，《小说月报》1924 年第 15 卷第 8 期。
④ 张闻天：《逃亡者》，《小说月报》1924 年第 15 卷第 10 期。
⑤ 赵苕狂：《征求关于果报的作品及材料缘起》，《红玫瑰》1928 年第 4 卷第 21 期。
⑥ 俍工：《一个逃兵》，《小说月报》1924 年第 15 卷第 8 期。

器一并装入包裹带走的行为本身就是缺乏必要性且令人难以理解的，产生幻觉后被抓的情节也因过于巧合而极具戏剧性；为了凸显文本的教谕作用，作者在结尾操控村长和吴得胜发表"演说"以求为"以暴制暴"的合理性进行辩解。《金耳环》①讲述了羡慕长官指上金戒指的士兵席占魁以敲诈手段将破被褥当了十个大洋后在银楼将耳环误认为戒指买下戴在手上，却仍希望在战时对村庄的洗劫中有更大的"收获"，最终在并不算危险的"第三道防线"中被从天而降的炮弹炸得灰飞烟灭，只剩下一段"皮色灰白"且"中指上套着金耳环"的手臂，其恶有恶报的说教倾向是显然的。作为"以理造事"的一种极端情况，"五四"作家对"果报"观念的利用正是其启蒙迫切意图的外在表现，这种做法不但满足了备受军阀混战之苦的普通人的心理预期，而且以极度简单化的方式传达了"非战"思想。然而如果进一步思考，这种叙事方式的内质正与那些受到新文学中人批判的说教类文本相类似，正如饱受鲁迅批判却为包括不识字的阿长在内的多数人所熟知的"二十四孝"故事②，为了实现对"孝"的灌输，诸如叙事逻辑、内容真实性、道德伦理等其他因素都被认为是可以被忽略而无关紧要的文本维度。

　　"非战文学"热潮后的第二年，征文的发起者郑振铎便对这场并不成功的文学活动展开反思，旨在理念灌输而非内心自然流露的生编硬造的创作方式被认为绝对不会产生"好的文艺"，因为作者心中"并不曾深切的感到战争的凄惨情况"而只不过是"以小说为表达反对战争的一种主张的工具"。③"多看一篇总多一次失望"的茅盾则认为缺陷的根源在于作者缺乏"亲身经历"而仅仅是从逃难人口、医院伤兵、战争电影甚至主观想象中取得素材，并且写作的重点置于相关人物的"心情变幻"而非类似于"此实事也"的情节叙述。④如上所述，动机与阅历对创作的影响不应被低估，而20世纪50年代身负政治任务的老舍在朝鲜战场上仅凭"访问英雄"与"阅读文件"所写出的作品便从反面提供了有力的例证。⑤然而类似的有益观点并不能改变这样的事实：一方面，在一些重大问题/事件发

　　① 叶绍钧：《金耳环》，《小说月报》1924年第15卷第12期。
　　② 鲁迅：《二十四孝图》，《鲁迅全集》第2卷，人民文学出版社，2005，第260页。
　　③ 西谛：《卷首语》，《小说月报》1925年第16卷第3期。
　　④ 玄珠：《现成的希望》，《文学旬刊》1925年3月16日第164期，第1版。
　　⑤ 老舍：《无名高地有了名·后记》，《老舍全集》第6卷，人民文学出版社，2013，第681页。

生时总有部分"五四"作家通过创作展开响应，这不仅包括前述"问题小说"与"非战文学"热潮中的产物，五卅惨案前后民族情绪高涨与阶级冲突激烈所造成的矛盾凸显同样引发了作家关注社会问题的热情，而一些"以理造事"的作品便因此产生并在部分"革命文学"文本中得到更加鲜明的表现，正如蒋光慈、郭沫若等人特定时期小说中所存在的情形；另一方面，在上述重大问题/事件的间隙，"五四"作家对妇女、劳工、教育、迷信、战乱等社会问题的一贯关注，也使得此类"以理造事"的作品在"第一个十年"中源源不断地涌现。

创作中的"问题思维"在此后得到延续，"以理造事"进而"以事明理"的方式由于极强的实用性与可操作性在相当长时期内都很有市场，正如赵树理在新中国成立后还称自己的小说为"问题小说"："我写的小说，都是我下乡工作时在工作中所碰到的问题，感到那个问题不解决会妨碍我们工作的进展，应该把它提出来。"① 除此以外，多数作家并不能达到鲁迅那般纯熟境界，他们在以"理"为中心"造事"的同时较少兼顾到人物塑造、叙事逻辑、内容真实性等其他方面问题，以至于造成作品艺术价值的损失。当然也必须要承认，这部分作品虽说"设计"的痕迹较重，却也因其鲜明的导向性与并不算贫弱的情节满足了通俗文本在信息沟通层面的内在要求。

二、极端情节与极端人物

部分"五四"小说的极端书写源于迫切的启蒙意图，并且有其内在的生发机制：如果创作带有强烈的意图，那么作者为了传达意图就势必会使文本内容具有强烈的倾向性，一切有利于展现意图的元素得到强化，与之无关或相悖的干扰性元素则遭到无视或有意回避，从而致使书写偏于某一"极"而表现出极度明晰化的特征。"五四"作家身处的社会环境，以及多数群体成员所具有的社会责任感与对文学社会功用的信仰，使得他们迫切希望通过创作与启蒙对象沟通，并在对真与假、善与恶、美与丑等价值的辨析中给予明确的指导。除此以外，考虑到现代中国积贫积弱的社会现实与多数作家知识分子式的愤世嫉俗，大部分作品在极端书写时都趋向

---

① 赵树理：《当前创作中的几个问题》，《赵树理文集》第 4 卷，工人出版社，1985，第 1651 页。

"负极"而较少有正面内容的呈现，即通过对假、恶、丑的书写从反向指导读者什么是错的，体现出较为明显的危机意识。与此同时，极端书写在接受层面带来阅读趣味的潜在可能性也不容忽视，这正如狄宝贤所说："观陂塘之乐不如观瀑布，观冬树之乐不如观春花，淋漓则尽致，局促则寡惊，常人之情也。"① 考察特定时期的小说，极端书写的表现如下。

1. 极端化的情节设计

区别于前述以"看、思、谈"为特征的平淡叙事一脉，"五四"小说中同样存在一部分作品以丰富的情节展开行文，通过极端化的情节设计以保证思想的传达，其中又可分为以人物为中心与以事件为中心两种类型。

就人物驱动类而言，作者让"人物领导着事实前进"②，通过对人物的操控以呈现其在不同情境中的表现，进而说明问题或引发思索。这种写法的优势就在于能够最大限度地摆脱情节发展的自身逻辑所造成的牵制，从而让作者可以较少顾虑地专心围绕其意图进行构思，正如瞿世英所述之"自由布局"，即以主人公为中心将"许多不相连接的事情"结合起来。③借助历险记、流浪记形式展开行文的《阿 Q 正传》便是人物驱动类的典型，作者所自陈的"切开心话"④ 的源起实则蕴含着严肃的启蒙意图，即通过集中展示人物之"错"以达成让读者"开心"的效果。除去第一章通过对史传的戏仿介绍人物来历，文本剩余部分的意图导向是显然的。首先，作者急切地围绕"错"设计情节：小说第二、三章立足于精神层面，集中展示人物在应对精神困境时所犯的错误，即以"精神胜利法"应对在打架、赌博中落败后的失落感，以"忘却"或从更弱者身上寻得满足来应对遭受王胡和"假洋鬼子"欺负后的内心耻辱；第四、五、六章从精神层面回归现实，集中展示人物在处理生活问题时所犯的错误，诸如以直露的性诉求处理恋爱问题，以打架处理竞争问题，以偷窃处理谋生问题；第七、八、九章则集中展示人物在对待革命问题时所犯的错误，从"畅想"在革命中获利的动机错误到"投靠"革命被拒转而仇视革命的行为错误，再到最后人物丧命于革命的旋涡之中，而作者也借此完成对革命自身错误

① 楚卿：《论文学上小说之位置》，《新小说》1903 年第 7 期。
② 老舍：《事实的运用》，《老舍全集》第 16 卷，人民文学出版社，2013，第 222 页。
③ 瞿世英：《小说的研究》，《小说月报》1922 年第 13 卷第 8 期。
④ 鲁迅：《〈阿 Q 正传〉的成因》，《北新》1926 年第 18 期。

的反讽。其次，作者展示人物之"错"的意图过于强烈，为了传达叙述意图而刻意置人物于各类情境之中却并未充分顾及情节之间的关联性，这一点可以在不同层面得到印证。一方面，反映同类型"错误"的情节之间关联性较弱：正如第二章所述之被打与赌博之间仅以"假使有钱，他便去压牌宝"① 一句强制扭转，从中不难看出作者认为仅凭"自认虫豸"展示"精神胜利法"还不够充分，因而再续一段以辅之；第三章中被王胡打与挨"哭丧棒"之间也是如此，作者操控人物在挨打后"无所适从的站着"② 以等待来自"假洋鬼子"的第二次羞辱，其目的在于借二者的合力展示"忘却"的力量。另一方面，不同类型"错误"之间的转换同样显得生硬：由精神问题到生活问题的转换尚且不至于太过突兀，这是由于小尼姑事件起到了至关重要的双重作用，其不但展示了人物应对精神困境的错误方式，而且因引发后文的"恋爱悲剧"而直接推动了情节发展；由生活问题到革命问题的转换则存在叙事逻辑上的欠缺，从第七章开头"宣统三年九月十四日——即阿Q将搭连卖给赵白眼的这一天……"③ 一句话中分明能够感到作者为串联前后情节以掩盖这种欠缺所付出的努力，然而情节设置过于刻意所造成的关联性缺失仍然引发了质疑，正如郑振铎认为阿Q与革命产生联系"似乎连作者他自己在最初写作时也是料不到的"。④ 最后，就构成情节链的单一情节来说，往往也存在着缺乏节制的夸大。诸如因赢来的钱被抢而自扇嘴巴、因捉虱子与王胡起冲突而被打、因指间的滑腻而直接对吴妈提出"困觉"的要求等，从中分明可以看出作者为了极力明示人物之"错"而进行极端化的虚构。《阿Q正传》在情节设置上的特征也广泛存在于其他人物驱动类文本之中，诸如《潘先生在难中》⑤《鼻涕阿二》⑥《一个危险的人物》⑦ 等作品也都在不同程度上存在这种倾向，它们的共性就在于充分利用作者操控人物的便捷性与合法性所提供的自由叙事空间，尽可能地虚构那些最能够传达作者意图的情节，从而使情节自身发展逻辑隐没于作者的意图逻辑，这正是情节设计极端化的一种外

---

① 鲁迅：《阿Q正传》，《鲁迅全集》第1卷，人民文学出版社，2005，第517页。
② 鲁迅：《阿Q正传》，《鲁迅全集》第1卷，人民文学出版社，2005，第521页。
③ 鲁迅：《阿Q正传》，《鲁迅全集》第1卷，人民文学出版社，2005，第537页。
④ 西谛：《闲谈〈呐喊〉》，《文学周报》1926年第251期。
⑤ 叶绍钧：《潘先生在难中》，《小说月报》1925年第16卷第1期。
⑥ 许钦文：《鼻涕阿二》，北新书局，1927。
⑦ 鲁彦：《一个危险的人物》，《小说月报》1927年第18卷第10期。

在表现。

除人物驱动类以外，还有一部分作品围绕某个核心事件设计情节，在遵循情节自身发展逻辑的同时通过由情节链构成的整体事件来传达主旨。一方面，为了使启蒙意图传达得更加明晰，作者大多选择或虚构一些具有足够说服力的典型事件展开书写：为了控诉包办婚姻的罪恶，没有什么能比让两个相爱的青年遭受分隔的痛苦更具有说服力①；为了反映科举制度的毒害，没有什么能比让一个经历多次科考失败的人在疯狂迷乱中走向死亡更具有说服力②；为了揭示贫富差距中资本家的为富不仁，没有什么能比富商在汽车压伤穷苦女工后拒绝提供必要的救助更具有说服力③；为了揭露统治者鱼肉百姓的罪恶，没有什么能比农民在抓住窃贼送至官府后反因没有行贿而令自己被诬陷和扣押更具有说服力④……另一方面则更加值得注意，许多作者在书写典型事件的基础上还借助冲突、悬念、巧合、波折、反转等戏剧性元素，以紧张刺激的情节在传达启蒙思想的同时保障了阅读趣味。如《长明灯》⑤围绕"灭灯"与"护灯"的冲突展开情节，通过对"护灯"群体夸张行径的叙述以展示其专制、守旧、自私、愚昧；《司令》⑥则围绕同为"有枪"群体的军阀与团丁之间的冲突展开情节，通过叙述团丁从最初忍气吞声到最终反抗要枪杀司令的过程，控诉了军阀强征壮丁所造成的苦难。《鬼影》⑦以悬念的设置与解除为核心构思情节：小说前半部分叙述了第二天即将进山的"我"在田家集听村民讲述当地的民间鬼怪传说后感到恐惧与疑虑，营造了诡异氛围以设置悬念，后半部分叙述了"我"在九龙山里频繁遇见"鬼影"，最终发现"鬼影"其实是山中庵里因当地军阀、乡绅、官僚的欺辱压迫而正准备出逃的尼姑，这种"鬼—人"情节模式在20世纪40年代延安鲁艺的歌剧作品《白毛女》中也得到了更加充分的运用。《英雄》⑧通过极具巧合性的情节讽刺了上层人物私生活的混乱：进城领饷的张军需在旅馆中误将前来与谢国光司令三

---

① 罗家伦：《是爱情还是苦痛》，《新潮》1919 年第 1 卷第 3 期。
② 鲁迅：《白光》，《东方杂志》1922 年第 19 卷第 13 期。
③ 济明：《寻常的泪》，《小说月报》1924 年第 15 卷第 2 期。
④ 王思玷：《刘并》，《小说月报》1923 年第 14 卷第 2 期。
⑤ 鲁迅：《长明灯》，《民国日报副刊》1925 年 3 月 5、6、7、8 日。
⑥ 王统照：《司令》，《小说月报》1927 年第 18 卷第 2 期。
⑦ 王统照：《鬼影》，《小说月报》1925 年第 16 卷第 10 期。
⑧ 徐元度：《英雄》，《小说月报》1927 年第 18 卷第 11 期。

姨太"吊膀子"的男子当作盗贼抓住后被房客们称为"英雄",却在其后自己取代该男子进入三姨太屋中享受"艳福"。《前穿后补》①则利用汉语的谐音现象,借助"先煎厚朴""先传候补"与"前穿后补"发音相近的巧合性设计情节,通过对穿补丁裤子的浦匀在毕业后屡遭冷遇的叙述,反映了社会上存在的势利、请托、钻营等不良风气对青年生计造成的压迫。《瘟疫》②则充分借助情节的起落与反转呈现了一起军阀劫掠村庄的荒诞事件:村民得知军阀部队要过境而惊慌得不知所措(起)——喝醉的屠夫借着酒劲要村民以得瘟疫怕传染给士兵为理由躲起来,由他独自一人接待军阀,而军队却迟迟没来(落)——军队到来,村民躲在暗中,屠夫酒醒后吓得瑟瑟发抖(起)——谁知军阀很"讲道理",在命令士兵不得扰民的同时甚至交付了买肉钱(落)——屠夫更加谨慎,送给军队远超买肉钱的猪肉,却因此引发军阀的怀疑,认为其中必定有诈而准备扫荡村庄(起)。小说以闹剧的形式反映严肃的现实问题,情节生动而环环相扣,多数读者只要稍作思考便能够领会标题"瘟疫"的双重含义:既指村民以"瘟疫"为躲藏的借口,又指当时的军阀部队是散布于民国的"瘟疫"。

2. 极端化的人物塑造

老舍在分析旧通俗小说颇多"生趣"的原因时认为:"张飞李逵之勇,勇得有时可笑,诸葛亮褚遂良之智,有时奇里古怪,是旧小说得力之处。"③ 茅盾则视此类人物为静态的"典型人物",即作者借"简笔画的秘诀"对人物特征加以夸大以吸引读者,其流弊在于"常常为了夸张过甚而失却人物的真相"。④ 由此可见,基于某一特征加以单向度夸大的人物形象往往能够提供更多的阅读趣味。旧小说中对于人物形象的"过火"处理方式同样存在于部分"五四"作品之中,两者的差异在于动机:前者往往是为了吸引读者,后者则更多是为了规避启蒙思想传达时的模糊与含混,即借助极端化的人物塑造以确保信息沟通层面的明晰度与有效性。然而也必须承认,虽说"五四"小说的创作宗旨大多不在于提供趣味,甚至于排斥趣味,但在客观上却也因其启蒙追求"兼顾"了文本的趣味性。这一悖

① 王统照:《前穿后补》,《小说月报》1925 年第 16 卷第 2 期。
② 王思玷:《瘟疫》,《小说月报》1923 年第 14 卷第 12 期。
③ 老舍:《通俗文艺散谈》,《老舍全集》第 17 卷,人民文学出版社,2013,第 134 页。
④ 沈雁冰:《人物的研究(小说研究之一)》,《小说月报》1925 年第 16 卷第 3 期。

论在此后各时期的文学创作中一直存在，而"五四"小说极端人物的特征便在于，区别于特定时期内的那些旨在明示读者"应该这么做"的极度"高大上"的正面形象，"五四"小说则主要以负面形象示人，通过对缺陷人物的讽刺与批判以明示读者"不该这么做"。具体来说，极端化的人物塑造主要表现为以下两个方面。

一方面，作家热衷于塑造单一面向的窄化人物。其具体做法表现为着重书写人物的某一类特征而忽略其他方面的存在，人物也因此缺乏复杂性而呈现出纯净化倾向。这种现象在当时一些作品中广泛存在，正如有论者指出《文学周报》中大量存在着"扁平人物"："这些人物似乎是全然没有任何善念的，类型化的黑暗人物，他们不断以可怕的行为，将其他弱者带入困境，不断在社会上制造不公、暴力、死亡和灾难，这些人物也具有某些'意象'的色彩。"① 除此以外也应该注意到，当上述"窄化"发展到极致时甚至会出现"贴标签"的情况，即作者借助汉字表意、谐音等便捷在命名人物时直接标示其形象特征。在命名负面人物时，部分作者不约而同地借助反讽形式以增强批判力度：因听说"孝女"用肥皂洗澡而感到异常兴奋的何道统实无任何道德可言②；学生醒民在报纸上呼吁"劳工神圣"以唤醒民众，却在生活中粗暴蛮横地对待学校工友，可见其自身也是远未"觉醒"之人③；身兼参谋、咨议、知事头衔的穆国澄（慕国程）对国家前途命运毫不关心，只是一个为了私利而钻营的官场混子④；士兵吴得胜也并未获得胜利，相反却在战败逃窜途中无恶不作，最后在村民制裁下被活埋而成为人生最大的输家⑤；给三个儿子分别取名立德、立功、立言的上海绸庄老板吴志仁，宁可将钱花在鸦片、宿娼、纳妾等不良嗜好之上，也不愿接济全家挨饿的同乡亲戚分毫⑥……在命名为数不多的非负面人物时，作者则大多借助姓名的寓意直接明示人物特征，正如厚意是个忠厚老实、勤恳耐劳的泥水匠⑦，怜影是一个因母亲与弟弟在同一天死去而

① 朱天一：《〈文学周报〉的黑暗书写研究》，硕士学位论文，广西大学，2019，第46－47页。
② 鲁迅：《肥皂》，《晨报副刊》1924年3月28日，第3版。
③ 梁存仁：《招牌》，《小说月报》1921年第12卷第12期。
④ 王统照：《前穿后补》，《小说月报》1925年第16卷第2期。
⑤ 俍工：《一个逃兵》，《小说月报》1924年第15卷第8期。
⑥ 汪静之：《鬻命》，《小说月报》1927年第18卷第2期。
⑦ 子耕：《被幸福忘却的人们》，《小说月报》1921年第12卷第9期。

令人同情的苦命女子①，浦匀（不均）是个因缺乏背景与不善钻营而在社会中未能受到公正对待的大学毕业生②……由此可见，作为人物形象窄化的一种外在表现，频繁被用于通俗小说中的"贴标签"式的人物命名方式也一再出现于"五四"小说之中，类似处理方式的意义在于规避人物的复杂性以便于作者意图的有效传达，然而简单化倾向所造成的人物完整性缺失也不容忽视。平心而论，《三国演义》对诸葛亮的成功塑造并不全在于突出其智，更在于白帝城托孤后的鞠躬尽瘁与火烧藤甲兵后的悲天悯人；对张飞的成功塑造也不仅仅在于突出其勇，更在于智取瓦口隘时的粗中有细与义释严颜时的收买人心。虽说相关内容在文本中所占篇幅并不多，但其作为对主要特征的"点缀"仍然在一定程度上保存了人物形象的立体感，弥补了人物形象狭窄化可能造成的完整性缺失，这也从反向为部分"五四"小说提供了有益的启示。

另一方面，作家热衷于塑造缺乏节制的夸大人物。如果说窄化处理明确了塑造人物的方向，那么在既定方向的书写中同样存在着用力过猛的情况，其背后原因还在于部分作者迫切希望将人物的某种特征明示给读者，因而借助过火的处理方式使人物形象得以鲜明化。《风波》③对九斤老太的7次提及中有5次都围绕"一代不如一代"的口头禅展开，另外两次也都关乎对儿孙辈的抱怨，其夸大性就在于诸如出生体重、炒豆子、晚回家等关于儿孙辈的所有事实在九斤老太眼中都可以被归因于"一代不如一代"而加以指责，作者正是意图以极度夸大的人物明示出这种盲目守旧、陈腐狭隘的观念的荒诞性。《高老夫子》④中对高尔础的塑造同样如此，从看戏、喝酒、跟女人到不学无知、上课出丑、做局骗钱，所有缺陷都集中于一人身上。类似情况在当时并不鲜见，正如黎锦明塑造了一个兼挥霍、嫖妓、包养寡妇、吃软饭、不甚识字等多种缺陷于一身的财政总长女婿形象⑤；许钦文的一篇涉及官僚饭局的小说则更加极端，座上客中除了"我"与堂兄之外竟然没有一个"正常"人，从众人的肖像外形到行为谈

---

① 高歌：《风雨之下》，《小说月报》1921年第12卷第9号。
② 王统照：《前穿后补》，《小说月报》1925年第16卷第2期。
③ 鲁迅：《风波》，《新青年》1920年第8卷第1期。
④ 鲁迅：《高老夫子》，《语丝》1925年第26期。
⑤ 黎君亮：《失名的故事》，《小说月报》1927年第18卷第8期。

吐都无一例外地呈现出极端的丑态。① 恰恰相反的是，一些持冷静姿态展开客观叙述的作品同样能够保证启蒙思想的传达，正如《祝福》② 中塑造四叔这一庄严反派时所表现出的分寸感，从对书房中古籍、对联的环境介绍以侧面烘托其"讲理学的老监生"形象，到得知祥林嫂被婆家绑走时的语言描写以正面表现其隐忍与克制，四叔作为一个冷峻少言的封建家长便明显有别于那些被刻意夸大的无恶不作而又荒唐滑稽的乡绅群像。鲁迅认为以"夸张的笔墨"写出"或一群人的或一面的真实"便是讽刺，而所谓"真实"不一定是"曾有的实事"，但至少也应该是"会有的实情"。③然而多数作者并无法做到像鲁迅那般收放自如，缺乏节制的夸大虽然降低了读者领会文本意图的难度，却也在客观上造成人物真实性的缺失。

综上所述，无论是在情节设计还是在人物塑造方面，部分作品都表现出极端化特点。情节设计的极端性表现如下：一方面，情节大多具有明确指向，能够紧密服务于某个启蒙意图而缺乏必要的含混与余裕，有时甚至会出现以作者意图逻辑取代情节自身发展逻辑的情况；另一方面，在确保启蒙思想明晰性的前提下，部分作者对于紧张激烈甚至充满反转的戏剧性情节也并不排斥，这就在客观上进一步促进了自身意图的传达。人物塑造方面也具有类似的特征：一方面，单一面向的窄化与缺乏节制的夸大在确保主题明晰的同时也在一定程度上造成了人物完整性与真实性的缺失；另一方面，对人物形象的"过火"处理同样在客观上起到了吸引读者的作用。除此以外，类似于"报告式的揭发"④，情节设计与人物塑造的极端化大多趋向于旨在"审丑"的"负极"，部分作品因此而呈现出荒诞滑稽的讥讽色彩，读者也得以在对错误、丑恶的审视与嘲笑中获得阅读快感，这正如伍尔夫所说之"笑的价值"："它有如闪电，灼得它们干瘪蜷缩起来，露出了光森森的骨骸。"⑤ 极端书写在此后也一直存在，虽然其在降低理解难度的同时还能够提供阅读趣味，但却难以获得较高的评价，正如

---

① 钦文：《一餐》，《晨报副刊》1925 年 5 月 8 日，第 2－3 版。

② 鲁迅：《祝福》，《东方杂志》1924 年第 21 卷第 6 期。

③ 鲁迅：《什么是"讽刺"》，《杂文》1935 年第 3 期。

④ 老舍：《人物的描写》，《老舍全集》第 16 卷，人民文学出版社，2013，第 215 页。

⑤ 弗·伍尔夫：《笑的价值》，杨静远译，《世界文学》1991 年第 3 期，第 225 页。

郑振铎对叶圣陶作品"转入讥讽一流"的规劝①，又如茅盾对王思玷作品因夸张而"不近人情"近乎"谑画"的批评②，存在类似情况的作品常因有悖于真实、平淡标准而受到不同程度的指摘。然而极端书写还有其更大的启示性与反思空间：如果能够抛弃一些基于作家身份与派别的门户之见，那么就不难发现部分"五四"小说与那些追求穷形尽相的古典小说之间所具有的内在关联，甚至与一些民国旧派小说的构思方式相比也并不存在显著差异，这正如赵苕狂在《富翁叹》③中为了理念灌输而采取的以"叹"为中心平面化聚焦的极端书写方式。

三、对照与重复

阿诺德·豪泽尔（Hauser Arnold）认为通俗艺术的一个显著特征是"反复运用传统的容易处理的格式"④，而对特定格式的反复运用势必会造成模式化，这一过程至少具有双重意义：在艺术创作层面，既存格式意味着相对成熟而可资借鉴的范本，能够为创作者提供简易便捷甚至取巧省力的创作途径；在艺术接受层面，既存格式同样为欣赏者提供了"惯性阅读"的可能性，使他们能够在似曾相识的审美过程中相对省力地阅读作品。具体到文学领域同样如此，除了前述以理造事与极端书写中对既存格式的运用，更加突出的模式化情况同样存在于部分"五四"小说之中，并且与那些备受批判的民国旧派小说之间并无明显差别，其"大同"中的"小异"可能还在于作者的动机：后者主要是为了追求模式化所带来的创作效率增益，正如被称作"文字机器"的张恨水能够在同一时期为6家出版社提供不同的稿件⑤；前者则主要是为了满足文本在信息沟通层面的要求以保证启蒙思想传达的明晰性，而部分作者创作能力的欠缺也在一定程度上迫使他们借助现成的格式。具体而言，"五四"小说对既存格式的模式化运用至少包括了对照与重复。

① 郑振铎：《致周作人》（1921年9月3日），《中国现代文艺资料丛刊·"左联"成立五十周年纪念特辑》第5辑，上海文艺出版社，1980。

② 茅盾：《中国新文学大系·小说一集·导言》，《茅盾全集》第20卷，人民文学出版社，1990，第471页。

③ 苕狂：《富翁叹》，《游戏世界》1921年第1期。

④ 阿诺德·豪泽尔：《艺术社会学》，学林出版社，1987，第234页。

⑤ 张恨水：《写作生涯回忆》，北岳文艺出版社，1993，第54页。

1. 对照

所谓对照并不是指对差异性事物的自然书写，而是指在创作中将差异性事物于较短的时空内并置在一起，以刻意的方式引导读者去比较事物间的差别，因此几乎没有什么方式能比具有导向性的对照更加便于表明立场与指明方向。然而对照在确保价值明晰的同时却极易将作者/读者的注意力局限于差异鲜明的表象进而致使作品趋向简单化，这正如老舍所说："注意在比较，便不能不多取些表面上的差异作资料，而由这些资料里提出判断。"① "五四"小说中的对照大致可分为以下两类。

一方面，作品在不同对象间的对照中否定其中的某些部分。《两个家庭》② 描绘了两家人截然不同的生活画面，通过对陈华民家中庭院脏乱、孩子打闹、佣妇各护其主、女主人打牌交际等混乱图景与三哥家中环境静雅、孩子多才知礼、夫妻合作翻译西文书籍等有序图景的极具对照性的书写，态度鲜明地展示了"家庭的幸福和苦痛与男子建设事业能力的影响"。《觉悟》③ 叙述了一个乡村教师的觉悟过程：不满于乡村学校环境差、待遇低的文仪在进入市镇后的三年中多次更换工作，却发现应酬与开销反而使自己在年末的积蓄大不如前；甘愿留乡任教的妻子则因用心教学、成绩出色而受到领导的重视与总长的嘉奖，并在三年中存下了三百元钱。文仪因好高骛远、三心二意而一直失败，妻子则因脚踏实地、持之以恒而收获颇丰，这种对照方式下的理念灌输虽说简单粗暴而无任何含蓄性可言，却也因其明晰性而迁就了部分接受水平有限的普通读者。《两孝子》④ 则采取了更加极端的对照方式，通过两个相互独立、并无联系的故事来说明真孝与愚孝的差别：顺应父母心意的张纯能够在双亲提出不当要求时想出变通的方法，却因不拘"虚套"而屡屡遭人非议；对长辈言听计从的刘文在父亲生病时谨遵母命请来神婆导致家里被骗了很多钱，却依然受到众人称赞。作者通过情节性极强的对照将寓意极度明晰地呈现出来，作品也因此易于接受。《祖母的心》⑤ 则突出了新老两代人处理问题的不同方式，在定儿生病时身为西医的父母主张冰敷降温而祖母却请来儒医并给定儿捂上

---

① 老舍：《我怎样写〈二马〉》，《老舍全集》第 16 卷，人民文学出版社，2013，第 172 页。
② 冰心：《两个家庭》，《晨报》1919 年 9 月 18 日至 9 月 22 日。
③ 朱畏轩：《觉悟》，《小说月报》1922 年第 13 卷第 10 期。
④ 朴园：《两孝子》，《小说月报》1922 年第 13 卷第 11 期。
⑤ 叶绍钧：《祖母的心》，《小说月报》1922 年第 13 卷第 7 期。

被子，在定儿初愈时父母主张饮食清淡而祖母却坚持"大补"，在定儿康复后父母主张尊重儿童天性而祖母却严厉地督促孩子读艰深的旧书，老一辈的错误在对照中得以放大。值得注意的是，"五四"作家尤其偏爱以简单化的方式呈现贫富差异，在二者的对照中展示富人贪图享受、耽于淫乐、冷酷自私、为富不仁等恶行，穷人在受尽苦难的同时则大多勤劳、淳朴、善良，文本寓意也因此一目了然。如渔民阿秀在冰冷的河水中辛劳整夜才捞到几两虾子，而第二天三少爷和朋友们在温暖的室内只用了几分钟便全部吃完[①]；如挨饿受冻的庸安冒着大雪去梅翁家里讨债，正在陪姨太太们赏雪的梅翁却将曾经帮助自己发达的恩人拒于门外[②]；如店伙计火金在老板家里受尽虐待后最终在雪夜的天井中被冻成"雪人"，吃饱喝足的女主人和女婿却在暖和的被窝中乱伦[③]……在贫富、善恶、冷暖等极具对称性的书写中，"穷"是天然的美德而"富"成为原罪，其简易明晰中的浮浅狭隘也不言而喻，虽然茅盾在较早时候便曾指出此类创作的"浮面而简单"[④]，但却无法改变"相隔一层纸"式的作品不断出现的事实。除此以外，还有少数作品在不同对象的对照中对二者都加以否定。《离婚的好机会》[⑤]便是其中的典型：受父母之命与所爱女子王佩芬结婚的吴志成在大学中另觅新欢，便想以女方信教有悖于科学为借口解除婚约；王佩芬在教会学校里也移情别恋，便趁着婚姻自由、妇女解放的热潮向吴府提出离婚，并与追求者在教堂中举行婚礼。作品通过记账式的对照书写讽刺了那些一味地将新文化运动当作挡箭牌以满足个人私欲的做法，区别于《麦琪的礼物》中借助对照书写对夫妇二人加以肯定，作者则对人物全盘否定。

另一方面，作品在同一对象内部的矛盾差异中展开对照。部分作品重在呈现人物理想与现实的落差，如《幸福的家庭》[⑥]里的青年作者在创作构思时对幸福家庭的美好想象与现实中烦琐平庸的家庭生活情景不断交织：虚构人物的"文学家"身份对应主人公希望"捞几文稿费"，虚构人物家中的"雪白的布"对应主人公家中"积着许多灰尘的门幕"，虚构人

---

① 施蛰：《一碗虾仁》，《小说月报》1922年第13卷第4期。

② 潘垂统：《讨债》，《小说月报》1924年第15卷第2期。

③ 林守庄：《雪人》，《小说月报》1927年第18卷第4期。

④ 雁冰：《批评创作的三封信》，《小说月报》1922年第13卷第6期。

⑤ 陈钧：《离婚的好机会》，《小说月报》1922年第13卷第10期。

⑥ 鲁迅：《幸福的家庭》，《妇女杂志》1924年第10卷第3期。

物衣食无忧的华美生活对应主人公终日与劈柴、白菜为伍的庸常生活，虚构人物在空闲时爱看"《理想之良人》"对应主人公不时要面对主妇打孩子带来的困扰……作者以对照中的温婉嘲讽忠告青年不应一味沉湎于空想，而脚踏实地的态度与直面困难的勇气正是构建"幸福家庭"所不可或缺的动力。围绕理想与现实展开对照书写的还有《前途》①，因战事而被停发工资的教员惠之请托好友向新到任的警察局长引荐自己，并在等待回音的三天中满怀憧憬地畅想自己品尝清蒸鲫鱼面、为妻子购买衣服甚至因给局长上条陈而受到重用，然而主人公的幻想却因其缺乏背景而宣告破灭，小说对人物幻想的生动叙述与其现实中的窘境形成鲜明对照，刻意夸大中的暗示性不但使读者在开头便预知结局，而且使文本寓意得以凸显。除了理想与现实的对照之外，另有部分作品在目标与行为之间展开对照，通过书写人物自身的种种矛盾以展示其"南辕北辙"式的荒诞与可笑。《招牌》② 中的学生醒民一边计划着写作《学生当重其身体和人格》，一边和其他同学聚在一起抽烟、酗酒，一边在报纸上鼓吹着劳工人权平等，一边随意地辱骂、威胁校役，虽说鲜明的对照已经足以保证思想的传达，然而作者仿佛仍然对读者的理解力抱有疑虑，以至于在结尾借蚕豆花之口点明其表里不一的"招牌"本质。《寿材》③ 中的福生想以置办寿材的方式为患小恙的父亲鹤田冲喜，其"孝行"却引发了鹤田的恐惧而导致其死亡，人物的行为有悖于其预想结果，文本正是通过二者的对照清晰传达了对愚风昧俗的批判，而结尾处对鹤田尸体在寿材中发臭的描写则进一步强化了讽刺效果。

2. 重复

相比于不同作品对既存格式的反复运用，更加突出的模式化倾向也存在于同一作品内部，正如波普艺术（Pop Art）代表人物安迪·沃霍尔（Andy Warhol）的画作大多是针对某种图形的复制与整合，又如流行音乐与民歌小调总是为某段反复出现的旋律配上相近的唱词，其共同做法就是在某部作品内部重复运用某种相对固定的格式。具体到小说创作中也是如此，高度类似的情节往往会在文本中反复出现，正如传统叙事中常见的

① 叶绍钧：《前途》，《小说月报》1925 年第 16 卷第 3 期。
② 梁存仁：《招牌》，《小说月报》1921 年第 12 卷第 12 期。
③ 杜若：《寿材》，《京报副刊》1925 年 9 月 17 日第 272 期。

"往复三叠法"① 通过反复套用模式化的情节来支撑内容主体：在一则佛魔斗法的故事中，魔王波旬让三个女儿轮番上阵以美色勾引释迦牟尼却反受其教化②，其中的情节安置便体现出明显的相似性。类似的案例还有很多，诸如三打祝家庄、三打白骨精、三气周瑜、七擒孟获等都是如此。作为叙述策略的重复书写至少具有双重意义：在创作时以便捷的方式强化作者的叙述意图，在阅读中以简易的方式降低读者的接受难度。

"五四"作家在他们的童话创作中并不排斥对重复的运用，如发表于《小说月报》中"儿童文学"栏目上的一些作品。《牧羊儿》③ 通过前半部分对孩子与羊美好梦境的反复展示，以及后半部分对孩子丧母与羊群被杀等相似情节的叙述，在美与丑的对照中控诉了黑暗社会的罪恶，表达了对弱小者的同情。《朝露》④ 讲述了一则"善恶有报"的故事：被两个哥哥挖去眼珠的弟弟在先后帮助盲眼的老鼠、蜜蜂、鸽子重见光明后，又在困境中以相同的顺序受到了这三种动物的帮助，并最终迎娶了牧场主的女儿，哥哥们则遭到驱逐。《七星》⑤ 则立足于"英雄救美"构思情节，叙述了6条龙先后发挥各自异能营救失踪公主的过程，而它们也与寻找公主的首相一并化作了夜空中的"七星"。由此可见，"五四"作家的童话作品或多或少取材于中西方民间资源，然而形成鲜明对照的是，他们能够光明正大地以重复策略迁就预想中儿童读者的有限接受能力，却对旧派小说中程度相对较浅的模式化与其"低能鉴赏者"⑥ 大加指责。

更加真实的情况是，部分"五四"小说中同样存在着重复书写的现象，体现出理论倡导与实践行为间的矛盾。考察其背后的原因无疑是复杂的：一方面，多数作者希望利用重复策略所带来的强化效应，通过对类似内容的反复书写来增强启蒙意图的明晰性；另一方面，部分作者先前创作旧派小说或儿童文学的经历也可能潜移默化地影响到其此后的创作。除此以外更加不容忽视的是，对于绝大多数缺乏足够艺术天赋、写作经验或求新意识的作者而言，在创新与守成的选择中趋向后者以实现"省力"创作

① 尹均生编：《中国写作学大辞典》第2卷，中国检察出版社，1998，第956页。
② 王重民，等编：《破魔变文》，《敦煌变文集》，人民文学出版社，1957，第344－360页。
③ 叶绍钧：《牧羊儿》，《小说月报》1924年第15卷第1期。
④ 西谛：《朝露》，《小说月报》1926年第17卷第3期。
⑤ 西谛：《七星》，《小说月报》1926年第17卷第4期。
⑥ 雁冰：《语体文欧化问题》，《小说月报》1922年第13卷第1期。

应该是较为普遍的现象，即便这种选择有可能是无意识的。当然，对特定作品中重复书写现象的形成原因进行精确区分往往异常困难，因为其通常是多种合力共同作用的结果。《乐园》① 以简明的情节叙述了父母替即将入学的迈儿考察小学的过程，作者以并列式结构依次呈现了三所学校中的不良情况，通过重复书写强化了当时教育界中存在的问题。《遗腹子》② 叙述了已有 4 个女儿的文卿受传宗接代思想的影响，又先后与夫人、姨太太生了 5 个孩子，而最后也是唯一的男孩却在出生不久后夭折，文卿也在抑郁中投水而死。作者不厌其烦地围绕“生”进行了 4 次重复书写，突出文卿在女人生产前的期待与生产后的失落，以此来强化对封建落后思想的批判与对被毒害者的同情，而作者对重复策略的运用至少可以部分归因于先前的旧派小说创作经历。与《遗腹子》主题相似的还有《老泪》③，相比于前者围绕“生”批判传宗接代思想，后者则围绕“死”展开重复书写：与朱家定过亲的彩云在未过门之前新郎便离世；在嫁给南货店伙计黄麻子做三垫房后不久黄麻子也患痨病而死；守寡后为了避免“无后”而与他人生下了女儿明霞并为其找了“进所女婿”，明霞却在尚未生育时患热病而死；渴望抱孙子的彩云又为“进所女婿”讨进垫房儿媳妇却还是无法如愿，“进所女婿”也因患传染病而死；还不死心的彩云又为垫房儿媳妇招进“补床老”，却在家中遭到小夫妻二人的厌恶，年近七旬的老人只能终日活在对“五百劫”的恐惧之中。相比于鲁迅只选择祥林嫂两次丧夫中的一次来写，小说对“死了又招，招了又死”的重复书写显然缺乏节制，然而也正是这种重复使得文本所要传达的意图得以强化。《薤露之歌》④与《生命底伤痕》⑤ 则围绕“求助”展开重复书写：前者叙述了一个年轻时“富而能仁”的医生在年老没落时为了救治病人而先后向曾经要好的同学 A、自己一手提拔的 B、受过自己周济的富人 C、开店的亲戚 D 借钱买药，却无一例外地被他们以各种方式回绝，病人也在绝望的等待中死去，文本通过相近内容的反复书写明示出富而不仁者的丑恶，他们眼中的实际利益要远远高于友情、亲情、恩情所具有的价值；后者则讲述了一个穷苦

① 叶绍钧：《乐园》，《小说月报》1922 年第 13 卷第 1 期。
② 圣陶：《遗腹子》，《一般》1926 年第 1 卷第 1 期。
③ 钦文：《老泪》，《晨报副刊》1923 年 4 月 28—30 日第 108－110 期。
④ 黄中：《薤露之歌》，《小说月报》1925 年第 16 卷第 2 期。
⑤ 悢工：《生命底伤痕》，《小说月报》1926 年第 17 卷第 4 期。

妇人带着三个孩子先后到富翁、中年妇人、老婆婆处借米救急而不得，病中的丈夫最终也饿死于家中，作者对人与人之间冷漠与隔膜的批判也在重复性的"求助无果"中得到强化。立足于穷人之不幸进行重复书写的还有《小岔儿的世界》①。7岁的小岔儿为了补贴家用而帮祖父卖糖挣钱，在走街串巷时先后于胡同里、富人门前、小学门口受到嘲笑、辱骂、驱逐，其所卖之糖也被其他孩子用不值钱的香烟片骗走，作者以平面化构思方式借小岔儿的经历表达了对穷人孩子悲惨生活的同情。《神经错乱》②则隐射重大事件，文本以日记的形式展示了一个沉迷于杀人的东交民巷英国医院的医生，其热衷于以包括用飞机喷洒毒药、用手直接掐死、在街上安置炸弹在内的多种方式进行杀人游戏，作者对不同杀人方式的反复叙述正是为了控诉以五卅惨案为典型的帝国主义国家对中国人民的残害。

正如以上所述，对照书写中的对称性叙述与重复书写中的并置性叙述都具有以下共性：在情节内容层面，两者大多聚焦于表面现象的叙述而较少纵深发掘，读者在阅读中能够轻易掌握模式化的行文思路进而由前文所述推知后文发展；在情感主旨层面，两者都有助于启蒙思想的传达，不同之处在于前者通过彰显相反向度的矛盾与差异以达成价值的明晰化，后者则通过同一向度中相似元素的反复展示以确保价值得到强化。如果进一步思考就不难发现，上述特性在使文本趋向简单而易于理解的同时也恰恰都是文学作品在信息沟通层面与俗相通的必要条件。除此以外，在模式化这一点上，部分民国旧派小说与"五四"小说之间并无明显差异，正如《对邻的小楼》③中对对照与重复的综合运用：文本以小标题的形式将四家住户的生活情形加以并置，并在男女关系混乱的前三家与夫妇和谐融洽的最后一家的对照中态度鲜明地传达了是非观念。

第二节　青年本位的投合式关照

"五四"小说的读者群体包括青年学生并不是一个反传统的观点，有

---

① 锦明：《小岔儿的世界》，《小说月报》1927年第18卷第11期。
② 尚钺：《神经错乱》，《京报副刊》1925年9月25日第280期，第6—7版。
③ 周瘦鹃：《对邻的小楼》，《半月》1924年第3卷第15期。

学者便做出这样的判断："辛亥革命后的小说读者主要是小市民，而'五四'小说的主要读者则是接受'新教育'的青年学生。"① 然而这种表述还具有提升清晰度的空间，其暧昧不明处就在于"小市民"与"青年学生"这两个群体在审美习性与阅读口味上的差别并未得到充分说明，由此可做进一步思考的是，作为"俗"的市民读者所爱读的小说在青年那里究竟有没有吸引力，青年读者在毕业后步入社会成为市民时是否会疏远"五四"小说转而去读民国旧派小说？ 一个显而易见的事实是，青年群体历来是各类小说的共有读者，至迟在1904年，青年已经成为小说阅读的重要力量。有论者便将晚清通俗小说读者规模的飞涨归因于在校学生人数的增加："光绪三十年（1904）在学堂学习的学生总数为92169人，到光绪三十三年（1907），总数为1024988人。到宣统元年（1909），学生总数已经达到1653881人。"② 徐念慈在谈及小说改良时便是将学生与军人妇女、农工商贩等同视为社会群体，进而要求小说"务合于社会之心理"。③ 进入民国以后，旧派小说家也将学生作为预想中的读者群体，恽铁樵便认为旧《小说月报》的读者可分为包括青年学生在内的三类："所谓林下诸公其一也；世家子女之通文理者其二也；男女学校青年其三也。"④ 包天笑也在一则广告中宣称《小说画报》中的小说"凡闺秀学生商界工人无不咸宜"。⑤ 待到五四文学兴起之后，作为新文学读者的青年群体同时阅读旧派小说的情况依然存在，吴宓便认为当时的青年爱读《礼拜六》《快活》《星期》《半月》《紫罗兰》⑥，朱自清则在《民众文学的讨论》中将青年学生与阅读"下等小说"的工人、店伙、佣仆、职员、兵士等社会读者并置讨论。⑦ 由此可知，在部分青年那里同时存在着针对多类小说的阅读行为，因为读自己感兴趣的文本正是阅读行为发生的常态，虽然传统观点认为青年所接受的"新教育"与新文化运动的洗礼改变了他们的阅读习性，

---

① 陈平原：《中国小说叙事模式的转变》，北京大学出版社，2010，第20页。
② 郭志强：《晚清通俗小说读者急剧扩张的原因研究》，《编辑之友》2009年第12期，第93页。
③ 觉我：《余之小说观》，《小说林》1908年第10期。
④ 恽铁樵：《本社函件录要：答某君书》，《小说月报》1916年第7卷第2期。
⑤ 包天笑：《小说画报·例言》，《小说画报》1917年第1期。
⑥ 吴宓：《写实小说之流弊》，《中华新报》1922年10月22日。
⑦ 朱自清：《民众文学的讨论》，《文学旬刊》1922年1月21日第26期，第4版。

促使他们转而去"追求高品位"①，然而教育所带来的学识增长对于读者阅读偏爱的影响极有可能被高估了，因此相应的情况就完全有理由存在：青年作为社会群体的一部分在某种程度上也具有些许"市民口味"，而新文学在获得青年读者的过程中也极有可能像旧派小说一样利用了这一点。

一、作为"俗"的青年读者群体

在中国现代文学语境中"通俗文学"之"俗"通常指涉一般市民，这其中包含了贩夫走卒、店伙职员、妇女闺秀等在内的城市中的多数人口，因而内部构成错综复杂。然而值得注意的是，同样生活于此空间内的青年却往往被视为区别于"俗"的独立群体，这种情况的存在有其潜在原因，即长期以来政治、历史等因素的影响导致人们对青年的想象过于美好，对青年的期待过高。早在戊戌变法前后就有人认为只有青年读者才具有学习欧美"独立之性质、冒险之精神、自治之能力"的可能性，所以"其弱其强、其存其亡，不在彼墨守之故旧，而在我可爱之青年"。② 新文化运动开始之后，青年也愈发被视为民族危机中的希望：陈独秀在《青年杂志》发刊词中便以小标题的形式宣称青年群体应具备自主、进步、进取、开放、务实、科学这六大优点，并号召青年"奋其智能，力排陈腐朽败者以去"③；李大钊也认为青年"贵能自立"，应该借助自身"活泼畅旺之气力"扫除社会上的"沈滞之质积"，并最终担负起"再造国家民族之责任"④；即便是到了"五四"高潮过后的1923年也还有人认为青年群体阅读/创作的目的在于发挥文学的社会价值⑤。由此可知，舆论导向作用下的青年被塑造成具有求新、图强、奋发等美德的高大形象，而对青年的美好寄托在某种程度上来源于"五四"先驱者对陈腐没落的中国上一代人的绝望，正如鲁迅所谓"自己背着因袭的重担，肩住了黑暗的闸门，放他们到宽阔光明的地方去"⑥。然而类似言论的非理性因素就在于它们只是描

---

① 徐思佳：《纯文学期刊的生存现状分析——以五四文学期刊为对比点》，《商业文化》2011年第11期，第388页。

② 白葭：《十五小豪杰序》，《近代文论选（上）》，人民文学出版社，1959，第238页。

③ 陈独秀：《敬告青年》，《青年杂志》1915年第1卷1期。

④ 李大钊：《青年与老人》，《新青年》1917年第3卷第2期。

⑤ 具体表述为："此外我觉得中国青年，也还有两种最大的错误；一个是过视文章的效力，一个是自视太重。"林灵光：《致青年的一封信》，《创造周报》1923年第3期，第9页。

⑥ 唐俟：《我们现在怎样做父亲》，《新青年》1919年第6卷第6期。

述了理想状态，对于占更大比例的普通青年来说，他们与社会其他群体之间的异质性被夸大了，无论是在处世态度还是文学品位，抑或其他方面，他们与市民阶层有着某种共性，因而这部分青年正是作为"俗"的一般群体的组成部分。

早在 1918 年，作为北京大学在读学生的罗家伦便在《新青年》的读者论坛中提供了相对真实的情况："余青年也，亦学生也；居此学生之青年界，以为当有一种'春日载阳'、'万象昭苏'之慨。乃游沪时，颇觉我理想中之青年学生，莫不暮景沉沉，气息奄奄。若医学所谓鬼脉；物理所谓惰性；兵家所谓暮气。及游于京，觉尤甚焉。"① 为了进一步加以说明，罗氏还以表格的方式列出学生的"装饰品"为夏士莲雪花、呫力克皮鞋、大衣、洋装、香水、绸帕，"嗜好品"则为言情小说、淫学宝鉴、纸烟卷、威士忌等，这些都无疑与其老师们唱了反调。除此以外，钱玄同在一则与胡适的通讯中顺带提及了对青年读者的看法，认为他们在阅读《金瓶梅》《水浒》《红楼梦》时看不见揭露"腐败之家庭，凶暴之政府"的正性价值，而仅仅是"自命为宝玉武松，因此专务狎邪以为情，专务'拆稍'以为勇"②；茅盾不但批评青年在阅读《工人绥惠略夫》时并没有关注"爱与憎的纷纠"等具有深度的问题而仅是"在'月光''玫瑰''酒'上打圈子"③，而且指出多数青年并不关注作品中的社会问题，只对"跟着性欲本能而来的又是切身的恋爱问题"感兴趣④，从而表现出"反常的厌世"与"本能的享乐"⑤；沈泽民同样不满于"花红柳绿的文学作品"使青年读者沦陷于"消沉怅惘的情绪"之中⑥。即便是与青年群体走得很近的创造社作家也过此类表述，成仿吾就认为他们为"迎合一般人盲目的浅薄劣等的心理"的"卑鄙的文妖"所蛊惑⑦；王独清则不满于"青年低级趣味的增高"，成为"无聊的旧戏迷"与"社会上流行的下流小报"的读者⑧。这其中还属吴宓的评价最为严苛，他认为多数青年借小说

① 罗家伦：《青年学生》，《新青年》1918 年第 4 卷第 1 期。
② 钱玄同：《论小说及白话韵文》，《新青年》1918 年第 4 卷第 1 期。
③ 《小说月报》1921 年第 12 卷第 8 期的"最后一页"。
④ 郎损：《评四五六月的创作》，《小说月报》1921 年第 12 卷第 8 期。
⑤ 沈雁冰：《创作的前途》，《小说月报》1921 年第 12 卷第 7 期。
⑥ 沈泽民：《文学与革命的文学》，《民国日报·觉悟》1924 年 11 月 6 日。
⑦ 仿吾：《歧路》，《创造季刊》1922 年第 1 卷第 3 期。
⑧ 王独清：《编辑后》，《创造月刊》1927 年第 1 卷第 7 期。

来满足自己的"淫荡狎亵之意，游冶欢晏之乐，饮食征逐之豪，装饰衣裳之美"，以至于"好色而无情，纵欲而忘德"①。类似的评价话语同样可见于新文学读者的来信：有人认为青年受"环境的束缚力所牵制"与"万恶风化的引诱"而表现出普遍的病态，因而"大都陷于沉沦的一条路上去了"②；有人批评"不争硬气的青年"爱读"种种消闲的文字"，把金钱和时间全浪费了③；还有人则痛心于"《礼拜六》《快活》《半月》……的恶魔，迷住着一般青年——以学校中的青年为最"④。当然，除了新文学场域内的批评，旧派作家中同样存在针对青年群体的指摘，如《红杂志》上的一篇文章就列出了"学生的通病"，除了谈情说爱、上课捣乱、互起外号及时不时罢课之外，"叉叉麻雀，打打扑克，以及看小说，多睡觉"正是他们消遣假期无聊光阴的主要方式。⑤

除此以外，部分新文学作品中对青年形象的呈现似乎也提供了佐证。如《一场试验》⑥饶有兴趣地叙述了考试前后众考生的丑态：从考试前同学间的追逐打闹、体育生的不可一世、学生对老师的辱骂，到考试中学生的抓耳挠腮与种种作弊行径，再到考试后得知某个老实人作弊被抓时的幸灾乐祸与相互取乐，青年学生的众生相也得以呈现。《赵子曰》⑦则通过更为宽广的视角展现了在外租住的大学生的市井式生活方式，从生活中以抽烟、喝酒、下馆子为代表的戏弄要笑式的日常交往，到学潮中的罢课与殴打教员，青年身上的市民特质也得以彰显。《幻灭》⑧则将青年人物安置于大革命的特殊背景，叙述了他们在汉口通过闹剧式的笔试和面试以获得为革命服务的机会，并且也正是所谓的革命工作为他们提供了两性交际与社会交往的广阔空间，充分展示了一般青年在大时代中的盲动与无助。

类似的例证肯定不止于以上所述，然而青年群体自身所具备的"俗"的特质往往遭到忽视，其直接原因至少有以下两点：一方面，相比于陈独秀、李大钊等新文化先驱者的著名篇章在塑造青年形象时所奠定的基调，

---

① 吴宓：《写实小说之流弊》，《中华新报》1922 年 10 月 22 日。
② 陈友苟：《批评创作的三封信》，《小说月报》1922 年第 13 卷第 6 期。
③ 吴溥：《致雁冰》，《小说月报》1922 年第 13 卷第 9 期。
④ 王桂荣：《怎样提高民众的文学鉴赏力》，《小说月报》1922 年第 13 卷第 8 期。
⑤ 荷公：《学生的通病》，《红杂志》1922 年第 1 卷第 31 期。
⑥ 黎锦明：《一场试验》，《京报副刊》1925 年第 278 期。
⑦ 老舍：《赵子曰》，《小说月报》1927 年第 3－11 期。
⑧ 茅盾：《幻灭》，《小说月报》1927 年第 18 卷第 10 期。

诸如当时尚为学生的罗家伦，以及后来的新文学读者等持不同意见的发言人往往就显得分量不足而相对居于弱势；另一方面，相比于那些较为正式的具有宣言性质的对青年形象的正面表述，新文学场域中针对青年群体的负面表述则显得相对"零散化"，其具体做法为在言说其他内容时顺笔提及青年，或将关涉青年的内容作为某个宏大问题的一小部分加以书写。当然，除了以上两点之外还应该具有更深层次的思考空间，即对于新文学中人乃至更后的批评家而言，他们并非看不见青年群体所具有的包括"审美缺陷"在内的诸多弱点，而仅仅是对此避而不谈，因为作为新文学主要读者群体的"进步青年"在某种程度上也正被认为是新文学自身"进步性"的外在表征。虽然有论者已经认识到五四时期阅读小说的青年群体其自身构成并不纯净："一是转向高雅小说，一是仍读通俗小说，但趣味已受雅文学影响，还有就是文化层次更低的仍然保持原来'礼拜六'趣味的一部分。"① 但更加关键的问题在于，新文学作家的小说是否仅仅满足了上述第一类学生的审美需求，还是存在一部分作品迎合、迁就了第二、三类的青年读者？鉴于前述内容中青年与市民所具有的类似"审美缺陷"，如果将阅读视野从那些公认的名家名篇中延展开去就不难发现，"五四"小说之所以能够让青年成为读者群体，至少有一部分原因在于文本中的某些元素投合了作为"俗"的一般青年群体的阅读喜好，这其中甚至包含一些民国旧派小说的常用手段，两者的差异可能还在于旧派小说的预想读者群体包含青年在内，新文学小说中的一些作品则为青年提供了"专门服务"。至于为什么优先选取青年作为争取对象，一方面可能是因为许多老师辈作家与青年学生间存在着天然的亲近关系，甚至于部分作者本身就是刚毕业或在校的青年人；另一方面则更在于青年读者的成见与"阅读惯性"较读了很多旧小说的年长读者更少，年轻人的好奇本性也有利于他们接受新兴事物。虽然茅盾在分析新文学受青年读者欢迎的原因时曾将"青年的好奇心"与"厌旧喜新"视为"浅薄的见解"②，然而这也正从一个侧面说明此"见解"具有某种合理性，正如朱自清认为新诗在 20 世纪 20 年代初大

---

① 吴秀亮：《中国现代小说雅俗新论》，人民出版社，2010，第91页。
② 茅盾：《文学上各种新派兴起的原因》，《中国现代文学研究丛刊》1984 年第 1 期，原载 1922 年 8 月12 日至 16 日宁波《时事公报》。

受欢迎的部分原因就在于"新是作时髦解的"①。当然，新文学争取作为"俗"的一般读者的野心也绝不会止步于青年群体，这些年轻人随着时间流逝逐渐成长之后，新文学的读者群体还有着更大的扩展空间。

综上所述，长期以来对作为新文学受众的青年读者的误解源于对这一群体内部复杂性的低估，因此一边打麻将，一边看《礼拜六》，一边阅读报纸副刊上具有吸引力的新文学小说的情景是完全有可能存在的，这正说明青年群体所爱读的新文学作品中包含着某些通俗元素。

二、作为"南北极"表征的副刊类文学

如果说新文学的创作宗旨大多为启蒙可能并不为过，但这显然无法涵盖全体，虽说严肃、沉重的一面在不同时期的论者那里反复得到彰显与强化，但其中至少仍有一部分包含着其他因素。如刘延陵在谈及一份诗刊的办刊宗旨时，便曾离经叛道地表示："我们觉得把一种杂志办得好些很为有趣，所以我们自己为本刊作文乃是满足兴趣，满足游戏的冲动，进一步说，就是我们（或者只是我）编辑本刊也是因为满足游戏的冲动，——虽然好唱高调的人曾反对以游戏的态度对待文学，但我则以为不当一概而论。"② 在更具集团性质的《文学周报》中同样可以发现类似的情况，身为主编的赵景深便表示很想在刊载"尖利的打狗文章"之余更多地提供"有趣味的文字"。③ 甚至是以传统与保守著称的老牌刊物《新青年》，也有论者通过分析指出其中存在着包括严肃性与游戏性在内的某种"审美特征的混合"。④ 当然，如果仅凭"游戏"或"趣味"便认定特定作品中包含通俗元素无疑是武断的，因为类似的特性可能仅仅局限在某个特殊群体（如知识分子）内部发挥作用，然而这也足以说明，新文学内部在创作动机层面远非铁板一块。

对此进一步加以实证的有效方式便是考察同一作者不同作品之间的异质性，由此产生的一个大胆假设是，某些作者在以颇为严肃的态度创作那些启蒙类文本的同时，也在其他动机的作用下并行不悖地创作出第二类文

① 佩弦：《新诗（上）》，《一般》1927 年第 2 卷第 2 期。
② y.1：《编辑余谈》，《诗》1922 年第 1 卷第 5 期。
③ 《文学周报社启事》，《文学周报》1928 年第 350 期。
④ 贺麦晓：《文体问题——现代中国的文学社团和文学杂志（1911—1937）》，陈太胜译，北京大学出版社，2016，第 152 页。

字，而这类文字往往不为人所重视。正如苏雪林诧异于穆时英在 20 世纪 30 年代同时创作出反映穷苦阶层生活且极具社会批判性的具有"原始粗野精神"的《南北极》与反映都市现代生活的"细腻复杂感觉"的《公墓》和《白金的女体塑像》，并认为两类作品的风格差异如同"南极之于北极"①，文学创作中的"南北极"现象在 20 年代的作者身上也不同程度地存在。如以乡土小说著称的许杰同样也写作都市青年小说，茅盾曾注意到他在以"客观的写实主义的"方式书写农村生活的同时也在以"热情的感伤的"笔墨书写着都市青年的生活，因此"他的题材是两方面的，他的作风也有两个面目"。② 类似于许杰的还有许钦文，鲁迅不但认为其小说作品中"以写学生社会者为最好，村乡生活者次之"③，而且认为许钦文兼写都市小说是因其较早离乡导致了乡土小说素材储备的不足，所以其描写都市学生的作品即便在表面上常常带着"使女士们皱起眉头"的"令人疑虑的嬉笑"，在实质上却是以"冷静和诙谐来做悲愤的衣裳"。④ 相比于鲁迅对许钦文的偏爱与袒护，茅盾的评价则更加客观，他认为许氏的"即兴"式小说陷入了"身边琐事描写"的泥坑，并且这种创作中的"偷懒主义"也引发了大批青年的效仿。⑤ 黎锦明的双面性同样值得注意，这位作家既能以严肃的笔调"诉说儿时'轻微的印象'"，却又不失为一个"好的故事作者"，然而他的"故事"在"使读者欣然终卷"的同时又常常使主旨隐没于"陆离光怪的装饰之中"。⑥ 即便如郁达夫这种带有鲜明感伤烙印的作家，也曾尝试在创作中运用幽默、滑稽的游戏性文字来"换换读者的口味"，并希望借此打破"平静沉闷的文坛"。⑦ 特定作者两类作品之间的巨大差异正从侧面表明其中存在着不同的创作动机与阅读效用，乃至于存在着作者预想中的不同读者群体，而这当中必然包括了作为"俗"的一般青年读者。当然，想要找到作家本人直接承认这一点的相关

① 苏雪林：《新感觉派穆时英的作风》，《苏雪林文集》第 3 卷，安徽教育出版社，1966，第 354 页。
② 茅盾：《中国新文学大系·小说一集·导言》，《茅盾全集》第 20 卷，人民文学出版社，1990，第 490 页。
③ 鲁迅：《致孙伏园》，《鲁迅全集》第 11 卷，人民文学出版社，2005，第 444 页。
④ 鲁迅：《中国新文学大系·小说二集·序》，《鲁迅全集》第 6 卷，人民文学出版社，2005，第 256 页。
⑤ 朱璟：《关于"创作"》，《北斗》1931 年创刊号。
⑥ 鲁迅：《中国新文学大系·小说二集·序》，《鲁迅全集》第 6 卷，人民文学出版社，2005，第 257 - 258 页。
⑦ 郁达夫：《二诗人·后记》，《小说月报》1927 年第 18 卷第 12 期。

表述并不容易，因为多数新文学中人并不会像成仿吾那般坦率地承认创造社作家对两性题材的偏爱是因为"求活的青年"还远未达到"鼓吹严肃的教训的道德之高龄"①，况且专门应某类读者群体的需要而创作在当时并不被认为是光荣的做法，相反还可能因存在刻意讨好的嫌疑而遭受非议。然而这也绝非意味着无迹可寻，许钦文对自己在20年代报纸副刊上发表小说的一段回忆便具有启示价值，出于还原语境的考虑现摘录如下：

> 记得最多骂我的是北平石驸马大街红楼里的学生；每次写到妇女问题，总不免挨她们的骂。却也有趣得很，往往上午给她们在背后骂，下午我已知道，因为有个妹子也在那里读书，会得乘便告诉我。晚上再写一篇，当即送到就在隔壁胡同的报馆里去，仍然是讥刺她们的，第二天在《晨报副刊》上发表，又要使得她们气急一下了。她们很注意我的作品；打开报纸来，总是"快看讨厌许钦文的文章！"②

根据许钦文的表述可以得知，青年学生与作者之间的"骂"与"讥刺"并非源于真正意义上的相互憎恶，更多是属于一种词语本义范畴以外的"有趣"的沟通方式，这一过程中不乏青年人之间的逗乐与调笑，因此作为小说中被"讥刺"对象的女学生们越"骂"却越想看，而作者本人也因被"骂"而感到满足，因为这正表示自己的作品受到了青年读者的"注意"。许钦文的例子正可以说明某些新文学小说立足于取悦包括学生在内的青年读者，而这无疑得益于部分作者自身的青年或在校学生身份，此类有利条件让作者在创作中游刃有余的同时，也更易于选择那些能够引发青年读者兴趣的内容来书写，这正是20年代部分作者的创作呈现出"南北极"特点的深层原因。

除此以外，关于"南北极"现象的一个并不令人感到意外的情况是，作家在发表不同类型作品时对于刊载平台的选择也存在明显的人为刻意性，具体表现为将那些相对沉重、晦暗、严肃的文本发表在趋于沉稳、保守的文学期刊上，而另一些较为轻松的、供青年人阅读的作品大多被发表

---

① 成仿吾：《创造社与文学研究会》，《创造季刊》1923年第1卷第4期。
② 许钦文：《在给鲁迅先生责骂的时候》，《宇宙风（乙刊）》1941年第55期。

于报纸副刊上。许钦文便将反映异乡人在外谋生不易的《三柏院》① 与记述孤儿惨死悲剧的《剩落大伯》② 投稿至《小说月报》，而将诸如《琲郎》③《一只胶皮鸡》④《于卓的日记》⑤《幻恋》⑥《蝴蝶窠》⑦ 等书写都市生活或恋爱的作品发表在各类副刊上。彭家煌同样如此，他将后来更加著名的《活鬼》⑧《陈四爹的牛》⑨ 等乡土题材作品投稿至《民众文学》《文学周报》等刊物，而将叙述男青年以资助为条件"征集"女学生陪自己到美国留学的《到游艺园去》⑩ 与青年职员趁着婶婶去"新世界"之机逗弄、勾引家中女佣的《军事》⑪ 发表于副刊之上。类似于上述两人的还有尚钺和向培良，前者除了将自己的"态度严肃且意在讥刺、暴露、搏击"⑫ 的作品发表于《莽原》《狂飙》等新文学刊物之外，还在《京报副刊》上的《爱人》⑬《我错了》⑭ 等作品中不厌其烦地讲述着青年男女之间的三角恋爱故事；后者也同样如此，其依托于报纸发表的作品也大多像《不忠实的爱情》⑮《怯汉》⑯《诱引》⑰ 那样讲述着三角恋爱、校园趣事，以及青年男女之间相互"诱引"的混乱关系。这种现象在当时广泛存在，诸如黎锦明、鲁彦、许杰等青年作者身上同样不同程度地存在类似的情况，他们之所以将后一类作品发表于报纸副刊上，一方面可能在于副刊的刊载门槛较当时的新文学期刊来说更低，从投稿到见报的周期较短也在客观上带来了及时兑现的经济收益；另一方面则更加值得注意，作为介入市民日常生活的一种重要读物，报纸副刊的受众数量较文学期刊要大得多，

---

① 钦文：《三柏院》，《小说月报》1924 年第 15 卷第 3 期。
② 许钦文：《剩落大伯》，《小说月报》1926 年第 17 卷第 10 期。
③ 钦文：《琲郎》，《晨报副刊》1923 年 5 月 30 日第 142 期。
④ 钦文：《一只胶皮鸡》，《晨报副刊》1924 年 3 月 10、12、13 日第 51、53、54 期。
⑤ 钦文：《于卓的日记》，《京报副刊》1925 年 1 月 6—8 日第 28－30 期。
⑥ 钦文：《幻恋》，《京报副刊》1925 年 1 月 16—19 日第 38－41 期。
⑦ 钦文：《蝴蝶窠》，《京报副刊》1925 年 5 月 30 日第 164 期。
⑧ 彭家煌：《活鬼》，《民众文学》1927 年第 15 卷第 9 期。
⑨ 彭家煌：《陈四爹的牛》，《文学周报（第 301—325 期合订本）》1928 年第 6 卷，第 93－111 页。
⑩ 彭家煌：《到游艺园去》，《晨报副刊》1926 年 10 月 9 日第 1455 期。
⑪ 彭家煌：《军事》，《晨报副刊》1926 年 12 月 18 日第 1494 期。
⑫ 鲁迅：《中国新文学大系·小说二集·序》，《鲁迅全集》第 6 卷，人民文学出版社，2005，第 261 页。
⑬ 尚钺：《爱人》，《京报副刊》1925 年第 290－292 期。
⑭ 尚钺：《我错了》，《京报副刊》1925 年 11 月 2－3 日、8－11 日第 316－317 期、322－325 期。
⑮ 向培良：《不忠实的爱情》，《京报副刊》1925 年 1 月 12—22 日第 34－44 期。
⑯ 培良：《怯汉》，《民众文艺周刊》1925 年 6 月 9 日第 32 期。
⑰ 培良：《诱引》，《京报副刊》1925 年 11 月 26 日第 340 期。

读者的平均接受能力与审美层次则相对较低，因此新文学作家在其中发表一些符合"大众口味"的作品也就不难理解。

当然也必须要指出，此类作品的存在也并不仅限于以上所述。一方面，在一些新文学期刊中依然可以寻得它们的踪迹：早期刊物《新潮》中就刊载了叙述校园趣事的《一个勤学的学生》①与叙述青年新婚生活的《新婚前后七日记》②，而后者更是被刊载旧派作品的《广益杂志》所转载③；《语丝》上同样刊载着一些都市婚恋小说，这其中就包括章衣萍的后来被收录进《情书一束》结集出版的《从你走后》④《你教我怎么办呢?》⑤等讲述都市男女学生交往的恋爱小说和许钦文的讲述青年夫妇回顾当初如何求爱的《嫁资》⑥，甚至于以三角恋爱著称的小说《情书一束》和《赵先生底烦恼》也在刊物上获得了书籍发售前的"预热"⑦；《小说月报》中也存在类似的情况，虽说先后担任主编的茅盾与郑振铎都对此类作品评价不高，前者认为以"学校生活"与"青年婚姻问题"为题材的小说因"互相类似"而"篇篇一律"⑧，后者则认为局限于"叙恋爱的事实"的小说"太浅薄太单调"⑨，然而这些都无法改变此类小说在刊物中一再出现的事实，如《四季》⑩叙述了一个学生因与表妹恋爱受挫而学业荒废、精神失常，《世界是如此其小》⑪叙述了留学巴黎的主人公与心仪女子在书店、教堂、画展、归国途中的 4 次极具巧合性的偶遇，《毛线袜》⑫叙述了一个由曾经的师生构成的家庭中妻子对身为女校教员的丈夫开始另一段师生恋的怀疑，《二诗人》⑬则叙述了两个穷留学生以各种方式从当地贵妇手中骗取钱财的闹剧……另一方面，此类作品有时也会以书

---

① 汪敬熙：《一个勤学的学生》，《新潮》1919 年第 1 卷第 2 期。

② 任钧：《新婚前后七日记》，《新潮》1919 年第 1 卷第 5 期。

③ 《新婚前后七日记》被转载于《广益杂志》1920 年第 28 期，该刊物同时也刊载包天笑、周瘦鹃等人的作品。

④ 衣萍：《从你走后》，《语丝》1925 年第 13 期。

⑤ 衣萍：《你教我怎么办呢?》，《语丝》1926 年第 66 期。

⑥ 钦文：《嫁资》，《语丝》1926 年第 88 期。

⑦ 衣萍：《跋"情书一束"》，《语丝》1926 年第 60 期；许钦文：《"赵先生底烦恼"前记》，《语丝》1926 年第 109 期。

⑧ 雁冰：《文学家的环境》，《小说月报》1922 年第 13 卷第 11 期。

⑨ 郑振铎：《平凡与机巧》，《小说月报》1921 年第 12 卷第 7 期。

⑩ 黎锦明：《四季》，《小说月报》1925 年第 16 卷第 3 期。

⑪ 李金发：《世界是如此其小》，《小说月报》1926 年第 17 卷第 1 期。

⑫ 钦文：《毛线袜》，《小说月报》1926 年第 17 卷第 5 期。

⑬ 郁达夫：《二诗人》，《小说月报》1927 年第 18 卷第 12 期。

籍的面貌出现：在多数情况下，作品在期刊或报纸副刊上发表后再经由出版社结集成书销售；在少数情况中，作品也可能在未经发表时以书籍出版的方式直接面世，前者如张资平的长篇小说《苔莉》①便是先在《创造月刊》上发表，再由创造社出版部于1927年3月发行，后者如许钦文的中篇小说《赵先生底烦恼》便是由上海北新书局在1926年12月直接出版，作家通过出书的方式不但让自身取得了更大的经济利益，而且让作品收获了更多的读者与更广的社会反响。除此以外，无名作者对此类作品的贡献同样不容忽视，纵观20世纪20年代新文学阵营所掌控的副刊阵地，其中存在着大批不甚知名的作者不知疲倦地创作着婚恋与学生题材的作品，相比于那些文学史中更加著名的名字，他们在本学科中则大多难见经传：《情书与骂信》②通过两封信呈现了在校学生求爱时的极度自恋与被拒后的失礼辱骂，契合了校园生活的热点；《他的爱人》③中学生们假托仰慕者写情书给老师以取笑其登报征婚的行为；《零落》④中丈夫在外留学的女教师与同样已婚的教务长相爱并计划重组家庭而不得；《严寒中的春意》⑤中的落魄青年与资助他的同学之间存在着暧昧的同性之爱……

以上所述可能还不很全面，然而这也足以说明五四新文学中的确存在着这样一类作品，它们大多取材于都市中的两性世界或学生生活，相比于那些重在灌输理念与揭露丑恶的启蒙类文本，这些作品则大多因自身较弱的社会批判性而显得相对轻松活泼甚至滑稽幽默。即便传统观点一再地彰显其中的社会价值，认为对青年男女两性题材的书写有力地动摇了以包办婚姻为代表的封建家长制，然而此类作品在如此大的范围之内反复出现无疑更加值得深思，除了青年作者在特定年龄阶段的游戏天性、生理冲动与狭窄阅历等因素之外，利益驱动下作者对青年读者群体的有意迎合同样不容忽视。虽说有论者认为副刊在新文学的发展壮大中发挥了十分重要的作用⑥，然而这种观点倒过来理解可能更加恰当，部分新文学作品同样也成了报纸副刊用以吸引市民读者进而谋利的工具，在这一点上文学作品与新

① 张资平：《苔莉》，《创造月刊》1926—1927年第1卷第5-6期。
② 子荣：《情书与骂信》，《京报副刊》1925年1月18日第40期。
③ 子美：《他的爱人》，《京报副刊》1925年5月10日第144期。
④ 袁嘉华：《零落》，《京报副刊》1925年8月10—15、17—18、20—21日第234-239、241-242、244-245期。
⑤ 罗汉：《严寒中的春意》，《京报副刊》1925年9月4日第259期。
⑥ 陈玉申：《报纸副刊与新文学》，《山东社会科学》1998年第5期，第74页。

闻媒介中旨在追逐热点、博得眼球以刺激销量的各类文字起到了类似的作用，因此其中对"大众口味"的迁就也就毫不奇怪。鲁迅曾经认为《晨报副刊》与《京报副刊》仅仅是"绍介了有限的作家"，因而"都不是怎么注重文艺创作的刊物"。① 这正从一个侧面印证了副刊中相当部分的作品其艺术价值并不算高，也没有进一步深入解读的必要，但它们存在的意义还在于，除了以青年为切入口淡化了五四新文学在一般群体心目中的严肃、刻板印象之外，也在某种程度上降低了他们对新生事物的恐惧与排斥，并进一步为普通读者的更高层次阅读搭建了向上爬的梯子。

三、作为"偏爱价值"提升方式的苦闷书写

聚焦一般群体心理特征中的主要方面进行相应的书写是文学作品与俗相通的有效途径。具体到青年心理来说，梁启超在清朝末年便持批判态度对其特征加以概括，认为 15 至 30 岁的青年子弟因"惟以多情、多感、多愁、多病为一大事业"而"儿女情多，风云气少"②；宗白华也曾详细介绍过青年群体的悲观心理，并将其划分为"遁世派""悲愤自残派""消极纵乐派"三类③，这些观点多少都把握住了青年在特定人生阶段的心理特征。相比于前述单纯针对青年心理特征的概括，郁达夫关于"偏爱价值"的论断则更加具体地指出了读者心理与作品受欢迎程度之间的关系：首先，他认为 20 世纪的人类"快乐者少，受苦者多"，因普遍"对现状抱着不满"而带有"厌世的色彩"，这其中"以血气方刚的青年为尤甚"；其次，他认为"性欲和死"作为"人生的两大根本问题"最易于引发关注；最后，他还认为"昵近而疏远"的习性使人类更爱了解与自身密切相关的事情而不喜那些"有时间与空间的隔阂的作品"。由此郁氏得出结论：能够满足上述心理需求的作品其"偏爱价值"要大于实际上的"绝对价值"，也就是说在创作中着重书写青年的困境就更能够获得这一群体的青睐，这正所谓"悲剧比喜剧偏爱价值大"。④

郁达夫的见解虽说坦诚却很有可能伤害到其自叙传小说所营造的真实

---

① 鲁迅：《中国新文学大系·小说二集·序》，《鲁迅全集》第 6 卷，人民文学出版社，2005，第 253 - 254 页。

② 梁启超：《论小说与群治之关系》，《新小说》1902 年第 1 卷第 1 期。

③ 宗之櫆：《说人生观》，《少年中国》1919 年第 1 卷第 1 期。

④ 郁达夫：《文艺赏鉴上之偏爱价值》，《创造周报》1923 年第 14 期，第 4 页。

性，因为它们能够让人轻易联想到作品集《沉沦》中的三则以青年为主人公的悲剧小说，进而对背后的创作动机产生疑问：作品是诞生于作者的真情流露，还是掺杂着诸如提升"偏爱价值"等其他的目的？传统观点认为，《沉沦》的整体风貌是在作者的个性气质与生活处境、民国时期内外交困的贫弱国情、西方资产阶级颓废情绪的影响等多种因素共同作用下的外在表现，是立足于爱国情怀的个性张扬①，然而作者本人对创作前后一些情况的自述却不能不引起注意："写《沉沦》各篇的时候，我已在东京的帝大经济学部里了。那时候生活程度很低，学校的功课很宽，每天于读小说之暇，大半就在咖啡馆里找女孩子喝酒，谁也不愿意用功，谁也想不到将来会以小说吃饭。所以《沉沦》里的三篇小说，完全是游戏笔墨，既无真生命在内，也不曾加以推敲，经过磨琢的。"② 其中"找女孩子喝酒""不愿意用功""游戏笔墨""无真生命在内"等字眼便显得格外扎眼，因为这些都与想象中接近于小说忧郁主人公的作者形象存在很大差异，也直接承认了自叙传小说所述内容与作者真实情况之间的割裂。同郁达夫在留学时期有过交往的一些日本人的评价也从侧面印证了这一点。在福田武雄的印象中，郁达夫不但性格开朗，总是面含微笑而从未现出过忧郁的神情，而且与所有人都能合得来；浦部全德甚至认为郁达夫善于社交，即便与日本人也常来往。③ 由此可见，《沉沦》中的青年苦闷书写至少存在着一定程度的"编造"倾向，而这种"编造"在客观上提升了作品的"偏爱价值"。如果说虚构性是文学的普遍特征，那么《沉沦》的特殊之处就在于作者通过自叙传形式赋予虚构内容以"真实感"，从而使"昵近而疏远"的青年读者能够很轻易地将自己想象为小说中的苦闷主人公，并在基于弱者的代入感中获得自哀自怜的心理满足，这一点与广受非议的"性欲与死"正是作品能够在市场上"受了一班青年病者的热爱，销行到了贰万余册"④ 的主要原因。类似的策略同样可见于郁达夫的其他作品中，而这种做法也受到了相识者的质疑，如有人便指出作者的境遇绝非穷苦，相反却是"拿到钱乱用"，至于将主人公"说得山穷水尽"只是"文艺家的鬼

---

① 曾华鹏、范伯群：《郁达夫论》，《人民文学》1957 年第 Z1 期，第 185－186 页。
② 郁达夫：《五六年来创作生活的回顾》，《文学周报（第 276—300 期合订本）》1928 年，第 327 页。
③ 小田岳夫、稻叶昭二：《郁达夫传记两种·附录三》，浙江文艺出版社，1984，第 279 页。
④ 郁达夫：《〈鸡肋集〉题词》，《郁达夫全集》第 10 卷，浙江大学出版社，2007，第 301 页。

计"而已，因此觉得"自家的眼泪真正白流"。①

青年题材的苦闷书写对于青年群体自身的吸引与诱惑在当时是显而易见的，茅盾曾指出在"五卅"时代尚未到临时，"彷徨苦闷"的青年变态心理需要借助"感情主义，个人主义，享乐主义，唯美主义"来获得满足。② 这一点在青年读者的反馈中也得到印证，如有人感到那些描写"青年悲哀"的创作似乎就是在写自己，因此文中的青年人物都是其"同情者"③，还有人认为"悲欢离合的红男绿女式的爱情小说"更合于青年读者的胃口④。这就难怪周瘦鹃的哀情小说《留声机片》得到截然不同的反响："新文学家批判他，但有的青年却视他为知己。"⑤ 因此可以说，郁达夫与周瘦鹃在某种程度上使用了相似的策略来达成情感层面的与俗相通，而以创造社为代表的作家群体以青年为对象展开苦闷书写，其中至少有一部分是为了争取青年读者市场。对此茅盾同样颇有微词，认为创造社在利用"官能的刺戟，浮动的感情"来制造苦闷青年的"麻醉剂"⑥，甚至于在多年后他还对多数创造社成员在20世纪20年代"对于鸳鸯蝴蝶派十分吝惜笔墨，从来不放一枪"耿耿于怀。⑦ 鲁迅不但直接指出创造社作品的商品性，认为社中的成员"自己就在做自己们的出版者的商品，种种努力，在老板看来，就等于眼镜铺大玻璃窗里纸人的睞眼，不过是'以广招徕'"，并且认为创造社转向革命的原因还在于"青年有了这样的要求"。⑧ 鲁迅的判断无疑暗示了创造社前后期巨大转变中的逻辑一贯性都是为了满足青年群体的心理需求，正如郭沫若在一篇具有宣言性质的作品中为了鼓动青年而对革命做出的庸俗化阐释：革命事业对于青年的意义还在于夺取用于"藏娇"的"金屋子"，以帮助所爱之人实现其"宝石、高跟、丝袜、汽车、鸭绒被、钢丝床……"的"梦"。⑨ 然而这种阿Q式的

---

① 殷公武：《杂感：〈莨萝集〉的读后感》，《晨报副刊》1924年3月9日第50期。
② 茅盾：《读〈倪焕之〉》，《文学周报（第370—375期合订本）》1929年，第597页。
③ 胡凤翔：《致西谛》，《小说月报》1923年第14卷第11期。
④ 汤在新：《致雁冰》，《小说月报》1922年第13卷第5期。
⑤ 范伯群：《周瘦鹃论（代前言）》，《周瘦鹃文集（1）》，文汇出版社，2011，第17页。
⑥ 茅盾：《读〈倪焕之〉》，《文学周报（第370—375期合订本）》1929年，第599页。
⑦ 茅盾：《复杂而紧张的生活、学习与斗争（下）》，《新文学史料》1979年第5期。
⑧ 鲁迅：《上海文艺之一瞥》，《鲁迅全集》第4卷，人民文学出版社，2005，第303页。本篇最初发表于1931年7月27日与8月3月上海《文艺新闻》第20期和第21期，收入《二心集》时作者曾略加修改，以上所引内容为作者修改时所加。
⑨ 麦克昂：《英雄树》，《创造月刊》1927年第1卷第8期，第6页。

见解却有着无可辩驳的诱惑力，对于多数身处下位的苦闷青年来说，革命作为一种"捷径"无疑能够满足他们一步登天并赢得佳人芳心的美好想象。

郁达夫对青年群体的苦闷书写产生了多方面影响，不但在文学层面出现了王以仁、滕固、倪贻德、陈翔鹤、李渺世、孙俍工、顾仲起等人的风格类似的作品与来自报纸副刊中无名作者的更大规模的仿作，而且在现实层面引发了青年群体对小说人物种种做派的效仿，以至于形成潮流时尚，正如有人回忆青年时期在读了郁达夫的作品之后便"仿效着做了一套香港布的制服"，并且同班同学中也有人"接遂相效"。① 鲁迅也在小说中对此类青年的行为举止有过生动描述："有些来客，大抵是读过《沉沦》的罢，时常自命为'不幸的青年'或是'零余者'，螃蟹一般懒散而骄傲地堆在大椅子上，一面唉声叹气，一面皱着眉头吸烟。"② 仅在《沉沦》面世的一年后茅盾便敏锐感觉到了青年群体的精神苦闷，不但其锐气相比于"三年前曾热心注意社会问题的中国青年"已大有不及，甚至在他们眼中"能够和异性通信社交，就算'生活改善'，能够向家庭多榨出一些钱来，就算'打破环境'"，这些都使茅盾对"青年疲倦"的原因感到困惑。③作为一种时代烙印，类似的心理状态在 20 世纪 20 年代的青年群体身上广泛存在，即便是在革命文学兴起的 1927 年前后，青年题材的苦闷书写也颇受青睐，"烦闷"更是作为一种"流行病"成为"时下流行的小说"中常见的题材。④ 一个显而易见的事实是，给青年带来困扰的原因中无疑包含着特定生理阶段的恋爱问题，正如有人认为苦闷书写的流行部分源自此前创造社对于《少年维特之烦恼》的译介⑤，茅盾的概括则更加精炼："有许多青年因为家庭问题婚姻问题没有解决，苦闷不过，便都跑到文艺的国里，希望得到了慰安。"⑥ 然而更深层次的原因还应该在民国青年的现实处境中加以考察，正是多方面压力共同造成了特定时期内青年的苦闷，因此互文性阅读就显得很有必要。

一方面，相比于恋爱问题，青年所面临的更加实际的问题则关乎出路

① 匡亚明：《郁达夫印象记》，王自立、陈子善编《郁达夫研究资料》，知识产权出版社，2001，第 52 页。

② 鲁迅：《孤独者》，《鲁迅全集》第 2 卷，人民文学出版社，2005，第 93 页。

③ 雁冰：《青年的疲倦》，《小说月报》1922 年第 13 卷第 8 期。

④ 周为群：《青年底一种烦闷》，《一般》1926 年第 1 卷第 4 期。

⑤ 觉敷：《烦闷》，《一般》1927 年第 3 卷第 1 期。

⑥ 雁冰：《杂谈》，《文学旬刊》1923 年 5 月 12 日第 73 期，第 4 版。

与前途。在《沉沦》于 1921 年 10 月由泰东书局初版时，五四运动时期的在校学生也陆续面临着谋生与就业的人生新挑战，考虑到民国时期并不景气的经济状况，以及国民党自诩的始于 1927 年的"黄金十年"[1] 尚未到来，其中的艰难只会随着更多毕业生走出校园步入社会而有增无减，因此对落魄青年的苦闷书写就愈发显得"应时应景"。根据 1922 年的一则新闻报道可知，仅天津一地的失业人数就"多至五万七千有奇"，这其中包括了退职军政界要人、纨绔子弟、毕业生、来津谋事者、赋闲之工商人、解散后之军官兵士、苦力七类人，而其他地区失业人数极有可能"倍蓰于津埠"。[2] 鉴于其中一些人根本就没有就业意向与衣食之忧，另一些人则由于知识缺陷而较少从事体面职业的可能，毕业生的处境便极为尴尬，这些接受过学校教育的青年不但面临失业的威胁，而且即便在找到工作后也极有可能因对自身的较高预期而在理想与现实的落差中感到失意。正如有人认为各类学校招生规模的扩张使得人才供过于求，多数毕业青年因难以找到理想工作普遍存在"屈就"之感，而低于预期的职业又进一步造成了青年的经济与家庭问题，之所以苦闷心理在青年群体之中体现得尤为明显，则是因为相比于更加困苦的赤贫阶层他们还没有苦到极点，还有拥有品尝苦闷的余裕。[3] 还有人在此基础上进一步用数据呈现当时的求职状况，以此证明青年群体从学生时期的崇高理想中跌落是人满为患的社会中的普遍现象，同时也是他们对革命具有热情的原因之一。[4] 除此以外，读书经历在部分人眼中还成了求职就业的障碍：有人认为学生在校所学的"高深的文学"与"不能实用的科学"并不能有效提升工作技能，因此他们在进入社会后不是"扞格不入"就是"无立足之地"，有成为"高级的游民"的危险[5]；甚至还有人过激地视学校为"腐朽阶级的垃圾桶"而赞成"读书无用论"，因为"学校里教的功课没有一种可以拿到社会上来应用"，所以一些青年只好在毕业后再入党政学校谋出路。[6]

　　另一方面，相比于与生计密切关联的出路与前途问题，青年的苦闷同

---

① 中华民国建国史讨论集编委会：《中华民国历史与文化讨论集（第一册）：国民革命史》，正中书局，1984，第 367 页。

② 东雷：《失业》，《新闻报》1922 年 12 月 27 日，第 7 版。

③ 薫宇：《青年底生活问题》，《一般》1926 年第 1 卷第 1 期。

④ 陆定一：《读〈青年的生活问题〉》，《一般》1926 年第 1 卷第 3 期。

⑤ 智周：《今后教育的趋势》，《奉天教育杂志》1924 年第 3 卷第 9 期，第 97 页。

⑥ 章克标：《谭现下学风及其他（对话）》，《一般》1927 年第 3 卷第 1 期。

样来自提升自身象征资本的迫切要求，这正如李大钊所说："老人以名望地位之既获，举动每小心翼翼，敬慎将事；青年以欲获此名望与地位，则易涉于过激。"① 如果要在社会整体范围内对这一点加以求证可能并不容易，但发生于新文学场域内的一些事实无疑提供了"缩影"。在20世纪20年代的年长一辈眼中，青年作者仍然属于青年群体的一部分，因此同样可以被作为训诫的对象，如海归博士刘半农在1927年便曾居高临下地指责青年作者在人生态度上的"懒惰"与学问上的"不肯用功"，甚至于在创作中也总是写出充斥着"悲哀，苦闷，无聊……等滥调"的"一路货"。② 绿波社青年作家孙席珍这位日后的浙江作协副主席在当时则因为在各种副刊上发表诗歌而被钱玄同、刘半农等人戏称为"诗孩"。除此以外，声望较低的青年作者的作品在当时的发表渠道可能也并不顺畅，在一篇提及当时文坛现状的刊物后记中，编辑者便在暗示既存团体压制青年作者的同时承诺他们的刊物不但面向一般读者，也并不排斥青年的稿件。③ 面对知名人士的威望所带来的压力，青年群体则大多持挑战姿态以应对，如果从这个角度看来，"杨树达事件"除了昭示事件主角是一个精神病患以外，还应该具有更多的象征意义与启示性：这个青年学生不但闯入鲁迅家中借钱并出言不逊，还将当时享有声望的周氏兄弟、马裕藻、陈源、孙伏园等人与冯玉祥、吴佩孚之类的军阀头目混为一类。④ 可想而知，相比于《小说月报》《文学旬刊》之类的机关刊物，报纸副刊便更易成为青年人发起挑战、表达不满进而博得关注的平台，如当时的一位北师大学生便对周作人因北京商会要求优待溥仪而迁怒于全体北京市民的做法⑤质疑，不但批评其意气用事，而且分点指出文中的逻辑缺陷⑥；一位唐山大学学生认为鲁迅对人名汉译方式的批判属于没话找话的无聊之作，作者既然身为"名人"就更应该以郑重的态度发表作品，反之便可能因"故意纵事

---

① 李大钊：《青年与老人》，《新青年》1917年第3卷第2期。
② 刘半农：《老实说了吧》，陕西人民出版社，2013，第59-60页。
③ 《编辑后记》，《一般》1928年第4卷第1期。
④ 鲁迅：《记"杨树达"君的袭来》，《语丝》1924年第2期。
⑤ 具体表述为："北京市民是中国人中家奴气最十足而人气最少的东西，他们要是没有'主子'在上头，是天也不会亮的；他们之被强迫为民国人民实在是很委屈的，真真是对不起的。"开明：《听说商会要皇帝》，《京报副刊》1924年12月27日第21期。
⑥ 大意有两点："呈请政府恢复清室优待条件"并不等于"请溥仪出来做皇帝"；北京总商会有"家奴气"也并不等于北京市民有"家奴气"。班延兆：《读〈听说商会要皇帝〉后》，《京报副刊》1924年12月30日第24期。

吹敲或失之苛责"而产生"失却人信仰的危险"①；另一位北平世界语专门学校的学生则暗讽当时的"批评家""创作家""主义家"在成名之后就大多变得表里不一。② 除此以外，抓住知名人物的"硬性"错误展开攻击也是可行的做法：有人罗列出王统照诗歌翻译中的种种错误③，有人质疑朱湘的英文理解能力与学术地位④，甚至还有人指出郑振铎在介绍新亡作家卜留沙夫时错误地选用了卢那查尔斯基的肖像⑤。特别值得注意的是，在登载此类文章之后，身为编辑的孙伏园经常会在末尾加上按语，以看似公允、理性的谨慎姿态有限度地偏向名望较大的一方，一面讨好了权威，另一面又消费了青年，同时也使《京报副刊》博得了各方眼球。当然，随着时间推移与形势发展，来自青年的挑战也由原先副刊中相对零散的各自为战变得更具集团性与攻击性，正如由叶灵凤、潘汉年所主编的宣称"摆脱一切旧势力的压迫与束缚"且"十分欢迎同时代青年朋友投稿"⑥ 的刊物《幻洲》，几乎在每一期中都能见到以各种方式展开的针对前辈们的挑战。以上所述虽只是冰山一角，但从中亦不难发现，无论青年群体是否在理，他们针对一些鸡零狗碎问题反复发难的动机本身就是值得怀疑的，其根本目的可能还在于通过挑战权威来凸显自身的存在。郁达夫的学生刘大杰在30年代曾以过来人的身份隐晦地提及了青年苦闷与地位名望之间的关系，他认为新文化运动在起初阶段确实能够与青年群体"共鸣共燃"，但那些曾为青年同路人的"运动的有力者们"在"出出风头，造成个人的地位"之后便开始"向各方面告退"，转而去"做官、办党、抱爱人、替青年男女证婚"，因此"那次的运动，又没有得到多大的功效，更引起青年的烦闷与消沉"。⑦ 这正说明针对既得名望者的挑战是多数尚未得志的失意青年排解内心苦闷的一条途径。

正如夏志清认为民国旧派小说提供了一些"社会性数据"，即"民国时期的中国读者喜欢做的究竟是哪几种白日梦"⑧，新文学小说中的青年

---

① 潜源：《"咬文嚼字"是"滥调"》，《京报副刊》1925年1月20日第42期。
② 荆有麟：《变迁》，《京报副刊》1925年1月14日第36期。
③ 甘人：《王统照译诗摘谬》，《京报副刊》1925年5月9日第143期。
④ 乔逴作：《盲目的读者》，《京报副刊》1925年3月15日第89期。
⑤ 荆有麟：《郑振铎君错了》，《京报副刊》1925年1月30日第46期。
⑥ 《本刊编辑部启事》，《幻洲》1926年第1卷第1期。
⑦ 刘大杰：《新文化运动的生路》，《主张与批评》1932年第3期。
⑧ 夏志清：《中国现代小说史》，刘绍铭，等译，复旦大学出版社，2005，第19-20页。

苦闷书写同样表现出对前述诸种心理的印合。

一方面，部分作品在客观上迎合了青年读者恋爱中的情感苦闷：《红玫瑰》① 中的学生顾颖明因心中至爱的"红玫瑰"要与另一名青年陈菜结婚而患上名为"男女性癫痫"的狂症；《碧海青天》② 中的肯波设法营救被卖到妓院的云娥却最终失败，并在云娥投海自杀后前往海边作画以寄托哀思；《未寄的一信》③ 中在外谋生的 M 在得知家乡的恋人 G 嫁给别人后写下一封袒露内心伤痕的信，并决定以自我放逐的方式继续漂泊的人生；《葬礼》④ 中的式君在绝望中点燃了曾经的恋人的照片与先前收藏的 200 多封情书自焚而死；《摩托车的鬼》⑤ 中的子英在被章女士玩弄感情后抛弃，只能在中年弃妇那里寻得安慰；《竟辜负了这一套洋服》⑥ 中好不容易借到洋服与钱的 S 本想约心仪的 L 女士逛公园，却得知心上人早已同别人交往而感到失落；《微雪的早晨》⑦ 中的朱雅儒因青梅竹马的陈惠英嫁给军官而发狂致死……随着形势发展下革命氛围的日趋浓厚，青年的情感苦闷也在对革命的想象性书写中得到宣泄：《纪念碑的奠礼》⑧ 中计划通过刺杀军阀头目来营救革命战友的新生因准备不周而牺牲，却因自身的英雄气概而获得同样具有革命信念的平子姑娘的芳心，后者也殉情而死；《菊芬》⑨ 中小有名气的革命诗人江霞在逃难中被敬仰自己的天真活泼的女学生菊芬所吸引，但在发现菊芬与报社编辑薛映冰的恋爱关系之后决定退出争夺来成全别人，这些正说明伴随着革命元素的介入，原先落魄失意的苦闷青年虽然还无法真正地与心上人终成眷属，但至少也可能成为被崇拜的对象了。总而言之，青年群体正是在阅读上述小说中青年人物的情感苦闷时产生了共鸣，进而获得了一种基于代入感的"受虐式"满足。

另一方面，一些作品同样将书写苦闷的笔触投向两性情感以外的其他方面，从而能够满足现实中那些因处境艰难、前途迷茫而倍感失落的青年

---

① 庐隐：《红玫瑰》，《小说月报》1921 年第 12 卷第 7 期。

② 顾仲起：《碧海青天》，《小说月报》1924 年第 15 卷第 1 期。

③ 含星：《未寄的一信》，《小说月报》1925 年第 16 卷第 2 期。

④ 滕固：《葬礼》，《小说月报》1925 年第 16 卷第 5 期。

⑤ 滕固：《摩托车的鬼》，《小说月报》1925 年第 16 卷第 7 期。

⑥ 仙舟：《竟辜负了这一套洋服》，《京报副刊》1925 年 8 月 8 日第 232 期。

⑦ 郁达夫：《微雪的早晨》，《教育杂志》1927 年第 19 卷第 7 期。

⑧ 许杰：《纪念碑的奠礼》，《小说月报》1927 年第 18 卷第 3 期。

⑨ 蒋光慈：《菊芬》，《创造月刊》1927 年第 1 卷第 9、10 期。

们的心理需求。正如前述情感苦闷类文本中的主人公也大多是各个方面的"弱者"：幼年时被父母抛弃的顾颖明没有受过"好教育"，因其他青年"戴着帽子"自己却"光着头"而自卑、不平；被家中断了资助的式君因江浙战争而领不到工资，只能靠不断典当书籍、衣服勉强维持生活；家境贫寒的朱雅儒虽说成绩优异却也只能在陈惠英家的接济下读书生活……还有部分作品将重点置于青年的内心屈辱之上：《神游病者》① 中极度自卑的逸鸥不但自认"丑陋"与"贫乏"，而且时刻感到"受人家压迫讪笑的耻辱"，最终在酒后投水自尽；《会见》② 中曾经"做惯了英雄"的贫穷学生在经济困境中不得不低三下四地来到阔人家里"乞怜"与"挨窘"；《还乡》③ 中因找不到工作而万分愧疚的毕业青年趁夜晚无人时归家，在同族人的轻视中慨叹着知识的无用；《箱子》④ 中信奉"有了钱便是人，没有钱便是牛马"的科君不但因大把的当票遭到富家学生的嘲弄，还在索取稿费时受到编辑部的冷落……此外，青年人物的苦闷也经常会在不满情绪的宣泄中得以表现，其中的被针对者则大多是一些有钱、有权、有地位的"强者"：朱雅儒喝完酒就开始"放声骂社会制度的不良，骂经济分配的不均，骂军阀，骂官僚"；科君视富有的青年为"有钱的猪"，宁可卖文为生也不要他们的"臭钱"；顾颖明不但将条件优越的青年陈菜视为"狡鬼""恶魔"，而且想用尖利的刀"刺着他的咽咙"，使其无法说出具有诱惑力的"媚语甘言"；子英幻想与章女士一起兜风的青年故意驾驶汽车将自己轧死；逸鸥一边痛恨着那些"无限骄人"且"履声阁阁"的西装少年，一边在内心"洄旋着复仇的计划"⑤；P 君因别人靠着"奔走权门，当走狗，拍马吹牛"获得名望与地位而"对于读书失了信仰"，进而起了到异乡做乞丐的念头⑥……当然，对"强者"的刻意丑化同样能够收到类似的效果，如黎锦明小说中的那位具有美国法学博士学位的青年律师便是一个在庭审中连话都说不出的"大傻瓜"。⑦ 可以预想的是，随着青年苦闷与革命元素的结合，此类书写也显得愈发激进，正如《少年漂泊

---

① 王以仁：《神游病者》，《小说月报》1924 年第 15 卷第 11 期。
② 焦菊隐：《会见》，《京报副刊》1925 年 12 月 7 日第 350 期。
③ 王以仁：《还乡》，《小说月报》1926 年第 17 卷第 3 期。
④ 顾仲起：《箱子》，《小说月报》1927 年第 18 卷第 11 期。
⑤ 王以仁：《落魄》，《小说月报》1925 年第 16 卷第 1 期。
⑥ 秋明：《起了逃走的念头》，《京报副刊》1925 年 3 月 12 日第 86 期。
⑦ 锦明：《幸福真谛》，《小说月报》1927 年第 18 卷第 7 期。

者》中的汪中不但佩服"爱打抱不平"的好汉，憎恶"圣贤"与"喜欢耀武扬威有权势的人们"，而且拳打了有美妇陪伴在旁的洋人，甚至幻想着将富人的头劈成两半。①

在此需要进一步指出的是，读者与作者之间的阅读/创作心理也并非完全一致。一方面，促使青年读者阅读上述作品的苦闷心理虽然真实，却并没有得到充分的理解：有人认为青年"何尝是真正感到烦闷"，只是"感情作用"在作祟，所以"忽然而忧，若要自杀；忽然而乐，若已登极乐世界"②；有人认为青年应该摆脱那些令人悲观的"社会改造或者恋爱奋斗的现实问题"，以此来"使现实之梦打破，而暂游于理想之天"③；还有人认为青年的苦闷多属"莫名其妙的神秘的烦闷"，不但粗浅无聊之至，而且荒废了时间，其根源还在于他们自己的"畏难"与"躲懒"，只知空想与抱怨而不去奋斗。④ 除此以外，部分作品中甚至存在着对青年苦闷心理的反讽：叶圣陶小说中因恋爱问题而"跌入烦闷之渊"的青年连山在遇到万小姐后便心花怒放地展开追求，在失败后又立即心灰意冷地想要自杀，最终却被镜中自己的狼狈模样逗乐而放弃了自杀的念头⑤；张闻天笔下将"人生意义"与"自杀"常挂嘴边的青年陈光德在与表妹恋爱时决定"将全部生命贡献于恋爱的祭坛"，在被表妹抛弃后便立刻觉得人生毫无意义，随后在得到表妹女友王明珠的安慰后竟然又瞬间恢复了活力，以至于使人心生感慨："恋爱了，失恋了；失恋了，又恋爱了：这是多么容易的事。"⑥ 类似的调侃式书写在某种程度上正是对青年苦闷心理的一种嘲弄与反拨。另一方面，苦闷书写在创作动机层面的情况相对复杂，这其中既包括了王以仁、顾仲起那般在现实里革命自杀的青年作家渴望寻求共鸣的真情流露，也存在着一些刻意追逐题材热点以投合青年心理的作品，乃至于出现更大范围内的跟风效仿。平心而论，以创造社为代表的多数作家作品中都或多或少地存在不真实的嫌疑：茅盾曾一针见血地指出部分新文学作者沾染了名士习气，在作品中故作"无病呻吟"的"浩叹悲歌"⑦；

① 蒋光慈：《少年漂泊者》，《蒋光慈文集》第 1 卷，上海文艺出版社，1982，第 16、24 页。
② 雁冰：《杂感》，《文学旬刊》1923 年第 76 期。
③ 燕生：《看了青年爱读书十部征求的结果以后》，《京报副刊》1925 年 4 月 3 日第 108 期。
④ 周为群：《青年底一种烦闷》，《一般》1926 年第 1 卷第 4 期。
⑤ 叶绍钧：《一个青年》，《小说月报》1924 年第 15 卷第 2 期。
⑥ 张闻天：《恋爱了》，《小说月报》1925 年第 16 卷第 5 期。
⑦ 沈雁冰：《什么是文学》，《中国新文学大系·文学论争集》，上海文艺出版社，1981，第 155 页。

刘半农则认为创作此类作品的目的还在于"博到人家的怜悯"，真实情况却是作者本人"身上穿的是狐皮袍，口里咬的是最讲究的外国烟，而笔下悲鸣，却不妨说穷得三天三夜没吃着饭"[①]；徐志摩甚至不留情面地指名道姓："创造社的人就和街头的乞丐一样，故意在自己身上造些血脓糜烂的创伤来吸引过路的人的同情。"[②] 上述批评无疑都具有一定的合理性，正如有论者指出："无论是郁达夫、郭沫若，还是王以仁以及其他什么'五四'作家，他们的穷窘困顿绝不至于到了危及于生命的绝境。"[③] 然而也必须要承认，创作动机并不会过多影响到阅读时的接受效果，而新文学作品对人物在恋爱受挫中的悲观失望、经济重压下的屈辱不平、地位不显时的愤世嫉俗等方面的模式化苦闷书写也确实在相当程度上与身处 20 世纪 20 年代现实困境中的民国青年的心理状态相吻合。张爱玲曾表示迎合读者心理的办法不外乎两条："一是说人家所要说的，二是说人家所要听的。"[④] 正如其所说，苦闷书写在满足青年读者心理需求的同时，也在客观上提升了作品的"偏爱价值"，进而能够在情感层面与俗相通。

四、作为"造势"策略的关联性建立

事物在一定范围内的流行通常伴随着相应的造势，而造势的有效方式之一就在于建立目标事物与范围内其他事物之间的关联。对于具有虚构性质的各类作品来说，建立关联的途径有两条，其一为在作品与现实之间建立关联，其二为在此作品与其他作品之间建立关联。事实上这种策略在商业语境下的产品推广中已经一再被使用：一方面，就作品与现实之间的关联性而言，许多作品以各种方式介入现实生活，正如依托动漫和电子游戏而产生的周边产品，其中不但包括还原人物造型的"手办"[⑤] 与 COS-PLAY[⑥]，还包括此类主题下的日用品、服装、套餐、酒店[⑦]……几乎衣食

---

① 刘半农：《老实说了吧》，陕西人民出版社，2013，第 58 页。
② 饶鸿兢，等编：《创造社资料》，知识产权出版社，2010，第 676 页。
③ 倪婷婷：《"五四"作家的文化心理》，南京大学出版社，2005，第 71 页。
④ 张爱玲：《论写作》，《流言》，北京十月文艺出版社，2012，第 80 页。
⑤ "手办"指未涂装树脂模件套件，是收藏模型的一种，也是日本动漫周边中的一种，英文原文为 Garage Kits（GK），是套装模件（Model Kits）的意思。
⑥ COSPLAY 是英文 Costume Play 的简写，指利用服装、饰品、道具及化妆来扮演动漫作品、游戏中及古代人物的角色。
⑦ 苏瑜：《中国网络游戏周边产品的符号消费意涵分析》，硕士学位论文，北京印刷学院，2018，第 27 页。

住行无所不包，又如中世纪魔幻题材剧作《权力的游戏》的制片公司便将虚拟世界中的"铁王座"复制了 6 份藏于现实世界的 6 个角落以供狂热的粉丝们去寻找①，而衍生于其他作品的真人秀更是比比皆是；另一方面，就作品之间的关联性来说，许多作品在诞生后没多久就出现了大量的前传、外传、续篇，这些续作与原作之间同样存在着千丝万缕的联系，正如电子游戏中以"丧尸"为题材的"生化危机"系列和电影中以"超级英雄"为题材的"复仇者联盟"系列。除此以外，作品之间的关联性有时甚至会以极端面目出现，即不同题材系列中的内容"乱入"② 进同一部作品之中，如 20 世纪 90 年代传遍大街小巷的一本讲述葫芦娃对抗变形金刚的图书。③ 上述现象正说明了特定事物的流行与关联性的建立之间存在着关系，其中的效用机制至少有两点：第一，就作品与现实来说，作品通过对现实施加影响而提升了自身的存在感，使接受者产生作品内容与现实生活密切相关的幻觉，增强了对作品的沉浸式体验；第二，就作品与作品来说，不同作品之间的相互指涉不但以类似于打广告的方式提升了曝光率，而且极有可能促生这样的情况，即接受者对特定系列中某部作品的兴趣引发了对此系列中其他作品的兴趣。以上两点的共性就在于通过模糊作品与现实或作品与作品之间的界限以达成去中心化的效果。

建立关联的做法在通常意义上的通俗文学领域也依然存在。一方面，作者常常尝试着构建作品与现实世界的联系。以周瘦鹃为例，首先，他在部分作品发表时会有意地提供创作的现实背景，如在《九华帐里》的前记中，他便宣称此作是应包天笑等人的要求而写，而后者希望读到周氏的以本人新婚生活为题材的"事实的言情小说"。④ 其次，周瘦鹃也常常通过与读者的互动来建立文本与现实的关联，如在《空墓》的后记中他便承认原本是想写出圆满的结局，无奈天生"喜欢说哀情"的自己最终还是写出了"杀风景"的结局，并且希望不要因此而得罪看官们⑤；又如在《喜相逢》的后记里，周瘦鹃承认之所以"做这一篇极圆满的小说"，是因为读

---

① 《寻找铁王座！〈权游〉助剧迷体验"登基"乐趣》（2019 年 3 月 29 日），http：//ent.ifeng.com/c/7lRJrCE8flW。
② "乱入"（らんにゅう）指闯入，经常出现于游戏中，多指不应该出现的人出现了或出现在不该出现的地方，还有其他动漫的人物（貌似的）闯入动画或游戏。
③ 李向伟：《葫芦娃大战变形金刚》，知识出版社，1993。
④ 瘦鹃：《九华帐里》，《小说画报》1917 年第 6 期。
⑤ 周瘦鹃：《空墓》，《礼拜六》1921 年第 116 期。

者和周围朋友认为哀情小说令人伤心、不合于"卫生之道"，并且他还将小说中成全男女主人公的"月老"设置为一个杂志编辑，将读者对此人身份的猜想引向自己。① 最后，周瘦鹃还能够依托热点事件来建立文本与现实的关联，《紫罗兰》杂志的红极一时在相当程度上便得益于此，除了他与初恋女友紫罗兰的"真假难辨的爱情传奇"经由其他作者演绎后成为读者茶余饭后的不竭话题之外，他还趁着另一位紫罗兰女士于1928年访沪之机连续在《上海画报》上写了4篇追捧性质的文章，甚至在该女士宴请新闻界的公开场合下当面致欢迎词。② 另一方面，不同作品之间的相互指涉同样是通俗文学的惯用手段。如程小青的一系列侦探小说之间虽说相对独立完整，但又多是以霍桑与包朗两个人物间主次相衬的方式展开行文，甚至于其中某一篇作品的内容可能作为另一篇的背景而被提及。将作品之间关联性发挥至极致的是金庸，虽然他的"射雕三部曲"各自独立成篇，故事设定的历史背景也各不相同，但作者在叙述中有意识地借助人物的血缘与师承，以及武学的传续与发展来突出三者之间的关联。除此以外，某一篇中的主要人物甚至有可能作为次要人物出现在另一篇中，反之亦然，前者如《射雕英雄传》中的主人公郭靖在《神雕侠侣》中作为次要人物继续登场，后者如《神雕侠侣》末尾出现的龙套角色张君宝（张三丰）在《倚天屠龙记》中成为开创武当派的主要人物。特别值得一提的是，作品之间的关联性有时并不会被写明，而仅仅是以"彩蛋"③ 的形式加以暗示，这种做法就更加激发了读者探索文本、交流心得的热情。由此可见，深谙此道的通俗作家往往并不满足于将读者对作品的接受限制在某个封闭的语境之中，无论是作品与现实之间还是作品与作品之间，他们更乐于建立一些关联并希望引起读者的注意，进而提升作品的影响。

　　建立关联的策略在多数新文学作家眼中只是不值一提的雕虫小技，虽说在一部分文本中依然可以发现关联性内容的存在，如《狂人日记》与《药》分别影射了现实中徐锡麟与秋瑾的就义，而《风波》中的主要人物七斤在《阿Q正传》中同样被顺笔提及，但无法否认的是，上述情况并不是作者刻意要追求的结果。然而在创造社群体那里，对关联性的建立却

---

　　① 周瘦鹃：《喜相逢》，《礼拜六》1921年第120期。
　　② 陈建华：《紫罗兰的魅影》，上海文艺出版社，2019，第202、242页。
　　③ "彩蛋"源自西方复活节找彩蛋的游戏，是指电影中不仔细寻觅就会被忽略的有趣细节。

极有可能存在着某种程度的刻意性，正如将张资平连载于《创造月刊》的小说《苔莉》与该群体内的其他各类文字进行比照之后，就不难发现作者是在有意地提醒读者注意文本之间的关联：

> 此次旅行得了相当的收获。除学校的实习报告外，我还写了点长篇的东西，一篇是"热带记游"，一篇是"飘零"。这两篇就是我送给我的苔莉的纪念品——此次南行的纪念品。①
>
> "你就是'沦落'的作者？还这样年轻！谁都不相信吧。"她脸红红地向克欧笑了一笑。"是不是？"她再翻向她的丈夫问。②

"热带记游"与"沦落"分别让人联想到郁达夫此前发表于本刊的游记性质的《南行杂记》③与其成名作《沉沦》，"飘零"则暗指作者自己的作品《落叶》与《飞絮》，而这两本书的广告也正是刊登于引文所在的第1卷第5期上。当然，关联性有时也会体现在某个细节上，如以下两段引文：

> "你是那一个？……你是阿兰？……病了？什么病?! 肠加答儿？好了些么？……是的，是的！我一早就来。"④
>
> 解剖的结果没有什么特殊的发现，只是小肠的粘膜层有些地方变菲薄了。解剖的诊断是"肠加答儿"。⑤

如上所示，张资平在小说中提及的医学术语"肠加答儿"⑥ 并不算常见，考虑到张氏在日本读的是地质专业，使用这个术语的真正用意可能还在于向此前一期刊物中郭沫若的《曼陀罗华》致敬。除了在文本之间建立关联以外，作者同样具有在作品与现实之间建立关联的野心，正如小说第33章中的书店职员当面追问男主人公"飘零"所述的是不是克欧与苔莉的真实情事⑦，这正表明作品与现实之间界限的模糊，以及伴随而生的读者猜

---

① 张资平：《苔莉》，《创造月刊》1926年第1卷第5期，第16页。
② 张资平：《苔莉》，《创造月刊》1926年第1卷第5期，第20页。
③ 郁达夫：《南行杂记》，《创造月刊》1926年第1卷第3期，第122页。
④ 张资平：《苔莉》，《创造月刊》1926年第1卷第5期，第18－19页。
⑤ 郭沫若：《曼陀罗华》，《创造月刊》1926年第1卷第4期，第28页。
⑥ "加答儿"源于日语"加答儿"，由英语"catarrh"音译而来，意思是"黏膜炎"。阎萍：《略论近代日本新造汉字词汇移植中国及其影响》，《辽宁师范大学学报（社会科学版）》2009年第6期，第105页。
⑦ 张资平：《苔莉》，《创造月刊》1927年第1卷第6期，第28－29页。

测是作者期待营造的理想阅读状态。

类似于《苔莉》的做法在创造社中被广泛采用。首先，利用纪实性文字来增加作品的曝光率是社中成员常用的策略。如成仿吾在《编辑后话》中对郁达夫的介绍："南国的熏风的一吹，好像已经在他的迷羊般的心里吹起了 Sehnsucht 的嘘息。"[①] 其中不但提供了郁达夫的行踪，而且呼应郁达夫在当年年底写于广州的小说《迷羊》，这应该不是巧合。王独清的"借书奇遇"则诠释了纪实类文字在创造社成员笔下的虚构与变通，根据一封公开发表的写给成仿吾与何畏的信件所述，旅途中无聊的王独清向邻房的乘客接连借到了 4 本自己读过的书，因为这些书都出自创造社作家之手。[②] 虚构性的最明显之处还在于借到书的顺序，由前到后依次为《沉沦》《落叶》《爱之焦点》《圣母像前》，除了顺序中所体现出"论资排辈"嫌疑之外，将《圣母像前》置于末位则显然是作者出于自谦的考虑。

其次，纪实类文字除了被用来在明面上"打广告"以外，有时候还能对读者的小说阅读起到诱导与暗示作用。被归为"杂记"类发表的《月蚀》[③] 记述了郭沫若和夫人带着三个儿子在上海生活的艰难不易，以及随之产生的对往昔旅日生活的美好回忆，这些内容正与稍后被作为"小说"发表的《歧路》[④]《圣者》[⑤] 两篇作品存在关联：前者叙述了一个落魄青年由于生计艰难而不得不将他的女人和三个儿子送回日本，后者则叙述了主人公爱牟为了让生活在上海的三个语言不通、没有朋友的儿子开心而买回花炮，却因疏忽而射伤了其中一个儿子的眼睛。上述关联的意义就在于能够充分利用普通读者对"杂记"类作品真实性的信仰，迫使他们认为相应"小说"类作品所叙述的就是现实生活真实存在的事情。当然，创造社作家对纪实类文字的利用还远不限于此，如果翻阅他们笔下的此类文本就会诧异地发现许多成员都宣称自己患有某种疾病：郁达夫在 1923 年公开发表的通信中便表示愿意因肺痨而了此残生[⑥]，而在 1926 年的两篇编辑后

---

① 仿吾：《编辑后话》，《创造月刊》1926 年第 1 卷第 3 期，第 132 页。Sehnsucht：企慕，仰慕而希望达到。
② 王独清：《去雁》，《创造月刊》1927 年第 1 卷第 7 期，第 132 页。
③ 郭沫若：《月蚀》，《创造周报》1923 年第 17、18 期。
④ 郭沫若：《歧路》，《创造周报》1924 年第 41 期。
⑤ 郭沫若：《圣者》，《创造周报》1924 年第 42 期。
⑥ 郁达夫：《海上通信》，《创造周报》1923 年第 24 期。

记中也分别表示自己是在"脸红气喘"①和"咳嗽不止"②的身体条件下从事编辑与创作；郁达夫的咳嗽似乎"感染"了成仿吾，在稍后一期的编辑后记中，成氏也同样表示自己受困于"不时袭来的喉症"，因此被"扫尽了创作的兴致"③；继成仿吾之后的多病者是王独清，他不但在编辑后记中自称患有"Hyperrophia Cortis"④与"神经虚弱"⑤，而且在书信中透露自己正遭受着"心脏病"的折磨。⑥从中不难发现，上述病症中无论是呼吸道的还是皮肤的，神经的还是心脏的，它们并不具有立即致命或致残的"显性"表征，大多属于慢性、间歇性疾病，这就为创造社的"多病"作家继续出现在同行与公众面前提供了某种"方便"，而他们之中寿命最短的王独清也活到了43岁，死因为伤寒。类似的疾病情况同样出现在作家们的小说人物身上，疾病的慢性与间歇性在客观上允许病症不会过多限制到人物在文本中的行动能力，仅仅是作为背景性信息而存在，因此不至于阻碍到作者原本的情节构思，正如《密约》⑦中C君的疾病并没有限制其与友人之妻的秘密幽会，《畸人》⑧中郑先生的疾病也仅仅是为其在三角恋爱中落败后的吐血埋下伏笔。由此可见，创造社作家在利用纪实类文字向外界提供群体内部信息的同时，也在小说中借助相关内容的书写给予读者诱导与暗示，试图通过两者之间的关联营造出"虚幻的真实感"。至于纪实类文字的真实与否虽说无法武断地给出结论，但其中的倾向性是客观存在的，这是因为作者对自身信息的展示无疑都会经过主观的选择。

最后，无论是在作品与现实还是作品与作品之间，关联性有时可能仅仅存在于某些细节上。如郁达夫在全集出版的自序中便宣称要将"回视过去的污点"作为自己"洁身修行的一种妙法"⑨，而创造社作家在小说中书写青年落魄时也经常会顺笔提及男性人物过去的荒唐历史：度浸在三年漂泊中饱尝忧患的同时，也"经过了非常放荡的生活"⑩；敬源同样具有

---

① 达夫：《尾声》，《创造月刊》1926年第1卷第1期，第137页。
② 达夫：《编辑者言》，《创造月刊》1926年第1卷第2期，第140页。
③ 仿吾：《编辑余话》，《创造月刊》1926年第1卷第4期，第115页。
④ 王独清：《编辑后》，《创造月刊》1927年第1卷第7期，第134页。Hyperrophia Cortis：皮质增生。
⑤ 王独清：《编辑事项及其他》，《创造月刊》1927年第1卷第10期，第108页。
⑥ 王独清：《去雁》，《创造月刊》1927年第1卷第7期，第132页。
⑦ 张资平：《密约》，《创造月刊》1926年第1卷第1期，第121页。
⑧ 赵伯颜：《畸人》，《创造月刊》1926年第1卷第3期，第81页。
⑨ 郁达夫：《达夫全集自序》，《创造月刊》1926年第1卷第5期，第101页。
⑩ 王独清：《三年以后》，《创造月刊》1927年第1卷第7期，第121页。

一段追求"享乐快感"的终日与醇酒妇人为伍的"狂荡生活"经历①；白先生虽然在生活困境中对上海的纸醉金迷与贫富不均深感不满，但他自己也曾经为了结交女伶而"沉湎在像魔窟一般的游戏场中"，甚至于"几乎堕落到死之渊内去了"②……此类情况在创造社作家笔下屡见不鲜：郁达夫曾表示对于像自己一般的"垂死之人"来说，名誉并不如"一具薄薄的棺材"值钱③，相隔一期刊物上便登载了张资平的围绕"棺材"做文章的小说：自感"生命怕不能再延长一个年头"的 V 君不但贫困到连"棺材钱"也没有，而且走进了一个同时售卖米和棺材的古怪店铺④；郁达夫在一封公开发表的"旧信"中流露出没钱给孩子做洋服的愧疚⑤，随后一期刊物上便登载了张资平的围绕"洋服"做文章的小说：家庭经济状况不佳的 C 君夫人因没钱为孩子购买"绒布制水兵式西装"而"赧然"⑥；郁达夫曾经在通信中表示自己的心头正被"一种 Nostalgia 笼罩住了"⑦，随后两期的刊物上便连载了滕固的以"乡愁"为题目的小说⑧……当然，关联性也可能存在于虚构类作品之间：《密约》⑨ 中在温泉旅馆中与友人之妻偷情并咯血的 C 君能够使人联想到《南迁》中在箱根温泉与有夫之妇通奸的伊人；《楼头的烦恼》⑩ 中被隔壁租客的"喘息和呻吟"与房东女儿的诱引折磨得消瘦萎靡的 T 君能够使人联想到《沉沦》中因偷窥房东女儿洗澡与听见草丛中"舌尖吮吸的声音"而倍感苦闷的体弱主人公；甚至部分作品不约而同地将男女人物初识的地点设置在传教者家中，如《南迁》中的伊人与女学生 O 初识于经常外出传道的 C 夫人家中，《植树节》⑪中的 V 君与妻子也是初识于宣教师 G 的家中，《歧路》⑫ 中的主人公则直接娶了一个牧师的女儿为妻。在此有必要指出的是，部分文本之间的关联

---

① 段可情：《一封退回的信》，《创造月刊》1927 年第 1 卷第 8 期，第 27 页。
② 段可情：《铁汁》，《创造月刊》1927 年第 1 卷第 9 期，第 49 页。
③ 达夫：《尾声》，《创造月刊》1926 年第 1 卷第 1 期，第 137 页。
④ 张资平：《植树节》，《创造月刊》1926 年第 3 期，第 95 页。
⑤ 郁达夫：《给沫若的旧信》，《创造月刊》1926 年第 1 卷第 1 期，第 133 - 134 页。
⑥ 张资平：《寒流》，《创造月刊》1926 年第 1 卷第 2 期，第 80 页。
⑦ 郁达夫：《海上通信》，《创造周报》1923 年 10 月 20 日第 24 期。Nostalgia：乡愁。
⑧ 滕固：《乡愁》，《创造周报》1923 年第 25、26 期。
⑨ 张资平：《密约》，《创造月刊》1926 年第 1 卷第 1 期，第 121 页。
⑩ 周全平：《楼头的烦恼》，《创造月刊》1926 年第 1 卷第 2 期，第 88、92 页。
⑪ 张资平：《植树节》，《创造月刊》1926 年第 1 卷第 3 期，第 102 页。
⑫ 郭沫若：《歧路》，《创造周报》1924 年第 41 期。

虽说并不"严整"，但即便是隐秘、微弱的关联也能够提供给读者遐想的空间。总而言之，创造社的各类文本之间在细节方面确实存在着或强或弱、或隐或显的关联性，考虑到部分相关联的文本在同种刊物上的发表时期相隔较近，因此就不能完全排除作者或编辑者有意为之的可能性。

弗兰克·埃夫拉尔在谈及"副文本"时认为，"标题、副标题、序、跋、题词、插图、图画、封面"等文本外因素都可能影响到读者的"阅读方式与期望"。[1] 相比而言，创造社用于影响读者的手段可能还不限于此：一方面，社中成员在虚构类作品中书写人物及相关事件的同时也在纪实类文字中不断展示着群体成员自身的形象与境遇，并有意识地让读者注意到两者之间的相似性；另一方面，他们还在虚构类作品内部建立联系，并试图以此来模糊不同作品之间的审美界限，即便此类尝试有可能只是基于一个形象、一幅画面、一段情节中的细微之处。鉴于此，对创造社的各类文字展开互文性阅读虽说难免繁杂、琐碎，却仍不失为一种必要、有趣的探索方式。除此以外，社中成员对关联性的多层次构建无疑得益于他们对特定刊物编辑权的完全占有，这就为作家、编辑能够自由地发表、选择那些具有关联性的稿件打开了方便之门。因此在某种意义上说，创造社作家更像是借助了"品牌效应"以"同气连枝"的姿态共同创作着某些"系列"下的不同作品，而关联性建立作为一种"造势"策略也在辅助阅读的同时进一步提升了作品在青年读者市场的知名度。

第三节　故事本位的趣味性兼顾

相比于第一节中茅盾围绕某个理念展开情节构思的"主题先行"，老舍在 20 世纪 20 年代的小说创作经验则代表了另一种情况，即以故事为核心，主题思想则居于相对次要的位置，正如其"最爱的作家"康拉得（德）所做的一样："他绝不是那种寓言家，先有了要宣传的哲理，而后去找与这哲理平行的故事。他是由故事，由他的记忆中的经验，找到一个

---

① 弗兰克·埃夫拉尔：《杂闻与文学》，谈佳译，天津人民出版社，2003，第 48 页。

结论。这结论也许是错误的，可是他的故事永远活跃的立在我们目前。"①
区别于那些旨在启蒙的文本，老舍对康氏的偏爱正说明其早期创作的动机
可能更多还在于通过故事来提供趣味，正如他对自己写作《老张的哲学》
与《赵子曰》时心态的回顾："不管是谁与什么吧，反正要写得好笑好
玩；一回吃出甜头，当然想再吃；所以这两本东西是同窝的一对小动
物。"② 除此以外，部分读者的阅读反应也能够从侧面提供佐证，正如许
地山在老舍为其朗读《老张的哲学》时"只顾了笑"而顾不上"批
评"③，张爱玲与母亲在读到《二马》时则分别"靠在门框上""坐在抽
水马桶上"大笑不止④，他们的"笑"正是文本趣味性所造成的。老舍在
谈及自己的构思过程时便直言："大多数的小说里都有一个故事，所以我
们想要写小说，似乎也该先找个故事。"⑤ 这种"故事先行"的论调无疑
属于启蒙语境中的非主流观点，因为对"故事"的看重在某种程度上便意
味着对"思想"的看轻。

老舍的案例生动昭示出 20 世纪 20 年代新文学群体内部构成的复杂
性，其中既存在着欧风美雨洗礼下持新文化运动激进姿态从事创作的主流
作家，也存在着相对消极的"被吸纳者"，他们虽说在人生经历、身份地
位、社会关系等外在因素作用下被理所当然地视为群体内部成员，但是却
因诸种原因而较少受到来自群体的影响，进而得以保留下较多的独立性与
异质性，因此他们在创作动机上也就不具有太多的"听将令"色彩。平心
而论，故事往往是由丰富的情节所支撑，而在小说中弱化情节的平淡叙事
本身就是一种处于压抑状态下的不自然做法，所以部分新文学作者在小说
创作中有意无意地"露出马脚"便毫不奇怪。

一、遭受排斥的"故事性"

有论者指出，"五四"作家中"很少人特别注重情节的安排并靠布局
奇巧吸引读者"，"情节曲折离奇"的评语在他们听来反而"颇有挖苦讽

---

① 老舍：《一个近代最伟大的境界与人格的创造者：我最爱的作家——康拉得》，《文学时代》1935 年第
1 卷第 1 期。
② 老舍：《我怎样写〈赵子曰〉》，《宇宙风》1935 年第 2 期。
③ 老舍：《我怎样写〈老张的哲学〉》，《宇宙风》1935 年第 1 期。
④ 张爱玲：《私语》，《流言》，皇冠出版社，1968，第 160 页。
⑤ 老舍：《怎样写小说》，《文史杂志》1941 年第 1 卷第 8 期。

刺的味道"。① 这正表明部分作家在小说创作中对故事性的排斥。将故事性摆上台面进行大范围批判的事件发生于 1925 年，杨振声的《玉君》在经由现代评论社出版发行后反响甚大且备受争议，而众人的批判也大多是从叙事层面展开的。

第一，内容的真实性问题。杨振声在介绍《玉君》的情节时曾接连使用五个"偏偏"以强调构思的精妙："譬如在《玉君》中，林一存海外归来，孑然独居。回首盛时，自愿玉君一如昔日。而偏偏玉君已有了情人；有了情人也罢，又偏偏是他的朋友；既是他的朋友，自愿此生此世，不再见到玉君，偏偏杜平夫又以玉君相托，偏偏要他作个红娘；作个红娘也罢，偏偏玉君处又来提亲；此真令人难堪之至者矣。"② 这种"顶针式"的情节概述方式分明与孔尚任对"事不奇则不传"的《桃花扇》的内容介绍如出一辙："《桃花扇》何奇乎？其不奇而奇者，扇面之桃花也；桃花者，美人之血痕也；血痕者，守贞待字，碎首淋漓不肯辱于权奸者也；权奸者，魏阉之余孽也；余孽者，进声色，罗货利，结党复仇，隳三百年之帝基者也。"③ 虽然作者对于可能遭受的虚假、编造的指责早有心理准备，并且在自序中也预先以"把天然艺术化"的说辞为小说情节上的巧合进行辩护，但仍然无法阻止众人以此为一个点展开攻击。诸如玉君跳海后获救并被送到林一存身边、跳海时遗失的白狐披肩由西海漂到北海并被玉君的家人发现、玉君丢失的日记被杜平夫拾得并让他得知真相等小概率发生的事件被视为叙事缺陷而广受质疑，正如向培良调侃玉君为了投水辛苦地走了"十多里地"，而她的围巾却又往回流了"十多里地"④，王以仁则讽刺情节的安置"谨严得过火"且令人"梦想不到"。⑤

第二，行文的记账式问题。杨振声曾对《玉君》所采用的"纵面写法"颇为自得，他认为诸如《水浒传》《红楼梦》等长篇小说都属于"横面的写法"，而像西洋长篇小说那样"从纵面写下去的"几乎没有。⑥ 杨氏所谓"纵面写法"在本质上是指以情节发展为线索，即围绕某个核心事

① 陈平原：《中国小说叙事模式的转变》，北京大学出版社，2010，第 111 页。
② 杨振声：《〈玉君〉自序》，《玉君》，广东花城出版社，2013。
③ 孔尚任：《〈桃花扇〉小识》。
④ 培良：《评玉君》，《京报副刊》1925 年 4 月 5 日第 110 期。
⑤ 王以仁：《〈玉君〉的小评》，《鉴赏周刊》1925 年第 3 期。
⑥ 杨振声：《〈玉君〉自序》，《玉君》，广东花城出版社，2013。

件展开叙述，在行文中交代事件的始末，正如当时便有人指出此写法类似于"三一律"中的"情事统一律"。①客观地说，"纵面写法"在情节叙述中具有连贯紧凑、环环相扣的优势，也更能引发读者的阅读兴趣，所以古人才会认为"头绪繁多"是传奇的大病，而"一线到底"且"无二事贯穿"方为可取的做法②，然而这种写法也极有可能因情节密度过大而被认定为"记账式"，如有人便认为《玉君》只是依靠"事实的堆积"而作成的"死板而呆笨的记账式小说"③ 或"肤浅的记账式的叙写"④。当然也必须指出，"记账式"这一话语虽说在 20 世纪 20 年代新文学群体针对各类作品的批评实践中被广泛使用，却始终未能获得精密的界定，因此其中的随意性是显然的。如果参照茅盾在 1922 年的说法，"记账式"包括三个方面，即塑造人物时详细交代每个角色的来历与结局，布局情节时采用下围棋的方式从每个角落向外扩展直至交汇，行文时只知记述而不知描写⑤，那么就可以轻易地发现许多作品所得到的"记账式"评价都值得商榷，正如《玉君》不但并未写明林一存和杜平夫的结局，而且文本对自然环境与人物心理的描写也较为出色。更加真实的情况是，任何具备完整、曲折情节链的作品都存在着被指认为"记账式"的潜在风险，其根源还在于部分新文学中人对故事性的排斥。

第三，模式化问题。《玉君》遭受质疑的另一个重要原因就在于被认为过多地模仿了古典小说中的既存套路，这在 20 世纪 20 年代可以算得上是非常严厉的指控。在当时的新文学成员眼中，"通情感"作为小说必须要承担的一种使命与作者创作态度的严肃性紧密关联，模仿式创作则直接意味着作者的笔下缺乏真情实感。正如向培良便认为作品中充斥着"仿效"与"借引"而并无"真正的情感"，只能算是"艺术的类似品"⑥，而他以情感为标准判定艺术优劣的观点分明与托尔斯泰关于"艺术赝品"的论述如出一辙："从前人的艺术作品中借用全部题材，或是借用前人的著名诗作中的个别特点，稍作改编，与一些附加的部分结合，构成一种看

---

① 金满成：《我也来谈谈关于〈玉君〉的话（下）》，《晨报副刊》1925 年 3 月 31 日第 71 期。
② 李渔：《闲情偶寄》，中国社会出版社，2005，第 338－339 页。
③ 王以仁：《〈玉君〉的小评》，《鉴赏周刊》1925 年第 3 期。
④ 许杰：《评玉君（续）》，《鉴赏周刊》1925 年第 5 期。
⑤ 沈雁冰：《自然主义与中国现代小说》，《小说月报》1922 年第 13 卷第 7 期。
⑥ 培良：《再评玉君并答琴心女士》，《京报副刊》1925 年 4 月 11 日第 115 期。

起来全新的东西。"① 具体来说，针对模式化的批判至少从两方面展开：一方面，作品的情节被认为充满了陈旧的气息，如林一存因无法劝说师长之子黄培和中止婚约而愤怒地以茶水泼之的行为被视作"武侠"，为了筹钱送玉君出国留学而贱卖自家田地的做法则被视为"义侠"，甚至于小说中男女人物间的交往也被看成是类似于《红楼圆梦》《玉娇梨》《白话西厢》等篇目中的"才子佳人"②；另一方面，作品在描写上同样被认为充满模仿的痕迹，如小说中涉及自然环境的描写便被认为是在有意模仿明清小说的写景方式，"有山即有水，有月即有海"的写法被认为过于"整洁有序"，因而更像是注重辞章的旧小说中的"卖弄文字"③。如果说对后一方面的指责尚属在理，那么对"武侠"与"义侠"的认定则难免让人感到牵强。

第四，传统叙事技法问题。如果说针对以上三方面的批评都或多或少地具备合理之处，那么针对一些具体技法的指责则带有更多的偏见色彩。首先，作品中对兴儿与琴儿在林一存帮助下终成眷属的叙述明显受到传统的影响，在客观上也达到了主次相衬、相映成趣的阅读效果，然而部分论者却对这种衬托技法不以为然。有人认为"写出兴儿琴儿的恋爱以作陪衬"是受到了"旧小说的恶影响"，有别于"文学革命后的小说"④，还有人甚至直言："中华民国十四年，还能容晴雯是林黛玉的影子那一类的话存在么？"⑤ 其次，作品中对农人们在果园里说闲话相互逗乐的一段叙述也受到非议，虽说类似的"闲笔"在客观上提升了趣味性，在传统观念中更是被视为能够"养精益神，使人不倦"的"参汤"⑥，却被当时的部分论者视为不具价值。如有人认为这种"有趣味的 Humour"难免"太直率而勉强"⑦，还有人甚至直接称之为唬人的"小玩意儿""很薄很薄的妆饰"⑧。再其次，作品中一些较为传统的控制叙事节奏的方式同样受到质疑。虽说传统文论认为"文之长者，连叙则惧其累坠，故必叙别事以间

---

① 列夫·托尔斯泰：《艺术论》，张昕畅，等译，中国人民大学出版社，2005，第 94 页。
② 培良：《评玉君》，《京报副刊》1925 年 4 月 5 日第 110 期。
③ 尚钺：《读〈玉君〉之后》，《京报副刊》1925 年 3 月 17 日第 91 期。
④ 培良：《评玉君》，《京报副刊》1925 年 4 月 5 日第 110 期。
⑤ 金满成：《我也来谈谈关于〈玉君〉的话（下）》，《晨报副刊》1925 年 3 月 31 日第 71 期。
⑥ 李渔：《闲情偶寄》，中国社会出版社，2005，第 396 页。
⑦ TC：《对于〈玉君〉的我见》，《晨报副刊：文学旬刊》1925 年 3 月 25 日第 65 期。
⑧ 培良：《评玉君》，《京报副刊》1925 年 4 月 5 日第 110 期。

之"，而对林、玉二人在七夕当天畅游海岛观礼乞巧风俗的叙述也在一定程度上舒缓了先前营救玉君的紧张氛围，正可谓"寒冰破热，凉风扫尘"，使人"躁思顿清，烦襟尽涤"①，然而却依然无法阻止当时的论者将小说中"吓翻驴车""无事钓鱼""七夕游岛"等内容视为"无谓的赘笔"②，它们在叙事中起到的调节作用都遭到无视。最后，小说所采用的常见于传统文本中的叙议结合写法也受到批判，被认为充满了"道学气"③，即便这些提倡优生优育、女性解放，以及批判宋儒礼学的议论与新文学的价值导向并不相悖。

综上所述，《玉君》受到批判的诸方面大多也正是传统观念中值得赞赏之处。纵观当时极少数的肯定之辞，也都是围绕上述受到质疑之处所发表的不同意见：如王统照便相对客观地认为小说终归是"作"出来的，如果仅仅满足于自然的"写"而不去顾及"人物，布局，安置"的"支配，分割"便是"躲懒"的做法④，而这极有可能是他基于《黄昏》创作心得的有感而发；培尧不但对作品在情节上的接续与连贯颇为赞赏，称其"结构特别谨严，一丝不漏"，而且认为涉及兴儿与琴儿的内容"不但不牵强而觉有味，不但有味而且给平夫与兴儿有个比较"⑤；而姿态相对保守的张友鸾更是直接称《玉君》可以算得上是"一本有地位的作品"⑥。古今众人在相同问题上所持的不同意见正说明对《玉君》的评价并不能如实反映作品自身是否存在艺术上的缺陷，更多还是关乎新文学中人对待故事性的态度，在本质上属于主观"好恶"而非客观"对错"问题。然而无论如何，针对《玉君》的批判都极有可能伤害到了杨振声的创作信心与热情，以至于在20世纪30年代作者就过早终止了小说创作，转而以教授新文学课程、编辑新文学刊物等其他方式继续贡献着自己的光和热。

通过众人对《玉君》的评价不难发现，新文学群体中的多数人对小说中的故事性都或多或少地持排斥态度，其原因不外乎以下三点。首先，故事性中所包含的丰富、曲折的情节能够大幅度提升作品的阅读趣味，而阅

---

① 毛宗岗：《读三国志法》，张少康《中国文学理论批评史（下）》，北京大学出版社，2005，第286页。
② 许杰：《评玉君》，《鉴赏周刊》1925年第5期。
③ 伏园：《玉君》，《京报副刊》1925年4月3日第108期。
④ TC：《对于〈玉君〉的我见》，《晨报副刊·文学旬刊》1925年3月25日第65期。
⑤ 培尧：《读〈玉君〉后》，《京报副刊》1925年3月20日第92期。
⑥ 张友鸾：《幽默的〈玉君〉》，《文学周刊》1925年第12期。

读趣味的提升又直接与备受批判的"娱乐消遣"相关联，因而暗含着使作品偏离正途的危险。其次，故事性中所包含的巧合元素因与群体成员所信奉的"真实性"相悖离而被等同为虚假、做作，只有叙写"平淡的人生断片"方能确保作者真诚、严肃的创作态度。最后，特定时代背景下新文学中人对待传统的决绝态度更加不容忽视，考虑到古典小说中既存的叙事手段极为完备，新文学作品如果依然立足于讲述精彩的故事，那么就势必无法规避传统叙事中的那些"旧"的元素，其中道理正与宋诗托物寓理之于唐诗借景抒情相类似。除此之外，这种"影响的焦虑"也从一个侧面解释了新文学早期长篇小说极度少见的现象，除了作家的时间精力有限、创作储备不足等客观原因之外，对于传统叙事元素的"忌惮"显然也让部分作者"自缚手脚"。如果说在字数较少的短篇小说中尚且可以通过辗转腾挪做到不落窠臼，那么要想在多达几万字、几十万字的作品中做到处处求新则无疑是巨大的挑战，这是因为篇幅的扩张通常要依托于情节，也就势必难以回避那些"旧"的元素，从而增加作者受到指摘的风险，正如当时便有读者看破了这一点："然而写来的每使人觉到一种矫伪的虚幻的而且不自然的感念，这无怪乎创作界中很难产生长篇的作品了。"①

二、客观存在的"故事性"

鲁迅认为《玉君》是一个"傀儡"，因为文中的人物是在作者的主观操控下以"说假话"的方式"人工制造"的②，这正暗示了作品的编造故事倾向。如果认可这一点，那么就应该意识到 20 世纪 20 年代新文学内部的其他一些作品同样可以获得类似的评价。这部分小说的"故事性"特征依然显著，诸如曲折起伏的情节发展、巧合离奇的结构布局、模式化的题材内容等传统叙事元素在文本中同样大量存在。

王统照发表于 1923 年的《黄昏》③ 正可以说是《玉君》的"姊妹篇"，小说叙述了一个商科三年级大学生设法营救叔父魔掌下的一妻、一妾与一佣的极具刺激性的故事，相比于《玉君》来说无疑是更加典型的

---

① 张子俸：《王统照君的〈黄昏〉》，《小说月报》1923 年第 14 卷第 3 期。
② 鲁迅：《中国新文学大系·小说二集·序》，《鲁迅全集》第 6 卷，人民文学出版社，2005，第 248 - 249 页。
③ 王统照：《黄昏》，《小说月报》1923 年第 14 卷第 1 - 6 期。

"义侠"或"英雄救美"，对古典小说既存题材的模仿痕迹也更重。除此以外，作者架构故事的刻意性也较为明显。首先，作者需要迫切解决如何让四人发生瓜葛的问题。考虑到大学生慕琏身处都市，而周夐符、英苕和瑞玉身为乡绅赵建堂的妻妾和女佣身居乡村，四人的活动空间并不相同，因此在解决这一问题的过程中作者更多地借助了茅盾所说之"围棋式"布局和主观强制叙事。相比于把三个女子送到都市与慕琏相识，更为经济的写法无疑是让慕琏来到叔父赵建堂所住的武专堡中与她们相见，而慕琏的到来直接源于赵建堂的邀请，赵氏想让他替自己即将成立于异地的羊毛公司办理"文件章程"，并想趁机从其口中"得到一种新的大商业经营的法则"。叙述的主观强制性就在于曾"在城中自治局里充任所长"的赵建堂在附近县城中不但势力大而且人脉广，绝不至于找一个尚未毕业的商科学生来处理如此重要的事务。类似的情形也存在于对其他人物的背景性叙述中，如果说英苕被赵建堂从妓院买回家尚属可信，那么为了保证人物背景信息的完整性与多样化，作者在叙述另两个女人进入武专堡的经过时就势必要冒更大的"风险"。周夐符原本是县城中布店老板的女儿，按理说不可能嫁给年龄与自己父亲相当的赵建堂，这便需要作者为她的到来"创造"一些条件，所以其父在跑商途中"意外"地溺死于江心，而赵建堂则"颇费周折"地一面在暗中唆使周家的伙计破坏布店生意以致欠下一千多元钱，一面在明面上假充好人帮周家摆平债务，也借此将周家的房产和女儿骗到手，这一切直到阴谋得逞后才为周夐符所察觉："我家布店的事，以及抵押房子的事，其中的诡秘，全是他……只是他一个人鼓动造作出来的！"从中不难看出，作者为了安排周夐符的到来构思了一个不乏巧合性的精致、完整的故事，真可谓煞费苦心。瑞玉的到来则被解释为其父因交不上地租而被迫将女儿送入武专堡赵府，在当时便有人指出相关的叙述并不可信，因为民国地主并没有俄国地主般的"法力"来没收农民的子女，更何况赵建堂在作者笔下被设定为"一个好讲究法律的宝货"[①]。由此可见，四人的相遇是在刻意操控下完成的，其中不乏一些强制叙事下的巧合性内容与不合情理之处，而分别叙述人物各自的来历再让他们相遇发生瓜葛的写法也正类似于茅盾所说的"老老实实从每个角做起"直至"外扩

---

① 张子俊：《王统照君的〈黄昏〉》，《小说月报》1923 年第 14 卷第 3 期。

边缘相遇"的"围棋式"布局①，这一特点在 1929 年出版的《黄昏》单行本中更是进一步得到强化。② 其次，作者同样需要解决如何将营救三个女子的复杂情节加以优化叙述的问题。考虑到营救事件的始末过程曲折，牵涉了较多的人物，因此作者在叙述中无可避免地借用了一些传统的叙事技法。如通过在前文中交代一些看似无关紧要的内容来为后文中将要发生的事件埋下伏笔：第九章中周夐符在闲聊时向瑞玉打听慕琏与英苕在堡中的动向为第十章中慕琏接到周氏的信埋下伏笔；第十四章中慕琏对周夐符个性荏弱的忧虑为第十七章中周氏在获救后反而投水自杀埋下伏笔；第十五章开头慕琏在铁道边的旅馆内醉酒为该章后半部分慕琏在火车上呕吐并以此为理由另开卧铺趁机逃回武专堡实施营救埋下伏笔。正所谓"顾前者，欲其照映；顾后者，便于埋伏"，上述内容无疑印合了传统叙事观念中所提倡的"密针线"。③ 除了伏笔以外，作者在叙述中也较多地借助了悬念的设置来引发读者的阅读兴趣，而这种效果更是在郑振铎的编辑工作下得到强化。考虑到《黄昏》的较长篇幅与连载形式所可能导致的阅读疲劳与懈怠，作者在叙述中便有意识地立足于那些读者期待知晓却又难以推知的情节发展与人物命运来设置悬念，诸如在慕琏被深夜后山亭台中隐约传来的女子歌声所诱惑时却并不立刻表明歌者的身份，在慕琏收到周夐符的密信后虽多次提及此信却迟迟不说明其中的内容，在慕琏下定决心拯救三个女子后却始终不透露具体的营救计划，等等。郑振铎在作品于《小说月报》上分期刊载时显然也充分考虑到了悬念的作用，以至于时常选择那些最能够引发读者阅读期待的节点作为连载的中止之处，正如第 14 卷第 1 期中止于"月下听歌"，第 14 卷第 2 期中止于"河边看信"，相似的情况同样可见于《小说月报》对《旅途》④的连载之中。在悬念产生时及时中止的策略正类似于中国戏曲理论中通过"暂摄情形，略收锣鼓"以"令人揣摩下文"的"小收煞"⑤，而在"兴味正浓、引领快睹之际"按而不

---

① 沈雁冰：《自然主义与中国现代小说》，《小说月报》1922 年第 13 卷第 7 期。
② 在 1923 年《小说月报》上的连载中，第一章叙述了一个农民送女儿（瑞玉）入武专堡的赵建堂家当女佣，而对周夐符遭遇的叙述被置于第十三章。在 1929 年的单行本中，作者在第一章中补写了周夐符探望临终母亲后在仆从的监视下返回武专堡的情节；通过母女的交谈交代她们所受到的迫害，原来的第一章则变更为第二章。这种修改正可谓填补了"棋盘"中所空缺的一个"角落"。王统照：《黄昏》，商务印书馆，1929。
③ 李渔：《闲情偶寄》，中国社会出版社，2005，第 336 页。
④ 张闻天：《旅途》，《小说月报》1924 年第 15 卷第 5 - 7、9 - 12 期。
⑤ 李渔：《闲情偶寄》，中国社会出版社，2005，第 407 页。

表以"羁縻阅者"的编辑方式同样在民国旧派小说连载中得到广泛的运用①,这正从一个侧面印证了新文学作品的故事性。最后,《黄昏》中同样存在着一些无损于故事完整性的"闲笔"。诸如武专堡客厅内众人讨论15岁少年与其童养媳生下孩子是否触犯法律,为慕琏接风的饭局中一位小学校长讲述当地教师的经济收入,在县城的通俗教育所中慕琏演讲"小商业的改良与需要"等涉及时代背景的内容是否存在,虽说并不至于影响到故事的完整性,但它们无疑也在一定程度上丰富了小说的情节,调控了叙事的节奏,进而提供了更多的阅读趣味。

《黄昏》的文本特征在早期新文学内部篇幅较长的几部小说中也都不同程度地存在:如《旅途》中才子佳人式的多角恋爱题材,何梦霞式的殉情与殉国结局,女性人物与男主人公一再偶遇并在极短时期内相继死亡的巧合性情节;又如《老张的哲学》②中主人公"流浪汉传奇"式的办学、经商又从政的曲折经历③,由大人物出场主持公道并收拾残局的模式化情节,"以两个女子为全篇枢纽"的"紧凑叙述"④ ……这些也都是作品故事性的外在表征。综上所述,无论是在题材内容还是在叙事技法层面,以《黄昏》为代表的一些小说中存在着与《玉君》相类似的公式化痕迹与主观臆想成分,然而前者为文造情上的刻意性并没有像后者那样在当时引发大范围的质疑,差异性对待背后的原因也是值得深思的。

如果说部分小说由于篇幅较长而较多地依托于情节以支撑其文本空间,那么短篇小说中存在的故事性就更加值得注意。相比于长篇小说中的巧合性元素大多仅在情节的穿插、串联中起到辅助作用,那么短篇小说中的巧合性元素往往就居于更加重要的核心位置。袁昌英的《玟君》⑤ 叙述了吴子湘追求同为留学生的李玟君并最终冲破障碍抱得美人归的过程,其中依然可见才子佳人与多角恋爱题材的影响。小说的求新之处体现在对障碍的设置,相比于传统叙事作品中青年男女结合的障碍大多来自包办婚姻、门第落差、前代仇怨等外在因素所导致的家庭反对,吴、李二人之间

---

① 指严:《本报改良商榷之商榷》,《小说新报》1919年第5卷第7期。
② 老舍:《老张的哲学》,《小说月报》1926年第17卷第7—12。
③ 谢昭新:《论老舍小说创作方法及艺术形式的创新》,《文学评论》2003年第5期,第118页。
④ 朱自清:《〈老张的哲学〉与〈赵子曰〉》,《大公报》1929年2月11日。转引自吴福辉:《二十世纪中国小说理论资料》第3卷,北京大学出版社,1997。
⑤ 杨袁昌英:《玟君》,《小说月报》1925年第16卷第3期。

的障碍除了刘莲贞的出现所造成的误会之外，更多还在于李玟君自身对于"独身主义"的信奉。如果说误会的消除尚且容易，那么要想在较短篇幅内改变一个人的信仰则无疑需要一场"剧变"，这也是作者必须要面对的难题。为此作者精心设计了三重巧合：其一为让当初不辞而别的李玟君在一年后的北京公园里和吴子湘偶遇，其二为让李玟君在年幼随母游西湖时落水并碰巧被一个同样随母游西湖的神秘少年救起，其三为让李玟君的母亲在去世前与神秘少年的母亲再次巧遇并得知神秘少年正是吴子湘。因此当李玟君读到母亲的遗书后便立刻投入了吴子湘的怀抱，"独身主义"所造成的障碍也涣然冰释。然而也必须意识到，虽说作者对"独身主义"观念下家庭生活限制女性事业发展的相关表述在一定程度上切合了五四时期个性解放、女性独立等社会热点，但微弱的启蒙印迹很轻易地就陷没在了巧合离奇的故事情节之中，更何况"独身主义"障碍在李玟君身上的消除具有太多的偶然性，同时还掺杂着些许"报恩"的传统思想，这无疑与作者在戏剧创作中表现出的"对旧礼教、旧道德的留恋"① 相类似。对《玟君》的分析正可以说明，作者并非意在从理性层面提出解决之法，而更多是在感性的驱使下提供一个极具戏剧性的故事。

　　与袁昌英相似的还有焦菊隐，巧合性在他的短篇小说中同样得到相当程度的彰显。《旧情》② 讲述了一桩一家三口离奇相遇的"风流债"：父子二人在夜晚的理发店中相遇却又并不知道对方身份，这一层亲缘关系随着母亲的到来而被读者知晓。全文架构在三个相对独立的故事之上：第一，理发店的张姓伙计去暗娼家过夜不成反被诬陷偷了 17 个大洋，该暗娼即将来店里要钱；第二，理发店中的中年客人在早年曾经勾引过一个年轻的媳妇并让她怀孕生了个男孩，但他并未见过自己的儿子；第三，张姓伙计自小便被父母抛弃而寄人篱下，只依稀记得幼年时常有一个年轻妇人来探望自己。三个故事之间暗含的联系因其中同时在场的女人的到来而被揭示，从中不难看出作者借助巧合建构情节时所付出的努力。然而也必须指出其中的不"圆满"之处，即仅凭三个故事所给出的条件并不足以使张姓伙计当场确认自己与中年客人及暗娼之间的亲缘关系，所以作者不得已在

　　① 陈白尘、董建：《中国现代戏剧史稿》，中国戏剧出版社，1989，第 212 页。
　　② 焦菊隐：《旧情》，《晨报副刊：文学旬刊》1925 年 5 月 25 日第 71 期，《晨报副刊》1925 年 5 月 26 日第 116 期。

结尾叙述了暗娼在次日清晨跳河自杀而张姓伙计在河边哭泣的结局，这样写既为二人的相认留下了一夜的时间，也为读者自行"脑补"随后发生的事件留下了想象的空间，更加本质的作用则在于弥补了过度依赖巧合性所造成的叙事逻辑缺陷。《旧情》所采用的先讲述若干独立故事再以"无巧不成书"原则编入一个故事的叙事模式颇类似于清代传奇作品《十五贯》，而将时间压缩至一夜、将空间压缩至一个理发店的做法无疑又进一步增强了巧合性所带来的震撼效果。《从前有一位瞎眼的先生》[①]则讲述了一个为母报仇、夫债妻还的离奇故事。区别于多数作品中产生于利益或情感纠纷的仇怨，该篇小说中仇怨的产生作为情节起点则属于毫无征兆的偶然事件：一位富家的账房先生出于开玩笑的目的戏弄一个"押宝盒"赢了钱的女仆，进而导致其误以为输钱而上吊自杀，正可谓"开玩笑开出了人命"。随后女仆的麻脸儿子便撒石灰粉弄瞎了账房先生的眼睛，而账房先生也在不久之后因邻居被杀而冤死狱中。按理来说事情到此就已完结，如果要使这个复仇的故事得以延续，那么作者势必需要解决如何让两家人再次产生瓜葛的问题，因此一些巧合性元素便不可或缺。为此作者刻意虚构了衙门要拘留其妻代夫坐牢的不合理情节，以便为已成巡警的女仆儿子公报私仇创造条件，而当其妻逃至异地的旅馆暂住时，作者又故技重施地让旅馆老板因丢失小鸡而报案，以便让刚好调至此地的麻脸巡警继续与她为难。由此可见，焦菊隐的小说作品由于过多地借助了巧合性元素而存在着为文造情上的不自然性，而叙述精彩的故事也正是作者在特定时期内的艺术追求。

同样在短篇小说中进行故事性写作的还有许地山，相比于前述作品中相对紧凑的时间和空间，以及较为集中的矛盾和冲突，许地山的故事则大多同中有异。一方面，许氏的小说"采用通俗作品常用的重故事形式的'传奇'笔法"[②]，对传统叙事作品中的常见题材和描写模式并不排斥，巧合性内容与曲折起伏的情节也不同程度地存在。首先，作者在创作中常常选择那些充满陈旧气息的题材。如《命命鸟》[③]的青年男女殉情，《换巢

---

① 焦菊隐：《从前有一位瞎眼的先生》，《小说月报》1926 年第 17 卷第 3 期。
② 吴秀亮：《中国现代小说雅俗新论》，人民出版社，2010，第 127 页。
③ 许地山：《命命鸟》，《小说月报》1921 年第 12 卷第 1 期。

鸾凤》① 的大家闺秀和府中下人私奔，《商人妇》② 的弃妇寻夫，《处女的恐怖》③ 的扇面传情，《枯杨生花》④ 的寡母寻儿，等等，这些作品都是以既存题材为基础所进行的生发演述。其次，作品的部分描写中存在着对古典作品的模仿痕迹。如《缀网劳蛛》⑤ 中一段对尚洁形象的描绘便体现出传统叙事的综合影响，如果说"流动的眼睛、软润的颔颊、玉葱似的鼻、柳叶似的眉、桃绽似的唇"这样的容貌描写借鉴了明清才子佳人小说，那么对于人物身材"修短合度"与说话"合于音节"的并置描写则明显借鉴了史书中称颂圣人的语调，正如司马迁对大禹形象的记载："声为律，身为度，称以出。"⑥ 类似的模式化描写虽说用词华美、句式规整，却显然难以带给读者真切的印象。最后，作品在情节构思上同样存在着巧合离奇与波折起伏的特征。《缀网劳蛛》中作者为了促成尚洁的出走海岛而精心设计了一场颇具巧合性的误会：长孙可望将尚洁收治的窃贼误认为其情夫。然而将一个头破血流的男子视为潜入家中的偷情者本身就是令人难以相信的，更何况在场诸人都有可能对此加以解释，如果其中任何一人说破事件的真相，那么误会就无法达成。为此作者不但充分利用了语言多义性所造成的理解差异，而且通过主观化的强制叙述阻止了各人对多义性语言的进一步解释，从而使在场者完美避开了真实信息的传递：女佣妥娘告诉男主人受伤者为"贼"并得到了受伤者的自认，长孙可望在理解时却取了"偷情者"这一特殊义，为了阻断对"贼"的进一步解释，作者势必要操控人物离开这两人，所以长孙可望便"不由分说"地拉着尚洁来到可供二人独处的楼上"慢慢地谈"；此时的叙述挑战则来自于第三个知情者尚洁，而作者依然在语言的多义性中辗转腾挪，长孙可望所质疑的"所受教育"意指忠贞，却被尚洁错误地理解成了慈爱，为了阻断尚洁对"所受教育"作进一步解释，作者则坚定地以"慈悲性情"为其有"低情商"之嫌的不合常规的理解方式进行辩解。由此可见，这场误会中无疑存在着明显的不自然倾向，这些基于巧合且设计痕迹较重的精密环节中只要有一个出了

① 落华生：《换巢鸾凤》，《小说月报》1921 年第 12 卷第 5 期。
② 落华生：《商人妇》，《小说月报》1921 年第 12 卷第 4 期。
③ 落华生：《处女的恐怖》，《小说月报》1922 年第 13 卷第 8 期。
④ 落华生：《枯杨生花》，《小说月报》1924 年第 15 卷第 3 期。
⑤ 落华生：《缀网劳蛛》，《小说月报》1922 年第 13 卷第 2 期。
⑥ 司马迁：《史记·夏本纪》。

差错就无法满足误会的生成。巧合性因素同样存在于许地山的其他小说中，诸如身居匪寨的和鸾刚好在启祯到来前的一刹那跳崖自尽，外出寻儿的云姑意外地找到自己年轻时爱慕的小叔子日辉，它们都是文本故事性的有力支撑。除了巧合性以外，许地山的部分小说在情节上还表现出线性的波折起伏。所谓"线性"是指以单个人物为中心编织情节以便于呈现特定时段的人生经历，所谓"波折起伏"则源于作者对取材的独到见解。相比于五四时期主流观点中对平淡与真实的推崇，许地山认为在创作中应该"从理性的评度选出最玄妙的段落"，进而有益于"智慧或识见"。① 正是鉴于此，对于笔下人物人生经历过于曲折所可能受到的真实性质疑，作者便可以理直气壮地宣称"生的结构"是由"几十颗'彩琉璃屑'"幻化而成的，因此"在云雾里走"且无法预知"前途光景"的人生旅者在文本中的种种遭际也是合情合理的。《商人妇》便叙述了一个妇人的"希奇境遇"：夫妻恩爱，家境富足（起）——丈夫输钱，远走南洋（伏）——千里寻夫，久别重逢（起）——受骗被卖，远嫁印度（伏）——交友生子，暂得安定（起）——携子出逃，寻夫不得（伏）。《枯杨生花》中云姑的经历同样充满了起伏：寡母携媳，寻儿不得（伏）——偶遇侄儿，误作儿子（起）——久寻不遇，归途翻船（伏）——大难不死，暂得安定（起）——思亲心切，忧郁得病（伏）——再遇小叔，乐享晚年（起）。这些为人物行踪所串联的波折起伏的情节正是小说故事性的表征。另一方面，许地山的小说虽说以较短的篇幅囊括大量的情节，但却并不给人以逼仄之感。区别于多数故事性短篇小说所崇尚的紧张与刺激，许氏的小说更多地注重对距离感的营造。在文本与读者的距离上，他的作品非但不追求建立在带入感基础上的"真实的幻觉"，反而通过一些策略有意识地造成二者之间的隔膜，这其中就包括在行文中插入一些富含哲理的隐喻性文字，正如《缀网劳蛛》和《枯杨生花》中以前记形式出现的小诗，以及《命命鸟》中敏明的唱词，它们除了对所述故事起到凝练与升华作用以外，也在时刻敦促着读者尽量跳脱出那些曲折离奇的情节而不应沉溺其中。除此以外，部分作品将环境设置在陌生异域，以及引入间接叙述人的做法也在客观上起到了类似的效果，它们也都在一定程度上提醒着读者与文本保

---

① 许地山：《创作底三宝和鉴赏底四依》，《小说月报》1921 年第 12 卷第 7 期。

持距离，而站在更高层面看待小说中的故事才是更加合适的欣赏角度。在文本内部事件之间的距离上，作者则在叙述中充分拉伸事件之间的时空间隔，正如惜官所历之事先后发生于中国、新加坡、印度，而其他小说中事件发生的时间间隔也是少则几个月，多则几十年。这样做的好处是显然的，虽然小说在事实上的确存在"事挨着事、人挤着人"的缺陷，但是物理时空与心理时空的不对称性无疑会给读者造成"云淡风轻"的错觉，缺陷也因此得以淡化。综上所述，许地山在创作中所营造的距离感对其小说中曲折离奇的故事情节起到了某种净化作用。

当然，新文学内部的故事性写作肯定不会限于以上所述，但这也并不奇怪，如果说作家群体在社会思潮变动中所持的观点保持了相对一致的"五四方向"，那么他们在文学创作中便无疑具有更多的基于个体意志的自由选择空间，这其中就包括将提供精彩故事作为一种自足性的艺术追求，老舍、袁昌英、焦菊隐等故事型作者在戏剧领域的较大发展也正从一个侧面印证了他们在编织故事上的天赋与热情。除此以外，故事性在不同作者作品中的存在还包含着诸如创作储备、时空环境这样的客观因素。从创作储备上说，袁昌英对《玫君》的创作无疑得益于作者本人在苏格兰爱丁堡大学主修英国文学与近代戏剧的 4 年经历，以及回国后所从事的对小说与戏剧的译介工作①，而广泛存在于英国古典叙事作品中的"罗曼史"色彩在拓宽作者艺术眼界的同时想必也会影响到她的小说创作。与袁昌英情况相似的还有老舍，他曾经坦言自己在写作之初对小说的了解仅限于中国的"唐人小说和《儒林外史》"，以及外国的包括"名家著作"和"女招待嫁皇太子的梦话"在内的数量不多、水准不一的作品②，而这些作品大多是以故事性见长。许地山的创作储备则相对复杂，出生于晚清官宦家庭的作者在 17 岁之前一直追随做官的父亲辗转于台湾、广东、福建的多地，所接受的也是私塾与学堂中的传统教育，稍后的缅甸之行则唤醒了作者对宗教研究的热情并促使他进入燕京大学神学院学习，其阅读视野便可想而知。③ 由此可见，许地山小说的故事性来源于本人丰富的阅历及所涉猎的古典作品与宗教传说，这些因素都对其创作施加了影响。如果说创作储备

① 戚慧、陈建军：《袁昌英年谱简编》，《新文学史料》2018 年第 1 期，第 177 - 178 页。
② 老舍：《我怎样写〈老张的哲学〉》，《宇宙风》1935 年第 1 期。
③ 周俟松：《许地山年表（上）》，《世界华文文学论坛》1992 年第 2 期，第 54 - 56 页。

为故事性写作奠定了基础，那么时间和空间作为故事性写作的诱发性因素同样不应被忽视。在这一方面袁昌英提供了一个关乎时间的案例，她于文学革命尚未开始的 1916 年便远赴英伦研究文学，而在革命高潮过后的 1921 年才返回中国，从而有可能在一定程度上规避了国内文坛的思潮和舆论对个人创作观的影响，而她在作品署名时将丈夫杨端六的姓氏置于自己姓名之前的有悖于群体内部主流价值观的传统做法也从侧面间接印证了这一点。老舍的案例则关乎空间，除了作者承认在创作生涯早期是以旁观者的姿态"立在五四运动外面"之外①，其最初的三部小说也都是诞生于英国，不但在时间上错开了文学革命的高峰期，而且在空间上也因远离旋涡中心而确保了相对独立的创作环境，这些因素都在一定程度上"屏蔽"了作者本人可能受到的来自国内的影响。杨振声与张闻天的情况也与老舍相似，前者的《玉君》便是创作于留美期间，而后者的《旅途》虽说并非写于美国，却也是作者在归国后的一个月内就开始动笔创作的。② 综上所述，无论是作家主观上的审美追求，还是创作储备、时空环境等方面的客观因素，它们都为文本故事性的存在创造了有利条件。

三、获得默许的"故事性"

正如先前所述，新文学内部存在一些同《玉君》有着诸多类似之处的故事性作品，然而相比于前者所受到的大范围批判，后者中的绝大多数却并没受到相应的质疑，这正表明了一点：虽然在观点态度层面群体成员对故事性大多持否定、排斥的姿态，但事实存在于文本中的故事性却通常能够获得他们的默许。现在看来，《玉君》受到集中针对的背后不乏一些特殊原因，除了文本自身所表现出的对群体成员容忍限度的试探以外，还有一些文本外的社会历史因素起到了导火索的作用，这其中就包括未经期刊登载而又在书籍发售前造势宣传的高调做法，以及作为书籍出版方的现代评论社与其他新文学团体之间的紧张关系所造成的门户之见，它们都在一定程度上激发了众人的批判热情。更加真实的情况是，一部分作家在群体的"共谋性默许"中进行着低调的故事性写作，其背后的原因无疑值得玩味，相比于那些曾经发生过的事件与活动，对一些本应发生而事实却并未

① 老舍：《我怎样写〈赵子曰〉》，《宇宙风》1935 年第 2 期。
② 陈思广：《中国现代长篇小说史话》，武汉出版社，2014，第 17 页。

发生的现象做出解释则更加困难。具体来说，除了像焦菊隐这样的学生作家与副刊中更多的无名作者在当时因声名不显而无法获得较多的关注以外，还有一些因素也应该被纳入考虑的范围。

一方面，作者的社会地位为故事性写作提供了便利。王统照作为文学研究会最初的发起者之一，他在 1922 年从孙中山创办的中国大学毕业后便留校任教，并于 1923 年 6 月主持编辑《文学旬刊》，于 1924 年被中国大学聘为教授和出版部主任。① 许地山同样参与了文学研究会的创立，他在 1922 年从燕京大学毕业后留校任教，并于第二年留美深造。② 袁昌英不但是路透社、《泰晤士报》和一些国内报刊所报道的取得英国文学硕士学位的第一位中国女性，而且曾在 1921 年以爱丁堡大学中国留学生会副会长的身份欢迎蔡元培的到访，在 1922 年回国后便任教于北京女子师范大学。③ 诸如此类的情况还有很多，考察这些作家的身份，他们都在民国时期的某所大学中担任教职，也大多具有留学经历，其中更是不乏名家与学者，这种建立在学识、名望、资历等基础上的社会地位所营造出的阅读期待无疑会使包括新文学成员在内的读者在较大限度上规避对其作品曲折离奇的故事情节的庸俗化理解，从而使他们的故事性写作获得默许。换言之，如果不具备相应的社会地位，那么就会在故事性写作中冒更大的风险，正如第二章中黎锦明所受到的质疑。

另一方面，人际关系所起到的作用同样值得注意。创作生涯起步时间较晚的老舍因受限于中小学教育界的繁杂事务而迟迟未能获得与新文学结缘的机会，正如其所说："那时候我已做了事，虽然做的是教育界的事，可是到底对于这个大运动是个旁观者。看戏的，无论如何也不能完全明白演戏的。"④ 因此，老舍坦言其最初的作品只是"照英国二三流作家那样，写一点小故事，教大家愉快"⑤ 便毫不奇怪。尽管老舍本人曾对《老张的哲学》中的"大胆放野"感到"害羞"⑥，对《赵子曰》"没能在笑话中

---

① 牟进：《王统照与中国新文学出版传播活动》，《山东大学学报（哲学社会科学版）》2010 年第 2 期，第 144 页。

② 周俟松：《许地山年表（上）》，《世界华文文学论坛》1992 年第 1 期，第 57 页。

③ 戚慧、陈建军：《袁昌英年谱简编》，《新文学史料》2018 年第 1 期，第 178 页。

④ 老舍：《创作经验谈》，《国讯》1944 年第 374 期。

⑤ 老舍：《读与写》，《文艺先锋》1943 年第 2 卷第 3 期。

⑥ 老舍：《我怎样写〈老张的哲学〉》，《宇宙风》1935 年第 1 期。

闪耀出真理来"感到遗憾①，然而他的"与通俗文学阵营里'滑稽大师'程瞻庐的格调手法都差不多"②的早期创作却依然能够获得在新文学刊物《小说月报》上发表的机会，这其中很可能包含着一部分"人情"因素。现在看来，始于1924年的旅欧经历在老舍与新文学的结缘中所发挥的作用不应被低估。虽然区别于多数海外求学的新文学作家，老舍在伦敦大学亚非学院的人生经历具有着明显的工作与服务性质，但旅欧身份无疑在一定程度上拉近了自身与新文学中人之间的距离，使自己更容易获得群体的认可与接纳，而这一过程中的关键人物是许地山。根据老舍的自述可知，《老张的哲学》便是在当时同处英国的许地山的鼓励与推荐下寄给上海的郑振铎的③，而二人的渊源更是始于1922年基督教会的"社会服务"工作。④可以预想的是，老舍如果没有旅欧经历或因宗教而结识许地山这样的引路人，而选择将最初的几部小说发表于民国旧派刊物之中，那么呈现于世人眼前的很可能就是另外一番景象了。相比于杨振声而言，老舍无疑是幸运的，来自群体的默许使得故事性在作者此后的创作中继续存在，正如《骆驼祥子》的"故事核心"便来自朋友所讲述的一个车夫的"三起三落"的经历⑤，而新中国成立后的剧作《一家代表》更是直接来源于作者所听到的"一家父母子女四口人都光荣的做了市人民代表会议的代表"的巧合性实事。⑥

除了以上两方面之外，更加本质的原因却难以被新文学作家所言明。作为一种处于压抑下的不自然状态，在小说创作中排斥故事性而代之以彻头彻尾的平淡叙事，这种做法无论是对作者还是对读者来说都无疑是一种巨大的挑战。如果在评价他人作品时大张旗鼓地针对其中的故事性进行过度打压，那么无疑也会使评价者自身在创作时陷入"画地为牢"的困境，这一层矛盾不但在相当程度上解释了故事性能够在群体内部获得"共谋性默许"的原因，而且从一个侧面印证了"人"的因素在文学批评中可能发挥的效力。

---

① 老舍：《写与读》，《文哨》1945年第1卷第2期。
② 孔庆东：《超越雅俗》，重庆出版社，2008，第35页。
③ 老舍：《我怎样写〈老张的哲学〉》，《宇宙风》1935年第1期。
④ 老舍：《敬悼许地山先生》，《文学月报》1941年第3卷第2/3期。
⑤ 老舍：《我怎样写〈骆驼祥子〉》，《青年知识》1945年第1卷第2期。
⑥ 老舍：《我怎样写〈一家代表〉》，《老舍全集》第17卷，人民文学出版社，2013，第578页。

小　结

综合本章所述，无论是启蒙本位的简单化追求还是青年本位的投合式关照，抑或故事本位的趣味性兼顾，五四新文学内部在不同动机驱使下产生的部分作品都存在着能够与俗相通的元素，这其中就包括信息沟通层面表现出的浅显易懂与有趣可读，以及情感沟通层面所提供的共鸣与满足。

就启蒙本位的作品而言，其中存在着以理造事、极端书写、对照重复等情况，它们共同服务于启蒙意图，以较为浅显的方式保证了文本在思想观念传达时的明晰性。除此以外，相当部分作品也在满足上述要求的同时，以富于冲突性的情节和夸大过火的人物兼顾了一般读者的接受水平与阅读趣味，从而满足了通俗文本在信息沟通层面的内在要求。当然，简单化背后的复杂性缺失也毋庸讳言，启蒙话语对明晰性的要求在一定程度上也制约了文本对更深层面的关照，这正如李长之在20世纪40年代对五四运动的中肯评价："对朦胧糊涂说，明白清楚是一种好处，但就另一方面说，明白清楚却就是缺少深度。水至清则无鱼，生命的幽深处，自然有烟有雾。五四时代没有深奥的哲学。"[1]

就青年本位的作品而言，作为五四新文学主要受众的青年读者，其自身同样是作为"俗"的社会一般群体的组成成分，虽说这个事实常常并不能得到足够正视。五四新文学内部以小说为主的部分作品也确实表现出一定程度上的"青年本位"倾向：一方面，一些作者在写出重在揭露与批判的启蒙类作品的同时，也以都市为背景写出风貌相异的满足青年群体趣味喜好的婚恋、校园题材作品；另一方面，部分作者在作品中"有意无意"地对现实困境下民国青年的苦闷心理加以关照，从而满足了青年群体的情感需求；除此以外，"建立关联"作为一种辅助性的"造势"策略同样值得注意，其不但模糊了真实与虚构的界限、扩展了审美与接受的空间，而且在一定程度上提升了相应作品在青年群体中的影响力与知名度。

就故事本位的作品而言，虽说五四时期存在着明显的平淡叙事倾向，

---

[1]　李长之：《五四运动之文化的意义及其评价》，《迎中国的文艺复兴》，商务印书馆，1946，第16页。

但部分小说中却依然不乏以巧合、曲折、离奇等传统叙事元素为特征的故事性。虽然也有极个别作品中的故事性在外部因素作用下受到批评，但更多的故事性写作因获得群体内部的"共谋性默许"而一直存在，这也在尊重作者艺术追求的同时确保了早期新文学风貌的多样性。

结束语

布迪厄认为："艺术世代是由风格和生活方式之间的时间间隔决定的，通常很短，有时几乎只有几年，风格和生活方式的对立表现为'新'与'旧'、'创新'与'过时'这些决定性的二分法，二分法通常是空泛的，但通过生产差别并标榜差别的标签，足够以最小的代价区分与创立指定的团体——而非确定的团体。"① 中国现代文学语境中对"通俗文学"的理解在某种程度正是在以"最小的代价"进行团体的"区分与创立"，这也进一步使得新文学脱离民众的一面被放大，与俗相通的一面却很少被提及。一方面，存在于部分作品中的接受障碍在"以偏概全"思维方式的作用下被视为新文学的整体特征；另一方面，早期新文学读者数量偏少的事实作为"非通俗"的有利依据受到了充分关注，而造成这种情况的文本外因素未能获得足够重视。以上两方面都促生了对新文学的"非通俗"想象，因而阐发其内部的通俗元素便很有必要，这不但能够纠正对研究对象的固有感知误区，而且有助于改变对通俗文学的偏见。

如果说新文学在"通俗"这一点上受到了误解，那么以民国旧派小说为主体的"中国现代通俗文学"又何尝不是，其内部同样存在着分歧而远非铁板一块，因此作品之间表现出通俗程度的差异也就毫不奇怪。更为具体地说，民国旧派小说中同样存在着市民大众本位的创作与另一些更加传统的遵循文人范式的作品，而将后者归为通俗文学的做法同样值得商榷。

---

① 布迪厄：《艺术的法则：文学场的生成和结构》，中央编译出版社，2001，第152页。

一方面，旧派小说内部不同作品之间在语言风格上的差异无疑值得注意。陈蝶仙、周瘦鹃等人的"能放下身段，视通俗出版为衣食之具"①的"礼拜六派"作品显然有别于以徐枕亚、吴双热为代表的追求"骈文"风格的更加"复古"者。在这一点上，旧派群体内部也存在着区分彼此的意识，如周瘦鹃便曾表示像《玉梨魂》那样的"四六句的骈骊文章"是"礼拜六派"写不来的②，郑逸梅也曾指出"鸳鸯蝴蝶派骈四骊六出之"而"礼拜六派"则大多采用"通俗散文"和"语体"。③相比于浅显易懂的白话作品，文言作品的内容虽说可能是"俗"的，但以文言为主体夹杂诗词的写作方式无疑在一定程度上阻碍了作品的与俗相通，正如包天笑便曾不满于部分小说"以词章之笔，务为高古，以取悦于文人学子"④，琴楼则考虑到诗词所造成的阅读障碍："喜小说者，未必解诗词；解诗词者，未必爱小说，混杂一起，小说诗词，两样俱灭了精彩。"⑤另一方面，旧派作家在创作动机上的差异同样不应被忽视。虽然对于旧派作家大多以创作提供消遣的判断总体来说是准确的，但究竟是供"哪一类人"消遣却仍需做进一步辨析，是供普通读者消遣，还是供具备较高文字能力的读者消遣。事实上，早期旧派小说主要还是以知识阶层为阅读群体，属于新文学中人眼中的"贵族文学"范畴，而绝非是一般大众可以轻易赏玩的，这正说明了即便是"消遣"也并不一定意味着与俗相通。在这一点上，《香艳杂志》的发刊词可以提供些许端倪：

> 华言风语，豪门传崔颢之词章；流管清丝，举世诵香山之乐府。国风好色，亶其然乎？我辈钟情，良有以也。举凡延寿之画、崔徽之图、南唐女宪之书、西汉寿人之曲、靖节闲情之赋、龟蒙笠泽之篇，靡不藻思芊绵，清襟兰郁。然而赐灵箫之字，半属荒唐；扪记事之珠，尚多遗漏。情天不补，非女娲炼石之心；下里无歌，岂宣圣删诗之意。用是望古遥集，忍俊不禁，披竹素以搜牢，尽黜虞初小说，据管城为保障，足张娘子大军，此香艳

---

① 陈建华：《紫罗兰的魅影》，上海文艺出版社，2019，第334－335页。
② 周瘦鹃：《闲话礼拜六》，《拈花集》，上海文化出版社，1983，第94页。
③ 郑逸梅：《郑逸梅选集》第1卷，黑龙江人民出版社，1991，第875－877页。
④ 包天笑：《小说画报·例言》，《小说画报》1917年第1期。
⑤ 琴楼：《小说杂谈》，《星期》1922年第9期。

杂志所由刊也。①

编者以包含大量典故的骈体文言交代了《香艳杂志》的创刊缘由，试问没有相当学识而仅仅是粗通文字的普通读者又如何能够读懂？尽管发刊词本身并不能等同于作品，但其作为"副文本"至少也在一定程度上反映了编者对读者群体文学修养的想象与预判，正如兄弟杂志《礼拜六》在介绍该刊时便曾暗示其中的内容更适于当时的"才子"和"贤媛"阅读。②《游戏新报》的诞生方式同样值得注意，该刊起源于一次文人雅集，参与者希望集会时的短暂快乐能够延续下去，便决定以办报的方式为圈内人士提供"弄翰"与"游戏"的平台。③由此可见，《游戏新报》中的作品虽说具有消遣功能，但更多还是属于文人群体内部不乏卖弄才思意味的自娱自乐，充斥着复古风和名士气，普通读者的接受则基本不在作者的考虑范围之内。最后，部分旧派刊物的生存状态也从侧面为"中国现代通俗文学"内部的通俗程度差异提供了旁证。根据郑逸梅所述，叶楚伧、严独鹤编辑的《七襄》与陈蝶仙编辑的《女子世界》在"文字优美"的同时却"寿命不长"，而上文提及的《香艳杂志》与《游戏新报》也都"短命"，前者因"香艳文字太少"及"无甚精彩"的小说而"数期辍止"，后者更是因亏耗巨大而仅出了一期便以停刊告终。④

关于"通俗"的误解同时存在于新文学与民国旧派文学的内部，这正说明对于通俗文学的认识需要建立在一种更加客观的排除"前理解"之后的依托于文本自身的美学理解之上，而在此基础上的通俗文学除了包括原有旧派小说中的绝大部分之外，还应该包括新文学中能够与俗相通的那一类作品，新文学与旧派文学在历史语境中的明晰界限并不能否认二者在"通俗"这一点上所存在的交集。

---

① 均卿：《香艳杂志发刊词》，《香艳杂志》1914 年第 1 期。

② 《香艳杂志第一期内容披露》，《礼拜六》1914 年第 3 期。

③ 范君博：《发刊词》，《游戏新报》1920 年第 1 期。

④ 郑逸梅：《小说杂志丛话》，《半月》1924、1925 年第 3 卷第 22 期、第 4 卷第 9 期。

参考文献

✽

一、专著类

[1] 罗伯特·达恩顿. 启蒙运动的生意 ［M］. 叶桐，等译. 上海：上海三联书店，2005.

[2] 伽达默尔. 真理与方法 ［M］. 洪汉鼎，译. 上海：上海译文出版社，1999.

[3] 贺麦晓. 文体问题——现代中国的文学社团和文学杂志（1911—1937）［M］. 陈太胜，译. 北京：北京大学出版社，2016.

[4] 韦恩·布斯. 小说修辞学 ［M］. 华明，等译. 北京：北京联合出版公司，2017.

[5] 列夫·托尔斯泰. 艺术论 ［M］. 张昕畅，等译. 北京：中国人民大学出版社，2005.

[6] M. H. 艾布拉姆斯. 镜与灯：浪漫主义文论及批评传统 ［M］. 童庆生，等译. 北京：北京大学出版社，1989.

[7] 桑德拉·黑贝尔斯，理查德·威沃尔二世. 有效沟通 ［M］. 李业昆，译. 北京：华夏出版社，2005.

[8] 米歇尔·福柯. 知识考古学 ［M］. 谢强，等译. 北京：生活·读书·新知三联书店，2003.

[9] 安敏成. 现实主义的限制：革命时代的中国小说 ［M］. 姜涛，译. 南京：江苏人民出版社，2001.

[10] 莱辛. 拉奥孔 ［M］. 朱光潜，译. 北京：人民文学出版社，1979.

［11］欧文·M.柯匹，卡尔·科恩. 逻辑学导论［M］. 张建军，等译. 北京：中国人民大学出版社，2007.

［12］杰姆逊. 后现代主义与文化理论［M］. 唐小兵，译. 西安：陕西师范大学出版社，1987.

［13］宇文所安. 中国文论：英译与评论［M］. 王柏华，等译. 上海：上海社会科学院出版社，2003.

［14］威尔伯·施拉姆，威廉·波特. 传播学概论［M］. 陈亮，等译. 北京：新华出版社，1984.

［15］韦恩·布斯. 小说修辞学［M］. 付礼军，译. 南宁：广西人民出版社，1987.

［16］伊丽莎白·诺尔—诺依曼. 沉默的螺旋：舆论——我们的社会皮肤［M］. 董璐，译. 北京：北京大学出版社，2013.

［17］詹姆斯·施密特. 启蒙运动与现代性——18世纪与20世纪的对话［M］. 徐向东，等译. 上海：上海人民出版社，2005.

［18］笛卡儿. 谈谈方法［M］. 王太庆，译. 北京：商务印书馆，2000.

［19］阿诺德·豪泽尔. 艺术社会学［M］. 居延安，译编. 上海：学林出版社，1987.

［20］小田岳夫，稻叶昭二. 郁达夫传记两种［M］. 杭州：浙江文艺出版社，1984.

［21］弗兰克·埃夫拉尔. 杂闻与文学［M］. 谈佳，译. 天津：天津人民出版社，2003.

［22］李渔. 闲情偶寄［M］. 北京：中国社会出版社，2005.

［23］叶燮，沈德潜. 原诗·说诗晬语［M］. 孙之梅，周芳，批注. 南京：凤凰出版社，2010.

［24］张积家. 普通心理学［M］. 北京：中国人民大学出版社，2015.

［25］舒芜，等. 近代文论选［M］. 北京：人民文学出版社，1959.

［26］朱自清. 朱自清全集［M］. 南京：江苏教育出版社，1996.

［27］郭沫若. 郭沫若全集［M］. 北京：人民文学出版社，1992.

［28］鲁迅. 鲁迅全集［M］. 北京：人民文学出版社，2005.

［29］老舍. 老舍全集［M］. 北京：人民文学出版社，2013.

［30］茅盾. 茅盾全集［M］. 北京：人民文学出版社，1990.

［31］李长之. 迎中国的文艺复兴［M］. 北京：商务印书馆，1946.

［32］徐德明. 中国现代小说雅俗流变与整合［M］. 北京：社会科学文献出版社，2000.

［33］朱有瓛，戚名琇，等. 中国近代教育史资料汇编［M］. 上海：上海教育出版社，1993.

［34］陈建华. 紫罗兰的魅影：周瘦鹃与上海文学文化［M］. 上海：上海文艺出版社，2019.

［35］范伯群. 中国现代通俗文学史［M］. 北京：北京大学出版社，2007.

［36］谭帆. 中国雅俗文学思想论集［M］. 北京：中华书局，2006.

［37］郑振铎. 中国俗文学史［M］. 北京：商务印书馆，2005.

［38］杨义. 文化冲突与审美选择［M］. 北京：人民文学出版社，1988.

［39］陈平原. 中国小说叙事模式的转变［M］. 北京：北京大学出版社，2010.

［40］吴秀亮. 中国现代小说雅俗新论［M］. 北京：人民出版社，2010.

［41］朱志荣. 中国现代通俗文学艺术论［M］. 上海：上海三联书店，2009.

［42］孔庆东. 超越雅俗［M］. 重庆：重庆出版社，2008.

［43］陈平原. 中国现代小说的起点——清末民初小说研究［M］. 北京：北京大学出版社，2010.

［44］李欧梵. 未完成的现代性［M］. 北京：北京大学出版社，2005.

［45］洪子诚. 中国当代文学史［M］. 北京：北京大学出版社，1999.

［46］李勇. 通俗文学理论［M］. 北京：知识出版社，2004.

［47］陈平原. 千古文人侠客梦［M］. 北京：人民文学出版社，1992.

［48］陈平原，夏晓虹. 二十世纪中国小说理论资料［M］. 北京：北京大学出版社，1989.

［49］包天笑. 钏影楼回忆录［M］. 上海：上海三联书店，2014.

［50］张静庐. 中国近代出版史料：第二编［M］. 北京：中华书局，1959.

［51］中国社会科学院近代史研究所. 五四运动回忆录［M］. 北京：中国社会科学出版社，1979.

［52］芮和师，范伯群. 鸳鸯蝴蝶派文学资料［M］. 北京：知识出版社，2010.

［53］陈子善. 私语张爱玲［M］. 杭州：浙江文艺出版社，1995.

［54］黄药眠口述，蔡彻撰写. 黄药眠口述自传［M］. 北京：中国社会科学出版社，2003.

［55］姜建，王庆华. 朱自清图传［M］. 武汉：湖北人民出版社，2006.

［56］钱理群，等. 中国现代文学三十年［M］. 北京：北京大学出版社，1998.

［57］伍蠡甫，胡经之. 西方文艺理论名著选编［M］. 北京：北京大学出版社，1987.

［58］王自立，陈子善. 郁达夫研究资料［M］. 北京：知识产权出版社，2001.

［59］刘半农. 老实说了吧［M］. 西安：陕西人民出版社，2013.

［60］夏志清. 中国现代小说史［M］. 刘绍铭，等译. 上海：复旦大学出版社，2005.

［61］饶鸿兢，等. 创造社资料［M］. 北京：知识产权出版社，2010.

［62］倪婷婷. "五四"作家的文化心理［M］. 南京：南京大学出版社，2005.

［63］张少康. 中国文学理论批评史（下）［M］. 北京：北京大学出版社，2005.

［64］吴福辉. 二十世纪中国小说理论资料［M］. 北京：北京大学出版社，1997.

［65］陈白尘，董建. 中国现代戏剧史稿［M］. 北京：中国戏剧出版社，1989.

［66］陈思广. 中国现代长篇小说史话［M］. 武汉：武汉出版社，2014.

［67］郑逸梅. 郑逸梅选集［M］. 哈尔滨：黑龙江人民出版社，1991.

二、论文类

［1］汤哲声. 中国现当代通俗文学研究 40 年［N］. 文艺报，2019-01-23.

［2］范伯群. 过客：夕阳余晖下的彷徨［J］. 东方论坛，2004（3）.

［3］郑明娳. 通俗文学与纯文学［J］. 通俗文学评论，1994（1）.

［4］徐晓红. 青社同人刊物《长青》［J］. 新文学史料，2011（4）.

［5］胡志德. 清末民初"纯"文学和"通俗"文学的大分歧［J］.赵家琦，译. 东岳论丛，2014，13（12）.

［6］刘晓滇，刘小清. 左联解散真相［J］. 党史博览，2006（8）.

［7］沈虹，关家铮. 阿英的一篇佚文：《一九三六年中国通俗文学的发展》［J］. 图书与情报，2007（6）.

［8］徐斯年. 怀念范伯群先生——兼论范伯群先生的中国通俗文学研究［J］. 苏州教育学院学报，2018（4）.

［9］刘祥安. 雅俗尚待细思量——新文学小说与通俗小说研究断想［N］. 文汇报，2001-12-04.

［10］范伯群. 俗文学的内涵及雅俗文学之分界［J］. 江苏大学学报（社会科学版），2002（4）.

［11］范伯群. 我心目中的中国现代文学史框架［J］. 深圳大学学报（人文社会科学版），2004（1）.

［12］李勇. 通俗文学与现代性的关联［J］. 海南师范学院学报（社会科学版），2003（1）.

［13］程小强，马永强. 西部新文学思潮论略［J］. 兰州学刊，2018（1）.

［14］郭志强. 晚清通俗小说读者急剧扩张的原因研究［J］. 编辑之友，2009（2）.

［15］曾华鹏，范伯群. 郁达夫论［J］. 人民文学，1957（Z1）.

［16］阎萍. 略论近代日本新造汉字词汇移植中国及其影响［J］. 辽宁师范大学学报（社会科学版），2009（6）.

［17］谢昭新. 论老舍小说创作方法及艺术形式的创新［J］. 文学评论，2003（5）.

［18］戚慧，陈建军. 袁昌英年谱简编［J］. 新文学史料，2018（1）.

［19］周俟松. 许地山年表（上）［J］. 世界华文文学论坛，1992（2）.

［20］陈玉申. 报纸副刊与新文学［J］. 山东社会科学，1998（5）.

［21］赵婧. 论五四时期文学翻译文体欧化的动因［D］. 上海：上海外国语大学，2012.

［22］朱天一. 《文学周报》的黑暗书写研究［D］. 南宁：广西大学，2019.

［23］苏瑜. 中国网络游戏周边产品的符号消费意涵分析［D］. 北京：北京印刷学院，2018.

三、史料类

除《新青年》《新潮》《小说月报》《文学旬刊》《晨报副刊》《创造季刊》《创造月刊》《创造周报》《一般》等新文学期刊以外，尚有：

［1］静庵. 敦煌发见唐朝之通俗诗及通俗小说［J］. 东方杂志，1920，17（8）.

［2］刘复. 通俗小说之积极教训与消极教训·一九一八年一月十八日在北京大学文科研究所小说科演讲［J］. 太平洋，1918，1（10）.

［3］张碧梧. 小说衰败的真因［J］. 最小，1923（13）.

［4］求幸福斋主人. 卖小说的话［J］. 半月，1922，1（10）.

［5］张舍我. 批评小说［J］. 最小，1922，1（5）.

［6］张舍我. 什么叫做"礼拜六派"［J］. 最小，1923，1（13）.

［7］张舍我. 谁做黑幕小说？［J］. 最小，1923，1（14）.

［8］西湖人. 不领悟的沈雁冰先生［N］. 晶报，1922-07-24.

［9］鹃. "自由谈"之自由谈［N］. 申报，1921-03-20.

［10］寒云. 辟创作［N］. 晶报，1921-07-30.

［11］周作人. 国语改造的意见［J］. 国语月刊，1922，1（10）.

［12］陆澹盦. 辑余赘墨［J］. 侦探世界，1923（1）.

［13］苕狂. 编余琐话［J］. 游戏世界，1922（19）.

［14］卓呆. 小说观赏上应注意之要点［J］. 游戏世界，1923（21）.

［15］无虚. 小说杂谈［J］. 星期，1922（22）.

［16］螺隐. 众苦力争买学生报［J］. 小时报，1919-07-24.

［17］吴兴. 小说杂谈［J］. 星期，1922（27）.

[18] 指严. 本报改良商榷之商榷 [J]. 小说新报, 1919, 5 (7).

[19] 包天笑. 小说画报·例言 [J]. 小说画报, 1917 (1).

[20] 琴楼. 小说杂谈 [J]. 星期, 1922 (9).

[21] 均卿. 香艳杂志发刊词 [J]. 香艳杂志, 1914 (1).

[22] 范君博. 发刊词 [J]. 游戏新报, 1920 (1).

[23] 慎夫. 艺术界消息 [N]. 时报, 1923-10-02.

[24] 寄尘. 我之新年趣事·文丐之自豪 [J]. 红杂志, 1922 (28).

[25] 小青. 科学的侦探术 [J]. 侦探世界, 1924 (18-20).

[26] 赵苕狂. 征求关于果报的作品及材料缘起 [J]. 红玫瑰, 1928, 4 (21).

[27] 吴宓. 写实小说之流弊 [N]. 中华新报, 1922-10-22.

[28] 沈泽民. 文学与革命的文学 [N]. 民国日报·觉悟, 1924-11-06.

[29] 荷公. 学生的通病 [J]. 红杂志, 1922, 1 (31).

[30] y. l. 编辑余谈 [J]. 诗, 1922 (5).

[31] 宗之樾. 说人生观 [J]. 少年中国, 1919, 1 (1).

[32] 东雷. 失业 [N]. 新闻报, 1922-12-27.

[33] 智周. 今后教育的趋势 [J]. 奉天教育杂志, 1924, 3 (9).

[34] 长虹. 鬼说话之康有为的诸天讲 [J]. 幻洲, 1926, 1 (3).

[35] 黎锦明. 我的批评 [J]. 北新, 1926 (3).

[36] 王以仁. 《玉君》的小评 [J]. 鉴赏周刊, 1925 (3).

[37] 朱自清. 《老张的哲学》与《赵子曰》 [N]. 《大公报》, 1929-02-11.

[38] 梁实秋. 文学是有阶级性的吗? [J]. 新月, 1929, 2 (6-7).

[39] 说话人. 说话 [J]. 珊瑚, 1933, 3 (7).

[40] 刘大杰. 新文化运动的生路 [J]. 主张与批评, 1932 (3).

[41] 周作人讲, 翟永坤记. 关于通俗文学 [J]. 现代, 1933, 2 (6).

[42] 郑伯奇. 论新的通俗文学 [J]. 东方文艺, 1936, 1 (2): 53.

[43] 宋阳. 大众文艺的问题 [J]. 文学月报, 创刊号.

[44] 止敬. 问题中的大众文艺 [J]. 文学月报, 1932, 1 (2).

[45] 侍桁. 通俗文学解剖 [J]. 中山文化教育馆季刊, 1934 (1).

［46］慧子. 通俗文学的重要 ［J］. 同人月刊，1936，1（4）.

［47］郑伯奇. 新通俗文学论 ［J］. 光明，1937，2（8）.

［48］曼流. 关于"通俗文学"［J］. 创进，1937，1（11）.

［49］李樸. 通俗文学和拉丁化新文字 ［J］. 通俗文学，1937，1（3）.

［50］秋声. 通俗文学研究会成立 ［N］. 世界晨报，1936-06-28.

［51］乃知. 漫谈通俗文学 ［J］. 锻炼，1938（1）.

［52］苏子涵. 新型通俗文学的创造 ［J］. 抗到底，1938（15）.

［53］鸣谷. 神怪剑侠小说与通俗文学 ［J］. 民众周报，1936，1（6）.

［54］冷峯. 关于书的定价 ［J］. 三通月报，1940（4）.

［55］阿累. 一面 ［J］. 中流，1936，1（5）.

［56］王冗生. 论小说与改良社会之关系 ［J］. 月月小说，1907，1（9）.

［57］楚卿. 论文学上小说之位置 ［J］. 新小说，1903（7）.

［58］王国维. 论新学语之输入 ［J］. 教育世界，1905（4）.

［59］觉我. 余之小说观 ［J］. 小说林，1908（10）.

［60］梁启超. 论小说与群治之关系 ［J］. 新小说，1902，1（1）.

［61］别士. 小说原理 ［J］. 绣像小说，1903（3）.

［62］觉我. 小说林缘起 ［J］. 小说林，1907（1）.

后 记

　　这本小书是笔者博士阶段学术生涯的一个小结，感谢扬州市政府、扬州市社科联、扬州市职业大学所提供的资助，让它能够顺利面世。立足当下，回顾过往所走过的路，一切都还历历在目。

　　2010 年夏，我在扬州大学文学院现当代文学专业陈军老师（现为上海戏剧学院戏剧文学系主任）的指导下取得硕士学位，随后进入扬州市新华中学高中语文组工作，学术之路也因此而中断了 7 年之久。现在回想起来，当初之所以放弃继续深造，更多还是因为自己的内心不够坚定。一方面，高中教师岗位的获得较为顺利（事业单位招考笔试成绩全市第一名），在当时并不乐观的就业形势下，我庆幸自己能够早早"上岸"，不愿意放弃工作的机会。另一方面，我的硕士论文做得很辛苦，前前后后写了两年，其间经常写到凌晨一两点。虽然论文在答辩中受到好评（2019 年在陈军老师的关怀下论文得以出版），但这种痛苦经历还是让我产生了畏难情绪。上班以后的一段时期内，我满足于按部就班的平稳生活，甚至陈军老师几度勉励我考博，我也没有做出积极回应，现在想来真是非常惭愧。

　　这种情况直到 2014 年才发生转变，诸多因素逐渐使我认识到学术事业可能才是真正适合我的精神家园，于是开始着手准备考博。虽然新华中学距文学院所在的瘦西湖校区不过区区两公里，但我的考博之路并不顺利，先后经历过两次败北，问题都出在英语上。平心而论，我的专业基础并不算差，英语水平也属尚可，但扬州大学那几年的英语试题难度极高，据后来的师兄说，即便是英语专业的考生也有得 60 多分的。时至今日，考博受挫后在新华中学对面的宝带河边"静坐"的场景还令我记忆犹新。然而暂时的失败往往并不会使人消沉，相反还会增强他的信念。最终在2017年，我以英语66分的"高分"得以"重回故地"，跟随陈亚平老师攻读博士学位。在得知成绩的那一晚，我再度拿出两册沉重的笔记本细细观摩，上面记录了12440个英文单词。三年的考博时光不仅明示了付出与回报的关系，更锻炼了我在压力与挫折中负重前行的能力，成为我人生中最为宝贵的财富。

陈亚平老师给我的第一印象是儒雅，平易近人兼有长者之风，后来的求学及相处也印证了这一点。作为当时的副校长，陈老师除了在繁忙的公务之余悉心指导论文写作之外，还在其他方面给予了我无微不至的人文关怀。就我的个人感受而言，他对研究生的教育与管理方式俨然已成为一门艺术，即在把握大方向的基础上给予学生足够的信任与尊重，在关爱学生的同时充分激发他们的主观能动性。这种方式在我身上取得了显著成效，以至于让我时刻感到，如果自己不能全身心投入搞好学术，就大大辜负了老师的深情厚意。陈亚平老师的人格魅力由此可见一斑。

求学阶段最令我感动的是老师们的精神支持。新旧文学间的雅俗交融已成为学界共识，我的博士论文力求在此基础上小小地前进一步，在新文学内部求证通俗文学的存在。然而在传统学术思维的影响下，即便这"小小的一步"也可能因观点的超前而引发争议与质疑。在重重顾虑之中，陈亚平、陈军及当时尚未退休的雅俗领域专家徐德明老师皆对此选题的合理性表示认可，他们不仅给予态度上的支持，还对其中一些具体的提法和表述提出修改建议，从而提高了论文观点的可接受度。在此一并表示感谢。

读博时一天中最快乐的时光是什么？每当想起这个问题，脑海中便会浮现起一个人骑行在凌晨两点空旷的马路上四处"觅食"的画面，这正说明快乐与辛劳从来都是结伴而行的。在今后的工作与学习中，我也必当遵循此道，以勤勉踏实地做人和做事来争取人生中更大的欢喜与幸福。

我一直自认没有什么才情与天赋，姑且留下这些刻板平淡的文字，以为后记。

方 舟

2023 年 4 月 17 日凌晨

于扬州美琪小区